珞珈语言文学丛书

跨区域华文诗歌的中国想象

赵小琪 张晶 蒋金运◎著

中国社会科学出版社

图书在版编目（CIP）数据

跨区域华文诗歌的中国想象／赵小琪，张晶，蒋金运著.—北京：
中国社会科学出版社，2015.4
ISBN 978 - 7 - 5161 - 5586 - 8

Ⅰ.①跨…　Ⅱ.①赵…②张…③蒋…　Ⅲ.①华人文学—诗歌研究—
世界　Ⅳ.①I106.2

中国版本图书馆 CIP 数据核字（2015）第 037424 号

出 版 人	赵剑英	
责任编辑	李炳青	张　浩
责任校对	石春梅	
责任印制	李寡寡	

出　　　版	中国社会科学出版社	
社　　　址	北京鼓楼西大街甲 158 号	
邮　　　编	100720	
网　　　址	http://www.csspw.cn	
发 行 部	010 - 84083685	
门 市 部	010 - 84029450	
经　　　销	新华书店及其他书店	

印　　　刷	北京市大兴区新魏印刷厂
装　　　订	廊坊市广阳区广增装订厂
版　　　次	2015 年 4 月第 1 版
印　　　次	2015 年 4 月第 1 次印刷

开　　　本	710×1000　1/16
印　　　张	19.5
插　　　页	2
字　　　数	327 千字
定　　　价	68.00 元

凡购买中国社会科学出版社图书，如有质量问题请与本社联系调换
电话:010 - 84083683

目　录

第一章

跨区域华文诗歌的中国想象方式论

20 世纪，既是中西方文化碰撞极为激烈的时期，也是西方列强借助于坚船利炮将自己的文化价值观念强行灌输给其他国家人民的时期。正是西方列强政治上对中国的侵略和文化上对中国的渗透，刺激和强化了中华民族的自我意识和对民族共同精神家园的认同。一个世纪以来，中华民族在共同抵御西方列强的政治、军事、文化侵略的同时，结成了日趋广泛的精神共同体，民族自我意识与命运共同体的意识日趋强化。其中，台港澳、东南亚、大洋洲、北美等跨区域华人诗歌的民族自我意识与命运共同体意识的日趋强化现象尤为值得我们关注。面对居住地主流文化对中华民族的民族和国家意识的压抑与遮蔽，许多跨区域华人诗人采取了对抗性的写作姿态。在诗歌中，他们通过再现、类比和变异三种想象方式，揭示了居住地主流文化塑造的中国形象的意识形态特性，表现了他们对故国家园的认同。这种认同，既涉及民族共同体的历史记忆，也涉及民族共同体的历史文化符号和文化精神。由此，跨区域华人诗歌在一代又一代诗人的辛勤拓展下，开始形成日趋广阔的对中华民族共同体的想象空间。依托于再现、类比和变异三种想象方式，跨区域华人诗人将个人的命运融入民族共同体的命运之中，民族共同体既是他们情感的归属，也是他们身份、文化、精神的归属，他们在塑造中华民族共同体形象时也在被中华民族共同体所塑造。从这个意义上来说，正是借助于再现、类比和变异三种想象方式，诗人们才从多个维度展示了跨区域华人诗歌的中国形象内涵的丰富性与独特性。总的看来，跨区域华人诗歌中的中国形象既不同于西方文学中的他塑性的中国形象，也不同于祖国大陆文学中自塑性的中国形象。

第一节 再现式想象

在跨区域华文诗歌中，诗人们的中国想象总是与记忆紧密相连。对于远离故土的诗人们来说，他们不仅要像古代诗人那样经受被放逐于大陆之内另一空间的羁旅之苦，还要经受被放逐于国门之外的漂泊之苦。于是，他们为残酷的命运所驱使，挣扎在不同的文化边缘层面，不同的文化冲突在他们心灵中无情地碰撞、撕裂，使他们感受到生命不能承受之轻。在身体与心灵备受折磨的岁月中，他们借助于记忆，潜入了与异乡迥异的故乡的隐秘地带，开启了一扇通往被居住地主流话语遮蔽的中国文化的门扉，通过自身的努力重新建构了一种真实的中国人的生存形态。从心理学的角度看，这种对存留于记忆中的感知表象的再现，是再现式想象。霍米·巴巴指出："记忆从来不是一种安静的内省或回顾的行为，它是一种痛苦的重组或再次成为成员的过程，它把肢解的过去组合起来以便理解今天的创伤。"① 对于港澳台、东南亚、北美等地区的华人诗人而言，他们对于中国的再现式想象，既来源于过去的生活经历，也与现实中抵抗外部文化偏见、确立自我文化身份的需要有关。因而，跨区域华文诗歌对中国的再现式想象就不仅具有地理意义，还具有极为重要的文化意义。

一 个体记忆的中国

当跨区域华人诗人从一个熟悉的世界走出来，进入一个陌生的现实世界时，这个现实世界时刻将许多令他们既感到新异又惊恐的东西强行置入他们生活的时空，提示并赋予他们在陌生现实世界中存在的意识。"异乡的空气是如此空泛/空泛到降不下一滴笑的雨水来。"（向明《异乡人》）"而昂首的摩天大厦们不识我，/满街怒目的红灯不识我，/向秋风数着一片片死去的春的巨黑橡/也不识我。"（余光中《尘埃》）这种陌生的现实世界的在场和熟悉的过去世界的缺席，即使跨区域华人诗人的生命形态与

---

① Homi K. Bhabha, *The Location of Culture*, London and New York: Routledge Press, 1994, p. 90.

内涵处于一种无限生成的状态，也使对时间的记忆与回望成为跨区域华人诗人摆脱自我认同危机焦虑的必然选择。

就此而论，跨区域华人诗人的记忆首先与时间有关。与空间的可以重复进入有别，时间是不可以重复的。时间的不可逆转性特点，使跨区域华人诗人的记忆更多地偏向时间一极。由此，断裂和对立的时间，就构成了跨区域华文诗歌的重要记忆主题。对于跨区域华人诗人来说，当他们走向复杂的陌生世界时，他们就走出了母亲的保护，走出了童真的世界。在远离过去世界的复杂的陌生世界，他们可以忍受身体上的颠沛流离之苦，却常常难以忍受传统与现代、族群与地域冲突带来的心理上的孤寂和精神上的焦虑。澳华作家冰夫在《难逃孤独》中写道："并非完全是心理因素，澳洲新移民中的华人，特别是老年人常常有一种难耐的寂寞和孤独感。"故乡，在隔离中变得渐渐模糊，而漂泊者在陌生的土地上面对的，除了黑夜还是黑夜，除了孤寂还是孤寂。在早上，他是忧郁寂寞的。形单影只的他不得不与纠缠着他的寂寞和忧郁打招呼："早安，忧郁；早安，寂寞。"（余光中《新大陆之晨》）在下午，他是孤独的。他"孤立于下午的大平面上/看费解的抽象图案"。（余光中《孤立十三行》）

为了驱除这种在异质文化环境中因自己的身份无法定义自身的存在带来的心理上的孤寂，为了化解因时间的流逝带来的精神上的焦虑，跨区域华人诗人自然而然地将记忆的触角伸向了过去，伸向了过去的童年和青春时光，并试图以一种普鲁斯特所说的"望远镜"下的聚焦的时间形式，来与进化的线性时间形式对抗。在记忆的望远镜聚焦中，当下是一个尔虞我诈、自私自利的成人世界，它使跨区域华人诗人"子夜在异国"生发出"一种欲语还休的沉默"，感受到生命的"无所适从"（美华诗人张错《子夜歌》）。记忆中的过去则是一个充满关爱的童真世界，余光中"在屋后那一片菜地里/一直玩到天黑/太阳下山汗已吹冷/总似乎听见远远/母亲喊我/吃饭的声音"（《呼唤》）。当下也是一个庸俗浮躁、物欲横流的成人世界，人们被市场法则、工具理性、高科技等他者权威所操纵，情感世界日趋干枯。美华诗人李佩徵记忆中的过去则是一个充满温情的童真世界："故乡的一口井/甘美的地底泉水/澄明如镜，冷冽如冰/取用不尽的甘泉啊//一别数十年/这井水仍在我的舌尖/留有甘美的余味。"（《井水》）当下还是一个急剧变化的成人世界，造成了跨区域华人诗人生活的不连贯、不稳定，这使跨区域华人诗人不得不发出有家难回、有根难寻的咏叹：

"太阳有家而我没有//我甚至于不知道故乡"（方莘《夜的变奏》）。余光中等跨区域华人诗人记忆中的过去则是一个充满连续性、稳定性的童真世界。在北美华人诗人右村的童年记忆中，"年年的夏季，家乡屋前的晒谷场/夕阳里我们是坐在竹林边的/喝着/吃着/用景德镇的瓷碗/盛着的稀饭/以目送落西天的红日/那时节，孩子们总爱说：我们在吃着咸蛋呢!"在余光中的童年记忆中，"总似乎听见远远/母亲喊我/吃饭的声音"。（《呼唤》）

在当下世界与过去童真世界的对比中，余光中等跨区域华人诗人的童年记忆不仅仅是过去经验的再现，而是一种具有特定情感指向的活动。当余光中等跨区域华人诗人运用意识的电光照射由记忆所领略而保存的经验世界的形象时，他们实际上是在运用黑格尔所说的记忆过程中的"常醒的理解力"对浮现在意识表层的记忆进行调整、综合，使其成为合规律性、合目的性的记忆形象。这就使得，经过调整、综合的童年记忆不再是纯客观的，而是被余光中等跨区域华人诗人"常醒的理解力"所扩大、改造、升华的。在余光中的记忆中，"母亲喊我/吃饭的声音"，就"比小时候更安慰动人"（《呼唤》）。从一定意义上说，余光中等跨区域华人诗人"常醒的理解力"对过去经验的聚焦，既显示了他们生命力的强度和方向，也展现了他们回归童真世界的强烈愿望。

跨区域华人诗人的记忆不单纯是指向过去的时间——童年时代，也指向过去特定的地方——故乡。就此而论，跨区域华人诗人的记忆除了与时间有关外，也与空间有联系。如果说时间的流逝引发了跨区域华人诗人对童年的记忆，那么，跨区域华人诗人童年的情感寄寓的恰恰是一个现实世界不可比拟的故乡世界。由此，故乡像童年一样，对于作为漂泊者的跨区域华人诗人来说都是极为温暖、极为亲切的字眼，"乡愁"也像时间一样成为跨区域华文诗歌的重要记忆主题。

在台港澳、北美、大洋洲等跨区域华人诗人的记忆中，中国，总是和地理上的故乡紧密联系在一起。诗人们对过去生活经历的记忆，在很大程度上说，就是漂泊者对出生之原始的寻求，对归属、保护、安全的企盼。漂泊之路，曲曲折折，艰险重重。漂泊者从一个空间向另一个空间迁移时，不仅感受到了一种"个人与社会（甚至自然）的隔绝"，还更为紧迫地感受到了一种"与中国的泥土以及日渐消失的农业社会的阻隔"。[1] 因

---

① 余光中：《中国现代文学大系》总序，巨人出版社 1972 年版。

而，在他们这一时期的创作中，空间变异引致的焦虑感得到了广泛和集中的表现。事实上，在跨区域华文诗歌中，忧郁、寂寞与焦虑之所以不分白昼与黑夜折磨作为漂泊者的跨区域华人诗人，在很大程度上是因为他们失去了故乡作支撑，灵魂失去了可以栖息的土地。由此，跨区域华人诗人寻找故乡的意愿不仅是渴望故乡的再现，它的产生也是企求使幼儿时获得的母爱在现时条件下的继续存在。因为，与外面那个充满阴谋和陷阱、满是把混乱当作武器进行厮杀的他者世界相比，故乡与母亲曾经给予漂泊者的记忆却是那么温暖、舒适。在这种情况下，漂泊者回过头来寻找故乡，寻找母亲，完全是一种本能的需求。菲华诗人林淙深情地写道："我时常惦念我的母亲，/她俭朴勤劳忘己而好助人"（林淙《絮语告北风》）。美华诗人非马写道："左一脚十年/右一脚/十年/母亲啊/我正努力向您/走来"（非马《醉汉》）。泰华诗人子帆写道："游子的思亲，日益的滋长，难以遏制的奔放，啊！我又投向母亲的怀抱"（子帆《千里远，情怀长》）。穿越不同的岁月空间，林淙、非马、子帆等漂泊者仿佛重新回到了童年的时候，重新回到了生他们、养他们的那片热土。在他们的诗中，母亲、故乡，实际上都是中国，是中国形象的浓缩和具体化。澳华诗人雪阳在《为中国加油》中写道："中国。从一开始就在我们心上/一见钟情的中国/生死相许的中国/中国啊，祖先的河流我的岸/我们温柔的南方伟岸的北方啊/我的梦想我的道理我的青春/中国啊，我的爹和娘。"美华诗人张错说："我想我毕生追求的不仅是一个家，还有一个国，不仅是一个国，还有一个家乡……我半生漂泊在外，了无根蒂，萍踪之余，常有一种失乡的缺憾。"① 澳华作家吴棣在《乡情》中这样写道："随着出国时间的增长，我的一种说不清的对故乡的思念也越来越强烈。人走的越远，故乡的概念就越广阔。在黑龙江的那些老转业兵，故乡就是山东；如果住在山东，故乡也许是烟台；在烟台故乡就成了某个小镇，甚至是一条街。而我人在澳洲，某个地方的概念已不清晰，故乡就是中国。"②

　　从人格心理学来看，这种将家国同构的精神趋向，是一种退化的精神防御机制在起作用。它是漂泊者在社会生活中遭遇挫折、困难时，倒退到早期的、个体感到幸运的快乐空间的一种精神防御策略。因此，在跨区域

---

① 张错：《槟榔花仁》，文鹤出版社1997年版，第12页。
② 吴棣：《乡情》，海峡文艺出版社2002年版，第74—77页。

华人诗人这里，对故乡、母亲、祖国的记忆既是一种历史的回顾，也隐含一种现实的急迫需要。它以抵御异乡空间的压力为直接驱动，以寻求自我的统一连续和灵魂的抚慰为目的。借助于对故乡、母亲和中国的重新亲近，漂泊者化解了自己的生存困境，使自己的心灵获得了某种平衡和慰藉。李佩徵在《井水》中这样写道："当我梦回少年时/在炎热的夏日/啜饮着井默凉/啊，有情味的水啊/我的发丝都快斑白了/走遍太平洋和大西洋之滨/却找不到如你美味的泉流/到今天我才尝到人生滋味/莫如饮我故乡井中故乡水"（李佩徵《井水》）。因为，故乡、母亲、祖国给儿女的爱，给儿女的奉献，都是一样的无私。尽管外面的世界永远在变，但故乡、母亲、祖国对儿女的爱却是永远不变的。他们永远是漂泊者的归宿，是漂泊者的避风港。台湾诗人席慕蓉写道："故乡的歌是清远的笛/总在有月亮的晚上响起/故乡的面貌却是一种模糊的惆怅/仿佛雾里的挥手别离/离别后/乡愁是一棵没有年轮的树/永不老去"（《乡愁》）。而在澳华诗人西彤这里，故乡与祖国则意味着："一首童年的歌谣/一支母亲的摇篮曲/一张永不褪色的底片/一束剪不断理还乱的思绪/一条生命词典里最亲和的注脚/一份世世代代延续填写的履历/一串游子心头千回百转的情结/一封年年月月总也读不够的家书/一抔培植血缘与基因的特质沃土。"（西彤《故乡十行》）澳华作家君达在《梦回故乡》中说："也许我已经想通了，让故乡只变成记忆的一部分，无论我走到哪里，它总是在的，也总是不变的，也许这才是故乡对我的真正意义。"当故乡、母亲和祖国作为永恒的印记生存于君达、西彤等跨区域华人诗人记忆中时，他们的写作也就变成了对这记忆的一种再现式想象，变成了一种自我拯救和自我超越的艺术精神还乡形式。从某种程度上说，只有在对故乡、母亲和祖国的再现式想象中，他们才能更为平静地面对潮水般涌来的在地种族、文化以及意识形态的冲击。此时，在有月或无月的夜晚，在有风或无风的日子，西彤、君达等漂泊者都可以躺在承载一切的"不变的"母亲、祖国的怀抱中，任天空乌云翻滚、电闪雷鸣，任大地山崩地裂、江河翻腾，这时候，只有母亲、祖国的怀抱会显得无比坚强和稳固、无比仁厚和宽博，它能让"一颗心满足地睡去、满足地想"（余光中《当我死时》），它安全、宁静、温暖，是漂泊者生命中"永不褪色的底片"和"最亲和的注脚"。

应该说，关于故乡、母亲和祖国不变的记忆与其说与真实的故乡、母亲和祖国有关，不如说与一种精神的怀念方式有关。这种怀念方式不是按照真实性原则运行，而是按照一种想象性原则进行，因而，它是对故乡、母亲和祖国记忆的一次修复和重建。在修复和重建中，跨区域华人诗人将故乡、母亲和祖国转化为审美对象，使得想象的故乡、母亲和祖国在想象主体的心中比真实的故乡、母亲和祖国具有更为震撼人心的情感力量。由此，跨区域华人诗人建构于记忆基础之上的属于想象和心理的故乡、母亲和祖国形象就主要是关于意义而不是关于事实的，形象的建构就成为诗人们寻觅梦想的精神家园、建立自己的身份定位过程。

二 集体记忆的中国

美国著名社会学家爱德华·希尔斯指出："个人关于自身的形象由其记忆的沉淀所构成，在这个记忆中，既有与之相关的他人行为，也包含着他本人过去的想象。"而记忆中的"过去"，既指涉一个人过去的亲身经历，也指涉"他的家庭的历史、居住地区的历史、他所在城市的历史、他所属宗教团体的历史、他的各族集团的历史、他的民族历史、他的国家历史，以及已将他同化更大文化的历史，都提供了他对自己过去的了解"。① 在台港澳、东南亚、北美等跨区域华人诗人的记忆中，过去，就既与地理上的故乡有关，也与文化上的故乡联系在一起。限于地理上的故乡的记忆是一种个人化记忆，而对民族、国家历史文化的记忆则是一种集体化的记忆。相对而言，像余光中、方莘、雪阳、西彤、非马、张错、李佩徵等有过背离故乡、在异乡漂泊经历的台港澳、北美、大洋洲等区域的华人诗人笔下的故乡往往包含地理与文化的意义。余光中说："乡愁并不限于地理，它应该是立体的，还包含了时间……真正的华夏之子潜意识深处耿耿不灭的，仍然是汉魂唐魄，乡愁则弥漫于历史文化的直经横纬而与整个民族祸福共承，荣辱同当。"② 而没有与中国的故乡隔绝经历的林幸谦、傅承得、温任平、长谣、辛金顺、游川等东南亚华人诗人书写的故乡往往是文化意义上的象征符号。马华诗人林幸谦说："文化乡愁，对海外华人是一种文化倾向，决定了人们的精神价值取向。生于海外的人们，意味着散居族裔文化的延续。族裔残余的集体记忆随着人们的迁移而扩散，

① ［美］E. 希尔斯：《论传统》，上海人民出版社1996年版，第67—68页。
② 余光中：《五行无阻后记》，《余光中集》第三卷，百花文艺出版社2004年版。

甚至穿过时空深植于基因之中，以遗传的方式代代相传。"① 这种文化乡愁的内涵虽然不指涉个体切身经验的中国地理上的故乡记忆，但它作为祖先生活的一种表征，却包含了中华民族共同体千百年来世代相传并发展的活动方式库存在东南亚华人诗人头脑中的遗传痕迹。

事实上，无论是港澳台、北美、大洋洲等区域的华人，还是东南亚等区域的华人；无论是第一代移民，还是第二代、第三代的移民，他们都无法摆脱作为祖先经验的沉积物的集体记忆的影响。美华作家黄运基说："美国华侨文化有两个特定的内涵：一是它在美洲这块土地上孕育出来的，但又与源远流长的中华民族文化紧密相连；二是在这块土地上土生土长的华裔，他们受了美国文化教育的熏陶，可没有也不可能忘记自己是炎黄子孙……他们也在觅祖寻根。"② 马来西亚华裔新生代作家钟怡雯说："对于生长在马来西亚的华人而言，他们和中国的关系似乎是十分复杂的。在血缘、历史和文化上，华人与中国脐带相连。他们的生活习惯已深深本土化，是马来西亚华人（在马来西亚生活过的华人族群）；就文化而言，华人却与中国脱离不了关系，所谓文化乡愁即牵涉对原生情感的追寻，对自身文化的孺慕和传承之情等。"③ 马来西亚华裔新生代作家刘育龙也强调指出"真正的文化中国是活在我们内心，而不活在世界上的任何角落和任何土地上"。④

福柯指出："权力无法逃脱，它无所不在、无时不有，塑造着人们想用来与之抗衡的那个东西"，而"人们始终处于权力'之内'，'逃避'它是不可能的"。⑤ 作为表征系统的一个民族的历史文化，自然也无法逃脱权力的控制。在华人生活的东南亚、北美、大洋洲等区域中，主体民族由于拥有天然的政治、族裔和人口优势，把持了文化的主导权。在主体民族的权力规范下，华人的文化诉求遭受了种种压抑。而在台港澳地区，一

---

① 林幸谦：《狂欢与破碎——原乡神话、我及其他》，《马华文学大系：散文（二）》，吉隆坡：彩虹出版有限公司 2001 年版，第 287 页。

② 黄运基主编：《美国华侨文艺丛书·总序》，沈阳出版社 1998 年版。

③ 钟怡雯：《从追寻到伪装——马华散文中的中国图像》，见许文荣《回首八十载，走向新世纪：九九马华文学国际学术研讨会论文集》，吉隆坡：南方学院出版社 2001 年版，第 57 页。

④ 刘育龙：《旅台与本土作家跨世纪座谈会会议记录·上》，《星洲日报》1999 年 10 月 23 日第 4 版。

⑤ ［法］米歇尔·福柯：《性史》，张廷琛等译，上海科学技术文献出版社 1989 年版，第 80、93 页。

些分离主义势力也在兴风作浪，拼命打压人们的中国意识。正是这种权力的压抑性，导致了不同区域华人诗人们的抵抗。而华人诗人们最为有效的抵抗方式，就是唤醒本民族的历史文化记忆。当然，我们也看到，跨区域华人诗人对本民族历史文化的记忆并不是完全客观、被动的，而是具有强烈的选择性与指向性的，即他们是根据抵制他者对华人集体记忆的压抑、确立自己的文化之根的目标和意图来引出记忆中的中国历史与文化的。林幸谦说："一直以来，在我对乡愁的书写中，我倾向于把个别的自我隐藏掉，凸显普遍性的心理，然而事实上却往往未必如此。乡愁，如冬天无雪的荒原，深邃中自有实在的感觉。我在书写中力图寻找海外中国人的某种集体潜意识，以期把自己融入整体幻想之中。对于集体感的追寻，内心残存的原乡神话的记忆，一点一滴渗入意识层。集体记忆中残存的痕迹，被理想化了的原乡以其欲望的面目为我乔装。我试图揭开隐秘的自我，却一再受挫于烦琐的压抑体制中。压抑的记忆塞满了海外人的历史，死去的海外人就深埋于异国的泥土。中国的历史构成了海外人的命运，一代一代遗传给他们的后代。"① 这就使得他们并没有像跨区域华文小说作家那样经常在作品中以中国式风水、中医药、鬼神祭拜等适用于消费的光怪陆离的中国文化元素来吸引他者充满猎奇与误解的眼光，而是针对他者对中国历史文化的长期误读，凸显了中国历史文化在当今社会的现代性价值，以加强跨区域华人在异质环境中与他者文化对话时的自信心。

在一个较长的时期，强烈的本土文化中心主义意识导致了北美、欧洲乃至东南亚等国家和地区使用形象定式这一本土主义叙事来主观界定、曲解中国和中国文化。从这种意识形态视点出发，中国人由于缺乏宗教信仰，因而既不宽厚也不诚实，其中的典型就是《傅满洲的面具》中的傅满洲。面对这一严峻的现实，跨区域华人诗人采用了福柯式的"反记忆"的方法，通过对本民族"立德"的历史文化的记忆和再现，拨开了本土文化中心主义话语遮蔽在中华文化之上的迷雾，并重新建构了真实的中国文化形态和精神。

如果说西方文化强调的是主体能否认识以及怎样认识等一系列的认识论问题，在这种认识论的主宰下，西方文学灌注着一种严谨的科学精神，

---

① 林幸谦：《狂欢与破碎——原乡神话、我及其他》，《马华文学大系：散文（二）》，吉隆坡：彩虹出版有限公司2001年版，第286页。

人类与世界存在之真成为它孜孜以求的目标。那么，在价值取向上，中国文化就特别重视道德的培养。所谓的"立德"，就是要求人们做人要仁爱孝道、宽厚诚实，直到"杀身成仁""舍生取义"。在这种重道德文化影响下的跨区域华文诗歌关注的是中国历史文化中克己奉公的牺牲精神、修身为本的重德精神和舍生取义的尚义精神，突出的是求善的审美目的。

孟子说："故天将降大任于斯人也，必先苦其心志，劳其筋骨，饿其体肤，空乏其身，行拂乱其所为，所以动心忍性，曾益其所不能"（《孟子·告子章句下》）。马华诗人林过的《夏禹呵，你没有死》、香港诗人黄国彬的《武侯祠》等诗歌所写的夏禹、诸葛亮等就是这种"苦其心志，劳其筋骨，饿其体肤，空乏其身"的具有克己奉公精神的道德典范。诸葛亮辅佐刘备兴复汉室大业，夏禹治理泛滥的洪水，都是非常艰难的事业。然而，为国为民，他们却呕心沥血地奋斗了一生。夏禹为了治理危害百姓的洪水，婚后长年奔波在外，十三年中，三次经过家门却没有进去与妻儿相聚；诸葛亮为了复兴汉室，竟然"在月黑风高之夜，／一个人，散发跣足，／回舞于星际。"他们的这种吃苦耐劳、克己奉公的忘我精神在跨区域华人所处的现实社会中已极为缺乏，由此，跨区域华文诗歌对它的记忆就具有一种指涉现实的人格力量，染上了极为浓厚的个人情感体验和道德考量色彩。诗人们在对这种精神的记忆中引发自我灵魂的震颤，暂时遗忘现实社会中人与人之间冷漠无情、自私自利的文化情绪和氛围。黄国彬写道："两千年后，我上溯长江，／过三峡，越奉节，来到你的祠内，／在一株古柏下低徊。"林过称赞道："不死者夏禹，你没有死。"德高如夏禹、诸葛亮者，虽然他们的肉体会消亡，但他们克己奉公的忘我精神却已化入一代又一代的中华民族子孙的血液中经久不衰。由此可见，对本民族"立德"的历史文化的记忆并不拒绝苦难与悲壮，在某种程度上，恰恰是在对这种带有苦难与悲壮历史的记忆中，诗人们找到了在现实社会生存的精神支柱，表达了一种对被边缘化的自我与其他华人的精神关怀。

舍生取义，既是中国文化中的一种重要的道德观，也是中国人自古以来所推崇的一种行为方式。一个真正的有德之人，理应是一个忠于国家、忠于民族的人，为了民族和国家的利益，他应该不怕牺牲、勇于牺牲。新华诗人长谣的《端午怀屈原》、台湾新生代诗人杨泽的《渔父·1977》中的屈原，文华诗人学仁的《飞鹏之死》中的岳飞，台湾新生代诗人赵卫民的叙事长诗《文丞相》中的文天祥，马华诗人辛金顺的《绝唱》中的于谦、秋瑾，台湾诗人杨牧的《吴凤》中的吴凤，马华诗人游川的《那一刀——读谭嗣同》中的谭嗣同等就是这一类敢于舍生取义的英雄豪杰。

屈原宁为玉碎，不为瓦全，至死都心向着人民，心向着真理。因为，"水的方向是人民的方向/水的真理永恒一如/南山的真理。"（杨泽《渔父·1977》）文天祥面对着异族入侵者的威逼利诱，威武不能屈，富贵不能淫。因为他明白人生的意义在于："苟生，为了创造价值而活，/如今，为了保存价值而死。"（赵卫民《文丞相》）为了彻底废除番人每逢收获新谷时要拿汉人祭奠雨神的恶习，促进阿里山土著与汉人的团结，清乾隆时期的吴凤以自己的身体作为牺牲，捍卫仁义，谱写了一曲以大爱启蒙民众的悲歌："入山教化番民，我于朱舜水/并不多让；以制度付诸洪荒/船山复出也须引我为知己/即使道不行，我吴凤/一旦将以垂老的生命/肝脑涂地来诠释泛爱亲仁的/道理。假如他们能记忆着我/让阿里山永离血腥和杀戮/一死不轻于张煌言从容就义。"（杨牧《吴凤》）谭嗣同在死神逼近时不仅毫不退缩，还主动向死亡挑战，为了民众的觉醒和民族的未来慷慨赴死。因为他坚信："不有行者，无以图将来/不有死者，无以酬家国。"对屈原、吴凤、谭嗣同等民族历史中的英雄豪杰"为了保存价值而死""不有死者，无以酬家国"的精神的执着记忆，既产生于一种对这种精神在当今社会逐渐消逝的哀伤之情，也产生于在异质环境中弥补时间的不延续性或空间的隔绝性的一种自我防御本能。因而，对历史上舍生取义精神的再现与张扬的意图一在于以记忆来重构民族历史光辉的一面；二在于以不怕牺牲、勇于牺牲的屈原、吴凤、谭嗣同等民族历史中的英雄豪杰与钩心斗角、欲望膨胀的现代人相对比，表达着诗人们对民族历史文化中"立德"精神的眷念与认同。由此，这种对舍生取义精神的集体记忆就显示了强大的反思和批判功能，体现了诗人们对个体存在的价值和终极意义的思索与追问。

从本土文化中心主义意识出发，北美、欧洲乃至东南亚等国家和地区集体想象中的中国历史文化要么因为没有宗教的支撑而缺乏极高的道德含量，要么因为地理环境的恶劣而缺乏强烈的"立功"的进取精神，前者导致了既不宽厚也不诚实的傅满洲一类人的出现，后者导致了顺从、迂腐、优柔寡断的陈查理一类人的出现。像孟德斯鸠、黑格尔、卡夫卡等人就认为，中国地理环境的恶劣生成了中国人的奴性人格。而更为严重的是，汤亭亭、谭恩美和新移民作家哈金等人的小说也受到这种本土文化中心主义意识的影响。在他们的小说中，中国文化与中国人常常成为本土文化中心主义意识凝视之下的一个类像，一个根据需要而任意被阴性化、妖魔化的图像。

那么，我们民族的历史文化究竟是什么样的？我们的民族性格中是否缺乏"立功"的进取精神？带着这样的思考与追问，跨区域华文诗歌在对民族历史文化的回忆和反思中，探寻自我存在和发展的根基，对本土文化中心主义意识进行抵抗和颠覆，在总体上体现出了一种与汤亭亭、谭恩美、哈金等人的小说不一样的对待民族历史文化的价值取向。

何为立功？不同的国家、不同的时代对此有不同的理解与阐释。西方古代文明滥觞于爱琴海区域，海上贸易在促进了古希腊商业繁荣的同时也生成了西方人立功高于立德的文化价值观。在他们那里，为了发展与扩张的需要对其他民族进行掠夺，就是一种立功的表现。这种立功观充满着进攻性和血腥味。与之相反，中国文明发源于黄河地区，这里土地肥沃，物产丰富，适宜农业的发展。静态化与秩序化的农业型经济社会催生了"立功"道德化的评价体系。也就是说，在中国历史中，立德与立功是相辅相成的，一方面，立德是立功的基础；另一方面，立德又必须通过立功来体现。

对于中国古代知识分子而言，立功，首先当立报国之功。我们的祖国是三皇五帝开辟的生存之地，是繁衍了千千万万华人生命的母土。因而，报国既是华夏子孙义不容辞的责任担当，也是他们基于内心深处的一种对国家的认同感。循着历史的源头去探寻，余光中、田思、蔡铭等不同区域的华人诗人发现，一部中华民族的历史，其实就是一部仁人志士的报国史。在余光中眼中，"飞将军"李广为人秉直，治军有方，长期战斗在抗击匈奴的前线，使匈奴人闻风丧胆，建立的是驱除强敌之功。"他的蹄音敲响大戈壁的寂寂。/听，匈奴，小草的浅处，/他的传说流传在长安。/谁不相信？/从灞桥到灞陵，/他的长城比长臂更长，/胡骑奔突突不过他臂弯"（《飞将军》）。在马华诗人田思看来，北宋王安石为了国家的振兴，在财政、军事、教育等方面进行了卓有成效的改革，在一定程度上改变了北宋积贫积弱的局势，建立的是治国之功。诗人写道："腐败的习气/千百年来/仍在麻痹着人心/唯有你的精神/是一剂振奋的清醒/一个不设篱笆的心胸/难免惹来许多画地为牢者/乱扔石头/多少世代了/那些石头已化为尘埃/而日月辉照的/却是你愈见峥嵘的风骨"（《读王安石》）。而新华诗人蔡铭认为，岳飞在国家处于生死存亡之际挺身而出，在抗金斗争的最前线连连击退入侵者，立的是救国之功。诗人写道："楚楚痛着/是母亲深深/刺在你背上/在我们记忆中的字'精忠报国'/只为了这几个字/你就得被陷害/且饮毒酒/虽然你的箭，你的刀/向金人要回了/我们的血/这些血啊/仍洗不清/千年来蒙尘的中原。"（《岳飞》）对于中华民族而言，苦难和挫折既是一种损害和不幸，也意味着一种考验。它考验着我们民族的意志和精神，考验着我们民族的凝聚力。在几千年历史的演进过程中，我们的民族之所以历经磨难而不衰，靠的就是李广、王安石、岳飞等这种知其不可而为之，知其也许不过走到底仍是一无所获却不改初衷而无畏前行的报国精神。而余光中、田思、蔡铭等不同区域的华人诗人对民族历史中的这种报国精神的记忆，则是当下的民族共同体成员与过去的民族共同体成员的对话。于是，这种记忆一方面指涉民族的过去，是当下陷于被他者描述存在状态中的华人对被他者有意遮蔽的本民族英雄主义传统的重建；另一方面也指涉当下的跨区域华人的现实处境，是以民族历史中李广、王安石、岳飞等仁人志士无畏前行的报国精神对现在的跨区域华人生命存在的确证和救赎。正是在此意义上，这种记忆在根本上与其说关涉的是历史中李广、王安石、岳飞等的报国精神，不如说表现了当下跨区域华人诗人渴求平等权利的文化诉求。

事实上，我们说跨区域华人诗人对本民族立功精神的记忆是一个过去与当下的对话过程，是因为这种对话过程既表现在对报国精神的记忆上，也表现在对富民精神的记忆上。

我们知道，在中国传统文化中，立功的含义，除了指涉报国之功以外，还包含富民之功。春秋时期的著名政治家管仲就颇为睿智地指出："凡治国之道，必先富民。"（《管子·治国》）汉语体系中"国家"这个词的组合也说明了同样的道理。"国家"是由"国"与"家"两个字所构成的。没有"国"不成其为"国家"，没有"家"同样不成其为"国家"。国的发展与进步脱离不了人民，没有人民"家"的富裕就根本没有国家的长治久安可言。五千年来，正是这种恒定的对国与家、国与民关系的阐释，生成了中华文化中独特的立功精神，也推动了跨区域华人诗人对这种精神的关注。

在台湾新生代诗人陈黎的《后羿之歌》中，后羿就是一个拯民于水火的大英雄。在天上同时出现十个太阳，"毒恶的旱灾流行于中国的土地"之时，后羿临危受命，射杀了九个太阳，为民众重新带来了安定的生活。余光中的《燧人氏》歌咏的是远古时期的人工取火的发明者燧人氏。在人们生活水平极低，只能"茹毛饮血"之时，"他的舞恒向上，他的舞/恒向上"，经过艰辛的探索，给人们带来了光明、带来了温暖、带来了烤熟的美食，也成为"我们的老酋长"。而在马华诗人傅承得、温任平的《筷子的联想》《从古人游，并抒块垒》、菲华诗人谢馨的《中国结》、新华诗人刘含芝的《蚂蚁》、台湾诗人方明的《潇洒江湖》等诗中，诗人们则对有功于人民、民富国强的朝代进行了歌咏。"大汉天威/咏叹短歌行/更赋归去来兮/忘却兵荒马乱/金筋玉筋的落向/应是唐诗宋词的盘碟"（傅承得《筷子的联想》）。"从唐诗宋词的墨渍/望回来/天涯路一千多年/说多远就有多远/气急的你/纵如何飞跃追赶/还是/错过那种辉煌"（刘含芝《蚂蚁》）。"且在每一个/转身的姿态，每一个/低徊的流盼里，中国啊！/中国，我痴迷地模拟/你/唐汉的风华"（谢馨《中国结》）。而大汉、大唐盛世的出现，是与无数立志富民报国的仁人志士的立功精神不无关系的。在汉代，"还有什么比苏武的鞭节更耐冷"？"还有什么比李广的胳臂更长围筑城墙"？（方明《潇洒江湖》）而唐代的韩愈"谏迎佛骨，驱逐鳄群/傲骨豪情之外/更有一份干云的气魄"（温任平《从古人游，并抒块垒》）。这里，对民族历史上富民报国的仁人志士的立功精神记忆的凸显极大地来自跨区域华人诗人们的自豪感。在一代代立志富民报国的仁人志士的努力下，历史上的中国曾经保持了几个世纪的富甲天下的荣誉。这种荣誉作为一种力量之源，不仅仅在跨区域华人中传达一种民族共同的认知，也在传播和催生一种民族相同的情感、价值取向。在不同文化有着巨大差异和激烈碰撞的环境中，这种共同的认知、情感、价值取向对于华夏民族的凝聚和延续具有十分重要的作用。应该说，这种以挖掘富民报国的仁人志士的立功精神的历史资源、彰显民族经济历史真相的写作，不在于为跨区域华人恢复一个充满事实真实的历史上的经济中国，而是重构一个能够为跨区域华人所需要的充满着现实关怀的经济中国。于是，从本质上说，这种对富民强国的立功精神的历史化叙事就是跨区域华人诗人以此在的现实体验为基础，以超越此在的局限与困境并在超越中获得自我存在的真实感、确证自我生存的价值意义为宗旨的。

在港澳台、东南亚、北美、大洋洲等区域中，华人的民族意识或受到主体民族的压制，或受到分离主义势力的打压。在抵抗这种压制或打压中，记忆扮演了非常重要的角色。而由于所处的区域和写作者的个人经历不同，跨区域华文诗歌记忆中的中国形象又呈现出了同中有异的意义内涵。余光中、方莘、向明等台港澳诗人不仅要像古代诗人那样经受被放逐于内地范围内另一空间的羁旅之苦，还得经受被放逐于内地以外的孤岛的流离之苦。于是，他们为残酷的命运所驱使，挣扎在孤岛意识与大陆意识的冲突之中而忧伤不已。他们记忆中的中国既指向生他们养他们的地理上的故乡，也指向滋润他们心灵的传统文化。这种记忆中的中国形象因为承担着这些诗人浓厚的乡愁而充溢着既忧伤也温馨的色彩。

如果说大多数台港澳诗人的乡愁意识主要指涉的是离家和思家之苦，那么，雪阳、西彤、非马、张错、李佩徵等北美、大洋洲、欧洲的华文诗人的乡愁意识在此基础上则还指涉离国与思国之苦。从中国大陆、台湾走向北美、大洋洲、欧洲，雪阳、西彤、非马、张错、李佩徵等漂泊者作为异族文化之子被彻底地边缘化，在西方文化与中国文化的二元对立中，建构在充裕物质基础之上的西方文化话语以一种无所不在的霸权和歧视方式，向来自相对贫困国度而处于劣势地位的雪阳、西彤、非马等漂泊者进行挤压。不同的文化冲突在他们心灵中无情地碰撞、撕裂，使他们感受到生命不能承受之轻。正如余光中所说："他那一代的中国人，有许多回忆在太平洋的对岸，有更深长的回忆在海峡的那边，那重重叠叠的回忆成为他们思想的背景灵魂日渐加深的负荷，但是那重量不是这一代所能感觉。旧大陆。新大陆。旧大陆。他的生命是一个钟摆，在过去和未来之间飘摆。"[1] 他们一方面深刻地认识到自己民族文化中落后的一面；另一方面又立足于当下视野，凭着刻骨铭心的童年或少年时的生命体验以及想象的穿透力，去接通民族文化中那些至今仍具有现代性意义的脉流和生命力。他们记忆中的中国，既见证他们从旧的中国文化之家叛离出来而漂泊西方世界的辛酸，也见证着他们难以完全认同排斥与打压华人民族意识的西方文化的困惑。因而，他们诗歌中的中国总与生养他们的那片神奇的中国大地和居留的西方世界有着难以割舍的联系，充满着对中国历史的想象和对文化中国与文化西方的反思以及对人类、宇宙本质的思考。

与雪阳、西彤、非马、张错等大多数北美、大洋洲、欧洲的华文诗人

---

① 余光中：《蒲公英的岁月》，载林辛编《听听那冷雨——余光中散文精品选》，山东文艺出版社 1994 年版，第 29 页。

不一样，林幸谦、傅承得、温任平、长谣、辛金顺、游川、陈大为等东南亚华人诗人已经是第二代、第三代乃至第四代华人移民。如果说雪阳、西彤、非马、张错、李佩徵等北美、大洋洲、欧洲的华文诗人更多的是面对所在区域西方强势文化的排斥与打压，那么，林幸谦、傅承得、温任平、长谣、辛金顺、游川、陈大为等东南亚华人诗人更多的则是面对所在国政治上与经济上的排斥与打压。这种排斥与打压的结果，使东南亚华人移民的第二代、第三代、第四代对中国和中国的历史越来越陌生。陈大为指出："真正读过历史的人不多，了解文化本质的人更少了。对这么一个只有一所中文系的赤道国度来说，该有的苛责都不该吐出。中国真的越来越抽象，最终成为一颗壁球，使劲儿地弹跳于知识没有粉刷的四壁之中。"①这种局面引起了陈大为等东南亚华人诗人的焦虑，强化了他们对中国的记忆。但显而易见，这里的记忆与他们的有着切身经验的故乡情结无涉，与作为地理上的故乡的中国关系不大，而是指向着中国遥远的先民遗址、原始意象、经史典籍和神话等历史文化符号。正如陈大为所说："我喜欢古老的事物，有历史的色泽和思想的厚度。虽然我还没有能力完成理想中的恢弘诗篇，也许还需要十年或更久，但理想是必须的。"②对于陈大为等东南亚华人诗人来说，中国的历史文化"由于是'获得'（而非赐予），便可能对这一份礼物格外珍惜。这种'珍惜'带着强烈的心理补偿意味，因而，他们甚至比中国文化区的书写者更在乎、更强调文字的'中华性'（文化性）"。③在这种补偿心理的驱使下，陈大为等东南亚华人诗人力求在他们的诗中构筑一个想象的历史文化的中国形象。这一形象是诗人们立足于东南亚对中国传统文化在地化的演绎，表达着他们对本族群的历史文化的激情、想象和反思。

跨区域华文诗歌记忆中的中国形象虽然呈现出了不同的形态和意义内涵，但这些再现性的中国形象都有其学理上的合法性，它们既是跨区域华文诗人对抗身份不被认同的危机的一种现实需要，也表现出他们对民族历史的想象和对民族未来的憧憬。由此可见，记忆既是跨区域华文诗人立足

① 陈大为：《抽象》，载《流动的身世》，九歌出版社1999年版，第92—93页。

② 陈大为：《代跋：换剑》，载《再鸿门》，文史哲出版社1997年版，第137、139页。

③ ［马来西亚］胡月霞：《李永平的原乡想像与文字修行》，《浙江大学学报》2005年第1期。

于"此在"对历史的回顾，也是他们借助于历史对未来的启示。在跨区
域华文诗歌中，记忆的意义正在于这种对历史、此在和未来的连通。正如
海德格尔所说："回忆绝不是心理学上证明的那种把过去牢牢把持在表象
的能力。回忆回过头来思已思过的东西。但作为缪斯的母亲，'回忆'并
不是随便地去思能够被思的随便的东西。回忆是对处处都要求思的那种东
西的聚合。"① 海德格尔所说的"聚合"就是一种记忆的审美整合和转化
力量。利用这种审美整合和转化力量，跨区域华人诗人重构了个人和民族
的历史。这种重构并不意味着他们想要真的回到过去世界，而是意味着他
们对现实与过去关系的断裂的不满。他们希图通过想象个人和民族的历史
来重建完整的自我认同，完成对现实中个体生命与世界创伤的修复。由
此，跨区域华文诗歌中的记忆的文化功能就不只在于对真实的个人和民族
历史的呈现，并且也显示了不同区域华人之间共同存在的对身份的连贯
性、一致性的迫切需求。

第二节　类比式想象

在跨区域华文诗歌中，我们可以经常发现一种想象，它是根据"类
似律""相似律""接近律"原则，将两种具有某种类似点的表象叠加为
一体，从而综合生成出一种新的形象的想象方式。根据心理学理论，这就
是类比式想象。

跨区域华文诗歌中以现实为基础的象征性类比随处可见，这些诗歌中
的象征性类比总是以某种象征性符号去表达特殊的意义。而在索绪尔看
来，"象征的特点是：它永远不是完全任意的；它不是空洞的；它在能指
和所指之间有一种自然的根基"② 。从跨区域华文诗歌想象的运动过程看，
跨区域华人诗人对象征性符号的采纳并不是完全任意的，而是按照他们的
情感与思想的表达的需要去选择的。被选取的动物性象征、地景式象征、
节日性象征符号的形式与它们指涉的文化意义的联系也不是牵强附会的，
而是在漫长的历史延伸中自然生成的。总的看来，这些象征性符号既涉及

---

① 海德格尔语，转引自刘小枫《诗化哲学》，山东文艺出版社 1986 年版，第 237 页。
② 索绪尔：《普通语言学教程》，商务印书馆 1985 年版，第 104 页。

民族共同体的历史记忆，也涉及民族共同体的文化价值和文化精神。依托于它们，跨区域华人诗人将个人的命运融入了民族共同体的命运之中，民族共同体既是他们情感的归属，也是他们身份、文化、精神的归属。

一　标志性动物象征

跨区域华文诗歌中的象征性类比首先值得我们关注的是动物性象征符号。在地球上的生命种类之中，人与动物的关系最为密切。从人类发展的历史看，人类是猿猴的子孙，没有动物，就没有人类的出现；没有动物，就没有人类的发展。正是因为动物对人类具有如此重要的价值与意义，因而，在人类早期的信仰中，动物图腾是人类最为推崇的图腾。而对于世界上不同国家、民族的人群而言，这些动物图腾都产生于特定的历史背景和文化背景，折射了不同国家、民族的宇宙观念与生命观念。例如，古突厥人、古回鹘人崇拜狼，一直到20世纪，哈萨克的一些部落仍然打着以狼为标志的旗帜；俄罗斯人崇拜双头鹰，至今俄罗斯的国徽上仍然印着双头鹰的图案；西方人恐惧甚至厌恶龙，认为龙是极端邪恶或魔鬼撒旦的象征；中华民族则崇拜龙，对于中华民族而言，龙既在时间上呈现为对一种血缘的承继性关系的维护，也在空间上表现为对基于共同的生存环境而形成的共同的文化的肯定。而跨区域华人诗人之所以在他们的诗歌中不厌其烦地写到龙，就既是因为作为龙的传人，诗人们与龙有着一种血肉相连的情感，也是因为作为中华文化的精神象征，龙的图腾蕴藏着时间上、空间上的极为深刻的象征寓意。

作为中华文化共识度最高的符号，与中华文化的博大精深一样，龙的文化内涵也是极为丰富的。在香港诗人林仁超的《龙背上的诗心》中，龙与盘古齐名，是繁衍了炎黄子孙的开天辟地的创世神："曳一串悠悠丹桂的芬芳，/我紧抱盘古偕来的矫矫神龙/回旋于南溟、北极/东海、西洋……"在杨泽的《仿佛在君父的城邦》一诗中，"龙"不仅作为中华民族的祖先在物质上惠泽万民，还铸造了中华民族独特的文化传统。"我背坐水涯，梦想河的/上游有源远的智慧与爱/梦想河的上游，龙族/方在平原上定居，幼麟奔过/君父的梦中带来了美丽的器饰文字，/玉的象征，大地与国人的永恒婚庆。"在台湾诗人方明的《赏月》、泰华诗人曾天的《爆竹声中思悠悠》等诗中，龙则包含重情感、重礼仪的含义。方明的

《赏月》表现了龙族的子孙对母土的深入骨髓的苦恋:"今夕,莫问我缤纷的神话/有诗有酒有一面/古典的铜镜……龙族的子孙是最懂得醉的/不然你教我如何对影/干下那一壶家乡的/思念。"曾天的《爆竹声中思悠悠》表达了龙族子孙渴盼吉祥如意的强烈意念:"逢年过节,/传统的龙的吉辰,/在午夜,在凌晨/你听!那阵阵的、/噼噼啪啪的爆竹声连天,/震动人们的心弦!……/燃爆竹,庆升平的传统仪式!"在台湾诗人余光中、白灵的《大江东去》《黄河》等诗中,龙被灌注了勇于开拓、勇于进取的精神。"大江东去,龙势矫矫向太阳/龙尾黄昏,龙首探入晨光/龙鳞翻动历史,一鳞鳞/一页页,滚不尽的水声。"(余光中《大江东去》)"而黄河,而龙啊/中国最神秘最最雄壮最最撼人的龙啊/终不肯藏形,不肯就擒,终不肯!//一切都因为/动"。(白灵《黄河》)在泰华诗人李少儒的《调和一条根的母音》中,龙是指涉一种个人与民族共同体的一种默契联系,是超越所有障碍,沟通不同立场、不同观点的华人的血缘纽带:"泾渭可分清浊,源流怎可分割一支孤独?/碧空的一轮玲珑月——有黄河、有诗国、有龙族。"在新华诗人张从兴的《龙图腾》中,龙作为中华民族的精神信仰和情感纽带,不仅是龙的子孙化解外在压力、摆脱现实生存困境的依靠,还是他们能够不断地以优化的运动状态向前发展的根本动力机制:"轩辕也走了/留下了文字/一只神兽/从未见过的神兽/在血光化成的/祥光中诞生了/它有/蛇的身/鳄的头/鹿的角/鱼的鳞/鹰的爪/蜥的足/几十年过去了/几百年过去了/几千年过去了/它在风中长大/它在火中长大/它在雷中长大/它在雨中长大/渐渐的/它有了个/响亮的名字/中/华/民/族。"可以说,余光中、张从兴、李少儒等华人诗人对龙的意义的解读不是对这一图腾符号原始意义的否定,而是以新的思维观念对它的原始意义的丰富和拓展。由此,他们诗中的龙就成为类比想象的产物,当诗人们面对它、书写它时,他们感受到的是种种令人激动、振奋的精神的进入。这些精神涉及团结凝聚的精神,勇于开拓、勇于进取的精神,爱好和平、谋求和谐的精神,它们都是龙的精神的体现,都是中华民族不可或缺的元素和特质。这些精神的进入让跨区域华人诗人感到充实和满足,它们深化了他们对民族共同体的归属感与认同感,而这种归属感与认同感从某种程度而言恰恰是对仇视龙的居住地主流文化的间接批判。

在对龙的意义不断地发掘中,余光中、张从兴、李少儒等华人诗人们与龙的符号蕴含的种种精神发生了交流与沟通。然而，这种交流与沟通并不总是顺畅的。在一些时候，诗人们的内在心理对龙符号的一些内涵恰恰是拒绝的。像台湾诗人简政珍、马华诗人林幸谦等对龙的震慑邪恶的意义的怀疑就是如此。从很早的时候开始，人们就赋予了龙震慑邪恶的宗教意义，这种原始的理念一代又一代地延伸下来，有时候却在外力的冲击下搁浅在历史的沙滩上。简政珍写道："那一年/进城的人/用匕首在和尚的胸口/画一个十字架"，"那一年/进城的人/为了不使字画/身陷将点燃的大火/他们在西方/典藏东方的历史"，"那一年/许多家庭盘算/要饿死那一个人/才能支付赔款"。在这民族生死存亡的关键时刻，作为震慑邪恶的象征的龙不仅没有显示出力挽狂澜的强大力量，反而是软弱无力的。这让龙的传人们情何以堪？他们开始质疑自己的身份，于是有了诗歌最后一句的发问："那一年/许多人都在说/我是龙的传人？"（《那一年》）林幸谦则将自己对龙的复杂情感写得极富层次感。作为一个海外华人，他对中华文化的精神象征的龙曾经极为崇拜，然而，随着时间的推移，他对龙的认识日趋理性化，他对龙震慑邪恶的意义的怀疑也日趋加深："崇拜神龙的中国/实则蟒蛇崇拜/神圣不足，狡猾有余。"这样一种日趋加深的怀疑意识，使得林幸谦深陷在痛苦的旋涡中难以自拔："我在变体的空虚中，战栗/难忘做神与虫的滋味。"（《中国崇拜》）如果说简政珍是对龙符号蕴含的某种精神的萎缩表示了质疑，那么，马华诗人陈大为对龙符号蕴含的某种精神的过于膨胀则语带讽刺。在历史的发展中，龙也被统治者赋予了自己化身的意义。既然龙是神兽，那么，在统治者看来，他们手中的权力就是神授予的，它高高在上，神圣不可侵犯。即使是那个治水的英雄大禹也不例外。当人们提出治洪的功劳簿上应该记上大禹父亲鲧的名字的说法时，大禹表现得极为专横、跋扈："我伟大 龙塑像的灵魄/怎会是前人肥沃智慧的承接？/衰败与平庸的早该淘汰/灯光只需锁定偶像而非舞台。"（《治洪前书》）陈大为、林幸谦、简政珍的诗歌，体现出了跨区域华人诗人对龙符号的民生、民主意义的重视，在他们看来，一切有利于龙符号中民生、民主意义表达的现象都是值得肯定的，而一切有害于龙符号中民生、民主意义表达的事情都是应该否定的。正如痖弦在评论林幸谦时所说："对他而言，他不拒绝拥抱；但也有强烈的出走的欲望，那是一种极端的痛苦、矛盾、迂回的心态，属于一种希腊悲剧伊底帕斯的杀父情结，对这样的情结，林幸谦表现得特别成功，成为本书的一大特色。"① 这样看来，龙的符号意义在跨区域华人诗人这里虽然有时互相交织与自相矛盾，然而，它们都体现了诗人对中国龙文化的反思，最终都从不同方向指向了对人本思想的期待，这种期待，在任何时代都存在，但于今尤为强烈。

二　核心性地景象征

跨区域华文诗歌中的象征性类比其次值得我们关注的是地景式象征。从符号学的方位考察，特定的国家的地景既是一种视觉符号，也是具有深层象征意味的文化形象，它可以传达一个民族的特定信息，激发一个民族特殊的文化想象力。在跨区域华人诗人的诗中，可以传达中华民族的特定信息的地景式象征符号出现得最为频繁的是长城、长江、黄河等。这是因为，作为区别于世界其他民族的中华民族的地景式表征形象，它们既是中国地理形象中最为突出的标志，也蕴含跨区域华人诗人对中国地理形象的文化想象。

在新华诗人周灿、郭永秀，台湾诗人余光中、郑愁予、钟玲、白灵，美华诗人李宗伦等跨区域华人诗人的眼中，长城、长江、黄河等不仅是中国标志性的地景，也不仅是他们诗歌叙事中的一个令人瞩目的场景，还是富有生命力的中华民族的象征。它们不仅为中华民族所拥有，还在以它们特定的风格塑造着一代又一代的炎黄子孙的性格。它们是中华历史和文明的伟大见证：长城"穿过秦汉魏晋/唐宋与明清/穿过似长非长/似短非短的岁月/起伏/沉浮/起起伏伏/沉沉浮浮/风雨/阴晴/风风雨雨/阴阴晴晴"（周灿《长城短调》）。它们是炎黄子孙和平生活的坚强保卫者和力量的来源："你这条巨蟒/曾以雄性的拥抱/紧缠中国二十多个世纪！/起伏的漠野上/唯独你/守住代代人的安全/守住代代人的心悸。"（钟玲《长城谣》）"这外围关口正如悬崖刻的'天险'/这防卫前哨比绝壁更壁垒森严/尽管'秦时明月汉时关'不复歌吟/弓箭盾牌也横卧在博物馆里边/万里长城仍以其雄姿昭示后人/众志成城，又有谁再胆敢垂涎。"（王一桃《八达岭（三）》）"大江东去，千唇千麕是母亲/舔，我轻轻，吻，我轻轻/亲亲，

---

① 痖弦：《漂泊是我的美学——林幸谦生命情结的文学省思》，载林幸谦《诗体的仪式》，九歌出版社 1999 年版，第 3 页。

我赤裸之身/仰泳的姿态是吮吸的姿态/源源不绝五千载的灌溉/永不断奶的圣液这乳房/每一滴，都甘美也都悲辛/每一滴都从昆仑山顶/风里霜里和雾里/幕旷旷神话里走来"（余光中《大江东去》）。在历史的风暴中，长城、长江、黄河保护了一代又一代的华人，它们是华人永远不变的精神家园。在这种精神家园中，余光中、钟玲等华人诗人体验到了一种在异国都市中久违了的安定感和幸福感。马华作家胡金伦写道："回首历史，触目所及的是海外华人绵绵的不眠眼神。一则则不泯的信念，是祖父辈们胸口永远难以抚平的伤痛。飘荡流浪在乌托邦的边缘地带的孤独灵魂，终生没有落叶归根的灵冢。那被视为血肉相连的母体，间隔了浩瀚壮澜的黄河情结。命运的巨灵神，破裂成光影般大的碎片，沉积在祖国山河的原始图腾。走过历史长廊，隐约听见文学的跫音响起一片韵丽的天空。那是我混沌的梦境里，千千万万方块字的神州大地。生命中不能弥补的缺憾，我在方块字构筑的异次元世界，获得极度的快慰。"[1] 而事实上，没有安定感和快慰感，人就不可能拥有稳定的栖居地。正如美华作家许达然所说："在异邦，用筷子，怎样夹都不如家乡味；读古文，怎样卧都不像长城；捧唐诗，怎样吟都不成黄河。"[2] 而反之，人则会因为精神有所凭借而充满着力量和斗志。这时的长城、长江、黄河，在诗人们心中又成为意志坚强、勇于进取的英雄："那时，我们的祖先/从黄河翻滚的急流中/湍湍涌出/涌向无人的海岸/向南，向陌生的异域/不毛的芜岛/以两枝竹筷/徐徐插下，一则/拓荒的血泪史"（郭永秀《筷子的故事》）。"一切都在动/肉眼可见水最动/黄河，中国的胎盘、子宫/脐带！中国最最具体的'动'/中国黄金闪闪的龙啊/曲曲折折，曲曲，折折/爱动！/爱像新春的舞龙/爱在人烟稠密的广场/爱在华夏中原，平平坦坦"（白灵《大黄河》）。"湍湍涌出""爱动"言说的都不是一种静态的空间状态，而是一种狂欢精神，是身居现代都市中的诗人们理想情怀的投射。当诗人们日趋一日地厌倦城市生活的单调和沉闷时，"湍湍涌出""爱动"的黄河等空间向他们提示了一种可能的更为自然的生存方式和生命精神，它们将诗人们从都市中"烦"的生活中解救出来，精神在与这种故土地景空间蕴含的精神的融合中变得日趋坚强和勇敢。这时他们心中的长城、长江、黄河，又是坚

---

① 胡金伦：《历史的皮肤是记忆的颜色》，《南洋商报·南洋文艺》1995 年 5 月 9 日。

② 许达然：《土》，《台湾艺术散文选》第三册，百花文艺出版社 1990 年版，第 5 页。

韧不拔、百折不挠的抗争者："晨起太阳未现／以致天地异样广阔／长城像一个担夫担着群山／从地平线上彳亍走来……长城——躺在毡上的苦力／明天仍挑同样的担子"（郑愁予《苦力长城》）。"长江在太平洋呜咽／您苍茫的背影／犹在岁月里明灭不定／中国啊！您千古的创痛／沉默在祖莹的山头／我的跪姿则酝酿着乡愁。／……中国！择洒泪水的黄河／流不尽腥风血雨和国仇／您眼睛愤怒着火花／燃烧万里长夜和我的漂泊／中国啊！您创痛的伤痕／迸流出血和泪／在永恒的源头"（李宗伦《中国，请听我说!》）。巍巍长城，滔滔长江、黄河，它们在向世界展示着中华民族的宽广崇高和自由奔放精神的同时，也显示了中华民族的坚强意志和伟大气魄。从古到今，它们不舍昼夜地将这种精神、意志和气魄化作纽带绾起了千千万万炎黄子孙的心灵，促进了中华文明的发展。如果说，诗歌就是要超度个体生命灵魂进入一个比"与现世更纯粹、更不朽的宇宙"①，那么，对于余光中、李宗伦等不同区域的华人诗人而言，他们在对长城、长江、黄河进行观照时，个体生命超越了现实时空的种种限制，进入了一个具有大气象、大魂魄、大境界的广大无边的象征世界。"我摊开手掌好比摊开／那张秋海棠的叶子／把命运的秘密公开／这条是黄河充满激情／那条是长江装着磅礴／我收起手掌／听到一声／骨的呻吟"（香港诗人戴天《命》）。他们从象征世界中参悟了民族文化与自身本质深不可测的秘密，生命情感像川流不息的长江、黄河一样，汹汹涌涌地一往直前。此时，诗人们的个体生命生存在长城、长江、黄河等地景式象征世界之中，象征世界也生存于诗人们的个体生命之中，诗人们的个体生命已化入恢宏的长城、长江、黄河等地景式象征世界，与象征世界同其不朽，与象征世界共其辉煌。

不过，在余光中、李宗伦等诗人的诗中，长城、长江、黄河是一个个充满矛盾的复合体，它们既具有正面的意义，也有负面的意义。在历史风雨的侵蚀下，长城、长江、黄河都出现了"一条绵长的伤口"（简政珍《长城上》）。长城"巨大的脊背，已经慢慢地佝偻了"（张默《长城，长城，我要用闪闪的金属敲醒你》），"灰色的土石已斑剥"（简政珍的《长城上》），"长城斜了，长城歪了／长城要倒下来了啊长城长城……旋天转地的晕眩，大风沙里／砖石一块接一块／一块接一块砖石在崩裂／摇撼比战国更大的黑影／压下来，压向我独撑的血臂"（余光中的《长城谣》）。长

---

① 梁宗岱：《谈诗》，《诗与真·诗与真二集》，外国文学出版社 1984 年版，第 95 页。

江、黄河在历史风雨的侵蚀下也日渐呈现出了悲剧性的一面。随着"浊浪"地不断倾入，它们的生命力变得日趋萎弱。长江是"浊浪滚滚的长江"（张默《昂首·燕子矶》），黄河则在"百十个苦难/亿万个苦难/一股脑儿倾入"中日趋"浑浊"（非马《黄河》）。从某种程度而言，这与其说是写长城、长江、黄河的种种受伤的情状，不如说是写诗人们对一种受到伤害的标志性景观和自然的生活方式的哀悼。正如香港诗人陈昌敏所写的那样：八达岭顿然成为我的心/长城你是一条多刺的荆棘/紧紧把它纠缠住/当车上一名外国人说：//"这里的地方既广袤又贫穷"/"我痛极欲泣。"（陈昌敏《长城》）

　　事实还不止于此。在余光中等诗人看来，长城、长江、黄河的"萎弱"既是它们物理身体特质的一种呈现，也是中国传统文化中封闭、保守思想的象征。历史上，一代又一代的统治者都极力将长城、长江、黄河的功能进行神话化，鼓吹它们可以抵御外敌的入侵，保障我们民族的整体安全。而历史已经证明，以长城、长江、黄河将庞大的帝国围成一个巨大堡垒的退守政策既不能减弱外族入侵的狼子野心，也没有使我们的民族与危险、伤痛、灾难永远隔离开来。在不同的异族的强大攻击下，长城连同黄河、长江难以跨越的神话有时会像肥皂泡一样破灭，"用战歌围筑的昂伟也抵不住你一夕饕餮，一次沉沦的嘶喊"（方明《黄河》）。它们守护的广袤土地上上演了一幕幕悲剧。"烽火熏黑天幕/杀声冲破塞门/女人号啕胡马上/她男人的头颅/悬在胡儿鞍旁滴血"（钟玲《长城谣》）。"那一年，无数的女子/在月光下/以疲软的树梢/吊起自己细长的身子/修长的投影/是一个静谧凄美的构图/在水面上浮现/而水中已无法装载拥挤的尸身/和引起水波荡漾的/一些离歌"（简政珍《长城上》）。于是，历史将战乱、伤痛、死亡等一笔一画地刻在了长城、长江、黄河之上，它们又成为民族历史中悲剧性命运的象征。

　　当长城、长江、黄河成为封闭、保守思想的象征时，它预示着的是华人精神家园的失落。于是，对于余光中、钟玲等诗人而言，长城、长江、黄河既是给予他们归属和安全感的空间，也是囚禁他们自由思想之地。而无论是作为失落的精神家园，还是回归的精神家园，长城、长江、黄河寄托着的都是诗人们的深深的怀旧之情，它们都作为象征系统的组成部分，从不同的侧面折射了一个博大精深的中华文化空间。

三　代表性节日象征

最后，跨区域华文诗歌中的象征性类比值得我们关注的是节日式象征。我们知道，任何民族的节日都是传承和延续这个民族传统文化的象征系统，它们都借助特定的符号或仪式展现着民族特定的生活方式，表现着民族特定的精神品质和追求。中国是一个具有源远流长的文明古国，历史馈赠我们民族十分丰富的节日象征符号。虽然在历史风雨的吹打下，许多节日符号的文化意义逐渐被淡化，然而，大部分节日符号蕴含的基本精神品质和文化追求，像赤诚爱国、贵和尚美、孝亲敬老等文化精神仍然被传承和延续下来。这些节日符号蕴含的基本精神品质和文化观念，最容易唤起跨区域华人诗人对亲人、母土的情感，激发他们的民族情感和对民族传统文化的认同。马来西亚华裔新生代作家钟怡雯就认为："华人可从文字、语言、习惯、节庆等共同象征系统凝聚民族意识，并借此召唤出一种强烈的认同。"① 而在我国众多的节日中，跨区域华人诗人最为看重的是端午节、春节、中秋节和清明节。在跨区域华人诗人看来，这几个节日是中国传统节日符号体系中最为重要的组成部分，集中地表现了民族的文化情趣和价值观。

端午节作为民族传统文化的重要象征符号，原来蕴含较为丰富的文化意义，后来则日趋紧密地与爱国诗人屈原联系在一起，成为一个弘扬赤诚爱国的文化精神的节日。每年的这一天，许多华人诗人穿越历史的迷雾，思绪在汨罗江上航行，追怀屈原精忠报国的精神。台湾诗人方旗写道："穿起古时的衣裳/遂有远戍人的心情/江南的每条河上都有船只/各自向上游或下游寻去/呼唤魂随水散的故人。"（《端午》）在追怀过程中，华人诗人们发现，屈原的爱国主义精神和忧国忧民的情怀，已经游动如岚地活在他们心灵的深处，化为精血、骨髓和气质，使得他们情不自禁地对屈原和他的精忠报国精神发出赞美之声。美华诗人张堃写道："锣鼓震天价响/响过两千年的咚咚锣鼓/是荣耀的流传/由汨水罗江流遍/每一翰森的血脉水道……回来吧，魂魄/所有的江河都流着/滔滔的赞美诗来迎你。"

---

① 钟怡雯：《从追寻到伪装——马华散文中的中国图像》，见许文荣《回首八十载，走向新世纪：九九马华文学国际学术研讨会论文集》，吉隆坡：南方学院出版社 2001 年版，第 71 页。

（张堃《遥寄汨罗诗魂》）在这里，当代的张堃等华人诗人与古代的屈原不但不是不可交流的，而且是融为一体的，古代的屈原属于当代的张堃等华人诗人，张堃等华人诗人也属于古代的屈原。当代的张堃等华人诗人在与古代的屈原相互拥有的过程中，超越了世俗的眼光，深刻地理解了屈原与屈原精神的伟大意义。新华诗人长谣在他的《端午怀屈原》写道："楚国已成一阵烟/怀王早化尘土/你的歌声仍响着/涌动浩渺的洞庭湖……屈原，我永远是属于你的即使有那么一天当你的泪珠又飘洒而下而人们却说：That's rain。"长谣、张堃等华人诗人就这样在追忆中华民族英雄的同时，强化了一种强烈的责任感与使命意识。

如果说端午节主要体现了中华民族对民族英雄的缅怀，那么，清明节则侧重表现了我们民族对家族和宗族祖先的祭祀之情。

在中国，祭祀家族和宗族祖先是孝道的一种体现。在孔子看来，在人的行为中，孝是至高无上的。所以他强调指出："人之行，莫大于孝。"①孝道的观念，经过中华民族一代又一代人的传承，既牢牢地扎根于我们的国土之上，也融入了世界上所有华人的血液之中。每逢清明，跨区域华人诗人都会以各种方式祭祀他们死去的祖先。他们有的"饮水思源"，在清明节开始了他们的寻根之旅。"芒草相互争夺/这片阴阳交界的领域/而我赤裸的双手冒着可能的流血/去拨开你碑石的名姓/去面对眼前开阔的海域"（简政珍《扫墓》）。他们在走入坟地时，走入了自己记忆世界，细细地数点着父母对自己的恩情的点点滴滴："你以布满线条的手掌/培养我粗糙的一生/以微露牙齿/笑谈风雨/转述你的往事。"（简政珍《扫墓》）而现在，这个世界上最爱诗人的人隔着冰冷的墓碑与诗人阴阳相隔，诗人不由得愁思绵绵："但我不知/为何你急躁地/将自己掩埋//从此，每年梅雨/就越加嚣狂了/我不知/是否蚂蚁在你周遭/寻觅家的去处/也不知/附近腾空的洞穴/是否还有狼的足迹/我更不知/秋天是否为了丰收/而播撒了/满山芒草的/花絮。"（简政珍《扫墓》）他们有的在大自然中更为亲密地感受到自己与祖先的血缘联系，在大自然中与祖先的灵魂进行亲密对话，呼唤祖先灵魂的回归："魂兮归来，母亲啊，东方不可以久留，/诞生台风的热带海，/七月的北太平洋气压很低。/魂兮归来，母亲啊，南方不可以久留，/太阳火车的单行道，/七月的赤道灸行人的脚心。/魂兮归来，

---

① 孔子：《孝经》，（唐）李隆基注，陈富元译注，青海人民出版社 2004 年版。

母亲啊，北方不可以久留，/驯鹿的白色王国，/七月里没有安息夜，只有白昼"（余光中《招魂的短笛》）。他们有的通过祭祀父母及祖父母，感受到了生命的更新和复活。"归来啊，母亲，来守你火后的小城……春天来时，你要做一个女孩子的梦，/梦见你的母亲"（余光中《招魂的短笛》）。既然人的身体来自父母，那么，死去的父母就是活着的儿孙们的生命之源，活着的儿孙们的生命中则奔腾着死去的父母的血液。从这个意义上说，死去的祖先虽死犹生，他们的生命在一代又一代的子孙的传承中获得了无限延伸的意义："我接受膜拜/接受千家飞幡的祭典/星辰成串地下垂，激起晷间的溢酒/雾凝看，冷若祈祷的眸子/许多许多眸子，在我的发上流瞬/我要回归，梳理满身满身的植物/我已回归，我本是仰卧的青山一列"（郑愁予《清明》）。我之所以能够"回归"，是因为祖先的肉体可以死亡，灵魂却是不会死亡的。不死的灵魂与自然界的青山融为一体，获得了永恒的意义。

对华人而言，无论是祭祀民族的英雄还是祭祀自己的父母，其终极目的则在于希望死去的民族英雄和自己的父母能够保佑活着的祭祀者，使活着的祭祀者家庭团结、和睦。毕竟，生存与繁衍才是人类最为根本的需求，没有了个人的存在和家庭的兴旺，孝道就会因为失去其执行人而变得毫无意义。而最能表现华人希冀家庭团结、和睦的心愿的节日又莫过于中秋节和春节了。在跨区域华人诗人的诗中，每逢春节、中秋节，诗人们都格外想念亲人、想念家、想念故乡。马华诗人游川在春节想起了"母亲做的""甜甜粘粘"的"年糕"，这年糕"记忆年年/辗转磨了又磨/磨出糯米洁白的/内涵，是年糕的灵魂"（《年糕》）。台湾诗人彭邦桢在中秋节看到月亮，想起了自己的故乡："水里一个月亮/天上一个月亮/天上的月亮在水里/水里的月亮在天上/低头看水里/抬头看天上/看月亮/思故乡"（《月之故乡》）。对于彭邦桢、游川等华人诗人而言，家和故乡都意味着温馨，意味着团圆。在菲华诗人白凌看来，除夕夜最大的幸福就是一家人聚在一起，"三代/肩膀靠着肩膀/围成圆围成桌面/有的捧碗举筷/有的刀叉齐下/细嚼一盘又一盘/道道地地的中国菜"（《除夕》）。泰华诗人羌岚则认为，中秋节这一天，没有什么比家人聚在一起一边吃月饼，一边互相倾诉对亲人的思念更为快乐的事了："一轮圆月上树梢，/又是八月中秋到/月儿圆又皎/饼儿清香飘……家家庭前拜月娘/厅堂团聚月饼尝……/饼儿清香，怎比儿女绕膝笑/饼儿甜，怎比妻贤语软在心甜！"（《客地中秋吟》）可以说，所有的华人，无论他身处何地，无论他是富裕还是贫穷，家都是他们最为安全的港湾。尽管外面的世界在不断变化，然而，华人对亲情、团圆的需要是不会变化的，对象征着团圆的春节、中秋节的需要也是不会变化的。

从某种程度而言，春节、清明、端午、中秋节都带有一种狂欢化的特性，它们使一代又一代华人获得了最为自由地表达自己喜怒哀乐情感的时机，他们以这一时机来抵抗时间对生命无情的摧残与折磨，企求从单调、沉闷、乏味的现实生活中营造出一个充满意义的瞬间。可是，马华诗人郁人、菲华诗人江一涯、台湾诗人方明、沙丘等认为，也正是因为这些节日的狂欢化特性，节日中也出现了只注意游戏过程而不注意游戏目的的问题。一是只注意节日的物质功能而忽视节日的精神功能："端午虽然年年如昔/吃粽子已别无意义/赛龙舟/也只能在赛马赌狗之余/增添一点乐趣"（郁人《端午感言》）。二是只注重节日的仪式而忽视节日的精神内涵：春节，"爆裂声，响得如此恐怖/惊不走鬼神/却吓坏了不眠的故乡人"（江一涯《爆竹之呻吟》）；清明节，"祭文，早已失去送行人百态泪水"（沙丘《清明记叙》）；中秋节，"上升的香柱焦得月姐缀满羞掩的靥子/炎黄的子孙是善于膜拜善于塑造一尊未名的神，而后用熏火围住/夜的幽暗，喊风喊雨喊山喊海喊道众神瞪目，而节日只是一卷流/亡的野史"（方明《中秋》）。当端午成为"粽子节"，中秋成为"月饼节"，春节只剩下放爆竹的仪式，清明只剩下冷漠的拜祭形式，那么，这些节日就会成为空洞的符号，它们内蕴的赤诚爱国、贵和尚美、孝亲敬老等意义就会日渐淡化。而失去了文化意义的节日，就像失去了灵魂的生命，它将失去生命的活力，逐渐走向衰朽和灭亡。

从本质上说，跨区域华文诗歌中的象征符号是诗人们以诗歌语言为中介，以类比想象力为手段，将自身复杂的价值观念、审美理想等具化到目标域内所生成的意蕴深厚的审美意象。它们既有静态的物质性的一面，也折射着诗人的主观思想感情和人生体验。作为一种现代极具表现力的艺术手段，类比性想象在诗歌中不但帮助诗人们完成了对标志性动物、核心性地景、代表性节日象征符号的对抗、补充和互相指涉性的书写，而且也表现了华人的集体无意识和现代人的精神世界。可以说，龙、长城、长江、黄河、春节、清明、端午、中秋等象征性符号，作为中华传统文化的重要载体，凝结着民族文化中最具活力、最具代表性的精神。它们像一根精神红线，在纵向上将华人与中华民族文化传统紧密地联系在一起，在横向上将分布在亚洲、北美、东南亚、大洋洲等不同区域的华人团结起来。就此而论，作为华人大家庭的成员，跨区域华人诗人对龙、长城、长江、黄河、春节、清明、端午、中秋等的书写，一方面是为了通过这些符号重新找到自己民族的文化源头和个人生命的起点，弄清楚自己"从哪里来"和"去向何方"的问题；另一方面，则是希图通过具有中国特色意义的表达，展现中国标志性的象征符号的独特文化魅力，增强全球华人的凝聚力和中华文化的向心力，促进世界上其他民族对中国具有标志性的象征符号的理解与认同，扩大中华民族在国际上的影响。

第三节 变异式想象

在台港澳、东南亚、北美、大洋洲等跨区域华文诗歌中，存在大量对中国传统进行改铸和更新的变异式形象。一般而言，这种改铸和更新并不是要完全否定原来的传统形象系统，而是试图为被种种主流话语抑制的生命及其历史形式提供某种释放的可能。这些形象与其说是客观事实的记录，不如说是作者主观情感的产物。主观情感的指向与程度的不同，决定着形象的变异的程度与性质。从心理学的理论来看，这种建基于超想作用，对大脑中的感觉表象进行改铸和更新的想象方式，就是变异式想象。这样看来，跨区域华文诗歌中的变异式想象就不只是一种修辞方式，而且是诗人们对中国传统的一种现代性认知思维与方式的表现。借助于变异式想象生成的形象，诗人们在认知中国传统的同时，也在表达着自己深邃的思想。大致而言，跨区域华文诗歌的变异式形象主要是通过对中国传统文学经典、历史人物与历史事件的改铸和更新来实现的。

一 对传统文学经典的重构

中国传统文学经典与文学的现代性的关系，从客观上看，存在两重性。一方面，它有与现代性相契合、相一致的超越层面；另一方面，传统文学经典中也有消极、过时的一面，这一面与现代性格格不入，发生着尖锐的冲突。传统文学经典的这种两面性，在要求跨区域华人诗人对其正面性进行肯定的同时，也必然要求他们将中国传统文学经典置入现代性的架构里面，在与世界上其他国家的文化视域的不断融合过程中，去实现传统文学经典的转换和更新。正是明乎此，台湾诗人余光中强调指出："一位诗人经过现代化的洗礼之后，应该炼成一种点金术，把任何传统的东西都点成现代。"① 在谈及他这一时期的"新古典主义"诗作时，他特别阐明了自己对传统文学题材进行改铸的原则："我以古人古事人诗，向来有一个原则，就是'古今对照'或古今互证，求其立体，不是新其节奏，便是新其意象，不是异其语言，便是异其观点。总之，不甘落于平面，更不甘止于古典作品的白话版。"② 新华诗人王润华指出："在中国本土上，自先秦以来，就有一个完整的大文学传统。东南亚的华文文学，自然不能抛弃自先秦发展下来的那个'中国文学传统'，没有这一个文学传统的根，东南亚，甚至世界其他地区的华文文学，都不能成长。然而单靠这个根，是结不了果实的，因为海外华人多是生活在别的国家里，自有他们的土地、人民、风俗、习惯、文化和历史。"③ 而马华新生代诗人陈大为对传统文化题材的改铸策略是："偶尔借用一则大家熟悉的掌故或人物来当作道具，贯彻某些对事物的批评、某些文学理论的论释，以及对历史的文本性和典律的看法。"④ 显然，余光中、陈大为等跨区域华人诗人对传统的改铸和更新的精神正是源自现代性与传统文学惰性之间的激烈冲突，源自现实主体在与历史文本的对话和阐释中的自主性选择。

应该强调的是，在余光中、陈大为等跨区域华人诗人的诗中，这种改铸的工作并不意味着把传统文学经典完全改头换面。所谓不是完全改头换面，是指基于理解和阐释的需要，作为系统的传统的原来的语言表层结构，被余光中、陈大为等跨区域华人诗人加以保留。在此基础上，余光中、陈大为等跨区域华人诗人对这个系统的语言、结构再作一个新的后设

---

① 余光中：《从古典诗到现代诗》，《余光中散文选集》第 1 辑，时代文艺出版社 1997 年版，第 280 页。

② 余光中：《〈敲打乐〉新版自序》，《余光中诗歌选集》第 3 辑，时代文艺出版社 1997 年版，第 70 页。

③ 王润华：《从中国文学传统到海外本土文学传统》，《台湾香港澳门暨海外华文文学论文选》，海峡文艺出版社 1993 年版。

④ 许通元、陈思铭联合整理：《旅台与本土作家跨世纪座谈会会议记录（上）》，原载于《星洲日报·文艺春秋》1999 年 10 月 23 日。

语言的分析，从而赋予了这个系统以新的形式和内容。赵卫民的《夸父》、郑镜明的《枫桥上冥想》、沈志方的《雨中读柳宗元〈江雪〉》、许悔之的《白蛇说》、曾淑美的《上邪》等诗，就是这方面的代表作。

香港诗人郑镜明的《枫桥上冥想》一诗，是对张继的《枫桥夜泊》一诗的仿用。张继的这首诗用最具诗意的语言构造了一个清幽寂远的意境，诗歌中存在许多意义的空白点。在对此诗的重写过程中，郑镜明极大地强化了自我的主体意识，对原诗的空白结构进行了颇富创造性的想象与追问："桥下流着的是哪朝代的河／河背着的是什么人家的船／船啦船要划往哪一条水巷／春深的水巷是谁临窗眺望／皱眉的眺望祝福远方行客／匆匆的行客在桥上看倒影。"经过郑镜明对张继原诗关键词、句的解码，我们不仅更为充分地理解了原诗中蕴含的深远的生命意识和历史意识，还发现了郑镜明赋予原诗的主体意识、个性意识等现代性的意义，这些现代性意义是对原诗意义的深化和再创造，是历史视野与现实视野融合的产物。与郑镜明的这首诗一样，台湾诗人沈志方的《雨中读柳宗元〈江雪〉》一诗也是以古代著名诗人诗歌中的句子为基础，对原来诗歌的意义进行了新的开掘和提升。诗人写道："千山疾飞，我以一首唐诗盛住／群鸟惊飞，树以一排枝叶盛住／至于人，人怕都到路以外的地方去了／只留一叶孤舟仍留在纸上横着／至于舟上的老翁，舟下的寒江／有人以一根寂寞的钓丝／将他们彼此系住／／什么是不朽呢？这个问题／今早我以一幅山水盛住／喏，挂在壁上了。"柳宗元的原诗中蕴含较为强烈的孤芳自赏的思想。而这首诗则沿着这个思路继续进行挖掘，将原诗对自我存在的观照上升到对孤寂的艺术和艺术家永恒意义的肯定的高度。事实上，人之所以为人而不是物，就在于他能意识到我就是我而不是他人，而走向孤独、创造寂寞，正是艺术和艺术家走向自觉、走向"不朽"的标志。

在跨区域华人诗人的诗中，对传统的语言表层结构的改铸既表现为对词句的仿拟，也体现为对情节脉络、整体结构的化用。沈志方的《失眠数羊不成，改背〈寻隐者不遇〉》一诗是对唐代诗人贾岛的《寻隐者不遇》一诗结构的仿拟。诗歌的文本符号结构并没有变，它仍然保留了原诗寻访隐者未得的叙事形态，变化的只是文本内的叙述声音。整首诗歌，诗人让历史文本中的叙事声音与现代文本中的叙事声音相互交织、相互对话，而诗歌新的意义也由此生发："松、下问、童子言、师采药去／松下、问童、子言、师采、药去／松下问、童子言……"在这里，语言具有的

"二值价值"评判功能已被消解，传统阐释学对贾岛诗歌原意的追逐衍化
成了分解式阅读的多种可能性，字、词、意义的不确定性导致了句段乃至
文本意义的不确定性，语言在进行不断的分延游戏时，也宣告了一成不变
的结构和高蹈世外的桃源梦在现实世界中的破灭。在台湾诗人许悔之的
《白蛇说》中，诗歌新的意义也同样是在历史文本中的叙事声音与现代文
本中的叙事声音相互交织、相互对话中生成的。这首诗仍然以白蛇、青蛇
与许仙的故事为原型，只不过白蛇与青蛇的关系取代白蛇与许仙的关系成
了诗歌的言说重心。"蜕皮之时/请盘绕着我/让我感觉你的痛/痛中癫狂
癫狂的悦乐/如此柔若无骨/爱，不全然需要进入/我将用涎液/涂满你全身
/在这神圣的夜晚/我努力吐出的涎液/将是你晶亮透明的新衣/小青，然后
我们回山里/回山里修行爱和欲/那相视的赞叹/触接的狂喜/让法海继续念
他的经/教怯懦的许仙永镇雷峰塔底。"这里，白蛇与青蛇在历史文本中
的精神上的相互依赖、相互支持关系已转变成了当前诗歌文本中的肉体上
的相互"触接""盘绕"的关系。在传统道学家看来，这种同性之间肉体
上的相互"触接""盘绕"的关系是卑俗的。然而，在许悔之看来，女人
一旦超越男权文化的控制，成为自己身体的主宰者，自由地表达自己真实
的身体欲望，那么，这种身体欲望就会因为真实之光的照射焕发着人性的
光芒。

　　毫无疑义，许悔之、沈志方等诗人对传统文学经典中的故事的解读是
在现代语境中发生的，它染上着浓重的时代的、个人化的色彩。这种解读
的合法性依据不在已经一成不变的传统文学经典上，而在一种能够与现代
相沟通的动态、发展的特殊的民族精神之上。正如马华诗人林幸谦所说：
"古老的残余记忆中，原乡神话保存了某些原始的信息，让后代可以在稍
纵即逝的历史中保有内心世界的秩序。然而，所有的神话终有重写的一
日。任何惊天的变动，我们都不必讶异。"[①] 事实上，无论林幸谦、许悔
之等跨区域华人诗人愿意不愿意，无论他们对传统文学经典有着多么深厚
的感情，传统文学经典的现代化已是大势所趋。正是顺应着这种时代潮
流，台湾诗人赵卫民的《夸父传》在保留了"夸父逐日"的故事原型的
同时，也赋予了这个故事较为强烈的存在主义色彩。

----

① 林幸谦：《狂欢与破碎——原乡神话、我及其他》，《马华文学大系：散文（二）》，彩虹
出版有限公司 2001 年版，第 287 页。

　　个体生命存在，是西方存在主义哲学的一个根本问题。而生命的"烦"正是个体生命存在的基本规定。海德格尔认为，人从根本上说是一种时间性存在，人总是他所不是的东西，他总是离开自己向前滑行。而人每向前滑行一步，他就离死亡近了一步。就此看来，烦的根源就在于时间①。在赵卫民的《夸父传》中，诗人就较为充分地展现了夸父的这种对时间的"烦"。在原来的神话中，夸父是一个为了理想和道义一往无前、勇于牺牲的英雄。这种存在之"有"的定在化，极大地遮蔽了存在之有的丰富性。但这种遮蔽并不是永久有效的。在诗人赵卫民的撞击下，定在的神话文本世界开始出现裂缝。从这些裂缝中漏出的是人们未曾发现的夸父的"烦"："如何一种快乐，转变成哀歌？／如何一种欣愉，转变成寂寞？／自空间里回首，找不到自影；／自时间中前瞻，照不见前尘。／我是谁，何处是灵魂的归宿？／谁是我，何处是诞生的源头？""究竟，该在水里度过平静的一生；／抑或，该迎向火，那幻影的前程？"夸父"烦"的显现过程，也就是他的悲剧意识的敞开过程。不过，在诗歌中，夸父的悲剧意识并不是作为一种消极性意义而出现，而是孕育着较大的积极性意义。既然生命的时间是如此短暂，那么，真正的勇者要做的就是用不满作向上的动力，与命运作不息的搏斗。于是，他大声喊道："'逐日！逐日！走入美丽的象征！'夸父立起，喊声崩落了岩石。""以我夸父的生命，／来消弭大地的永劫，／这就是神圣的精义！"表面上看，夸父这种不顾一切的超越精神与儒家的"知其不可为而为之"的精神相似，但实质上，两者有着较大区别，儒家的知其不可为而为之的精神中有着非常浓厚的功利色彩，知其不可为而为之的行动的意义在于具体的现实功利的实现上，而夸父的超越精神中却淡化了功利色彩。知其不可为而为之的行动过程中的价值和意义却得到了极大的张扬。这样看来，诗人对夸父的"烦"的揭示，其目的就在于消解神话文本对作为存在之"有"的夸父的肢解，以使被遮蔽的夸父还原其原始的本真面目。

　　一般而言，文学经典之所以被称为经典，就在于它能超越产生它的那个时代的限制，它的丰富的内蕴可以在不同时间中的不断理解、不断阐释中向我们渐次敞开。从这个意义上说，对具有独创性的内蕴丰富的文学经典的理解和阐释也应是一个不断开放和生成的过程。虽然对文学经典的重

① 海德格尔：《存在与时间》，生活·读书·新知三联书店 2006 年版，第 389 页。

构是跨区域华人诗人确保民族文化身份不被外来文化湮没，确立文化主体性意识的需要，但在跨文化、跨民族的文学碰撞、交流极为频繁而又活跃的台港澳、东南亚、北美等地区，任何一个民族的文学，无论其独立性如何强，它都不可能停止对外来文学的开放、交流，否则，它就会丧失新陈代谢的能力，将自身推向只有历史感而缺乏时代感的没有生机的死寂状态。因而，对文学经典的重构是中国文学经典保持充沛生机的必需条件，是它们可以不断以优化的结构方式和运动状态向前发展的动力机制。在对文学经典的重构中，跨区域华人诗人的自主性和需要性获得了极大的实现，他们在与其他民族的文学进行了广泛而深入的对话的基础上为文学经典注入了新的血液，形成了一种全新的现代化的视界，这一方面为中国文学经典带来了无限的再生力；另一方面，也为其他民族的读者与批评界带来了审美上的新鲜感和陌生感，激发了他们阅读与了解中国文学经典的热情，从而极大地促进了中国文学经典的现代化、国际化的步伐。

二　对历史人物的改铸

在很长的一段时间里，由于受到居住国先入为主的意识形态的影响，作为外来文化闯入者的中国人的历史一直处于东南亚、北美、大洋洲等地区主流文化中被强加或被忽略的地位，中国人被强行排挤于这些地区的主体民族文化共识之外，常以"他者"形象出现于这些地区的主流历史文化记载中，有关中国人缺乏个性或主体性的看法一直大行其道。更为可怕的是，这些地区的主体民族文化的认知逻辑与价值观对生活于其中乃至台港澳地区的许多华人思想的渗透远比人们想象的深远，许多华人将居住国主流文化对中国人的想象当作了他们的自我想象。就此而论，东南亚、北美、大洋洲等不同区域的华人诗人对历史上的中国人形象的重构，一是意在拨开中国与其他国家的主流话语遮蔽在中国人之上的迷雾，将潜伏的中国人的丰富性和生动性揭露出来；二是在放大本真的历史和记录的历史之间的间隙的同时，重新激活人们对于历史上的中国人的浪漫想象，感受到作为一个华人的骄傲与自豪。

余光中的《诗人——和陈子昂抬抬杠》《水仙操——吊屈原》、《念李白》，钟玲的《西施》，陈大为的《曹操》，罗智成的《荀子》，蓝海文的《范蠡》等诗作，就不再是对传统的历史人物的简单复写和改写，而是作为现实主体的余光中、陈大为、钟玲等人以现代精神与历史人物展开的一种互动性的对话。

受黑格尔等著名学者的影响，18 世纪以来，有关中国人、中国文化中缺乏"主体性""个性"的看法一直在西方社会大行其道。许多西方人习惯人云亦云，以此当成一种时髦，而根本没有对这种话语的真伪进行辨析与考证。而在罗智成、余光中、陈大为跨区域华人诗人看来，倘若我们不想成为有知识却不会思想的知识复读机，那么，我们就必须回到历史文化现场中去，对历史人物进行仔细的检索。在对历史人物的检索中，他们发现，中国人、中国文化不仅不缺乏主体性，还具有非常强烈而又独特的"主体性"和"个性"。早在《神曲》《哈姆雷特》和《浮士德》之前，中国战国时期的思想家荀子就以大胆的怀疑和执着的探索精神反对天命、鬼神迷信之说，阐明了天道具有不因人的情感、意志而改变的客观规律。"荀子说／不要怕／这是罕有的夜／美丽骚动我们生疏的灵魂／不要怕／握紧知识／睁大眼睛／胸怀天明"（罗智成《诸子篇·荀子》）。这里，"天明代表着启蒙的意思，知识和启蒙是不可分开的，知识代表的是很多事情，它代表的是从一无所知或从所知有限的世界到有思绪与逻辑的过程"[1]。荀子的这种大胆的怀疑和执着探索真理的精神，难道不是一种独立、独忧、独问的人格特性表现吗?! 余光中的《诗人——和陈子昂抬抬杠》则是对唐朝著名诗人陈子昂形象的重构。在诗中，历史上的那个因怀才不遇而感叹自我命运不济的诗人形象不见了，取而代之的是一个经过现代化置换变形了的富有创造精神、具有强烈主体意识的诗人形象。因为自我主体意识的弘扬，命运之神不仅不再能控制他，反而被他所控制："你和一整匹夜赛跑／直到你猛踢黑暗一窟窿／成太阳。"这样一个掌握了命运之神的诗人，他当然不但可以发现："前有古人，后有来者"，而且也自然"何须怆然而涕下"了。马华诗人陈大为的《曹操》一诗，则改写了历史中的曹操形象。在诗人看来，历史中的曹操是"史官""裁剪"的产物，要了解真正的曹操，我们就必须中止对历史书写客观性的迷信，与历史中的曹操和他的诗歌对话。因为，作为"言志"和"缘情"的生成物，曹操的诗歌极大地表现了他的本真历史存在。"诗史写到建安就得爬一座大山／歌虽然短，／但没酒不行／朝露被逐尺的海拔逐尺驱散／听觉里全是呦呦的

---

① 罗智成、翁文娴：《知识也是一种美感经验》，2006 年 10 月 28 日台湾文学馆演讲厅。

鹿鸣……/将军在山巅在海底沉吟/等待石土来归附和地层大折曲/河川或小雨都欢迎到此栖居/雄心具象成乌鹊与周公的比喻"。由此，陈大为就在貌似客观真实的历史中撕开了一道裂缝，使被主流话语侵蚀的飞舞着"那智慧的笔、莫敌的刀"建立了文治武功业绩的曹操的真实生命形象获得了极大的提升。

如果说余光中、陈大为对历史人物陈子昂、曹操的重构得力于在已有的阐释基础上对历史人物的精神内质的进一步开掘，那么，马华诗人碧澄的《吃粽子偶感》、台湾诗人钟玲的《西施》等对历史人物屈原、西施的改写则显得更为恣意。这两首诗，无论是叙事方式，还是思想情感，都表现出了非常强烈的颠覆有历史人物书写模式的倾向。在这两首诗的叙事立场与叙事方式上，屈原、西施已不是历史学家全知全能型叙述中的被书写、被强加的对象，而是成了自我历史的叙述主体，拥有对自我思想情感的主动阐释权利。而这种叙事方式与叙事立场的改变也自然带来了历史人物思想情感的变化。诗中的屈原、西施，不再是被历史学家们垄断的编年史中的一个个道德符号，而是一个个具有独立生命意识的个体，他们用自己的在场话语，表达和传递着他们被传统主流话语压抑着从未说出过的生命体验。在中国传统文化中，死亡被赋予了一种浓厚的道德意识。这种道德意识成为判定死亡价值的先决性条件。也就是说，只有被这种道德意识予以肯定的死，才可能具有"重于泰山"的集体意义和社会价值，而被它加以否定的死，则属于一种"轻于鸿毛"的死。长期以来，屈原之所以一直被主流话语所肯定，就在于他为了实现死亡的社会性价值这一终极目标，心甘情愿地献出了自己的生命。而在碧澄看来，既定的历史书写中的那个不能控制自己的话语，而只能按照整体精神的要求去迎合他者的屈原的真实性值得怀疑，历史中真实的屈原远比历史学家们定型的屈原更为立体和鲜活。而诗人的任务，就在于要创造出属于现代人所认同的更为健全、更为人性的屈原。于是，诗人依据现代的意识与精神去重新想象历史中的屈原、重构历史中的屈原，这个充满着现代的个体意识的屈原对被历史学家们肯定的为整体精神而献身的屈原充满怀疑："我才没那么傻/要鼓足那么大的勇气才跃下汨罗江/楚国的历史可就跟着改变？/如果跳了江就可上来/我们该不知跳了多少次/我才不会那么傻/浪费那些力气/那些泪水"（碧澄《吃粽子偶感》）。既然人的生命只有一次，"如果跳了江"就难以再上来，既然为整体精神而献身的社会性死亡并不能改变楚国的历史，那么，历史上的屈原为整体精神而献身的社会性意义就已转化为荒诞，而历史重构中的屈原由对个体生命的尊重引出的对为整体精神而死的意义的怀疑和反抗的思想也就是顺理成章的事了。这样看来，诗中屈原的质疑是被诗人作为一种反抗的姿态来处理的，它的目的在于消解道德观、整体精神等存在之"有"对屈原个体生命的肢解和歪曲，消解它们纠缠在屈原个体生命之上种种理性的缰绳，以使屈原被遮蔽、被扭曲的存在还原其原始的本真面目。就此而言，这种揭示和怀疑，与其说最终是要将屈原的个体存在推向一种无意义的深渊，不如说是要戳穿传统道德观念与整体精神建构出来的神话的虚伪和拙劣。由此，这种质疑就不仅动摇了由道德观念与整体精神构成的既定历史书写中屈原形象的合理性基础，还为人们对整体精神与个体精神的关系提供了新的理解。

　　与屈原一样，在传统的主流话语中，西施也是一个为了国家的利益牺牲了自己个人情感的爱国者。在既定的历史书写中，她虽然天天生活在吴王夫差的身边，却心在越国。然而，在钟玲看来，"她与吴王相处多年，吴王也是雄霸一方的男子汉，唯独钟情于西施，西施对他能不生情吗？"（《西施》后记）于是，钟玲通过对一种在场语境的还原，将历史话语构造的作为西施的所是的非存在性囚笼进行了拆解，使西施真实的生命欲望从历史强制赋予的必然性中解放了出来。诗歌一开始，就写到了在吴王即将毁灭，越王即将胜利的历史关节点上，西施不是为越王的胜利而高兴，而是为吴王的命运而担忧："夫差，自从你困在姑苏山头/我登姑苏台望了三天三夜。"一般的历史学家常常将西施作为一个道德符号来认同，又有谁注意到这个道德符号下面是一具有血有肉的身体？这具有血有肉的身体与作为英雄的吴王生活了十年，又焉能不对爱她疼她痴迷她的吴王大动芳心？"那年你臣服了鲁和卫/我娇转于你铁胄般的胸怀/'王啊，你降服了卫君和鲁君/也降服了浣纱的美人'"。"当你挥剑进军中原/勾践压兵吴境如暗云/谁知道我心痛的原因？/你对我十年痴迷/夜深的呼唤缠绕我的精魂/我的心也系在你身上/那意气风发的你/我再创的你啊！/怎么舍得你步向灭亡？/我捧心的原因无人知悉"。西施就这样以自己真实的生命体验将历史话语中已经被习惯化为肯定性的存在，还原成了荒谬。这种还原，既是西施个体生命意志的自我解放，也是对既定历史书写的反叛与解构。它在中止了读者对既定历史书写的信任的同时，也为人们提供了一种更合乎人性的对历史中的西施的解读与理解方式。

余光中、钟玲、陈大为等跨区域华人诗人对陈子昂、西施、曹操等历史人物的重构，使我们看到了长期以来被历史学家们所忽视或遮掩的历史人物本身的丰富性和复杂性。在这些诗人的笔下，历史不再是按照历史学家的认知逻辑运行的历史，而是个体生命存在、发展、演变的历史。历史人物也不再是历史学家笔下的"冷血动物"，而是一些能够与诗人进行对话的鲜活、灵动的主体，他们尽情地展现了他们在历史残片中的全部生命形式、活动的可能性。当诗人们以现代的自由和独立精神进入陈子昂、西施、曹操等历史人物的灵魂深处时，他们获得的不仅是对历史的一种新的认知，还是对人的生命中那些具有普遍性意义的东西的发现。正如台湾诗人罗智成所说："为一个彷徨的社会追寻文化理想，对一个从事文学创作的人来说，最出得上力的，很可能就是对更实际人格的探索及理想人格的塑造。这是我深切体会但不曾明显强调的。现在，我将以《诸子篇》以及以后的作品来强调。"① 由此，这些历史人物就既是历史的也是现代的，他们是诗人们站在当代的文化立场上对一种超越历史时空的人文精神进行追寻的生成物。他们在给"中国人缺乏个性或主体性"的套话给予有力反击的同时，也给世界上其他民族的人们带来了强烈的思想冲击。

三 对历史事件的追问

一个民族的历史既是由一系列历史人物构成的，也是由一系列历史事件构成的。与历史人物一样，作为一个民族的文化传统的历史事件，只有在面临另外一种文化系统的冲撞时，它的许多曾经似乎是天经地义、不容怀疑的意义层面才会面临一种被追问和拆解的境遇。从这个意义上说，较之中国内地的诗人，跨区域华人诗人对历史事件的传统意义的追问会更加尖锐。因为，较之中国内地的任何一个地区的中国人，无论是台港澳地区的中国人，还是东南亚、北美地区的华人，他们经受的中外文化的碰撞、交流都要更为激荡、直接和广泛。可以说，没有这种跨文化的视野作为瓦解和建构的力量，历史事件的传统的意义层面的局限性就不会显露得如此突出，历史事件裂缝处隐藏着的异样的历史景观也就不会放射出如此夺目的光彩。

---

① 罗智成：《掷地无声书·序》，天下文化出版公司 2000 年版，第 7 页。

余光中的《水仙操——吊屈原》一诗以屈原投江自杀这一历史事件为写作背景，表达的意蕴却极具现代色彩。在中国，死亡一直是社会的一个传统的文化禁忌，重生轻死的心态一直存在于我们民族文化心理的深层结构之中。孔子就说过："不知生，焉知死?"（《论语·先进》）受这种对死亡规避的民族文化心理的影响，历史上人们对屈原之死的描述，也重在表现这种死亡的悲剧性色彩。然而，在余光中诗中，屈原的死却不再是一个令人伤心的悲剧了。诗人写道："美从烈士的胎里带来/水劫之后，从回荡的波底升起/犹佩青青的叶长似剑/灿灿的花开如冕/钵小如舟，山长水远，是湘江。"这里，诗人为我们提供了迥然不同于我们既有文学规范的书写死亡的崭新模式。在这段文字中，我们看不到对死亡的悲剧性陈述和主题化言说，而是感到了一种幻灭的幻美。而在这种幻灭的幻美化和生与死的轮回的意蕴中，显然有着艾略特等西方现代主义诗人的生死循环观的影响。陈大为的《治洪前书》则通过对历史事件的改写完全颠覆了主流历史话语中的人物形象。当绝大多数华人的心理空间被史官撰写的"大禹治洪"的历史话语所侵占时，陈大为发现了这种历史话语的虚伪性和欺骗性。在诗的第一阕，他就开宗明义地写道："所以这回，可要从鲧的埋没讲起。"这意味着，诗人的写作既意在对既有的历史人物的颠覆，也志在还原被历史话语遮蔽的治洪英雄鲧的伟大功绩。在诗人看来，鲧的伟大功绩被遮蔽一方面来自史官个人记忆的丧失；另一方面也来自史官构筑的历史话语对读史者个人记忆的吞噬和消融："是思考的流域淤满了水草，所以/放任虾子不停复制单一口味的陋史/让螃蟹阉割新鲜担需冒险的轶事?/是被动的阅读习惯冷宫了鲧的血汗?/历史的芒鞋专心踏着/唯禹独尊的巩音/或者基石本身就该淹埋/仿佛不曾扎实过任何工程?"与此相反，诗人个人记忆所要恢复的正是被史官和读史者所遗忘的历史真实。在诗人个人记忆的聚光灯的照射下，最为令人震撼的不是历史真实本身，而是历史当事人大禹、鲧对待历史与历史话语权力的不同态度。大禹将权力当成了为自己追求个人目的的资源，他通过权力这条纽带既遮蔽了鲧的功劳，也将自己的意志强加给了史官与读史者："我伟大龙塑像的灵魂/怎会是前人肥沃智慧的承接?/衰败与平庸的早该淘汰/灯光只需锁定偶像而非舞台。"而鲧将权力当成了为公众服务的资源，权力一旦可以造福于民众，他就别无他求。因为，"拯救本身，岂非更崇高"。权力作为一柄锋利的双刃剑，就这样将它的正面和负面展现在了我们面前。只是正面凸显的不再是历史主流话语中肯定的大禹，而是被长期有意遗忘的鲧。

如果说余光中、陈大为是以强烈的现代意识对正史中的历史叙事进行正面反诘和拆解，那么，钟玲的《王昭君》则展示了被正史所忽略的历史事件的微波涟漪；如果说前者的聚焦中心是男性之间的政治斗争史，那么，后者关注的则是女性被遮没的生命体验史。

在以男权立场描述的历史中，"昭君出塞"的历史事件或作为汉匈交好的符号被肯定，或作为文化乡愁的象征被吟咏。通过这些隐喻手法，男性表述的历史将原本处于历史事件中心位置的昭君化为了被定义的对象，王昭君丧失了自我言说的话语权利。而钟玲的《王昭君》则带着女性诗人与生俱来的性别眼光，对男性历史叙事中的暴力性进行了质疑。她让王昭君在主流历史的碎片和缝隙中发出声音，恢复了被男性历史叙事剥夺的女性的主体性和话语权利，使王昭君从男权历史书写中的被书写者变为了当代女性文本中的自我书写者。在诗歌中，王昭君是整个历史事件的看的主体，而元帝、呼韩邪、禁卫等男性则成为被王昭君所看的对象。在王昭君的眼中，自己美丽的身体不再是被男性所看的被动对象，而成为体现自己的尊严、价值的主体。她的肉体俘虏了禁卫，"我的容光炫惑了禁卫，／他把不稳手中的长戈"。她的肉体也震惊了元帝，"你的冕冠倏地一动，／白玉珠旒乱晃"。她的肉体同样震撼了呼韩邪，"呼韩邪拍案惊起，／风霜的脸满布欢喜"。这里，男性的身体不仅成为王昭君所看的对象，还被物质化了，成为被王昭君美丽的身体所支配的存在。而王昭君身体的自主性发挥得越是充分，她精神上的自主性就越是体现得强烈。在诗歌中，王昭君不仅成了自己身体的主人，还成了自己情感的主人。王昭君有着迥异于元帝等男性的价值观和爱情观，这种爱情观体现了王昭君对男女关系与自由的独特理解。在王昭君看来，生命的自由既不是一种单纯的感官满足，也不是一种纯粹性的精神满足，而应该是一种身心一体的满足。而诗歌中的汉元帝，贵为天子，却并没有获得一种真正意义上的生命的自由，其症结就在于他没有成为自己欲望的主人，而是成为自己欲望的奴隶。当他被王昭君美丽的身体刺激得"冕冠倏地一动，／白玉珠旒乱晃"时，他表现出的是一种极端自私的占有欲。正是源于这种极端自私的占有欲，他才没有将他与王昭君的关系看作一种相互拥有的爱欲性关系，而是将这种关系看作了一种他对王昭君的占有性关系。而王昭君的聪慧之处恰恰在于，她明白一旦自己被汉元帝当作玩物来看待，那么，她就会在满足于这种被占有的同时，也最终给自己埋下生命受困的祸根。因为，"纵使你爱我，以无尽温柔，/你的宠眷能多久？"这里，女诗人借王昭君之口表达了一种自我与异体彼此平等地拥有性的爱欲观。"拥有"意味着自我与异体是一种对话性关系，而这种对话性关系又是在确认双方的主体性的基础上建立起来的。因而拥有了主体性的异体不再只是作为一种被占有物而被动存在，而是具有一种较大的主动选择权。面对汉元帝表现出来的"深情"，王昭君可以接受，也可以拒绝。这里，自我与异体的关系，不再是一种占有与被占有的关系，而是一种相互拥有的对话性关系。正是这样一种异体不受自我支配，而自我也不受异体控制的对话性关系，才是一种真正能被称为两性之间的爱情关系。由此，钟玲在将王昭君的爱情和主体性推向了诗歌文本隐形结构的核心时，也以女性的主体意识和独特的女性语言完成了对昭君出塞这一历史事件的重写。在对历史事件的重写中，诗人使男性历史叙事中被压抑的女性展现了被遮蔽的切身经历和自我感悟，向我们展现了淹没在黑暗历史空隙中的另一种完全不同的历史景观。

不得不指出，余光中、陈大为、钟玲等跨区域华人诗人对历史事件的重写与中国内地的许多诗人对历史事件的颠覆性书写是有较大区别的，在后现代主义文化的影响下，中国内地的许多诗人以个人记忆作为历史的本原和动力，完全否认历史事件的客观性和必然性，极力张扬历史事件的偶然性与不可知性，这使中国内地重写历史事件的诗歌出现了消解民族精神，淡化民族认同的倾向；然而，对于身处中外文化冲突更为直接、更为尖锐的台港澳、东南亚、北美等区域的余光中、陈大为、钟玲等华人诗人而言，对历史事件的回顾与重写，既源于在艰难重重的异质环境中抵制陌生感的一种自我防御本能，也是一种文化选择和身份定位的需要。正如马来西亚著名作家黄锦树所说："华文文学最基本的矛盾之一如斯体现：它的存在本身即是文化的，论证了民族文化存在的事实。正是这种结构性的倾向性，使得往中国特性、古中国的回溯之路——那象征意义上的北返——向中文的回归——始终是华文文学最有创造力的面向之一。"① 因

---

① 黄锦树：《华文少数文学：离散现代性的未竟之旅》，载黄万华主编《多元文化语境中的华文文学——第十三届世界华文文学国际学术研讨会论文集》，山东文艺出版社 2004 年版，第283 页。

而，总体看来，与中国内地的许多诗人偏重于对历史事件的破坏性叙事不同，余光中、陈大为、钟玲等跨区域华人诗人偏重于对历史事件的建构性叙事。他们并不是否定历史事件的意义，而是否定历史事件的一成不变的结构和终极意义，他们对历史事件意义的确定性的质疑的目的则在于对历史事件意义的重新阐释和界定。尽管他们诗歌中对历史事件改写的外在表现形态多种多样，但它们都可以在一种林毓生所说的"借思想文化以解决问题"的深层结构中得到统一①。由此看来，余光中、陈大为、钟玲等跨区域华人诗人的对历史事件的重构不过是传统文化和外国文化、文学的视界融合，是一种效果历史，作为一种传统的思维结构，实用理性对跨区域华文诗歌的历史事件的现代性重构依然有着强大的影响。只不过在跨区域华文诗歌中，这种思维结构并不是以原始的形态出现，而是被进行了创造性的置换和转化。在跨区域华文诗歌中，处于传统结构模式中心位置中的"圣人之道""贤人之道"被"民族之道""现代化之道"所代替了。这样的置换和修正，一方面保全了"借思想文化以解决问题"的思想模式；另一方面，又使这种思想模式内蕴的意义，通过一个重写过程与民族重建等现代性意义沟通起来，从而赋予这种原型结构一种较强的现代性色彩。

在文化日趋全球化的背景下，国家形象作为一个国家的"软实力"在国际竞争中的作用日益凸显，建构全面、真实的中国形象也便成为世界上所有华人作家理应自觉承担的时代使命。当代跨区域华人诗人的中国形象的建构便是在机遇与挑战并存的文化日趋全球化的背景下展开的并与变异式想象直接相关，因而，跨区域华人诗人诗中的中国形象就不能不表现出一种历史、现实和未来的对话性。这种对话性是中国文化走向现代化的必经之路，也是跨区域华人诗人们打造面向世界、面向未来的有竞争力的中国文学经典、中国历史人物、中国历史形象的必然选择。从这个意义上说，这种对话在扩大了所有华人的文化视野的同时，也为外国人更为全面、更为清楚地认识与理解中国文化提供了更为广阔的宣传平台。

---

① 林毓生：《中国意识的危机》，贵州人民出版社1986年版，第46页。

第 二 章

台港澳新诗的中国想象

20世纪台港澳文学是中国文学不可分割的重要板块。同时，由于台港澳三地亲近海洋的地理特性和被殖民地化的经历，三地较之中国内地的任何一个地区感受到的中西文化、文学的碰撞、交流都要更为激荡、直接和广泛。当代台港澳新诗正是在这种既根植于中国母体文化也由于特殊的历史、地理条件而大量经受西方文化的影响中形成的。当西方文化对当代台港澳新诗产生积极作用力的时候，当代台港澳新诗事实上也常常依托中国传统文化对前者产生了一种相应的反弹。它们之间的作用和反作用，当然有程度的差异，但在总体上却呈现出了一种良性的互补互利的关系态势，并由此生成了当代台港澳新诗的古典式中国形象和现代性中国形象。

第一节　古典式中国想象

从某种程度上说，当代台港澳新诗中一直存在文化认同的冲突和困惑的问题。一方面，由于西方输入的科学技术的巨大力量使台港澳社会发生了翻天覆地的变化，科技与西方文化也成为一些台港澳诗人的图腾。台湾现代主义诗歌创始人之一的纪弦等人就在西方科技和文化的强势入侵下，感受到文化之根的悬浮，对中国古代文化进行过彻底的否定，大肆宣称："我们认为新诗乃是横的移植，而非纵的继承。这是一个总的看法，一个基本的出发点，无论是理论的建立或创作的实践。"[①] 另一方面，科技的

---

① 纪弦：《现代派信条释义》，载《现代诗导读·理论史料篇》，故乡出版社1979年版，第387页。

高速发展污染了人类的生存环境，造成了资源的短缺和劳力的过剩，使人与自然、人与社会、人与人的矛盾日趋尖锐、激烈。这些都促使许多台港澳诗人求助于包含丰富的生态智慧的中国人文思想。他们希冀通过对中国人文思想的认同，一方面尽力消减西方文化和现代文明对台港澳社会造成的负面性影响；另一方面，也为在物质喧嚣的社会中生存的台港澳民众找到一个可供精神休憩的稳定而安全的文明家园。

一　中正和谐的哲学中国形象

西方文化的涌入，使台港澳的人与自然、人与社会、人与人的矛盾日趋尖锐，这无疑使许多台港澳诗人对强调天人合一的中国儒道佛哲学情有独钟。洪荒的《给残障者二题》、黄劲连的《所谓》、张健的《孔子》《孟子》等诗对儒家核心思想仁、义、礼、智、信、恕、忠、孝、悌的注重，张默的《天窗，庄周的蛱蝶》、张诗剑的《五行木斧》、张健的《老子》、《庄子》等对道家的阴阳、五行、刚柔相济思想的偏爱，犁青的《疯癫济公》、周梦蝶的《托钵者》、蓝海文的《恒在物外》、古松的《宝莲禅寺》等诗对佛家的众生平等、生死轮回、积德行善等思想的倾慕，都充分地说明了这一点。总的看来，这些诗歌对儒家、道家、佛家思想的中正性与和谐性特点尤为关注。

1. 中正性

"中正"一词，在中国古代哲学中屡见。在《管子·王辅》中有："夫民，必知义然后中正，中正然后和调。"在《礼记·中庸》中有："齐庄中正，足以有敬也。"明代汪瑗在《楚辞集解》中将"中正"解释为："中者，无过不及之谓；正者，不偏不倚之谓。"清代蒋骥则在《山带阁注楚辞》中把中正解释为："中正，理之不偏邪者也。"大体而言"中正"即不偏不倚、调和折中。

台湾诗人余光中《蝴梦蝶》一诗引用"庄周梦蝶"的寓言，对其蕴含的"中正"思想进行了深入的探寻。"最后必定有翅膀自你的口中飞出／那时你不再是你，蝴蝶不再／是蝴蝶，则究竟栩栩是谁，蘧蘧／是谁，又有什么区别？"这一段文字借"庄周梦蝶"的寓言，提出了人与物并不是绝对对立的而是可以相互连通、相互转化的观点。事实上，人们如果执着于世界上万事万物的绝对划分，那就会既劳形也劳心，这与庄子所主张的打破物我界限的观点是相违背的。因而，人们如果想要达到精神的完全自由，就不要去争辩人与物的区别，而应该觉悟世界上的一切事物既对立也统一的道理。就像丑的、爬行的蠋与美的、飞翔的蝶一样，它们之中既没有绝对丑的东西也没有绝对美的东西，在一定的条件下，两者是可以向对立的方向转化的。"无限自有限开始，不朽，由此去／而蠋啊，不可忍的丑陋要忍受／一扇窄门，一人一次仅容身／一切美的，必须穿过／凡飞的，必先会爬行。"香港诗人犁青的《疯癫济公》则将审美目光聚焦在了南宋时期的一个特立独行的高僧济公身上。济公圣训中有言："食过三寸成何物，馋什么？／死后一文带不去，悭什么？／前人田地后人收，占什么？／得便宜处失便宜，贪什么？／举头三尺有神明，欺什么？／荣华富贵眼前花，傲什么？／他家富贵前生定，妒什么？／前世不修今受苦，怨什么？"①这些训言告诉我们，喜贪、善妒、乐占、自傲等都会使人丧失中正平和的心态。济公是这么说的，也是这么做的。表面上看，济公言行上疯疯癫癫，不受清规戒律的束缚，实际上，他却常常扶危济困、积德行善。犁青说他疯癫"是为了不表态／不违心，不坑害人／就算抢抱他人的新娘飞走／怒劈巨石烙下手印／也是为了救国救民……"应该说，济公践行着的正是中正平和的中国哲学思想。难怪犁青对这种中正平和、超脱的人生境界极为尊崇，他满含深情地喊出"我爱疯癫济公"。

　　澳门诗人苇鸣的《第一交响曲》、香港诗人黄祖植的《慧能》也注意到了中国佛家哲学中的中正性。在佛家看来，世间万物和人的身体都由地、水、火、风四大物质组成，它们最终都会归于虚幻。"金身眨眼／看遍此刹回廊九曲"（《第一交响曲》）。"他说这儿四大皆空，／帮不到你们什么"（《慧能》）。因而，人们做事应该不偏不倚，"要是看穿声色形象；／自能富足安乐"（《慧能》）。如果我们像佛家迦叶一样拈花微笑，用一种纯净无染的心态去看待万事万物，就能心领神会佛祖的心法，感觉到"西方不远"（《第一交响曲》）。

　　2. 和谐性

　　西方古代文明滥觞于爱琴海区域，海上贸易在促进了古希腊商业繁荣的同时也使人们更为尖锐地感受到了人与自然的对立。从古希腊开始，天人对立就成为西方人看待自然和把握自然的哲学观。自此以后，这种哲学

---

① 许苏民：《禅的十大境界》，湖北人民出版社2009年版，第159页。

观使西方人的审美体验以心物二元论为基石，其间或有人偏重客观，强调物质对心的决定性作用的模仿说、镜子说等反映论，或偏重主观一方，强调主观对物的决定性作用的想象说、灵感说等表现论。截至20世纪，特别是两次世界大战以来，现代文明在给人们带来极大物质利益的同时，也使人与自然的矛盾陷入了空前尖锐、突出的危机之中。与之相反，天人合一作为中国这一农耕民族中保守、稳定的生活生成的宇宙观和认识论对中国社会有着决定性的影响。老子主张"道法自然"，庄子《齐物论》曰："天地与我并生，万物与我为一"，佛家强调"众生平等"，它们都强调说明了主客体之间那种相亲相和关系的重要性。

那么，人如何才能达到"物我同化"的和谐境界呢？禅宗认为，通向和谐境界的方法是"以心感物"。在禅宗看来，"芥子容须弥，毛孔收刹海"，世界上万事万物之中全都蕴藏着宇宙的精神，人们如果想获得宇宙精神的自在性，就必须"无听之以耳而听之于心"，进入一种"倾听"的状态，用自己的心去倾听宇宙的"无声之乐"。

香港诗人蓝海文的《恒在物外》一诗写的就是借助禅听达到人与万物别无二致境界的过程。诗人写道："一株野花／一个峡谷／两只青蛙在荷塘／垂钓。"青蛙本来是经常被人垂钓的，而在这首诗中却成了垂钓者，之所以一反常态，主要是诗人以心倾听外物的缘故。经由倾听，诗人的想象灌入外物之中，外物蕴含的宇宙精神渗入诗人的心灵。于是诗人在与自然同击着一个节奏的同时，进入了人与自然万物融合的无限宁静与舒展的境界："我们站在蛙外／禅听花开花落的声音／参悟物外的／和谐。"作者认为，只要我们用空灵超逸的心去参悟、去倾听，就会慢慢体悟到自然界花开花落的生动与和美。

一般认为，中国哲学是不讲对立的，而事实上，中国哲学也讲对立，但它更强调对立的统一。如阴阳相分哲学就认为阴阳不仅相互对立，还相互包容，阴阳共同组成了对称、平衡、和谐的大千世界。香港诗人张诗剑的《五行木斧》就对五行相生相克的哲学思想进行了挖掘。诗中的木斧有金刚不坏之身，水火不容之功。"砍金，金鼻上／腾起了一朵白云／砍水，湿了全身／并没有令它失聪／砍火，烧成花脸／砍土，最得力／妙语连珠／大地变得扎扎实实了"。木斧之所以有如此奇妙的功能，主要是因为"木斧在五行中／相生相克"。"所谓五行就是金木水火土五种元素。传统观念认为这五种构成世界的元素有相生相克的复杂关系"①。这说明，世界上任何事物，只要它的内部各元素保持了相生相克的协调和平衡，那么，它就能具备攻无不克的威力。

台湾诗人洛夫对中国的禅道思想有很深的情结，对道家庄子那种追求大"道"以达到逍遥游的境界和禅宗的那种超越现实世界的境界都很推崇。在《独与天地精神往来而不傲睨于万物》中，洛夫对禅宗的虚无的终极境界和心灵绝对自由的"真我"境界进行了形象化的解读。诗中写道："神，守在缸旁呼呼大睡/往者是魂/来者是魄/而躯体溶解于水中/不虞任何的伤害/傲然而立/睨视太阳推着一辆独轮车滚下山来/于是天地皆盲。"在这里，"神作为道德、理性的化身与象征带来的对个体精神、肉体的伤害，使洛夫不再将他看作自己命运的主宰"②。他只是守在缸旁呼呼大睡。而作为心灵和精神化身的"魂""魄"在摆脱了"神"的监控后，不再局限于个体生命而升华至宇宙般的开阔境界，"精髓乃在其中不可分辨的空茫"。这时，"魂""魄"已经与自然世界融为一体，它们与日月同光辉，与天地同不朽。

20世纪以来，在西方文化的影响下，台港澳社会在一个较长的时期都涌动着一股反"中正和谐"的哲学、推崇西方的"竞争、斗争"哲学的潮流。在这种潮流的冲击下，台港澳社会的个体竞争、集团斗争出现了空前惨烈的局面。人们在饱尝了西方"竞争、斗争"哲学的恶果之后，对倡导家庭和睦、社会和谐的"中正和谐"的中国哲学心生向往。当代台港澳诗人对"中正和谐"的中国哲学思想的重新关注和张扬，就是一种顺应了当代台港澳社会的时代要求的表现。历史的发展已经告诉台港澳诗人，在全球化时代，任何以邻为壑、竭泽而渔的个人或集团都必将自食其果，而任何讲究不偏不倚、不骄不馁的个人或集团都能在完善自身的同时促进家庭的和睦与社会的和谐。由此，在全球生态日趋失去平衡、环境日益污染的今天，中国的"中正和谐"的哲学就不仅对于台港澳社会具有重要的现实意义，还对于整个人类社会的发展也具有不可低估的价值。

---

① 张延：《中国艺术史》，北京语言大学出版社2006年版，第38页。
② 赵小琪：《台湾现代诗与西方现代主义》，长江文艺出版社2004年版，第233页。

二 重情写意的艺术中国形象

现代科技的发展，使人们离人类的情感家园越来越远，这使台港澳诗人对偏重感性、悟性的中国艺术非常推崇。渡也等人的《竹》写到绘画家郑板桥的画以形写神，意在笔先的神韵。蓝海文的《张旭》、天洛的《书法》写中国书法寄情于点画之间的特性。汪启疆的《老店东》中提到二胡，秦岭雪的《梁祝的悲怆》中写到二弦，纪弦的《梦终南山》提到秦腔，非马的《夜听潮剧》中提到潮剧。总体来看，在这些诗人笔下，中国艺术不同于西方艺术，它不是以科学性、写实性为原则而是讲究对事物神韵、气质的表现，不是追求对自然的逼真的再现而是讲究对自我情感的抒发。

1. 情感性

与西方艺术讲求逼真性效果不同，中国艺术特别注重"以情动人"，情感性是中国艺术独特的魅力之一。以画为例，"在中国画中画家通过描写对象来达到'缘物寄情'的目的，把对象之形神与画家之性情内在地结合起来，从而达到'天人合一'的理想境界"①。如在《宣和画谱》卷七《人物三》李公麟条记中记载李公麟有言曰："吾为画，如骚人赋诗，吟咏性情而已。"郑板桥在其诗《潍县署中画竹呈年伯包大中丞括》中写道："衙斋卧听萧萧竹，疑是民间疾苦声，些小吾曹州县吏，一枝一叶总关情。"这些都是强调情感在绘画创作中的重要地位。

台湾诗人痖弦在《坤伶》中用饱含同情的语调写了一个十六岁的坤伶。她有着"杏仁色的双臂"和"小小的髻儿"，本应该有一个美好幸福的人生，但像每一个戏剧艺术中的命运坎坷女子一样，她身世悲惨，尽管她辛辛苦苦地给那些"夜夜满园子嗑瓜子儿的脸"唱戏，然而，"每个妇人诅咒她在每个城里"。面对着如此不公的命运，坤伶借着在《玉堂春》中扮演着的角色喊出了"苦啊……"的凄厉之声。于是，戏剧的悲情与坤伶的悲情裹挟在一起形成一股强烈的感情洪水，冲击着读者的心胸，它让我们在为坤伶以及她演绎的人生悲剧而落泪时，也为作者高超的情感表现力而震撼。与痖弦一样，台湾诗人纪弦也非常注重中国戏曲的表情功能。在《梦终南山》中，祖籍陕西的纪弦用秦腔这一抒情性艺术抒发了

---

① 唐建：《中国画的精神家园》，中国政法大学出版社 2008 年版，第 62 页。

他对故国深切的思念之情。在诗中，作者梦回最美最令人流泪的故乡终南山，坐在一块岩石上，"我是坐于其上哼了几句秦腔/和喝了点故乡的酒"，他希望自己不要从梦里醒来。在这里，抒情对象秦腔的抒情性极大地迎合了抒情主体纪弦的情感表现的需要，借助于对秦腔的抒写，作者表现了自己无尽的乡愁与对家乡深深的爱。

在民族乐器中，二胡最为适宜表现幽怨、痛苦、悲凄的情感。在香港诗人秦岭雪的《梁祝的悲怆》一诗中，诗人就极力地突出了二胡演奏的"十八相送"这首曲子表现爱情悲剧的高超功能。诗人说它"缠绵复又缠绵"，造成了"盖住乌云/刮起风暴/楼台塌了/彩蝶只偷生在坟墓里"的效果。由此看来，标题中的"悲怆"二字不仅言说了梁祝爱情的悲剧性结局，还表达出了这首曲子无论在内容、旋律和格调等诸多方面渗透着的感天地、泣鬼神的凄绝之情。

长城作为中国的标志性建筑，最为鲜明地体现了中国建筑艺术的智慧。然而，人们一般关注的是长城的阳刚之美，而较为忽视它透射出来的悲壮之情。澳门诗人韩牧的《嘉峪关城门边的石墙》一诗则独具慧眼地写出了嘉峪关城门蕴含的悲凉之情。在韩牧的笔下，嘉峪关城门首先是夫妻情感在地理空间上的阻隔者："战士出关西征/妻子关前送别/用石块敲击以祈求吉利/石墙发出燕子的鸣声：/吉吉吉！"。这里，那"吉吉吉"的敲击声，既蕴含着妻子不尽的离愁，也表现了妻子祈盼丈夫早日平安归来的情意。"征人长久未还/妻子到城门边敲击问讯/石墙同样发出/吉吉吉的声音。"此处"吉吉吉"的敲击声既包含了妻子希望丈夫平安的愿望，也显现了妻子对"君子于役，不知其期"的担忧。"燕子的精灵早已老死/她也早已成为寡妇/吉吉吉！/是丈夫的亡灵向她说谎。"此时，"吉吉吉"的敲击声和"她也早已成为寡妇"，是意愿与结果的强烈对比与冲突，通过这种尖锐的对比，诗人将丈夫对妻子深沉的爱以及妻子内心无法排遣的凄苦与绝望之情表现得淋漓尽致。

2. 写意性

从整体上看，中国艺术是"艺术家主体和大自然进行充分的交融转换后从心灵中生发出来的，因而无论是创作的过程和作品，都表现出强烈的写意的追求和色彩"。① 而"西方艺术受西方宇宙意识制约和外向型美

---

① 徐行言：《中西文化比较》，北京大学出版社 2004 年版，第 275 页。

学致思的引导，总体上选择了科学化的道路，并呈现出渗透着一定主体色彩的忠实自然的风格"①。仍以画为例，一般认为"西洋画更注重客观的存在，是科学的；而中国画则更注重主观情感，是哲学的与文学的；中国画重神，西画重形"②。在一个较长的时期，受西方艺术观念的影响，台港澳地区的一些诗人较为推崇西方重写实、重理性的艺术，然而，随着西方现代主义文艺对理性的排斥、对感性推崇的观念的兴起，台港澳地区的诗人们也日趋认识到重写意的中国艺术的价值，重写意的中国艺术与中国艺术家也日趋频繁地出现在他们的诗中。

香港诗人蓝海文的《张旭》写的是唐代书法家张旭的"狂草"与酒的关系。张旭爱酒，他总是借酒书写他的"狂草"。在酒的刺激下，张旭在迷狂中体验到了一种回归自然的欣喜，他的书法也因而像酒一样醇厚。"张开生命纯真之页/酒醇，吾字更醇"。从某种程度上说，这种像酒一样醇厚的字是对张旭纯真生命积极的肯定，也是他对幸福的一种高级体验。由此，当张旭"乃歌/乃笑/乃奔走/草草一挥"时，生命的意义在这里与其说被浓缩在醉酒的过程中，不如说更多地凸显在"从心所欲不逾矩"的"狂草"上。

在一段较长的时期内，一些台港澳诗人在西方艺术的影响下完全丧失了民族自信心，他们习惯以西方写实艺术的审美标准来衡量中西艺术，认为写实的西方绘画、戏剧等是先进、高雅的艺术，写意的中国画、中国戏曲等是低劣、落后的艺术种类。这种对西方艺术盲目的推崇在使台港澳艺术失去了中国艺术的独特文化魅力的同时，也使台港澳艺术成为西方艺术的异地复制品。正是在这一严酷现实情景的刺激下，大批台港澳诗人日趋清醒地认识到保持中国艺术的独特文化魅力对于台港澳艺术的重要意义。台湾著名诗人余光中强调指出："中文是真正的中国文化之长城。"③台湾"葡萄园"诗派的重要理论家李春生认为："现代与传统的结合，是一切艺术今后必须努力的方向。"④经验和常识已告知台港澳诗人，在今天全球化的背景下，越是具有民族独特性的艺术就越是能够获得其他民族的尊

---

① 徐行言：《中西文化比较》，北京大学出版社 2004 年版，第 278 页。

② 唐建：《中国画的精神家园》，中国政法大学出版社 2008 年版，第 74 页。

③ 胡永继、花海波：《我的乡愁其实也是"国愁"——对话著名诗人余光中》，《信息日报》2006 年 9 月 11 日。

④ 李春生：《诗的传统与现代》，濂美出版社 1985 年版，第 271 页。

重和认同。像中国书法、中国写意画、中国写意戏曲等就都是世界上独一无二的艺术门类，它们作为中国形象的著名标志，对于其他民族认识与了解台港澳乃至中国具有不可替代的重要作用。

三　含蓄悠闲的文学中国形象

中西文学在多元演进过程中，因不同社会文化的差异，生成了各自不同的特点。大致而言，中国文明发源于黄河地区，这里土地肥沃，物产丰富，适宜农业的发展。静态化与秩序化的农业型经济社会催生了偏重含蓄、悠闲的中国文学。与之相反，西方古代文明滥觞于爱琴海区域，海上贸易在促进了古希腊商业繁荣的同时也使人们更为尖锐地感受到了人与自然的对立。这种追求海上冒险的商业型经济社会催生了偏重开放、张扬的西方文学。偏重含蓄、悠闲的中国传统文学隐含一种淡化自然的对象性和人的主体性所导致的思维方式的道德化倾向，它在很大程度上忽视了对于外在世界的真理的科学探讨，造成了中国传统文学理性的衰弱。西方讲究天人对立观念的文学在此正好可补中国文学的缺乏。然而，科技和物质文明的高度发达，也反过来导致了人与自然和谐关系的破坏，严重地威胁现代社会人类的生存。因而，中国讲究天人合一的偏重含蓄、悠闲的文学对于医治西方文明导致的弊病又具有确定的疗救意义。有鉴于此，在现代社会深感苦闷和焦虑的台港澳诗人对偏重含蓄、悠闲的中国文学极为推崇。

1. 含蓄性

不像西方诗歌讲究抒发情感的激越和奔放，中国诗词崇尚含蓄，以淡为美，讲究"言有尽而意无穷"，诗人往往点到为止，而留下大量空白点，让读者去填充、去领悟。正如清人叶燮在《原诗·内篇下》所说："诗之至处，妙在含蓄无垠，思致微渺，其寄托在可言不可言之间，其指归在可解与不可解之会；言在此而意在彼，泯端倪而离形象，绝议论而穷思维，引人于冥漠恍惚之境，所以至也。"中国诗歌的这种含蓄之美深深地吸引了当代台港澳诗人，他们站在现代的立场上，对中国诗歌的含蓄之美进行了细致而又深刻的解读。

台湾诗人洛夫的《沧海月明珠有泪，蓝田日暖玉生烟——赠李商隐之二》一诗对李商隐诗歌《锦瑟》的含蓄美进行了细分式的解读。"蓝色的心情即是飞鸟的心情/田里的水蛇梦见它往昔的光荣已随蜕衣而去/日落前人人都拥有一小片美丽的黄昏,读你/暖暖的诗句使我与蜡烛的双脚同时疲软/玉人一病不起/生生世世再也无人能解读你眼中/烟一般的星图"。正是因为李诗的意义是含蓄的,因而,对它的认识和理解自然也是一个永无止境、不断生成的过程。这意味着,洛夫对李诗的理解在将自己置于了传统之中的同时,也使李诗从古代走向了现代社会。由此,洛夫对李诗的理解过程就是一个历史主体与现实主体的对话过程,在这种对话过程中,李诗内含的问题越多,洛夫回答的问题越多,作为本文的李诗的意义就越丰富。香港诗人黄河浪在《中秋》一诗中,化用的则是李白和苏轼的诗与词。诗歌第一节化用了李白的诗句"床前明月光,疑是地上霜"。"怀乡病流行的日子/遍地是李白的清霜/月光月光光/不敢踏着童谣去/怕踩出玻璃的碎响。"作者的思乡之情无处不在,眼中所见就无处没有思乡的月光。这种月光如梦如幻,将诗人带离了现实,因而,他才"不敢踏着童谣去"。第二节化用苏轼的"人有悲欢离合,月有阴晴圆缺,此事古难全。但愿人长久,千里共婵娟"这一词句。作者说怀乡的夜晚是"失眠症传染的晚上/满眼是苏轼的玉盘/辗转又辗转/听千里环佩叮当/看婵娟倩影姗姗……"世事是变化的,而月亮是永恒的。永恒的月亮照了李白照苏轼,照了苏轼照黄河浪。在中秋这个特殊的日子里,历史的月光与今天的月光同跳着一个脉搏,同击着一个节奏,它们相互呼应、相互联系,传达着不同时代、不同空间的中国人盼望团圆的共同情感,此时,李白、苏轼、黄河浪的个体生命生存在月亮之中,化为至大无匹的宇宙真我,成为无限无私的宇宙大生命。香港诗人郑镜明则将化用的审美眼光聚焦在了张继的《枫桥夜泊》之上。张继的这首诗用最具诗意的语言构造了一个清幽寂远的意境,诗歌中存在许多意义的空白点。在对此诗的重写过程中,郑镜明极大地强化了自我的主体意识,对原诗的空白结构进行了颇富创造性的想象与追问:"桥下流着的是哪朝代的河/河背着的是什么人家的船/船啦船要划往哪一条水巷/春深的水巷是谁临窗眺望/皱眉的眺望祝福远方行客/匆匆的行客在桥上看倒影。"经过郑镜明对张继原诗关键词、句的解读,我们不仅更为充分地理解了原诗中蕴含的深远的生命意识和历史意识,还发现了郑镜明赋予原诗的主体意识、个性意识等现代性的意义,这些现代性意义是对原诗意义的深化和再创造,是历史视野与现实视野融合的产物。

2. 悠闲性

受西方线形时间观念即世界是不断向前发展的观念的影响，台港澳社会人们的生活常常是快节奏的，在这种快节奏生活的压迫下，台港澳地区的诗人常常会有非常强烈的焦虑感和失落感。为了抚慰痛苦的心灵，为了给日趋异化的生命找到一个休憩和疗救的精神家园，许多台港澳诗人将自己的审美目光投注在讲究休闲的中国文学之上。

中国传统文学从根本上说是根植于悠闲的文化环境中的，这种悠闲来自于中国古代根深蒂固的循环的时间观念。既然时间观念是不断轮回、循环的，于是中国古代文人就常用悠闲的心态去欣赏鸟语花香、玩味人生百态。这种以艺术化的人生态度将人生艺术化的文人以及他们的作品，给当代陷入精神危机的诗人们凸显了一种新的价值尺度，为重构当代台港澳新诗的生态平衡提供了取之不竭的本土文化精神资源。

台湾诗人洛夫在《走向王维》中对王维的那种"人闲桂花落，夜静春山空"的无比幽静的心境极为推崇。诗中写王维："晨起/负手踱蹀于终南山下"，"懒懒的，策杖而行/向三里外的水穷处踱去/伫立，仰面看山/看云，瑷瑷瑷瑷地/从你荒凉的额上淡然散去"。这里，无论是写王维的"负手踱""懒懒的，策杖"，还是写他的"仰面看山/看云"，都将王维追求人生的自适与心灵的适意的思想表现得极为传神。应该说，王维的这种用达观对逆境的心境对处于喧嚣闹市中的现代人是具有强大吸引力的。在他的从容对待人生的思想感染下，洛夫等现代人情不自禁地与王维一同感悟人生，感悟生活。台湾诗人余光中的《寻李白》则将李白纵情任意的生活写得活灵活现："自从那年贺知章眼花了/认你做谪仙，便更加佯狂/用一只中了魔咒的小酒壶/把自己藏起来，连太太也寻不到你。""酒放豪肠，七分酿成了月光/余下的三分啸成剑气/绣口一吐就半个盛唐。"作者用脱俗的想象，表现了他对李白自由、闲适性情的仰慕之情。诗中的李白，既深受道家和游侠思想的影响，有追求自由、放荡不羁的人生境界的一面；也有受儒家兼济天下的思想影响，想有所作为的另一面。因而，其人其诗的悠闲就不同于一般人一般诗的悠闲，而是悠闲之中多了些清高和激愤。

香港诗人蓝海文的《敬亭山》化用小谢、李白的诗句中的典故，创造了宁静悠远的诗歌境界。"小谢独坐/青莲独坐/吾独坐"，写的是不同时代审美者面对同一名山的同一态度。"独坐"，强调的是审美者对世俗社会事务束缚的超脱，强调的是审美者与自然之物的亲密无间的关系。"鸟来几次/云去几回/读不老的山/读不尽的/画意"，写的是真正的艺术时间不是按照过去、现在、将来的顺序演进的线性过程，而是能够让不同时代、不同阶层的人们联系在一起的瞬间。在这种瞬间中，时间之光照亮了敬亭山含纳的广博而又深邃的意义，它在与小谢、李白和蓝海文等的亲密对话中焕发出了不断开放、不断生成的永恒之美。

澳门诗人淘空了的《黄菊》是写黄菊和陶渊明的。"花潮汹涌时/你没有开/你把精灵藏在深深的苦涩里/当太阳灼痒蝉声时/你虽也蛰痒难忍/然而绝不伸手抓搔"。这是以"黄菊"为基本视点，写"黄菊"对"花潮汹涌"的春季和"太阳灼痒蝉声"的秋季等外在环境的凌驾和超越，强调的是"黄菊"不为外物所驱、不为外物所役的"清高"的品格。"直到五柳先生呵缕酒气/你才撞烂东篱看世界/草裙干枯/山容苍白/独山坡上的纸鹞肥臌/使你笑亮万千眼睛/从南角墙下越野到北隅城垛……"这是以拟人化的手法写"黄菊"的"放逸"。当其他的花草在秋风的摧残下都变得"干枯""苍白"之时，"黄菊"却毫无畏惧地迎风绽放，"笑亮万千眼睛/从南角墙下越野到北隅城垛"。整首诗托物喻人，既展示了诗人对"黄菊"与陶渊明超越世俗的我行我素的品格的仰慕，也表现了诗人对一种以个体精神超脱苦难现实的人生境界的向往。

台港澳诗人在诗歌创作中对中国传统文学的隐约含蓄、超脱悠闲的特性的迷恋，其意义一是使他们的诗歌在抒发情感上表现出了更多的传统诗歌独具的委婉和温情；其意义二是可以支撑着诗人们对抗物欲现实对心灵的逼压，鼓动着诗人们在世俗欲望的喧嚣声中保持着自我独特的声音。

不同于西方文化以个人主义为本位，中国文化是以集体主义为本位的，所以中国人有很强的"家""族""国"意识，这种重人伦的特点让中国文化显得更富有人情味。当代台港澳诗人在快节奏的生活之下常常感到焦虑、孤独和绝望，回归具有旷达平和、人道主义的中国文化中寻找解脱是必然的选择。通过对哲学中国、艺术中国和文学中国的描述与建构，当代台港澳诗人为人们塑造了一个完整的人文中国形象。这种人文中国形象在当代社会具有极大的意义。一方面，它对于在国际上建构良好的中国形象具有重要的价值，表明中国的天人合一的哲学智慧，灵动和谐的审美追求，悠闲自由的生活情趣，包容旷达的民族性格，在当前全球化生态环境恶化的背景下，对化解西方现代文明对社会与人类造成的负面性影响具有重要的价值；另一方面，对于台港澳诗人自己而言，它也是他们在物化、西方化环境中面对强大的他者的包围和排斥的压力中，消除不安全感，寻找心灵归宿的必然选择。

然而，台港澳新诗中人文中国形象的构建也是个不断反复、不断修正的艰难的过程。在这个过程中，存在片面处理科技和人文、外来文化和本土文化关系的问题。一是许多诗人盲目崇拜西方，对西方的科学、人文文化非常推崇。这种片面的推崇给台港澳诗人的人文中国形象的建构带来了许多负面的影响，一些西化的诗人凭借着西方的政治文化优势挤压中国人文文化的空间，在这种挤压中，台港澳社会和诗歌中也出现了一些丧失民族身份的自豪感、疏离传统道德的现象；二是一些诗人对外来文化采取拒绝接受的态度，这种态度同样对人文中国形象的建构带来不利的影响。当一些台港澳诗人将中国人文文化视为当下生存境遇中的理想范型之时，他们实际上是在将中国人文文化推向丧失新陈代谢能力的死寂状态。有鉴于此，我们认为，要完善台港澳新诗中的人文中国形象的建构，就必须正确处理人文情怀和科学精神、本土文化和外来文化的关系，"必须跳出传统与外来文明的二元对立模式，在全方位开放的条件下，创造性地吸收人类社会创造的一切文明成果，以求得异质文学之间的相互补充"①。因此，中国的人文文化才能不断更新、与时俱进，建构在它之上的人文中国形象才能获得世界上越来越多的人的认同。

第二节　现代性中国想象

作为中国曾经被异国殖民的地域，台港澳一直承载着不同性质、不同形态的主体性意识。一方面，英国、葡萄牙、日本等殖民者为了维持自己的殖民权，总是以一种西化的现代化意识削弱和消除人们的民族意识；而另一方面，为了保持自身的独立性与自主性，台港澳民众又总是以不同的形式、方式来表现和确证自身的民族身份。这种特殊的文化环境，使台港澳新诗的现代化历程一直充满着民族意识的表达与西化的现代化意识表现之间的根本性的矛盾。而正是这种矛盾生成的张力构成了台港澳新诗现代

---

① 赵小琪：《台湾现代诗与西方现代主义》，长江文艺出版社2004年版，第177页。

性演进的内在动力机制。一方面，台港澳新诗的现代性是以民族意识的独立性为基础的。如果没有民族意识的独立性，台港澳新诗作为一个有着自身质的规定性的文学系统就不复存在；另一方面，台港澳新诗现代性的建构又不是一个民族意识的线性上升过程，而是一个民族意识与其他国家、民族意识不断碰撞、交流、融合的非线性变迁过程。从台港澳新诗演变的轨迹上看，文化的现代化始终是一个民族意识与其他国家、民族意识共生的动态过程，也是一个集体与个人、理性与情感、理想与现实等对立统一元素相互影响、相互吸收、相互融合的杂生过程。

一　集体与个人

不可否认，现代性是台港澳文学发展的一种必然、一种不可逃避的命运。现代性中也确实含纳反传统的特质。从这个方面看，我们应当肯定台湾现代诗运动初期纪弦等人对传统所持的批判姿态。然而，现代性的内涵是相当复杂的，它除了有反传统性的一面外，也有对传统审美认同的另一面。而对于现代性的这种全面的认识，正是促使余光中等台港澳诗人努力建构个体性与集体性相结合的现代性中国形象的重要动因所在。

从深层的精神资源上看，余光中、蓝海文、黄晓峰等当代台港澳诗人的这种对个体性与集体性相结合的现代性中国形象建构的视点，首先来自西方现代哲人的启迪。随着对西方现代主义文学，尤其是对艾略特的创作的接受的逐渐深入，余光中、洛夫等当代台港澳诗人对西方现代主义文学"反叛传统"又"并不忽视传统"的双重性特质有了更为深入的认识。在他们看来，既然西方"现代文艺的这些'师父'莫不了解，尊重且利用传统"，那么，作为"徒弟"的台湾现代诗诗人就没有理由不"利用传统、发挥传统，使与现代人的敏感结合而塑成新的传统"。① 于是，余光中、蓝海文、黄晓峰等当代台港澳诗人开始了对中西文学进行平等对话的追求。而中西文学之间要想达到真正平等的对话，诗人们就必须采取"无所谓古今，无所谓中西，只视需要全为我所用"② 的态度。一方面，

---

① 余光中：《幼稚的现代病》，《余光中散文选集》第 1 辑，时代文艺出版社 1997 年版，第 248 页。

② 蓝海文：《新古典主义诗观》，《诗刊》1993 年第 4 期。

诗人们要"顽强地突入中国艺术传统的各个文化层次，进行批判性的重新建构"①；"运用古典题材，并汇融前人的特殊技巧"，以表达自己的"现代精神与理念"②。另一方面，"中国新诗应该不是西洋诗的尾巴，更不是西洋诗的空洞的渺茫的回声，而是中国新时代的声音，真实的声音"③。因而，"所有忠于中国新诗的诗人，应该把凝视欧美诗坛的目光，转回到中国土地上，让我们接受欧美现代诗的优点与技巧，而不为其诗风面貌所左右，所迷惑，让我们摆脱新的形式与技巧至上的谬误，让我们的新诗在中国的土地上扎下不可动摇的深根，来表现我们中国传统文化熏陶之下的现代思想与现代生活的特质，以建设中国风格的新诗"④。基于这种认识，余光中、文晓村、蓝海文、黄晓峰等当代台港澳诗人便在一种与传统文学和西方现代主义文学的默契对话之中，开始了他们对个体性与集体性相结合的现代性中国形象的建构工作。

就价值观而言，中国以圆环整体为哲学基石，整体利益就是圆环的中心。这种价值观由于过分强调整体利益也造成了对个体独立和自由的限制。从这个方面看，中国价值观应向西方价值观趋近。但西方崇尚个体的自由观在超越了神道中心主义的同时，也使人类付出了惨重的代价。当人将自我置于唯我独尊的中心位置时，他在将他人和外在环境的敌视推向极端的同时也使自身丧失了安全栖居的处所。而在这一方面，中国传统价值观中蕴含的明人伦、求致和的思想，也对于西方价值观导致的社会人际关系的改善大有裨益。由此可见，作为人类文明发展序列中的一个方面或侧面而存在的中国价值观或西方价值观，并不存在优劣、先进与落后的分明界限。它们都既有自己存在的合理性，同时也都有不可避免的局限。

在台港澳新诗中，现代性中国形象的建构工作首先与民族认同紧密地联系在一起。我们知道，民族认同本身就是一个既涉及个体也涉及集体的事情。一方面，民族作为民族认同的前提主体，没有它的存在，民族认同就失去了依据，作为民族认同主体的个体的主体意识以及隐藏在其后的文化背景就无法体现；另一方面，没有民族认同主体对认同对象的意向性选

　① 黄晓峰：《澳门现代艺术和现代诗论评》，辽宁教育出版社 1999 年版，第 5 页。
　② 洛夫：《诗魔之歌》，花城出版社 1990 年版，第 2 页。
　③ 覃子豪：《新诗向何处去?》，《蓝星诗选》1957 年 8 月 20 日狮子星座号。
　④ 文晓村：《建设中国风格的新诗》，《葡萄园》1970 年第 1 期。

择，没有其对认同对象的理解与阐释，作为民族认同对象的民族在不同语言环境和文化背景中的主体身份、文化特性的不同层面就无法彰显，真正的民族认同活动也就无法展开。由此可见，民族认同活动的主体与对象主体的存在，是必须通过对话来实现的。而在社会学家英格尔看来，在三种情况下民族认同活动的主体与对象主体的对话会得到强化：一是当成员们普遍认为民族认同会使他们得到更大的群体共享利益和个人利益的时候；二是当传统文化的真实性和反映民族起源的神话被人们强烈地感受到的时候；三是当族群中有相当数量的成员感到被权力中心疏远化的时候①。由此观之，20 世纪中国大陆民众的民族认同更多地属于第一种情况，而 20世纪台港澳民众的民族认同更多地属于第三种情况。也就是说，正是因为近代以来的殖民地经历和近半个世纪的与大陆母体的分离，极大地强化了台港澳民众的民族自我意识，使他们更为深刻而又痛切地感受到了集体、国家对于个体的重要性。台湾诗人纪弦认为："一切文学是人生的批评；诗也不能例外。无论是传统诗或现代诗，都是为人生的。游离现实，藐视人生，出之以不严肃的态度，则不管你是何等的有才能，你写的东西轻飘飘的，那就毫无价值之可言了。"② 香港诗人蓝海文指出："中国的现代诗，无论什么主义，终归要脚踏实地地走向以诗为本位以民族为本位的新古典主义。越是民族的，越能走进世界，越具艺术的价值，越是屹立不倒。"③ 澳门诗人懿灵说："诗要和现代人同呼吸，而不是禁锢在象牙塔里的一只故弄玄虚会抓人的猫。"④ 民族与国家对于纪弦、文晓村、懿灵等台港澳诗人来说，不仅意味着一个安身立命的避风港，还能使他们获得确切的身份和归宿。于是，在他们的诗歌中，个人话语与集体话语日趋紧密地结合在了一起。而这种结合最为突出的表现，就是家与民族的现代化同构。

　　杨堃教授认为，所谓民族，"即是一个有共同语言、共同地域、共同生活方式（即有共同的经济、社会和文化生活等的具体形式）和共同民

①　参见马戎《民族社会学》，北京大学出版社 2004 年版，第 470 页。

②　纪弦：《从自由诗的现代化到现代诗的古典化》，《现代诗》1961 年第 35 期。

③　蓝海文：《新古典主义诗学》，《诗刊》1993 年第 4 期。

④　懿灵：《90 年代澳门诗坛发展勘探》，载李观鼎编《澳门文学评论选》上编，澳门基金会 1998 年版，第 179 页。

族意识、民族情感的人们共同体"①。近代以来，在中华民族发展的过程中，随着英国、葡萄牙、日本等国的入侵和近半个世纪的不同政权的对抗，中国大陆与台港澳在经济、社会和文化生活等方面都产生了不同程度的差异。然而，台港澳人民与大陆人民仍然拥有共同的血缘、共同的语言、共同的文字。而对于台港澳诗人而言，为了弥补同根同源的台港澳人民与大陆人民在经济、社会和文化生活等方面产生的差异，对中华民族这一族体的认同就显得尤为重要和迫切。

在余光中等台港澳诗人的诗中，对中华民族这一族体的认同往往是从个体的角度作出的。也就是说，他们对民族共同体的认同，可以使自己的身份得到确认。"我父亲是湖南人/我母亲是山地人/我是他们的儿女/我是中国人"（台湾詹澈《我是中国人》）；也可以使自己孤寂的心灵得到慰藉。"日子的珠子在心田结出了红豆/万千相思在梦中/郁结成一块块女娲石/再没有甚么慰藉/可以代替我们民族的魂魄"（澳门谢小冰《海峡情》）；还可以使自己区别于他人的差异性得到鼓励和保护。"将军/这里的人民，潜意识里/不愿意提起阁下的名字/也许是因为当年的你/曾以锋利的金属加诸他们祖先的身上/他们的祖先也就还你以金属的锋利/如今/为了记住这段忘不了的沉痛/他们选择了一个/金属的/名字/不属于你/却属于你跨下的/一匹走兽"（澳门苇鸣《铜马像下传自金属的历史感》）。"葡国就是文化/文化就是船就是抵达又出发/就是战争殖民与流亡就是伟大/当鼓声在戏院的椽梁走过时/诗人在狂歌大诗人的狂歌/现代和古代的交合/成了二次方程文化/因为旅费因为要回葡国/而再告于观众的心坎/可惜我们也是傲慢的民族/不然我们也能明白海盗的歌海盗的语言/也当坐在其中分享没有界限的沟通"（澳门懿灵《帷幕外》）。"我始终挺立在红棉路/我是香岛的花王/以粗壮的枝干/撑向高空/以不屈的眼神/正视港府的皇冠/在我眼中/你的皇冠/不过是我花冠的仿制品/所以我站立在你的身旁/从不逊色/气宇轩昂"（香港张诗剑《红棉路的木棉》）。"是的，他的墓志是横行的/一刀一刀割在无罪的大理石上/我知道那就是我的祖国/啊我的祖国素净洁白的胸膛"（香港黄襄《柴湾英军坟场》）。这里，个体的自由是通过划分自我和他者的界限而形成的。通过民族的自我和民族的他者的区分和界定，个体的主体性意识得到了体现。而对于詹澈、张诗剑、

---

① 杨堃：《民族学概论》，中国社会科学出版社 1984 年版，第 389 页。

懿灵等台港澳诗人来说，对"海盗""将军"、戴着"皇冠"的英王等民族他者的政治、文化话语权力的解构仅仅是民族共同体成员获得自由的第一步，民族共同体成员要想获得更大的自由，就必须以民族文化为土壤和庇荫。因为，相对于政治、经济的殖民，民族他者对台港澳文化的殖民更为持久、深刻，它既存在于台港澳社会的结构中，也内植于台港澳一些民众的个体心理结构当中。台湾诗人叶维廉指出，在香港"英语所代表的强势，除了实际上给予使用者一种社会上生存的优势之外，也造成了原住民对本源文化和语言的自卑，而知识分子在这种强势的感染下无意中与殖民者的文化认同，亦即在求存中把殖民思想内在化"。① 由此，在许多时候，当詹澈、张诗剑、懿灵等台港澳诗人对民族共同体进行认同时，民族共同体在他们这里其实主要指涉的又是历史源头上的血缘关系和历史进程上的文化关系。台湾诗人杜十三在《皮肤》一诗中写道："脱去图案新潮，台湾制造的衣衫/蓦然发现/久违的身体上/是一层纹理清晰　中国制造的皮——/平仄分明的/长满了唐诗宋词。"香港诗人王一桃在《我的诗宣言》中说："我是地道中国诗人在香港/故我离不开诗经的中国。"余光中也强调指出："当我怀乡，我怀的是大陆的母体，啊，诗经中的北国，楚辞的南方！"② 余光中、王一桃、杜十三等台港澳诗人的这种发达的民族历史意识，使他们的文化心理总是连着民族的历史和文化。在余光中的《羿射九日》《刺秦王》《漂给屈原》，洛夫的《李白传奇》《赠东坡居士》，香港诗人蓝海文的《禹》《诸葛亮》《张飞》，澳门诗人高戈的《追求》，陶里的《草堆街》等诗中，余光中、洛夫、蓝海文、高戈等台港澳诗人为我们展现了一幅幅光辉灿烂的中华历史文化的图景，从射落九日的后羿到治理洪水的大禹，从视死如归的刺秦壮士荆轲到勇猛过人的三国英雄张飞，从对天发问的屈原到恃才傲物的李白……五千年积淀、发展起来的中华文化，虽历经风风雨雨却元气充沛、博大精深，它是台港澳诗人安身立命的根本，是他们引以为荣的精神骨架和经脉："台风季巴士峡的水族很拥挤/我的血系中有一条黄河的支流……我的怒中有燧人氏，泪中有大禹/我的耳中有涿鹿的鼓声/传说祖父射落了九只太阳/有位叔叔的名字

---

①　叶维廉：《殖民主义：文化工业与消费欲望》，《叶维廉文集》第五卷，安徽教育出版社2003年版，第186页。

②　余光中：《逍遥游》，《余光中散文》，花城出版社1989年版，第17页。

吓退单于"（余光中《五陵少年》）。在余光中、洛夫、蓝海文等台港澳诗人反复的吟诵、传唱、想象中，后羿、大禹、屈原、荆轲、诸葛亮、李白、苏东坡等民族共同体历史上的个体的"我"被逐渐聚合起来，成为具有血缘共性的"我们"的光荣与辉煌的历史文化形象。这种历史文化形象放射出的强大光芒穿透了殖民者遮蔽在中华历史文化上的帷幕，激活了余光中、洛夫、蓝海文等台港澳诗人的民族自尊心和自信心。澳门诗人冯倾城吟唱道："当我穿梭于时空的叶陌/请交给我一章肖邦的琴谱/因为/我要向你弹奏我赤子的心曲"（澳门冯倾城《希望的呐喊——请延续祖国的希望》）。香港诗人黄国彬坦承："中国历史上，叫我佩服的人物极多，其中包括李世民、诸葛亮、张良、司马迁。游华夏、上三峡、走蜀道、登峨眉，一方面因为自己的确向往中国的河山；另一方面也因为太史公、谢灵运、李白、杜甫、徐霞客……在自述和作品中树立了好榜样，叫我见贤思齐。"[1]　台湾新生代诗人杨平也强调指出："你越缅怀它的过去，便越感动它的生命力！风发它的多彩多姿！唏嘘它的兴亡苦难！骄傲它的绵远豪宕、磊落壮阔！'我真高兴自己是中国人！'"[2]　即使是张让等曾经"不愿做中国人"，"向往在一个没有国家或文化效忠，也没有历史传统束缚的大环境里，重新塑造自己"的作家，在他们经历了漂泊异国他乡的痛苦之后，也不得不发自肺腑地说："我没法不做中国人，这不是我的土地。我的乡愁是文化的，美国的明月散发着中国诗词的光辉。"[3]　张让等之所以由"不愿做中国人"到"没法不做中国人"，是因为任何个体成员都无法脱离民族共同体而获得他的主体性身份。民族共同体不仅可以为个体成员的生存与发展提供肥沃的土壤，还可以为个体成员的自由与解放提供强有力的支撑。从个体自决角度转向对民族文化的认同，再由对民族文化的认同转向对民族国家的认同，这既显示了台港澳新诗对民族共同体认同的一种递进性关系，也展现了台港澳新诗对民族共同体认同的一种内在逻辑。一方面，个体成员的自由与解放必须建构在独立的民族文化土壤之上；另一方面，独立的民族文化的存在与发展又需要独立、自主的民族国

---

①　王良和、黄国彬：《瑰丽的圣光——与黄国彬谈他的诗》，《城市文艺》2008 年 7 月总第30 期。

②　杨平：《空山灵雨》，人民文学出版社 1990 年版，第 129 页。

③　张让：《当风吹过想像的平原》，尔雅 1991 年 6 月版。

家的支持、保护。独立、自主的民族国家既可以保护个体成员的独立与自主，使其免于遭受殖民者以及其他民族共同体成员的伤害，也可以有效地储备、整理、开发民族文化资源，使其获得更为有序、广泛、深刻、持久的传播。张让、杨平等台港澳诗人对民族共同体的认同轨迹和逻辑说明，尽管在台港澳，尤其在台湾，一些分离主义者殚精竭虑地想消除民族共同体成员拥有的共同的集体历史记忆，然而，台港澳民众与中国大陆民众拥有共同的血缘关系和历史，共享光辉灿烂的民族文化记忆，这是任何分离主义者都无法改变的事实。

不过，正如我们民族的历史发展不是一帆风顺的一样，台港澳诗人对民族共同体的认同形式也不是单一的。如果说上述的台港澳诗人侧重于从民族过去的历史文化中拣选、重构共享资源来生成一种自豪性情感认同逻辑，那么，台港澳诗人在检索、梳理近代至当代两岸四地政治对峙时期的民族历史资源时则建构了一种应激型的认同逻辑。前一种认同往往表现为一种肯定性的形式；后一种认同则常常表现为一种反思、批判的形式。余光中说："爱的表示，有时是'我爱你'，有时是'我不知道'，有时却是'我恨你'、'我气你。'"① 洛夫说："一个现代中国诗人必须站在纵的（传统）和横的（世界）坐标点上，去感受、去体验、去思考近百年来中国人泅过血泪的时空，在历史中承受无穷尽的捶击与磨难所激发的悲剧精神，以及由悲剧精神所衍生的批判精神，并进而去探索整个人类在现代社会中的存在意义，然后通过现代美学规范下的语言形式，以展现个人风格和地方风格的特殊性，表现大中华文化心理结构下的民族性，和以人道主义为依归的世界性。"② 毋庸置疑，洛夫、余光中等台港澳诗人与民族国家、民族历史文化都有着天然的、血缘的关联，他们对民族国家、民族历史文化的肯定，也是情不自禁、发自内心的。然而，台港澳近代以来的殖民地经历和近半个世纪的与大陆母体的分离，极大地激发了他们"天下兴亡、匹夫有责"的应激型的认同情感。

当台港澳分离主义分子将异族殖民者对台港澳的殖民史美化为台港澳的现代化历史时，洛夫、余光中等台港澳诗人则既将这段历史视为了民族、国家遭受磨难、屈辱的历史，也将这段历史视为了个体成员生命遭受

---

① 余光中：《余光中诗歌选集》第 2 辑，时代文艺出版社 1997 年版，第 71 页。
② 洛夫：《建立大中国诗观的沉思》，《创世纪》1988 年第 73、74 期合刊号。

侵害、摧毁的历史。台湾诗人叶维廉就一针见血地指出："原住民历史的无意识、民族文化记忆的丧失是殖民者必须设法厉行的文化方向。"[①] 由此，洛夫、余光中等台港澳诗人像鲁迅等"五四"先驱一样，自觉将民族、国家的痛苦担当起来："一切国难等于自缓难，一切国耻等于自身蒙羞。"[②] 在他们看来，由于国家的贫弱，我们的民族"数百年来/失去的当然不仅仅是/线装的传统一帮老人和/两三条老祖母们的缠脚布"（澳门陶里《何东图书馆》）。我们的国土曾被"皮鞋踩过，马蹄踩过/重吨战车的履带碾过"（台湾余光中《白玉苦瓜》）。我们的国民"从前是/东亚病夫/鸦片仙！/皱皮包瘦骨/咳、喘、佝偻"（香港犁青《中国反对吸二道烟》）。我们的城市"街头上，/是饥饿者的悲鸣！/码头上，/是劳动者的哀号！/工厂里，/还充斥着，/卖力者的呻吟"（澳门诗人一申《劳动者》）。这里值得我们关注的是，余光中、犁青、陶里等台港澳诗人的民族国家的认同危机既来自侵略者对民族国家现代性进程的破坏，也来自侵略者对民族个体成员肉体与精神的伤害。相对而言，后者更值得我们关注。这是因为，现代性的一个重要的标志就是"人的全面发展"。而显而易见，侵略者对民族个体成员肉体与精神的伤害不是促进了民族个体成员的现代性，而是延宕和破坏了民族个体成员的现代性。至此，余光中、犁青、陶里等台港澳诗人对民族国家的认同的多重现代性意义就愈加凸显出来：一是对个体成员的独立与自主身份的确证；二是反思这种身份遭遇外来力量侵害所导致的各种危机。但它们的终极指向却是相似的，那就是——个人在民族国家中的自由以及全面发展。

那么，在两岸四地由对峙日趋走向交流、对话的时期，台港澳民众和内地民众在面对民族国家时是否仍然应该将应激型的认同逻辑作为一种常态来处理呢？民族共同体成员又应该以何种认同逻辑来促进民族国家和个人的现代性进程呢？余光中、犁青、陶里等台港澳诗人认为，在一种相对和平的环境中，民族共同体成员不应该再坚守应激型的认同逻辑，而应该运用理性型认同逻辑来聚合社会成员。在《从母亲到外遇》一文中，余光中说："政治使人分裂而文化使人相亲，我们只听说过有文化，却没听

----

① 叶维廉：《殖民主义：文化工业与消费欲望》，载《叶维廉文集》第五卷，安徽教育出版社 2003 年版，第 181 页。

② 余光中：《敲打乐》，九歌出版社 1989 年版，第 12 页。

说过武化……我只有一个天真的希望"，"莫为五十年的政治，抛弃五千年的文化"。如果说自豪、应激型的认同主要重视共同体成员之间的情感信任，那么，理性型认同则更为强调共同体成员之间的认知型信任。从这种认知型信任的要求出发，余光中、犁青等台港澳诗人对两岸四地民族共同体成员为了个人利益而损害其他成员和民族国家利益的行为进行了无情的揭露。在大陆的工厂里，"你：曾下乡插过队的姑娘/你看管的机车走得时快时慢/你扭错了电钮，你迟开了电掣！/成堆的废品堆满车间"（香港犁青《在纺织厂里》）。在澳门的大学里，"很学术的人不很有地位/不很学术的人很有地位"（澳门齐思《澳门大学现状初探》）。在台湾的社交场上，"送礼/原来是一种敬爱的象征/今天/却泛滥成社会的灾难/不信/你可以去看看官家的后门"（台湾文晓村《送礼》）。在文晓村、犁青、齐思等台港澳诗人看来，共同体成员之间的认知型信任的形成，必然要求大陆与台港澳的政府官员、大学老师、企业职工等个体成员都能从一味利己的狭隘的立场中跳出来，不断修正和超越自己原有的视野，在与其他成员的相互理解中达到相互信任，进而形成一个更大的"互利互惠、合作共赢"的视域。此时，正如伽达默尔所言，"既不是一个个性移入另一个个性中，也不是使另一个人受制于我们自己的标准，而总是意味着向一个更高的普遍性的提升，这种普遍性不仅克服了我们自己的个别性，还克服了那个他人的个别性"①。

如果说自豪、应激型的认同中常常更多地表现为一种共同体成员之间的防范型信任，那么，理性型认同则更多地表现为一种共同体成员之间的理解型信任。近代以来，外国殖民者的统治和近半个世纪不同政权的对抗以及冷战结束后分离主义分子的兴风作浪，一方面使台港澳民众对中华文化的记忆呈现出逐步淡漠的趋势；另一方面也使台港澳民众对大陆民众充满着防范意识。这种防范意识不是自然生成的，而是台港澳民众接受了殖民者、分离主义分子等掌握权力者的主体性叙述的结果。这种主体性叙述肆意夸大同一民族共同体中不同族群因不同的地理环境、生活境遇而形成的一些差异，企图通过同一民族共同体中不同族群的对立的预设，为台港澳与大陆的分离提供合法化说明。然而，在民族的诸多特征中，尽管一些特征会随着时间的改变而改变，但血缘关系是不会因为任何外在条件的变

---

① ［德］伽达默尔：《真理与方法》（上），洪汉鼎译，译文出版社1999年版，第391页。

化而变化的，它一旦形成，就内化在每个民族成员的生命体之内。倘若一些台港澳民众想要改变他们与大陆民众同一血统的始祖观念，那么，他们的族体身份就将丧失，他们在所生活的世界中就无法找到准确的自我定位。相反，台港澳民众与大陆民众倘若能够明白上述的道理，他们就能在相互了解的基础上逐步消除因政治、文化之间的对立和差异，在整合差异的基础上去维护民族的团结，共同努力建构一个和而不同的现代化的民族国家。由此，香港诗人孙重贵将血统看成超越所有障碍的纽带，并以之将不同立场、不同观点的华人联结成一个整体。"手和手连接/心和心连接/母亲和儿女连接/祖国和香港连接//根和根连接/叶和叶连接/牡丹和紫荆连接/太阳和月亮连接//血和血连接/脉和脉连接/屈辱和光荣连接/历史和未来连接"（香港孙重贵《连接》）。而香港诗人犁青，台湾诗人文晓村、范光陵，澳门诗人陶里等更是在《踏浪归来》《桥》《美丽明天》《莲峰吐艳庆回归》等诗中直接地表达了他们对一个超越地域上的政治对立的完整、强大的现代化民族国家的期待："我攀登上扯旗山的顶巅/我看到美丽的宝岛台湾/海峡两方的半屏山在相互偎靠！"（香港犁青《踏浪归来》）"来吧朋友/不要谈扭断/不要说阻绝/让我们把现代筑成一座/每个中华儿女都感荣耀的大桥/让我们源远流长的大河/哼着自由快乐的老歌/自我们生活的桥下流过/流向壮丽的未来/而我们就站在桥上/站在现代站成永恒"（台湾文晓村《桥》）。"从卫星我们看见勇敢的人们在天之火炬中竞赛，从历史新页我们看见爱的种子在笑容中发芽，合作起来，让我们搭起心灵桥梁来分享创新与和谐，不要问我们的差异，朋友，要寻求进步！不要再忧伤，能快乐拥抱同一梦，要酿造同一个世界的美丽明天！不要问我们差异，朋友，要寻求和平！不要再忧伤，一定能拥抱同一梦！一定酿造同一个世界的美丽明天！"（台湾范光陵《美丽明天》）"滚滚珠江，浩瀚太平洋/在我们周围汇合，奔流远方，//我们寄托满怀希望，/让我们的理想驰骋飞翔！"（澳门陶里《莲峰吐艳庆回归》）事实上，一个完整、强大的现代化民族国家的出现，不仅不会压制、束缚每个民族成员的个体自由，反而能满足他们的安全、情感和归属的需求，使他们在"回到"民族国家的"怀抱里"时可以"享受一个世界上最愉快的/飘着淡淡的槐花香的季节"（台湾纪弦《一片槐树叶》）；也能满足他们自我实现的需求，使他们"苏醒向永恒"（香港胡燕青《惊蛰》）。此时的个体在完整、强大的现代化民族国家中真正达到了多元化状态，实现了生命形态与本质的全方位敞开。

不过，我们也要看到，尽管在台港澳新诗中存在较为普遍、较为突出的民族国家的认同倾向，但这并不意味着台港澳的民族认同是一元化的。也就是说，在台港澳，民族认同的话语并不是没有矛盾、冲突的。而究其根底，这种民族国家认同话语的矛盾、冲突又与台港澳的殖民地遭遇有着深刻的联系。为了削弱、淡化殖民地人民的民族记忆，殖民者总是通过一种新的时间的建构解构着民族的连续性时间，并采用一种福柯所谓的"非连续的再现模式"打破了台港澳与大陆文化地理结构上的统一性，使得原本没有矛盾、没有罅隙的统一、连续的传统民族话语充满着冲突、裂缝和空白。殖民主义对台港澳的民族认同的这种影响，在殖民者的政治殖民结束以后，仍然以文化殖民的形式在台港澳继续存在。相对而言，在这些殖民者中，以日本殖民者对被殖民者的主体性破坏最为严重、惨烈。台湾著名的本土作家陈映真指出："50 年的殖民地统治，40 年代的皇民化运动，使一些殖民地精英妄以为自己在殖民地中现代化、蜕变成文明开化的人种，妄以为台湾的文化生活因殖民统治而高于中国，从而必欲抛却自己的祖国，企图独立。"①在这样的语境下，无论是"解严"以前的纪弦、余光中、洛夫、文晓村等老一代诗人的地理怀乡诗，还是"解严"后詹澈、罗智成、杨泽、杜十三、陈黎等中青年诗人的文化怀乡诗，它们对民族国家的认同在总体上就呈现出一种较为强烈的百折不挠的悲壮色彩。英国殖民者虽然没有像日本殖民者一样以暴力对被殖民者的政治认同进行极为惨烈的压制，但对被殖民者的语言和文化记忆的剥夺却是极为粗暴的。叶维廉认为，在香港"英语所代表的强势，除了实际上给予使用者一种社会上生存的优势之外，也造成了原住民对本源文化和语言的自卑，而知识分子在这种强势的感染下无意中与殖民者的文化认同，亦即在求存中把殖民思想内在化"。②在这样的语境下，无论是"回归"以前还是"回归"以后，犁青、蓝海文、张诗剑、王一桃等爱国爱港的诗人主要面临的是西化的民主派政治精英的挑战，因而，他们的诗歌对民族国家的认同在总体上就充满着一种慷慨激昂的壮烈之气。与日本、英国殖民者相比，

① 陈映真：《西川满与台湾文学》，台湾《文季》1984 年 3 月第 6 期。

② 叶维廉：《殖民主义：文化工业与消费欲望》，《叶维廉文集》第五卷，安徽教育出版社2003 年版，第 186 页。

葡萄牙殖民者是较为温和的。即使是对被殖民者的语言和文化认同，他们也采取了较为宽容的态度。"在澳门，葡语虽然是唯一与殖民行政沟通的语言，但只是少数人所使用，在其日常生活中亦是以中文为主"①。"如果说中葡文化在澳门交融，也不过是表面上的景观，葡国文化只是在澳门本土文化表层贴上标签而已，精神文化特质并没有交融"②。因而，在澳门并没有出现像台湾、香港那样较为严重的民族意识的淡化和民族文化记忆丧失的问题，更没有出现像台湾那样的"必欲抛却自己的祖国，企图独立"的政党和像香港那样认同殖民者的史观、世界观的政治派别。在这样的语境下，与台湾、香港诗歌相比，澳门诗歌对民族国家的认同更为普遍、广泛、统一。

二　理性与感性

自启蒙运动以来，西方思想家们便一直在思考和寻找推动社会不断向前发展的新支点。而人的自我完善、自我发展则被他们看成了这个新支点。这一思考和寻找的过程被哈贝马斯称为"现代性的自我确证"的过程。哈贝马斯说："现代性即使能够，也不能再从另一时代所提供的模式中借鉴行为的标准，它必须从自己中创造自己的规范。"③ 在哈贝马斯等西方思想家这里，人的自我完善、自我发展既是现代性自我确证的原点，也是现代性伦理学确认道德作为满足主体精神需求的价值观念的基点。而人的自我完善、自我发展绝对不是一个简单的问题，而是一个极为复杂的问题。它既与人的个体性与社会性协调发展有关，也与人的理性与感性的协调发展相联系。正因为如此，台港澳新诗对现代性中国形象的建构在深入人的生存的内在结构和生命的深层质地时，就既要考察人的个体性与社会性协调发展，也要考察人的理性生命意识与感性生命意识发生的一种相互碰撞、相互对立又相互影响、相互促进的关系。

20世纪五六十年代，工业化的加速一方面使台港澳社会的物质生活

① 利高素：《广东话与普通话之间：葡人不参与选择》，程祥徽主编《澳门语言论集——过渡期语言发展路向国际学术研讨会》，澳门社会科学学会1992年版，第116页。
② 庄文永：《二十世纪八十年代澳门文学评论集》，澳门五月诗社1994年版，第29页。
③ 汪行福：《走出时代的困境——哈贝马斯对现代性的反思》，上海社会科学院出版社2000年版，第32页。

变得日益丰富；另一方面也在严重破坏大自然和人类的生存环境。台港澳
民众生活在这种人类与自然、人与人的关系变得日趋疏离、对立的环境
中，生命力日趋枯竭。有鉴于此，余光中等台港澳诗人认为，台港澳民众
要想从被工业生产扭曲了的人类与自然、人与人关系中解脱出来，使人与
人的关系获得健康、自由的发展，就必须尊重自然、回归自然。因为，自
然是神圣的，是人类生命的根源和归宿。人类只有融入自然，皈依自然，
回归人的自然本性，才能获得生命所需的血性与活力。张默强调指出：
"性为生命之源，古今中外很多优秀的文学家均不避讳。诗人以它作题材
写诗，透过高度的技巧，作最精美的呈现，我是赞同的。"[1] 洛夫认为，
个体的解放与自由，是离不开潜意识的释放的，因为，"弗洛伊德的心灵
剖析，发现人的潜意识是一切行为的主宰，而使人转而去追求历来视为恶
之源的自然本能"[2]。由此，"性之成为诗之题材，自弗洛伊德发现人类潜
意识对现代文学之影响后，已毫不为怪"[3]。在痖弦看来，超现实主义的
独创性，就在于他们发现了"一种无意识心理世界"。这个无意识心理世
界的发现，使人们认识到人"具有两种面貌"，而"旧时诗人所吟咏的常
是两个面貌中完全明确可见的一面，而忽略了另一面的较大部分的潜藏，
亦即流动、飘忽、游离，非具象与无法确定的一面，且后者较前者有着真
实的存在"。[4] 台湾 20 世纪 60 年代后诗人陈克华说："生活原是一种态
度，态度一失人生自此进退失据。文学不过白纸上的黑字，绘画不过平面
上的一点线面。一群人整天忙于拥颂一堆垃圾，再忙于指责另外一堆垃
圾。人生至此，愈发凸显猥亵之必要。"[5] 张默、洛夫、痖弦、陈克华等
台港澳诗人的聪慧之处在于，他们在超越了像弗洛伊德那样夸大性本能的
功能和作用的局限时，也肯定了性本能作为构成全面、整体的人的重要
性。既然性欲不是人的罪恶，而是人的生命之源，那么，要表现生命，就
不能不表现性本能。于是，洛夫、痖弦等台港澳诗人超越了传统叙述方法
和模式，极大地发掘了语言张力的内蕴与外延，以精彩纷呈、诡谲多变的
叙事技巧，展示了超越道德判断之上的生命的本能与冲动。

---

① 张默语，引自金凤《诗人张默访问记》，《幼狮文艺》1975 年 12 月第 264 期。
② 洛夫：《诗人之镜》，《创世纪》1964 年第 21 期。
③ 同上。
④ 痖弦：《诗人手札》，《创世纪》1960 年第 14 期。
⑤ 陈克华：《猥亵之必要》，陈克华《欠砍头诗》代序，九歌出版社 1996 年版，第 16 页。

在中国历史上的一段较长时期内，人们不敢正视作为人的一切生命活动的物质前提的肉身性的存在。"克己复礼""存天理、灭人欲"等理性哲学在将人的肉身性的存在赶出人的领地的同时，也将身体设定为了罪恶和欲望的发源地。它的直接后果是许多中国人身体中正常的欲求得不到释放，而身体的阴暗特性却获得了畸形、变态的发展。从这个意义上讲，台港澳诗人生命意识的觉醒在很大的程度上就是自身身体意识的觉醒。他们将长期被排除在人的主体意识之外的身体纳入审美视野之中，使身体重新成为充满原始生命活力的欲望主体。

如果说，父权制社会铸就的伦理道德导致了古代诗歌对身体的描写总是悬浮、表面的，这种描写的具体化总是体现在人的头部；那么，台港澳新诗对身体的描写就是直接、深入的，这种描写总是集中在人的性特征突出的各个部位。"我打开立可白/她横躺——/坚挺的乳头渗出丰沛的乳汁/或是，尖硬的阴唇/泌流黏状的润滑液——//正准备涂抹在摊开男体/修正那一身阳性的弧线——"（台湾江文瑜《立可白修正液》）。"是谁将苹果/种在我的体内？/每月每月，/它成熟着果实/沉沉落底在子宫中，/而我感觉滞重、晕眩/仿佛有什么即将发生。/是谁赋予我敏锐的/生理天秤？/那苹果熟致腐烂/化为稠汁，/并且愤怒地、快速地/向下坠落/离开我的身体"（台湾颜艾琳《瓶中苹果》）。"如爆发前的火山/子宫硬要挤出灼热的熔岩石/阵痛谁能替代/两条生命只靠女人的天性"（台湾李政乃《初产》）。人在原始社会时，就是赤身裸体的。赤身裸体是人最初的一种日常生活形态，也是古希腊人认为的人最完美的形态。既然如此，台港澳诗人，尤其是台港澳女诗人就把自己的身体作为逻辑起点，对身体内蕴藏的各种矿藏进行疯狂的开采和展览。"奶子""乳头""阴唇""子宫"等在中国传统文学中长期沉睡的各种身体器官被诗人们的语言全部激活了，构成了一幅幅活跃沸腾的动态的身体景观。

当"奶子""乳头""阴唇""子宫"等长期被遮蔽的隐秘的身体器官突破道德的袈裟喷薄而出时，它们便放射出一道道奇异而又强烈的光芒，使异性大脑皮层的每个细胞都感受到强大的冲击，诱使他们接近、触摸、亲吻这些身体器官。由此，当台港澳诗人大胆、直接地凸显隐秘的身体部位时，他们就不得不正视这种身体表层部位的自由与解放带来的身体内在的冲动与欲望。他们将个人的性焦渴心理融入对天气的描绘中，以土地的焦渴隐喻人的性焦渴心理："每逢下雨天/我就有一种感受/想要交配繁殖／子嗣遍布／于世上　各随各的／方言／宗族／立国"（台湾夏宇《姜嫄》）。他们将个人的性饥渴心理融入对自然万物的表现中，以黑暗温泉的波涛汹涌隐喻女性隐秘部位的水波荡漾："如果生活很累／道德很轻，／那么，／卸下一切／投入黑暗吧！黑暗的底层／是我在等待。／为了引诱你的到来……／让你来汲取我的温润吧！／即使再深的疲倦／都将在黑暗温泉里，／洗褪"（台湾颜艾琳《黑暗温泉》）。他们写女性感官触角的任意延伸与飞舞，写这些延伸与飞舞的感官触角对男性的抚摸、触碰的焦灼与渴望："不必撩拨我／锦城来的郎君／只需轻轻一拂／无论触及那一根弦／我都忍不住吟哦／忍不住颤／颤成清香阵阵的花蕊／琴心的深空／往日只有风经过／只有黑暗经过／如今音浪一波又一波／锦城来的郎君／是你斟满了／一瓯春"（香港钟玲《卓文君》）。他们写女性性器敞开的感觉，写女性身体渴望被充实的炽热欲火与不羁的生命活力："旗袍叉从某种小腿间摆荡，且渴望人去读她，／去进入她体内工作。而除了死与这个，／没有什么是一定的"（台湾痖弦《深渊》）。"给我勇气／给我微微的醉意／用来击破虚伪的墙／让真实俘虏我的灵魂／给我用肉体歌唱不朽的诗／给我厚实坚强的肩膀／我需要灌满一夜的爱"（台湾利玉芳《活的滋味》）。这里，台港澳诗人，尤其是夏宇、钟玲等台港澳女诗人通过"吟哦""花蕊""琴心""音浪""繁殖""灌满""温润"等颇具性的象征性意义的意象，向传统的父权制文化的身体规范发出了挑战，全方位地改写了父权制文化中顺从、羞涩、被动的身体书写模式，毫不掩饰地表达了强烈的生命原欲。

与无所拘束地展现人的柔美、圆润、性感的身体和放荡不羁的欲望相一致，台港澳新诗对性经验、性快感的表现也是惊世骇俗的。如果说父权制社会铸就的伦理道德导致了古代诗歌只注重抽象的人性，对个体生命的性体验采取回避、隐讳的态度，那么，在台港澳诗人的诗歌中，诗人们则将笔墨集中到肉身的具体可感性上，坦率地表达和性相关的隐秘的、独有的种种体验。"台风肆虐这狭小的山谷／我们翻腾在小楼上／雨打屋瓦的急促／狂风卷叶的纠缠／形体的风暴止息后／心底的风暴扬起／你潜伏的猜疑／我绽开的隐痛／行雷的闪光／电线裂口的火焰／激射而出／卷我入你的风暴圈／旋你入我的台风眼／在愤怒的呼啸中／我们触及彼此的核心／透视云封的自己"（香港钟铃：《七夕的风暴》）。"匆忙地吻她的耳垂与胸脯／在凌乱的道具间做爱／踢翻一口新造的井／意志屈服于／节奏放大为／肉体"（台湾夏宇《蜉蝣》）。"有时／他像疲惫于觅食的独行兽／回到久违的地盘／钻进我的被窝／浓重的鼻息像地雷探测器／沿着我的颈项、胸脯、胯下／寻找并引爆我肉体中的诱饵／有时／像被安详的衣缕所激怒／他会剥脱我的睡袍／把我推出阳台把我／温热脂白的胸脯／压在冰冷带露的／铸铁栏杆花纹上／面对着楼下一部黑车／刚转进来的明亮巷弄／狂乱推挤甩动／我半熄半醒的肉体焰火"（台湾罗智成《梦中情人》）。"我之内／藏匿一座绝美的峡谷／向我更深刻的坠落／最深渊／你将获得飞行的翅膀／低低穿掠初霞的涌生"（台湾曾淑美《缠绵贴》）。诗人们在这里写的是一次次具体的做爱过程，在这一次次具体的做爱过程中，他们关注的重心不再是它合不合乎伦理道德的问题，而是性动作的时间、方向、速度、力度及快感的强弱问题。因为，性活动中的行为主体倘若在这一过程中关注伦理道德，他们就会增加自己的压力和紧张的情绪，减低性活动的质量；而他们倘若能够像艺术家创造美好的作品一样，既善于选择制作的对象和目标，也精通制作的技巧，以"雨打屋瓦的急促／狂风卷叶的纠缠"，"踢翻一口新造的井"等方式乐此不倦地努力锤炼做爱艺术，那么，他们的心理就会感受到"触及彼此的核心／透视云封的自己"的前所未有的生理刺激和心灵震撼，他们的生命就会获得"飞行的翅膀／低低穿掠初霞的涌生"一样的快乐、欢愉和自由。此时，在场的肉体已经不是简单的肉体，而是诗人对其性生活具有自主决定的能力的象征性显现。由此，诗中的性快感就既与诗人的生理有关，也与诗人的创作有关。这在台港澳女诗人，尤其是颜艾琳等台湾女诗人那里表现得特别突出。颜艾琳说："因为很想了解自己、认识女人，于是写下这样一本可以暴露的成长记录，可以认识我所书写出来的'我'以及部分的'你'。"① 江文瑜说："写诗的过程好像是跟异性在做爱。"②在江文瑜、颜艾琳等台湾女诗人这里，一方面，肉体在场是对菲勒斯的象征暴力的对抗和颠覆，是重建被菲勒斯的象征暴力所阉割的女性自我意识的重要途径和方法。肉体在场，诗歌就在场；肉体在场感的显现，就是诗歌在场感的显现。而另一方面，经由写作，江文瑜、颜艾琳等台湾女诗人凸显了被传统伦理道德所遮蔽、压抑的快感，女性在性活动中的主体性地位获得了确证。

---

① 颜艾琳：《骨皮肉》自序，时报文化出版事业有限公司1997年版，第25页。
② 江文瑜：《男人的乳头》，元尊文化企业股份有限公司1998年版，第145页。

　　身体的解放是现代性运动的重要一环，也是现代性叙事话语中的核心范畴。它显示了人的生命由他控向自控的转型，为人走向本然、自然的生活敞开了一条无限开阔的大道。然而，正如理性不是现代性运动的唯一一环一样，身体的解放同样也不是现代性运动的唯一一环。身体、性的解放固然给个人带来了从传统道德控制中解脱出来的自由，但实际上，单纯的身体、性的解放只传递了一种生命形式上的低级形态的自由，却不能传递生命内心体验上的自由。因而，这种自由其实质就只是短期性的，它不可能最终完善生命的形式和实现生命完全、彻底的解放。对此，余光中、洛夫等台港澳诗人有非常清醒的认识。台湾现代诗社领袖纪弦对现代诗中"纵欲的倾向"就大为不满，他指出："他们自以为是弗洛伊德的私塾弟子，戴上了一副'唯性主义'的有色眼镜看一切，以为一切皆性，于是在作品里，强调性的饥渴，甚至描写性交与生殖器，作一种文字上的'意淫'，而自鸣得意。这实在是大大地要不得，我反对……现代诗不是'感觉'的诗，而是'思维'的诗。不是'物'的刺激与反应，而是'心'的观照与默示。不是'肉'的展览，而是'灵'的辐射。是'神性'的追求，而非'兽性'的满足。所以纵欲，绝对不可。"① 台湾诗人罗门强调指出："当都市不断将人放逐在腰下的物欲世界，不太容许人到腰上的空灵世界来，形成人的生命与内心趋向'灵空'的状态，导致物欲与性欲的泛滥，确是可虑的。"② 人一旦沦为欲望的奴隶，再聪明的人也会变得愚蠢、疯狂。洛夫《长恨歌》中的唐玄宗，贵为天子，却并没有获得一种真正意义上生命的自由，其症结就在于他没有成为自己欲望的主人，而是成为自己欲望的奴隶。石崇是西晋的巨富，人们一般认为他被孙秀所杀的症结在于他的宠伎绿珠，孙秀索要绿珠，而石崇断然拒绝，于是，悲剧接着就发生了。然而，在钟玲的《绿珠》中，石崇的悲剧的根源不是绿珠，而是他放纵的欲望。在欲望的驱使下，石崇从来没有将他与绿珠等美女的关系看成相互拥有的爱的关系，而是看成了占有和被占有的关系，因而，他在一味地满足于对绿珠等美女肉体的占有的同时，也给自己埋下了生命毁灭的祸根。于是，诗人借绿珠之口无情地揭示出了历史的

---

　　① 纪弦：《现代诗的创作与欣赏》，《中国现代诗论选》，大业书店1969年版，第239页。
　　② 罗门：《都市你要到哪里去·附记》，载于罗门《在诗中飞行》，文史哲出版社1999年版，第224页。

事实："——主公，你获罪不在绿珠，/没有我，你一样结党结怨，/没有我，你一样沦为囚虏"（香港钟玲《绿珠》）。唐玄宗、石崇等人的问题不在于他们有着性欲，而在于他们完全被性欲所控制，一味地追求没有边界的自由，却不知道这将他们导向了极端不自由的困境。结果，他们不仅损害了自己生命的完整性，还伤害了被他们当作万物看待的女人。正如黑格尔所说："通常的人当他可以欲为时就信以为自己是自由的，但他的不自由恰好就在任性中。即某一个人当他任性时，恰好表明他是不自由的。"①任性的人表面上看是自由的，但这种任性决定了他们仅仅作为自然的存在而存在，他们的生命也必然完全受到自然界法则的规定，缺乏对自己的欲望、要求的反思和省察，因而难以获得真正的自由。

那么，真正、完全的生命自由又是什么呢？在洛夫、钟玲等台港澳诗人看来，这种真正、完全的生命自由既不可能是个体生命的任性而为，也不可能是个体生命被伦理道德所制约，而是个体生命灵与肉、理性与感性的平衡和协调。人类之所以与动物相区别，是因为人类的肉体中蕴含精神，而人类之所以与上帝不一样，又是因为人类的精神是寄寓在鲜活的肉体之上的。由此可见，在个体生命之中，精神与肉体是一种相互依存、相互贯通的关系。我们既不能像唯灵论者那样以精神排斥肉体，也不能像唯欲论者那样以肉体排斥精神，而是应该寻求这两者的协调、平衡的发展。痖弦一方面对潜意识的发掘对于本真存在敞开的贡献大为赞赏："一种较之任何前辈诗人所发现或表现过的更原始的真实，存在于达达主义与超现实主义（surrealism）者的诗中，一种无意识心理世界（the world of unconscious mind）的独创表现，使他们的艺术成为令人惊悚（有时也令人愉悦）的灵魂探险的速记。"②另一方面，痖弦又强调指出，写诗的目的，在于"要说出自下而上期间的一切，世界终极学"。③在《关于〈石室之死亡〉——跋》中，洛夫强调指出："我一直相信，人与神共为一体，没有神，事事孤独而残忍的，与兽无异，没有人，神性无法彰显，神根本就不存在。"在他们的诗歌中，个体生命灵与肉、理性与感性的平衡和协调总是意味着把个体引向与他人生命的共在，使个体与对方在平常的生活中

①　黑格尔：《法哲学原理》，范杨、张企泰译，商务印书馆1983年版，第27页。

②　痖弦：《诗人手札》，《创世纪》1960年第14期。

③　同上。

能够相互理解、相互欣赏。情感的基础是理解，理解源于人向善的本性，它的关键在于能换位思考、由己推人。钟玲的《李清照》、罗智成的《你》中的李清照与赵明诚、"我"与"你"就十分注重"心有灵犀"式的感情沟通和相互之间的欣赏："相守的岁月如花似烟/你携我漫步钟鼓肃穆的庙堂/我带你穿入花影幽深的词境……但你我的相得/只有两颗心洞悉"（香港钟玲《李清照》）。"'妳'永远是最靠近我的/只要我有话想说/'妳'总是第一个知道/或第一个不知道/正如此刻/一个被湿冷的寒流所宵禁的夜晚/一张被疲惫盘据的计算机桌前/我尚未启齿/而'妳'/已经在句中守望/不管知道或不知道"（台湾罗智成《你》）。澳门诗人林玉凤的《想你》中的主人公，在表达自己的爱欲时，时时关注对方的感受，处处为对方着想："魂牵我步向你的心/吻你我不惊醒你"（澳门林玉凤《想你》）。这里，肉体的亲近是以情感的相通来平衡和相配的，因而，主人公在与爱人的亲昵中体验到的是一种相亲相爱、密不可分的温馨之情。由此，在个体与对方的相互理解、相互欣赏之中，个体生命获得了展开的空间，自身的存在价值和意义得到了确证。在他们的诗歌中，个体生命灵与肉、理性与感性的平衡和协调也意味着把个体塑造为具有责任感的道德主体，使个体与对方在非常时期能够共患难、同生死。从一定程度上来说，现代性道德就是一种道德生成论，现代性的道德主体也应该是具有责任感的主体。这个具有责任感的道德主体将责任既指向自己也指向他者。在对方处于人生困境时，他具有牺牲个人利益、为他人做奉献的强烈的道德责任感。他可以在困难时让相爱的人既找到彼此身体的依赖也找到精神上的依靠，就如澳门诗人郭颂阳所写的那样："把你的手给我/共握岁月疼痛的演变吧/细听横风斜雨淋不凉的/情怀"（澳门郭颂阳《把你的手给我》）。他也可以是为爱而生，为爱而死，就如钟玲的《唐琬》中的唐琬爱陆游那样，既然生不能再与陆游身心和谐地在一起，那么，就让死亡之神将自己带入另外一个世界，在另外一个世界中与陆游身心一体化地融合在一起："我的精魂在沈园等你/我的身影浮在绿波上/莺眼映照相见的喜悦/风柳飘送我的柔情/花姿是我的嫣然/用整个春天/等你重临"（香港钟玲《唐琬》）。这使我们极易想起海明威《丧钟为谁而鸣》的扉页所引的英国17世纪玄学派诗人约翰·堂恩的一段话："谁都不是一座岛屿，自成一体；每个人都是广袤大陆的一部分。如果海浪冲刷掉一个土块，欧洲就少了一点；如果一个海角，如果你朋友或你的庄园被冲掉，也是如此。任何人的死亡都使我受到损失，因为我孕育在人类之中。所以别去打听丧钟为谁而鸣，它为你敲响。"由此可见，钟玲、郭颂阳等台港澳诗人诗中的道德主体并非预定或既定，而是具有动态性的特点。也就是说，他们诗中的道德主体的现代性品格是通过自主选择而生成的。这种选择固然受到外在伦理道德的影响，但更为重要的则在于道德主体的自我意向、认同和反思。在此意义上，这种道德主体体现出了较为强烈的内在的人格价值和外在的社会价值相互契合的特点。正如亚当·斯密所说，"完美的人性正是这种同情别人胜过同情自己的精神，正是这种抑制自私和乐善好施的感情；这样的人性中间包含了人类的全部情理和礼貌，协调了人与人之间的情感和激情，使之和谐一致"①。

不过，个体生命要想达到灵与肉、理性与感性的平衡和协调，绝非易事，他除了要具有向善的性情和强烈的道德责任感以外，还应该具备平等意识。

人的自由是现代社会的理想，而理想的现代社会的标志之一是可以给予每个个体实现自我的欲求提供最大可能的机会。不过，任何个体又是社会中的个体，因而，任何个体在实现自我欲求的过程中，又应该遵循一种平等的原则。正如澳门女诗人懿灵所写的那样："一切可能依附的东西都有缺裂的可能/关系并不代表什么定律"（澳门懿灵《爱情时间论》）。任何个体都是独立的个体，都具有人格上不容忽视的价值与尊严，将自我意志强加于他人意志之上，其结果只能是在损害他人的自由的同时使自己生命的自由受到限制。

在余光中的《双人床》中，虽然床内与床外进行的同是人与人的"肉搏"之战，但诗人却更为看重与欣赏前者。之所以如此，是因为床上支配人的是一种"拥有"的欲望，床外支配人的是一种占有的欲望。"占有"作为一种支配关系的体现，不仅意味着将他人当作物看待，更为严重的是，它还意味着一种杀戮和仇恨，它导致了个体与他人的冲突和疏离。而在澳门女诗人谢小冰看来，现代女性要使自己的生命避免受到伤害，就应该对男性的这种过分强烈的占有性私欲进行排斥，并强化一种自我与对方彼此平等的"拥有性"意念与态度："不要谎说屈就是温柔/不

① 亚当·斯密：《道德情操论》，王秀莉等译，生活·读书·新知三联书店 2008 年版，第21页。

要妄辩驯服是贤惠"（谢小冰《我们·女人》）。"拥有"意味着自我与对方是一种交流关系，而这种交流关系又是在确认双方的主体性的基础上建立起来的。因而拥有了主体性的对方不再只是作为一种被占有物而被动存在，而是具有一种较大的主动选择权。

在《烟之外》一诗中，洛夫就表现出了一种极具开放性的"拥有"意识。诗中拥有了主体性的对方不再只是作为一种被占有物而被动存在，而是具有一种较大的主动选择权，面对我表现出来的爱，她可以接受，也可以拒绝："在涛声中唤你的名字而你的名字/已在千帆之外……你依然凝视/那人眼中展示的一片纯白/他跪向你向昨日向那朵美了整个下午的云/海哟，为何在众灯之中/独点亮那一盏茫然。"这里，自我与对方的关系，不再是一种占有与被占有的关系，而是一种相互拥有的平等性关系。两者在平等的基础上曾经相亲相爱，又在平等的基础上劳燕分飞。同是写自我与对方的分离，这种在平等基础上的分离与那种在占有性基础上的分离造成的结果却不同，它不仅不会使对方生命受到伤害，还在某种程度上成全了自我，使自我更加深刻地认识到，爱欲是一种情感需求，而情感是不能勉强的，一旦对方的情感发生了变化，那么，给对方自由，也就同时给予了自我生命以自由。显然，真正的爱正是这样一种双向的拥有、相互的尊重。这种双向的拥有、相互的尊重反映了爱的关系的本质，那就是，爱是一种感情，它不可能为任何一方面所独占，而只能被双方所共享，它需要双方情感全方位的投入。无论是男方还是女方，要获得爱，就要学会坚持，坚持能化解双方心灵与心灵之间的隔膜。就如洛夫的《我在水中等你》中的"我"那样，"紧抱桥墩/我在千寻之下等你/水来我在水中等你/火来/我在灰烬中等你"。又如香港诗人钟玲笔下的西施对吴王夫差所说的那样，虽然"我奉勾践的密旨/迷惑你的心智/煽动你的狂妄"，然而，"你对我十年痴迷/夜深的呼唤缠绕我的精魂/我的心也系在你身上"（香港钟玲《西施》）。本是内心隔膜的个体生命在相互交流的关系中得到了充实，伟大的爱以感情的温暖把无限的力量引入自身时，也使自我从困境中超脱出来。坚持也能化解空间的阻隔、人为的距离。就如钟玲笔下的花蕊夫人一样，虽然身体被宋太祖强占，但在内心的深处，她的爱却插上翅膀飞越壁垒森严的皇宫大院，飞入她与孟昶相亲相爱的记忆世界，在这个世界中，她与孟昶的肉体与精神都获得了极大的满足："醒来，自你怀中/悄然窥视你/睡梦中嘴角的笑意/明月也在帘外偷窥/你我在梦和醒的两岸/痴痴相对展颜"（香港钟玲《花蕊夫人》）。此时，个体生命飞出了封闭的时间死谷，心灵中充满着全新的时间之感，他像香港女诗人夏斐笔下的人物一样，成为令人心生动摇的传说，成为动人心魄的飞翔的神话："你是逐日的夸父/我是奔月的嫦娥/竟在日夜交替的/刹那/重叠"（香港夏斐《叠影》）。在"你中有我/我中有你"（香港张诗剑《乾坤》）的双向拥有之中，融为一体的你我在共同创造美与美感时，也共同开拓出一种超越自恋面向世界的自由的爱的境界。于是，通过爱，诗人敞开了人类的生命之门，开启了一条从有限向无限的宽阔大道，它在把生命带到原始相互拥有的世界的运动中，将生命掷入了永恒之流，在对现实的狭隘的、分裂的生命的拒斥中，达到了对平等自由的灵肉和谐生命的肯定。

从爱自己到爱对方，这是个体情感由感性向理性的升华。从单方占有到相互拥有，这是传统的男女关系向现代的男女关系的转换。当恋爱中的男女不以自己的意志强加给对方时，这体现了他们的理性对占有欲的控制，当恋爱中的男女能以爱自己之心去爱对方时，这体现了他们的理性将"有限"的感性情感推广成了具有"无限"意义的情感。

由上可见，个体生命的理性与感性的平衡和协调在余光中、洛夫、钟玲等台港澳诗人的诗中不仅以一种现实存在的形态出现，还以一种应该有的形式出现。相对而言，台湾诗人，尤其是台湾新生代女诗人所追求的理性与感性的平衡和协调主要集中在性上面，而香港、澳门诗人所追求的理性与感性的平衡和协调则与更广阔意义上的个体生命的精神与肉体的完整统一有关。这一方面是因为台湾新生代女诗人对西方女性主义的身体写作的理论与实践有着更为强烈的认同；另一方面也因为深受中国、日本重男轻女文化的双重压迫的台湾女性对传统的性道德伦理的痛恨、反抗的欲望更为强烈。而无论是台湾新生代女诗人对男女性交融状态的渴望还是香港、澳门诗人对两性在更广阔意义上的精神与肉体的和谐相处的热切呼唤，都既展现了性爱的现实应该是怎样的事实，也昭示了性爱的将来应该是怎样的前景。从这个程度而言，余光中等台港澳诗人对个体生命的灵与肉、理性与感性的平衡和协调的展现既包含对现实的性爱形态进行调整、提升的要求，也反映了性爱发展的未来方向。

人之所以是人，就在于他既有理性，也有情感。在个体生命中，它们相互依存、相互渗透、相互影响，是构成健全人的重要组成部分。无论是单纯从生物学方位还是单纯从社会学方位去认识人，都是无法真正全面理解和把握人的本质的。失去情感的理性化生命，不过是一具没有血肉的木乃伊，而失去理性规范的情感化生命，又与一只低级蒙昧的动物无异。在一个健全的个体生命中，理性的运行需要情感的灌注以变得更为人性化，情感的表达需要理性的导引以变得更为明智、聪慧。因而，真正的诗人是可以秉承以人为本的核心理念，在他们的诗中能最大限度地实现理性与情感之间的共融。正如海德格尔所说的那样，在贫困的时代只有诗和诗人才能拯救失去精神家园的现代人。因为诗人们"吟唱着去摸索远逝诸神之踪迹"，"能在世界黑夜的时代里道说神圣"①。因而，在诗歌中实现理性与人性的结合，这不仅是当代哲学克服危机的需要，还是台港澳新诗继续发展的需要。一旦诗人实现了对理性与情感世界的真正亲近与拥抱，就在事实上回到了世界与生命神秘的源头，就可以在唤醒人对自身自觉的同时使人"诗意的栖居"在这世界上。

三 理想与现实

无论人们对现代性的认识有多么大的差异，但对其指涉一种新的时代意识的看法是基本一致的。波德莱尔指出："现代性就是过渡、短暂、偶然，就是艺术的一半，另一半是永恒和不变。"② 哈贝马斯在《现代性——一个尚未完成的谋划》一文中也将现代性视为"一种新的时代意识"。不过，与启蒙运动以来的激进的现代性意识论者的看法不同，哈贝马斯并不将当下与过去、未来看成完全断裂的，而是像黑格尔一样，更强调当下与过去、未来的连续性。在黑格尔、哈贝马斯等人这里，现代性的正当性与合理性正是因为它对当下与过去、未来时间的这种"更新了的关系"的强调。对于他们而言，时间是一个绵延之流，现代性的自我确证活动必然是个体立足于现实又走向未来的活动，是个体在现实的生活实践中积极寻求一种主动的生存方式。而在这一点上，台港澳诗人与黑格尔、哈贝马斯达成了高度的一致性。洛夫指出："对一个广义的超现实主

① 海德格尔：《形而上学导论》，商务印书馆1996年版，第26页。
② 波德莱尔：《波德莱尔美学论文选》，人民文学出版社1987年版，第485页。

义诗人来说,他不仅要能向上飞翔,向下沉潜,还须拥抱现实,介入生活。"① 痖弦说:"扎根在艺术中而非扎根在生活中的作品是垂死的,虽然也可能完美但却是颓废的。"② 杨牧说得更为清楚:"历史意识是我们对时间永恒保有的意识,也是对短暂现世保有的意识,同时它更是一种将永恒和现世结合看待的意识——这历史意识使得一个创作者变得传统起来,同时更使他恳切地了解他在时代中所占的位置,了解他与他们的时代的归属关系。"③ 当然,这不是说洛夫等台港澳诗人一开始对诗的现代性的认识就都是辩证的,而是说这种认识与追求是在他们建构现代性自我和中国形象过程中的一个非常突出的现象。

20 世纪五六十年代以来,工商业的高速发展,在带给台港澳民众以往想都没有想到的物质利益的同时,也使他们中许多人的物质欲望急速的膨胀。这些人的眼光局限在一个以自我为中心的狭窄的圆圈之中,关注的重心是世俗的物质欲望的满足,却对彼岸世界的存在和生命意义的探寻丧失了兴趣。物质对人的精神的残酷的强暴和掠夺使台港澳民众面临着灵魂丧失栖息之地的危险。面对着这种物的价值和人的价值的分裂的人生困境,余光中等台港澳诗人的心开始战栗,"余光中对于台湾的态度正如当年的叶芝。一方面憎恶现代化,不屑和那些'无耻的'的中产阶级认同,一方面却积极参与社会"④。纪弦则认为,"一个现代诗的作者倘若采取了唯美的、高蹈的、纵欲的、享乐的态度,那他就不可能成为一个真正二十世纪的诗选手了"⑤。他们悲哀地环顾这坍塌的废墟,思考着将现代人从分裂状态中拯救出来的途径与方法。而在他们看来,最为科学的解决方法,就是对理想价值目标与现实价值目标的整合。

综观余光中等台港澳诗人的创作,我们可以发现他们探寻理想价值目标与现实价值目标整合的方式主要有两种:一为批判性的,着眼于对物化的人的否定;二为肯定性的,着眼于对寻求理想的生命境界的存在的认同。

首先是对物化的人的否定。余光中等台港澳诗人认识到,资本主义市

① 洛夫:《超现实主义与中国现代诗》,《幼狮文艺》1969 年诗专号。
② 痖弦:《现代诗短札》,《中国新诗研究》,洪范书店有限公司 1982 年版,第 52 页。
③ 杨牧:《一首诗的完成》,洪范书店有限公司 1991 年版,第 56 页。
④ 简政珍:《余光中:放逐的现象世界》,《中外文学》1992 年第 20 卷第 8 期。
⑤ 纪弦:《现代诗的创作与欣赏》,《中国现代诗论选》,大业书店 1969 年版,第 233 页。

场经济社会空间作为一种以追求金钱、物质等现实利益为核心的相对自律的空间，它是以肯定和保护私人化经济关系的面目出现的。在这个特定的社会空间中，台港澳民众确实可以感受到经济独立带来的前所未有的私人性的生存自由。然而，金钱作为商品的等价物，它只能保证人的低层次的基本需要，而不能满足人的更高层次的需要。对金钱和物质的片面追求和强调，造成的恶果是个体生命的意志衰竭症、思想的平庸症、精神的无根症。

在余光中等台港澳诗人的诗中，现代文明在给人们带来极大物质利益的同时，也使自然世界遭受了毁灭性的打击。"一星细小的烟苗/把一片森林烧秃了！/把一排塑胶厂、化纤厂烧焦了！"（香港犁青《中国反对吸二手烟》）"月亮"，已"被工厂以及火车、轮船的煤烟熏黑"（台湾纪弦《诗的复活》）。"草堆街没有草没有了/孙逸仙医局的镂金招牌/林则徐的脚步轻轻没有/留下丝毫痕迹"（澳门陶里《草堆街》）。在浪漫主义诗人那里被一再吟咏的"星星""河流"，也已经今不如昔，"星星的脸颊惨烈/河流的嗓子喑哑"（台湾陈家带《在我们的时代里》）。丧失了自然家园的个体，四顾茫然，无所适从："记忆的琴弦早已暗症结涩/长夜中是一种荒芜的孤寂/灵魂在黑暗的袭击下抖索"（澳门高戈《一个梦和四个月亮》）。这样一个失去记忆的"流浪汉"，当然没有耶稣"救世主"似的俯视人世的胸襟，也没有尼采"超人"似的卓绝飞扬的气概。在沮丧、绝望之中，"只有床与餐具是唯一的浮木"，而食色只能满足他们的生理需要，却无法将他们从精神的绝境中解救出来："挣扎的手臂是一串呼叫的钥匙/喊着门喊着打不开的死锁。"（台湾罗门《都市之死》）事实上，倘若个体生命只重视床与餐具等物质利益，那么，他们就不仅会像罗门诗歌中的主人公那样囿于现实而无法超越，还会像香港诗人舒巷城的《某明星之死》中的某明星一样，由于没有理想之光的照耀，只有将自己的生活在无历史的瞬间中化成一次又一次追求名声与物质利益的游戏，最终在成为名声与物质的奴隶的同时也葬送了自我："她很忙/忙于博取名声/她把全部的时间用尽了/她再也没有喝茶的时间/这是她的悲剧/空虚，和她的空药瓶/她赚钱，而且把钱/购买了许多自由/房子有了，珠宝有了/而她也死了/于是她和她的自由/躺在不自由的铜棺里。"而他们的死亡，由于被抽空了理想等精神性内容，悲剧就转化为一种极具观赏性的欲望化场景，它使人感到可悲，却难以使人感到同情。

　　余光中等台港澳诗人认为，现代社会的个体已沦为一种被奴役的非存在，他忘却了自己的主动能力，被异己的因素任意左右。痖弦指出："在电子媒体夜以继日的按摩下，城市人的心智活动早已被宰制，脑袋空空，他们除了对眼前的事感到兴趣，几乎中断探触表象以外的世界，每个人不思不想地活着。"① 在这个物化世界中，许多城市人已经异化成为"闹轰轰的/见钱就扑上去/见粪便就扑上去的一群群苍蝇"（香港犁青《我咒骂你——838》）。他们整天"充满幻想/幻想金价回升/幻想楼花有主/幻想前事倒序"（澳门懿灵《澳门街 19896》）。这里，"金钱"作为一种他者权力的化身，具有无所不在、主宰一切的神秘力量，而这些拜金者则已沦为金钱的奴隶。在这种他者权威的操纵下，个体离真切的生活和存在体验越来越远，以至在这种他者的权威的高压下，他要么去依附权威："我们再也懒于知道，我们是谁。/工作，散步，向坏人致敬"（台湾痖弦《深渊》）；要么随波逐流："你送条烟，他点点头/抽起烟来/外面炊烟弯弯/肚里密云弯弯/声音缓慢/双眼迷茫"（香港犁青《中国反对吸二手烟》）；要么以失语的形象违心地保持着缄默："我被笼罩于阴影下，/而肥皂泡必破灭——没有谁去戳他一戳，碰他一碰，他就会完结的。我想喊；但我咽了一口唾沫。我沉默在一个无边的噩梦里，只是静待那必将轮到我来扮演的一枪打不死的自杀和一声哭不出的痛哭而已。"（台湾纪弦《阴影·悲剧·噩梦》）于是，作为主体性存在的个体，而今却异化成了个体存在的"影"。而"影"跟随他者权威或另外之影的结果，是发现在极具束缚性的社会权力之网中，自己在日常生活中的作用趋向于零。他既无法生存于黑暗，也无法生存于光明，只能在异己者的挤压下变得日趋焦虑，正如香港诗人迅清所写的那样："你所追随的也许/是比路灯更混乱的指标了/你睡在你制造的/工作和生命/你所关心/大概是一切价值的上升和下降/而你把持的/究竟是/哪一种的方向/哪一种的方向"（香港迅清《一九七七·城市之歌》）。这里，个体被金钱欲与物欲等他者权威任意地抛掷着，自由、个性、人格统统都被剥去，被投进一张深不见底的他者之网中，看不到一丝希望的亮光，只能恐惧而绝望地看着"青春""在复杂的理化公式里"成为"退了镀色"的"戒指"，"爱情""在庞大的金权机器里"

---

　　① 痖弦：《城市灵魂的居所——序陈家带诗选〈城市的灵魂〉》，见《城市的灵魂》，书林出版有限公司 1999 年版，第 9—10 页。

被"绞碎，绞碎"（台湾陈家带《城市的灵魂》），自我成为金钱与物质等他者权力之网中一条"被生活压扁了的""放在火上烤"的"干鱿鱼的同类"（台湾纪弦《四行诗》）。

台港澳社会中的许多诗人，都是从大陆流离到台港澳的"文化孤儿"，对于他们来说，"放逐既是来自政治，也出自心态的感受"①。放逐可能源于外在环境的压力，但也不排除"离开家以求解开精神上的束缚"②，但它们对心灵造成的共同阴影则是孤寂。"我不是归人，是个过客"的流浪的"异乡人"背影在台湾的余光中的《流浪人》《毛玻璃外》，向明的《异乡人》《狼烟》，方莘的《夜的变奏》，香港的马觉的《黑夜街车》，澳门的流星子《你不要问我》，陶里的《失调的冬韵》、黄文辉的《时刻如此安静》等诗中随处可见。这里有异乡人有家难回的咏叹："太阳有家而我没有/我甚至不知道故乡/陌生的关于祖先们/可敬而我却不认识他们。"（台湾方莘《夜的变奏》）"冬日寒流浮起心的荒漠/我在季节之中流浪"（澳门陶里《失调的冬韵》）。"是谁敲响急骤的钟声/催我匆匆地走/你不要问我/世界多深多宽风浪有多大/不要问我为何急急苦苦地走/不要问我是归人还是过客"（澳门流星子《你不要问我》）。这里也有"我总有无根的感觉，有异乡人的痛苦"的倾诉。（澳门黄文辉《时刻如此安静》）在纪弦笔下，都市是什么？是一个有无数的人而又无人与你相关的地方。在这里，个人的心灵都被尘封，在精神上陷入形影相吊的状态中。"你，我，距离着。而在你我之间，是他的生存地带。他的鼻子上，抹着白粉。他向我鞠了个躬，说了你许多的坏话；他向你鞠了个躬，说了我许多的坏话。于是，你我之间，有了距离……这可怕的距离，现在是愈拉愈长了。从算术级数到几何级数，迅速地发展着。"（台湾纪弦《距离》）而在澳门诗人马觉的《黑夜街车》一诗中，都市就是沉默、冰冷、黑暗的夜车，它的冷漠与残酷的环境使个体生命几乎无法用语言去与周围人们交流："坐着站着扶着拉着靠着/吊着挂着/醒着睡着/有人阖上眼/有人露出敌视恶意的目光/但大多数流露出/似乎是极端平静的/歇斯底里的/漠不关心/沉默/孤寂的极端个人主义的/沉默/在黑夜里一车厢的沉默/香港式的沉默/极具耐性而使一切梦想成为空白/的沉默……"在这

---

① 简政珍：《放逐诗学——台湾放逐文学初探》，《中外文学》1991 年第 20 卷第 6 期。

② 同上。

样一个人与人相隔的世界里，个体生命就像纪弦笔下"张着苍白枯槁，修长的两臂"的"死树"（台湾纪弦《死树》）。绝望就如同那死树上被虫类蛀蚀过的剥落的树皮，它以其毋庸置疑的确定性取缔了存在的确定性。存在者在这种剥落中成为物质上和精神上丧失了家园的无根者。台港澳社会的现代化发展本来是用来满足台港澳民众不断增长的各种需求和促进人的全面发展，然而，人们却将这种现代化发展的物质成果当作了自己生活的唯一目标。于是，随着社会现代化进程的不断推进，现代人也日趋滑入了一个灵魂无所寄托的、万劫不复的现代化的泥潭之中。

体验到个体存在沦为机器的附属物和资本增值的工具的荒谬性，将个体存在由于丧失灵魂的栖息地而成为无家可归的漂泊者的困境进行无情的揭示，这并不意味着纪弦、余光中、陶里等台港澳诗人探寻理想价值目标与现实价值目标整合方式的终止，而恰恰意味着他们反荒谬思想的出发。既然被隐没在汹涌的物质大潮之中的个体存在是荒谬的，那么，个体倘要确证自身的存在，他就不能不正视个体动物性的本能将人连根拔起的这种荒谬性，并通过自我选择的行动去创造意义。而这，恰恰又是他们探寻理想价值目标与现实价值目标整合的另外一种方式。

理想价值目标与现实价值目标分属不同价值取向的两极，看似相互背离实际上则是同根异体的关联物。因此，海德格尔非常欣赏赫贝尔的这句话："无论我们是否愿意承认，我们都是些植物，我们这些植物必须扎根于大地，以便向上生成、在天空中开花结果。"[①] 事实上，个体对存在和世界荒谬性的感受越痛切，他对自我本质追求的自然冲动就会越强烈。个体对存在和世界荒谬性的反抗越坚决，他对生命存在的意义和价值的理解就会越深刻。尽管纪弦、余光中等台港澳诗人深知理想价值目标与现实价值目标的纠葛是生命中永远的困惑，他们也明白荒谬性与反抗荒谬性、虚无与超越虚无是内在于个体生命中无法释解的矛盾。然而，纪弦、余光中等台港澳诗人的超常之处在于，他们并不像西方的波德莱尔等诗人一样，由困惑、苦闷走向消沉，由矛盾、失望坠入更深的虚无。他们拒绝外在的救赎，坚持现世的存在。纪弦指出："我是不能死的，我必须歌唱。我必

---

① ［德］海德格尔：《赫贝尔——家之友》，载《海德格尔诗学文集》，成穷等译，华中师范大学出版社 1992 年版，第 262 页。

须借歌声以证实我的存在和我的愤怒。"① 痖弦认为："诗人的全部工作似乎就在于'搜集不幸'的努力上。当自己真实地感觉自己的不幸，紧紧地握住自己的不幸，于是便得到了存在。"② 纪弦、痖弦等台港澳诗人深知，理想蕴含在现实中，永恒包含在有限内，如果说人生是个人通过一系列的选择创造的，那么，这其中最为重要的选择就是选择活着。澳门诗人辛心所写的《小贩》中的小贩，尽管遭遇了种种生活的磨难，然而，他却没有气馁、没有沉沦，而是坚强地抬起头来前进："他没有低头/因为；生活告诉他/生活的担子比它还重/……/迎着那朦胧小雨/向前迈步/嘴里不停地、高声地喊着、喊着……"（辛心《小贩》）。正如纪弦在他的诗中所写的那样，"在这里，/活着，/噢，/便是宣言"（《奋斗》）。这种对活着生命的坚持，意味着纪弦、辛心等台港澳诗人对个体存在的思考，是围绕着绝对在场的不脱离时间的生命展开的。事实上，个体存在只有珍视当下，以求真、求美的态度直接地与当下相依存，他才能在此时此地与世界发生着真切的联系，并在这种联系中把生命已经存在这个事实承担起来，独自承担命运。因为，活在当下是个体作为一种存在的显现。个体只有存在，他才能通过存在来体现生命的最基本的价值。如果人们都能够像纪弦、辛心等台港澳诗人诗中的个体那样不忧不惧地面对现实中的自我与世界，他们就会惊讶地发现，他们活在当下的勇气有多大，他们在当下中对生命存在的最基本价值的理解的空间就有多大。

不仅如此，对生命存在的尊重只能是台港澳新诗现代性自我确证的起点，更重要的是，个体在意识到当下存在的荒谬性时，应当更多地激励生命，让个体生命在当下的时空里体验到希望；个体应当更多地阐扬生命，让个体生命由历史给定的非存在状态向存在应该是的状态提升。在这里，意识既是一种反思，也是一种觉醒，它将纪弦、余光中等台港澳诗人的存在从历史给定的非自我本质中抽拔出来，将自我存在还原为一个具有自由意志的本体。

细加考察，我们就会发现，台港澳诗人将自我存在还原为一个具有自由意志的本体的方式主要有两种：一是对自然化生命的追求；二是对生命宇宙化境界的追求。

---

① 纪弦语：转引自李瑞腾《新诗学》，骆驼出版社1997年版，第116页。
② 痖弦：《现代诗短札》，载《中国新诗研究》，洪范书店1981年版，第49页。

当个体从物化的生存状态中抽拔出来时，个体开始成为一种有意识的存在。这时，个体"把自己的生命活动本身变成自己的意志和意识的对象。他的生命活动是有意识的……有意识的生命活动直接把人跟动物的生命活动区别开来"。[①] 在纪弦、余光中等台港澳诗人的诗中，随着个体意识的不断拓展，个体日趋觉察到被理性和机械主义所切割的自身生命与自然世界的种种关联，并在与自然世界积极、主动的交往中建构人的精神自我，确证人的本质。这一方面说明意识对他们诗歌中的生命本质具有重要的建构作用；另一方面也说明他们诗歌中的生命存在不仅仅是纯然的个体意识的对象，还是个体介入世界的实践主体。在与世界的广泛交往中，纪弦、余光中等台港澳诗人日趋深刻地认识到，要将自我存在还原为一个具有自由意志的本体，就必须使个体摆脱物欲对存在本质的先行预设，积极表现自我生命的自由个性。因为，个体总是在不断突破种种外在与内在的束缚过程之中成长、变化和发展的，对个体自由个性的坚持和弘扬体现着人的合目的性的本性。成为一个人，在某种程度上说，就是成为一个个性和自由获得极大肯定和实现的自由的人。

台湾诗人纪弦的《狼之独步》《过程》《海豹》《号角》《生之喜悦》，张默的《攀》《哲人之海》《期向》《横过夜》《树啊，请静静地攀升》，香港诗人古苍梧的《昙花》、钟伟民的《捕鲸人》、蔡丽双的《牡丹》，澳门诗人梅仲明的《反潮流者》、江思扬的《品茗》、吴国昌的《火车轮》等诗，就大大地张扬了一种原始粗犷的自然野性的生命。在这些诗中，诗人们将个体置于个性弘扬的时空中，既探寻这种自由个性之生成，也观照这种个性的自由发挥带来的功能和作用。

我们看到，在纪弦、余光中等台港澳诗人的诗中，自然生命的张扬，既源于对一种现实社会的忧虑："何其料峭的台北啊！/就连久违了的阳光，/都被那些寒风/吹成淡淡的了。"（台湾纪弦《生之喜悦》）又源于对现实生命的"号角""被尘封于/一排古老的仓库里，/始终也没有谁/走进去/把它拿起来/吹响"的不满（台湾纪弦《号角》）。而更为重要的，自然生命的张扬的终极根源在于对自然神力的仰慕。自然，只有自然才能为纪弦等台港澳诗人的这些近乎尼采的"超人"提供取之不竭的能量。凭借着自然神力的支撑，个体生命可以摆脱现实性的梦魇："让我们的眼

---

① 马克思：《1844 年经济学哲学手稿》，人民出版社 1979 年版，第 50 页。

膜不再履及/那些破铜烂铁，那些苍白的鱼腥味/及与没有甲骨的波纹"
（台湾张默《哲人之海》）。"避开浊世/在追求铜臭的都市/藉紫沙壶的古
雅/神游风光如画的武夷/让它的朝墩、晚霞、灵气/进入我们心灵的天
地"（澳门江思扬《品茗》）。凭借着自然神力的支撑，这些超人才能在人
生中如痴如醉，以气吞万象、挟雷挈电的气势出场，"奋然举起生命的荧
荧星火/不分头等次等贫等富等/滚动吧，手拉手，声连声/滚成火热的星
球驰骋/轰隆隆冲破黑暗中隆隆炮火/在默默蠕行众天体间/坚持刚直顽强
钢轨/带动时钟滴答声"（澳门吴国昌《火车轮》）。他们在与外在异己力
量的搏斗中，永不畏惧、永不满足，陶醉在一次次的生命的狂歌狂舞中：
"舞起来吧！你的那些榕树/舞起来吧！/你的那些油利加和木麻黄/还有
槟榔、椰子、蒲葵与凤凰木……要唱！要大声地唱！/要哗啦啦地嘶喊！/
要轰隆隆地吼叫！/给我以千军万马之大交响！/给我以狂飙和狂飙和狂
飙！/给我以粗野！"（台湾纪弦《海之歌》）这种生命的燃烧，这种生命
的律动，带来的是生命的腾升，生命的陶醉。如此，纪弦、张默、吴国昌
等台港澳诗人就以个体生命的自然化为情感倾向，使他们诗中的个体生命
自动幻化，飞腾如自然的精灵。

在纪弦、洛夫等台港澳诗人看来，个体除了应该通过对自然化生命的
追求与坚持去寻求生命的自由以外，还应该通过对生命宇宙化境界的追求
去获取更多的自由。洛夫指出："诗人不仅要走向内心，深入生命的底
层，同时还须敞开心窗，使触觉探向外界的现实而求得主体与客体的融
合。"① 罗门认为："诗绝非是第一层次现实的复写，而是将之透过联想
力，导入潜在的经验世界，予以观照、交感与转化为内心第二层次的现
实，获得更富足的内涵，而存在于更完美且永恒的生命结构与表态之
中。"② 澳门诗人高戈认为，"出色的诗人"应该"擅长营造阳春白雪似
的纯净的崇高语境，在没遮拦的语义空间寻找心灵与客观对应物直接对话
的形式，甚至把神思提升到灵魂出窍的迷狂状态，让自我精神透过隐喻的
表象直接与上帝对话"。③ 相较于个体的个性自由，生命宇宙化是个体自

---

① 洛夫：《我的诗观与诗法》，《诗的探险》，黎明文化公司 1979 年版，第 154 页。

② 罗门：《在诗中飞行：罗门诗选半世纪》，文史哲出版社 1999 年版，第 7 页。

③ 黄晓峰：《镜海妙思·代序》，载黄晓峰《澳门现代艺术和现代诗论评》，辽宁教育出版
社 1999 年版，第 220 页。

由达到的更高境界。达到这个境界的个体，他对生命、宇宙都有极高明的觉解，他的自主性能力会得到淋漓尽致的发挥。"此境，有如一面无边的明净之镜，能包容与透视一切生命与事物活动于种种美好的形态与秩序之中，此境，可说是'上帝'的视境。"①

那么，个体怎样才能使自己的生命宇宙化呢？换句话说，个体生命如何与宇宙万物融合呢？洛夫等台港澳诗人认为，个体要使自己的生命宇宙化，就必须改变那种将人和世界都放在对象的位置上分门别类地给予概念化、逻辑化的认知方式，转而"以心眼去透视"人与世界②，这意味着，个体在面对宇宙万物时，应该"无听之以耳而听之于心"，进入一种"倾听"的状态，用自己的心去倾听宇宙万物的"无声之乐"。一方面，经由倾听，作家的想象灌入宇宙万物之中，宇宙万物具有了人的灵性。"净化官能的热情，升华为灵，而灵于感应"（台湾覃子豪《瓶之存在》）。瓶是物不是人，属于物的瓶竟然具有人的"灵性"，这是因为诗人将自我的意识灌输进瓶的缘故。另一方面，经由倾听，个体生命超越了现实时空的种种限制，获得了宇宙万物的自在性的精神特性。他可以"听到我们寻常听不到的声音"，"看到我们寻常看不见的活动和境界"③，拥有我们寻常无法拥有的力量。"猛力一推双手如流/总是千山万水/总是回不来的眼睛/遥望里/你被望成千翼之鸟/弃天空而去你已不在翅膀上/聆听里/你被听成千孔之笛"（台湾罗门《窗》）。"整个寂静在那一握里/伸开来江河便沿掌纹而流/满目都是水声/山连着山走出来走来你的形体"（台湾罗门《海》）。"我将化身为一超光速太空船，/从一个星云到一个星云/二十四小时周游全宇宙"（台湾纪弦《无题之飞》）。双手猛力一推，竟然有流水一样的力量和气势；遥望的眼神，竟然可以化成"千翼之鸟"在天空自由翱翔，又可以演变为奇异的"千孔之笛"；伸开的手掌，一条条掌纹竟然化为了浩浩荡荡的"江河"；"我"竟然可以"化身为一超光速太空船"。这些不可思议的事情的发生都是纪弦、罗门等台港澳诗人以心倾听外物的缘故。经由倾听，纪弦、罗门等台港澳诗人得以能够以自然的本性

① 罗门：《在诗中飞行：罗门诗选半世纪》，文史哲出版社 1999 年版，第 365 页。
② 洛夫：《诗人之镜》，《创世纪》1964 年第 21 期。
③ 叶维廉：《中国现代诗的语言问题》，《现代诗导读·理论史料篇》，故乡出版社 1979 年版，第 185 页。

来面对自然万物，而流水、千山、"千翼之鸟"等自然万物也赋予了他们生命神秘的力量和灵性，使他们通过自然清晰地认识自身的本质特性。于是，纪弦、罗门等台港澳诗人在与自然同击着一个节奏的同时，进入了人与自然万物融合的无限舒展与自由的境界。

至此，纪弦、罗门等台港澳诗人经由想象，以他们的诗建构了一个充满生命奥秘的世界，在这个艺术世界里，生命的艺术形式作为情感的本质获得了有机、和谐的发展，它将宇宙中的万事万物从变化无常的偶然性中抽取出来，用生动的形式使之恒久长存，于是，情感不再是单一的激情喷泻，形式也不是孤立、空洞的符号，情感是有生命形式的情感，形式是有生命内容的形式，它使欣赏者感受到的是形式美与生命美的统一。

事实上，纪弦等台港澳诗人的这种万物与人契合的思想，可以说是中国传统天人合一思想和西方泛神论思想的结合物。认为万事万物，都是由气化生而成，物与人在宇宙中相容相通，这是中国天人合一论的精髓所在，也是纪弦、余光中等台港澳诗人生命宇宙化论与天人合一论的重合处。但如果从现代的视野来审视，我们也可以发现中国传统的天人合一论存在较大的局限。无论是道家的"虚静无为"，还是佛家的"妙悟"，它们对天人合一图式的获取，都是以个体生命对于自然的顺应和服从为前提的，这就不能不使中国传统的天人合一的图式结构带有较为浓厚的静态性和封闭性色彩。纪弦、余光中等台港澳诗人的生命宇宙化论并未重蹈古代天人合一论的覆辙，对"自我"的强调，使纪弦、余光中等台港澳诗人的个体与自然万物融合的图式远较中国传统的天人合一图式更趋开放、更趋积极。

循着纪弦、洛夫、余光中等台港澳诗人的作品，我们总会与一个不断寻求生命的拓展与自由的行者相遇。他在这些台港澳诗人诗中不断反复着向彼岸出发的乐此不疲以及诗人们对这一原型意象反复描绘地乐此不疲，已经非常明白地告诉我们，这是一个现代化的寻求理想的生命境界的中国人形象。

在纪弦、洛夫、余光中等台港澳诗人这里，人之伟大，人之超出动物之处就在于人不再是被动的存在，而已成为自己行动目标的主人，永恒超越和不断行动已经成为人固有的内在本性。洛夫虽然不满于超现实主义文学"有我无物"之诗境，但同时也不赞同"诗中'无我'的说法"[①]。余

---

① 洛夫：《超现实主义与中国现代诗》，《幼狮文艺》1969 年诗专号。

光中也对天人合一的开放性结构极为推崇。他指出："一端是有限，一端是无垠。一端是微小的个人，另一端，是整个宇宙，整个太空的广阔与自由。你将风筝，不，自己的灵魂放上去，放上去，上去，更上去，去很冷很透明的空间，鸟的青衢云的千叠蜃楼和海市，最后，你的感觉是和天使在通电话，和风在拔河，和迷迷茫茫的一切在心神交驰。这真是最最快意的逍遥游了。而这一切一切神秘感和超自然的经验，和你仅有一线相通，一瞬间，分不清是风云攫去了你的心，还是你掳获了长长的风云，而风云团仍在天上，你仍然立在地上。你把自己放出去，你把自己收回来，你是诗人。"① 一方面，作为个体的"你"与风云相互感应、相互融合，"分不清是风云攫去了你的心，还是你掳获了长长的风云"；另一方面，"你"与风云融合的图式并不是静态的，而是动态的。这个合一的图式中的"你"仍然有着强烈的主体意识，你既可以"把自己放出去"，也可以"把自己收回来"，因为，"你是诗人"。

事实上，在茫茫的宇宙之中，虽然个体生命无法和无限的宇宙相抗衡，然而，和宇宙中的其他生命相比，人的价值与高贵正在于他具有与生命同在的思想。"纵使宇宙毁灭了他，人却仍然要比置他于死地的东西要高贵得多；因为他知道自己要死亡，以及宇宙对他所具有的优势，而宇宙对此却是一无所知。因而，我们的全部尊严就在于思想。正是由于它而不是由于我们所无法填充的空间和时间，我们才必须提高自己。因此我们要好好的思考；这就是道德的原则。"② 人存在着，他就在思想着。正是人的思想使他不可能满足于以自我意识的内敛达到的天人合一境界。有鉴于此，余光中、洛夫等台港澳诗人在追求着一种主客体融合诗境的过程中，又是自始至终都将"自我"摆在较为重要的位置上的。在洛夫看来，自我是主客体融合诗境中一个重要的组成部分，因为，"诗人必须通过'自我'才能进入自然之中，并与它合一"③。香港诗人钟伟民说："人，总得跟自己内在的劣根性和外在的逆境对抗，得不断对抗。"④ 真正自由的生命是具有主体意识的生命，这种具有主体意识的生命不满足于纯然地被自

① 余光中：《焚鹤人》，纯文学出版社 1974 年版。
② 帕斯卡尔：《思想录》，商务印书馆 1995 年版，第 158 页。
③ 洛夫：《超现实主义与中国现代诗》，《幼狮文艺》1969 年诗专号。
④ 钟伟民：《访谈录：与王良和博士谈新诗》，载王良和《打开诗窗——香港诗人对谈》，汇智出版公司 2008 年版。

然给予的事实，而是在不断地追求着存在的可能性向现实性的转换。正是源于这种对自我主体性的重视，洛夫、覃子豪、王良和等台港澳诗人在《巨石之变》《裸奔》《夜在呢喃》《树根三颂》等诗中，才没有像中国古代诗人那样，将天人合一看作一个静止的状态，而是将其视为一个不断发展的形态。在这些诗中，自我生命的最大自由并不是在自我与自然初次结合中就获得完满的实现，而是在与自然的不断融合、分离、融合中才获得。洛夫的《巨石之变》中，尽管"我是火成岩，我焚自己取乐"，但我并没有领悟到人生的真谛。这时，"你们说无疑／我选择了未知"。因而，"我必须重新融入于一切事物中"。香港诗人王良和的《树根三颂》中，尽管"我"在对大树的注视和体察中与大树合二为一，并"感到一股强大的力度"，但"我"的主体意识并没有在融合中消失。随着"我的意识里突然刮起暴风"，"我"再一次与大树拉开距离，对大树进行新的注视和体察，以求看透大树的"宽广与深邃"，并进而"化成雨水／融入泥土走到你的根"。覃子豪的《夜在呢喃》中，"我"在"子夜的绝顶"上放弃了理性与意志，通过"瞑目"想象着"太空"。经由想象，"太空"和"我"中间的帷幕被揭开，"我"看到了人们寻常看不见的太空景观："太空似青青的针叶"；闻到了人们寻常闻不到的太空气味："有松脂的香味"。然而，为了不让这种凝固的人与太空融合的形式阻碍生命的进一步解放，"我"从这种融合状态中分离出来，企求在"清空凝视我／我观照夜"的不断对话、交流的动态过程中达到更趋完满的人与自然融合的境界。对于洛夫、覃子豪、王良和等台港澳诗人而言，个体生命的发展是一个动态的过程，个体与自然万物的关系也不可能停留在一种特定的格局之上，而只能呈现出分离—融合—分离—融合的形态。

洛夫、余光中等台港澳诗人相信，个体生命只有在与自然世界的分离—融合—分离—融合的不断演进中，才能获得无限丰富的形态，自由也才能得到不断的扩展。勇者之所以是勇者，就在于"纵然墓地外的风浪滔天／但我厌恶船底黏着浅礁的腐藻／况且渔人真正的噩梦／是船舶骤然变成画的／永远停在画的海上头"，所以，"我要将船远远的航出去／航出珊瑚虫森黑的墓地"（香港钟伟民《捕鲸人》）。勇者之所以是勇者，就在于他能"在最深沉的黑夜／绽开最灿烂的嫣红／哪怕就只有那么／一晚／哪怕没有什么人会／知道"（香港古苍梧《昙花》）。勇者之所以是勇者，就在于"我知道／既渡的我将异于／未渡的我，我知道／彼岸的我不能复原为／

彼岸的我。/但命运自神秘的一点伸过来/一千条欢迎的臂，我必须渡河"
（台湾余光中《西螺大桥》）。这种尽管知道前程风险重重，甚至肉体生存
的机会比死的机会还少，但仍驱使着生命不惧前行的勇气，这种尽管知道
目标遥远，也许走到底仍是海市蜃楼却上下求索、无怨无悔的精神，这种
追求生命不朽的执着的信念和为着理想勇往直前的气势，使洛夫、余光
中、钟伟民等台港澳诗人的作品中洋溢着一股不惜一切的理想主义情怀。
表面上看，这种理想主义情怀与儒家的"知其不可为而为之"的精神相
似，但实质上，两者有着较大区别，儒家的知其不可为而为之的精神中的
功利色彩大于理想色彩，余光中等台港澳诗人的这种情怀却将理想价值与
现实价值有机地结合在了一起。正如罗门所说："'现代感'所含有的
'前卫性'，正是使诗人在创作中机敏地站在靠近'未来'的最前端，去
确实地预感新的一切之'来向'，而成为所谓的'未知者'，去迎接与创
造一切进入新境与其活动的新的美感形态与秩序。"① 在罗门等台港澳诗
人这里，生命不断奋斗、不断超越的意义既在于目的的实现，也在于不懈
的追求过程当中。就像余光中《火浴》、钟伟民的《捕鲸人》、香港诗人
古苍梧的《昙花》等诗中所写的那样，人生如捕鲸、火浴和昙花开花，
你如果总是将眼光盯住具体的现实的功利目的，那么，目的没有达到时的
漫长过程是难熬的痛苦，相反，如果你像钟伟民诗中的捕鲸人、余光中诗
中的火浴的凤凰、古苍梧诗中的昙花一样，将对目的的重视转向过程，那
么，情形就会大不一样。因为，注重过程精彩的生命是不能被真正剥夺
的。对于他而言，生命的过程本来就是不断遭遇坏运与不断反抗坏运的过
程，就像向明所写的那样，"无非是锤击/无非是作用力与反作用力/无非
是我铁质的尖锐/对抗彼木石之齑粉/无非是奋不顾身的挺进，挺进/作为
一种钢铁的生命/惟深入始可生根。"（台湾向明《钉》） 于是，绝境在这
种"铁质的尖锐"的力量和"奋不顾身的挺进"的精神面前溃败了。"海
洋也不能/把我包容和淹没的生存/我只有更高傲地航行于其上/在无止的
上升中/在最后的咽气里，战斗/我知道我战死而不是战败/战死的渔夫，
会重临到海上/像云散后，再重临到天空"（香港钟伟民《捕鲸人》）。
"火啊，永生之门，用死亡拱成//用死亡拱成，一座弧形的挑战/说，未

---

① 罗门：《打开我创作世界的五扇门》，载《罗门论文集》，中国社会科学出版社 1995 年
版，第 17 页。

拥抱死的，不能诞生／是鸦族是凤裔决定在一瞬／一瞬间，咽火的那种意志／千杖交笞，接受那样的极刑／向交诟的千舌坦然大呼／我无罪！我无罪！我无罪！／鲸面，纹身，我仍是我，仍是／清醒的我，灵魂啊，醒者何辜／张扬燃烧的双臂，似闻远方／时间的飓风在啸呼我的翅膀／毛发悲泣，骨骸呻吟，用自己的血液／煎熬自己，飞，凤雏，你的新生！"（余光中《火浴》）。高明的捕鲸人、火浴的凤凰立于绝境却用"无止的上升"精神将绝境送上了不归之路，他们在充满活力的"航行""燃烧"、飞翔过程之中实现了生命的骄傲和壮美。他们使我们明白，理想不仅是将来时态的；还是现在进行时态的；理想的彼岸世界虽然离我们较为遥远，但我们可以通过当下的奋斗向它无穷的逼近。当我们能够像钟伟民诗中的捕鲸人、余光中诗中的火浴的凤凰那样将生命的每一个过程的瞬间的"风浪""噩梦""煎熬"都转化为生命的趣味和快乐，都变成了生命的最大的精神享受时，我们就真正获得了一种超越眼前人、事的羁绊和时空制约的自由。

总的看来，台港澳新诗中的彼岸世界已大大超出了中国传统文人想象所能达到的领域。它不是静态、稳定的，而是不断生成、不断发展的。正是它的这一特性，造成了台港澳新诗中的个体与自然在进行着不断的分离—融合—分离—融合的运动。不过，即使在以王良和、钟伟民、黄国彬等为代表的一些香港、澳门诗人的受到基督教影响较深的诗中，"彼岸"与其说在引导人们走向宗教，不如说在引导人们亲近一种对现实困境无畏进军的宗教精神。也就是说，以王良和、钟伟民、黄国彬等为代表的一些香港、澳门诗人是立足于现实人生去设计人生理想，而不是像西方诗歌那样以神灵代替人去思考和行动。他们化用了基督教的悲天悯人的思想，对物质化、金钱化社会导致人的异化现象深恶痛绝，关注的是如何将人从丧失了主体性在场的非存在状态中拯救出来，强调的是人在与外在异己力量的不断冲突中对生命有限性的不断突破和对生命价值的不断提升。与之不同，纪弦、罗门等台湾诗人沟通理想世界与现实世界的中介一般不是基督教，而是乡愁。乡愁，既推动了这些失落了乡土和文化家园的诗人们对生命个体在时代变迁中命运的思考，也触发了他们对于终极价值的寻找。因而，这些诗人对理想的追寻，对生命价值的拷问，就始终与他们对自己身份的追问相联系，充满着浓厚的乡愁色彩。

在工业化不断加速的今天，人类物质文明在极大发展的同时，也使人与人、人与自然、人与社会的矛盾日趋尖锐。寻求个体性与整体性、理性与情感、理想与现实的结合成为现代人的理想目标。而当代台港澳诗人的诗歌创作则是这种探寻和追求的具体显现。在反思现代性的过程中，台港澳新诗建构了一个由个体性与整体性、理性与情感、理想与现实相结合的现代性中国形象。在形象内部，个体性与整体性、理性与情感、理想与现实的主体性地位都获得了承认与重视。这就意味着，经由台港澳诗人的创造，现代中国人的健全的生命存在不再是平面的，而是立体的、丰富的，一方面，现代的中国人的全面发展不能脱离个体性、情感性、物质性等价值目标，因为，脱离了这些价值目标的人只能是虚浮、不切实际的人；另一方面，现代中国人的全面发展也不能脱离整体性、理性、理想等价值目标，因为，脱离了这些价值目标的人只能是眼光短浅、自私自利的人。而毫无疑义，这种创造性建构，不仅将对现代文明社会的科技至上的现代性发展思路的反思推向了一个新的高度，还可以启发人们超越惯有的非此即彼的二元对立的思维模式，在综合性的思维中实现人性的完善和人的生命的全面发展。当然，我们也要看到，台港澳的现代性与它们作为殖民地的经历有着较为重要的关系，这种语境的复杂性带来了台港澳新诗现代性中国形象内涵的丰富性与独特性，台港澳新诗中的中国形象既不同于西方文学中的他塑性的中国形象，也不等同于大陆诗歌中的中国形象，它与大陆诗歌的中国形象既有同一性也有差异性。正如香港诗人也斯所说："岛跟大陆有不同的构成、有不同的历史和地理，自然有很大的差距。我倒不是想列出简单的二元对立来：比方个人和集体、对外接触和继承传统、幻想和现实、现代主义和现实主义……当我们不断移换观察的角度，我们就会发觉：其实是有许多许多的岛，也有许多许多的大陆，大陆里面有岛的属性、岛里面也有大陆的属性。"[①] 在个体性与整体性的维度上，如果说大陆诗歌中个体对民族国家的认同在总体上体现出非常强烈的自豪性情感认同逻辑，那么，台港澳新诗中个体对民族国家的认同在总体上则呈现出一种较为强烈的应激型的认同逻辑。在理性与情感的维度上，如果说大陆诗歌更为强调性爱的平等，那么，台港澳新诗则更为强调性爱的自由。在理想与现实的维度上，较之大陆，台港澳社会工业化进程开始得更早，持续的时间也更长，因而，台港澳新诗对工业化导致的人与自然、人与社会、

---

① 也斯：《古怪的大榕树》，载《岛和大陆》附录，牛津大学出版社 2002 年版，第 205 页。

人与人对立的现象的否定更为坚决、强烈；另外，由于近代以来的殖民地经历和近半个世纪的与大陆母体的分离，因而，较之大陆诗歌，台港澳新诗对理想和个体生命意义的探寻更多地源于诗人失去内在依据的恐慌与焦虑。而显而易见，台港澳新诗在建构现代性中国形象上体现出的这种独特性，既可以帮助我们全面认识与理解包括台港澳在内的整个中国的政治、经济、文化的现代化进程，也极大地拓展了 20 世纪中国诗歌的现代性中国形象的内涵和外延，增强了世界对中国大陆、台湾、香港、澳门等构成的中华大空间的深入了解和理解。

第 三 章

北美华文诗歌的中国想象

　　北美是华文诗歌最具规模和最具活力的区域之一，也是海外华文文学中最有代表性的区域之一。北美华文诗歌因受到北美独特地域的政治、经济、科技、文化的影响，具有与其他区域不同的特质。从 20 世纪 20 年代至今，北美华人诗歌经历了早期诗歌时期、勃兴时期、繁荣时期几个不同的历史时期。早期诗歌时期主要指 20 世纪 20—40 年代的诗歌，以华裔麦礼谦、黄雅伦等搜集、整理出版的《埃仑诗集》（1980）和《金山歌集》（1987）为代表。20 年代后期的"庚子赔款"部分留学生的诗歌创作，有胡适的诗歌《尝试集》、闻一多的《洗衣歌》等。第二次世界大战后，纽约出版的《新苗》杂志上刊登了一批诗歌。20 世纪 50—70 年代是华文文学的勃兴时期，由于北美移民政策的改变，华人移民群体人数大量攀升，华文报刊大量增加，大量的华文诗歌作品也如雨后春笋般出现。20世纪 80 年代至今，由于北美科技、经济、商业的发达，也由于大陆的开放政策，大陆的北美留学生与世界各地移入北美的华人，与早期华人移民的后裔共同成为北美华文文学的创作主体。代表作家有北岛、施雨、刘荒田、王性初、程宝林等。

　　总的看来，北美华文诗歌的中国想象具有如下特点：一是文缘：中西传统的融会。北美华人诗歌的中国想象书写是在跨越亚洲和北美两块大陆、中西两种文化现实语境下进行的，必然带有这两块地方的文化传统的烙印。二是文脉：内外线索的牵引。在内部，北美华文诗歌的中国想象是沿着"单一的中国诗歌传统的继承延伸"到"融会中西的变奏"的轨迹发展的，在外部，北美华文诗歌的中国想象的"社会政治气候"则从封闭、紧张走向了开放、融合。

第一节 想象的生成机制

英国文论家艾·阿·瑞恰兹在全面总结"想象"的六种意义时指出："富有想象力的诗所具有的最一般的特征，在于这来源于丰富多彩的生活感受、来源于人生的经验，而不是人们从书本到书本的抄袭。"① 这个观点与我国西晋文论家陆机关于阐述文学创作过程的想象理论相似，他说："其始也，皆收视反听，耽思傍讯，精骛八极，心游万仞。其致也，情瞳昽而弥鲜，物昭晰而互进；倾群言之沥液，漱六艺之芳润；浮天渊以安流，濯下泉而潜浸。于是沈辞怫悦，若游鱼衔钩而出重渊之深；浮藻联翩，若翰鸟缨缴而坠曾云之峻。收百世之阙文，采千载之遗韵；谢朝华于已披，启夕秀于未振；观古今于须臾，抚四海于一瞬。"② 陆机的艺术想象论涉及了想象的特点、作用、想象的发生基础。我国魏晋南北朝时期的刘勰，在他的被誉为"体大而虑周"的《文心雕龙》中对艺术想象进行了全面系统的总结，即通过集中论述心与物、情与景、言与辞之间的关系，深入地探讨了神思的特点、功能、方法、想象的活动过程、想象力的培养等内容。刘勰的艺术想象论被我国著名学者曹顺庆赞誉为达到了"中国艺术思维研究最高水平"和"当时世界的最高水平"③。自此以后，刘勰的艺术想象论成为中国文艺创作论的核心和总纲。这些理论表明：作为一种文学体裁，诗歌主要通过作者丰富的想象，高度集中地概括反映社会生活，表达自己的思想感情，因此作者的丰富想象离不开三个根：社会生活、社会文化和诗人情感。北美华文诗歌对中国的想象离不开作者经历或了解的中国社会生活，观察或理解的中国社会文化，以及在此基础上形成对待中国的立场态度。诗人把这些经历、了解和态度通过诗意表达，形成了诗歌中对中国、中国社会及中国文化的想象。想象的生成是经验事实、文化传统和个人情感等多方面共同作用的结果。

---

① 伍蠡甫、胡经之：《西方文艺理论名著选编》（下卷），北京大学出版社 1985 年版，第556 页。

② 胡壮鹰、李春青：《中国古代文论教程》，高等教育出版社 2005 年版，第 135—136 页。

③ 曹顺庆：《中西比较诗学》，中国人民大学出版社 2010 年版，第 121 页。

一　中国想象的中国经验

英国经验主义哲学代表人物洛克认为："我们的一切知识都是建立在经验上的，并且最后都导源于经验。我们因为能观察所知觉到的外面的可感物，能观察所知觉、所反省到的内心的心理活动，所以我们的理解才能得到思想的一切材料。这便是知识的两个来源；我们所已有的，或自然要有的各种观念，都是发源与此的。"① 经验可分为直接经验和间接经验两种类型，前者指主体亲身的参与、经历和体验；后者指从通过他人、媒介等间接方式获得的经验。根据经验的内涵，"中国经验"通常可以分为两个层面：一是我们民族在几千年历史发展中所生成的思维方式、价值取向、民族文化精神、精神信仰等综合性的知识系统。二是在特定的中国文化现实语境下中国人生活实践活动中形成的实践经验。"中国经验"包含中国历史文化、中国现实生活实践和对中国历史文化的认知和体验所表达出来的感受、情感即情感体验。北美华文诗歌体现的中国经验主要从中国文化思想经验、中国文学艺术美学经验和在中国的行游经验表达出来，构成北美华文诗人想象中国的外在动力结构。

1. 中国文化思想经验

中国是一个具有五千年历史的文明古国。在这漫长的历史长河中，逐渐形成了独具特色的东方文化。我国学者李纪祥将华人文化版图划分为"三个华人世界"："第一华人世界"，指起源于中原的大陆华夏诸民族和台湾诸民族；"第二华人世界"，指住居于中国香港、澳门地区的华人；"第三华人世界"，主要指作为母体之外的华人世界，习惯上称为海外华人，包括欧美、南洋地区的华人②。这三个华人世界的存在，具有重要的文化学意义。学者刘登翰认为："一方面是使中华文化随着华侨和华人的足迹而远播海外，成为华侨和华人在海外生存中建构自己身份的文化基础，也成为他们参与所居国多元社会建构的文化资源，使中华文化成为传播于世界的最广泛也是最重要的古文明之一；另一方面，华侨和华人在进入所居国社会的文化碰撞与融摄中，形成了华侨和华人既源自于母国文

---

① 汪政：《中国文学意识与民族叙事伦理》，《芳草》2007 年第 2 期。

② 李纪祥：《黄河、长江与海洋——近代华人世界的文化视野》，《读书》2006 年第 9 期。

化，也一定程度迥异于母国文化的独特性，即所谓华族文化；同时也将这种文化的世界性融入和体验，回馈原乡，推动了中华文化和中国人感悟世界的现代性进程。华侨和华人的这种世界性的生存和体验，是海外华文文学的发生学基础。"① 身为炎黄子孙、流散于异邦的北美华人诗人，中国及中国文化应该是他们生命中最重要的精神资源和文化财富，更是他们创作过程中取之不尽的源泉。

　　第一，中国文化原型连接着中国文化精神的根系。文化原型是人类精神历史长期积淀的产物，是一种集体无意识，它凝缩和积淀人类历史和文化历史，负载着集体无意识的情感经验和认知审美心理。中国文化原型引起了北美华文诗人回味无穷的想象。黄河是中华民族悠久文明的象征。这个文明物象储存着中国历史文化演进的风风雨雨。非马热爱祖国，他的诗歌多次写到黄河，并将中国历史的苦难浓缩在《黄河》中。非马于1975年的《黄河》写道："把/一个苦难/两个苦难/百十个苦难/亿万个苦难/一古脑儿倾入/这古老的河让它浑浊/让它泛滥/让它在午夜与黎明间/辽阔的枕面版图上/改道又改道/改道又改道"（《黄河》）。诗人以悲悯的心绪勾勒了黄河的外部形象。黄河自古以来与灾难相伴，上千次的决口、泛滥，数十次的改道，导致多少灾民流离失所、多少中华儿女与它搏斗、抗争的惨痛。非马后来又一次写的《黄河》也是如此。"溯/挟泥沙而来的/滚滚浊流/你会找到/地理书上说/青海巴颜喀喇山/但根据历史书上/血迹斑斑的记载/这千年难得一清的河/其实源自/亿万个/苦难泛滥的/人类深沉的/眼穴"。诗人一方面传神地概括了黄河那"挟泥沙而来的/滚滚浊流"的具象特点；另一方面呈现黄河以母亲宽阔的胸襟一次次地以坚韧的生命力承受着这些苦难，表达出对中华民族的感叹、歌颂和责难等极其复杂的情感。正如中国学者李元洛所言，"诗人写的既是黄河，也是多灾多难的古老的中国，黄河在诗中成了古老中国的象征，诗人那种纵向的哲理沉思，使得这首诗获得了一种深层次的历史感"②。被称为"寻美的旅人"的杜国清也著有《黄河》诗篇："在桥上　远眺/黄河　一路蜿蜒/就像中国的脐带/五千年文明在这儿怀胎/时代新文化的诞生/伟大的母亲莫不感到阵痛/黄河　比我想象的更黄/其实是红铜的颜色/历经风霜　满

---

①　刘登翰：《双重经验的跨域书写》，《文学评论》2007 年第 3 期。

②　李元洛：《此马非凡马——台湾旅美诗人非马作品欣赏》，《名作欣赏》1987 年第 10 期。

脸皱波/数千年的昼夜　依然/涌着日月　滚滚奔流/在桥上　望不尽蜿蜒的黄河/我那瘦长的影子　倒卧在/黄河的怀里　暂时随波/漂儿不流　侧耳倾听/生命的浊音……"诗人站在桥上，放眼瞭望长长的黄河，引发了对五千年中华文明史的联想。诗歌由黄河想到初生婴儿的脐带，再想到伟大的母亲；由红铜色想到表明中华历史悠远的铜器，再想到作为黄色人种的自己。洛夫 2006 年写于温哥华的《1993·过黄河》也以黄河为吟咏对象："那年在风陵渡/我掬了一捧黄河的水洗脸/从此/想心事的时候/总带有一些/铜的忧郁/锈斑/从脸上层层剥落/风在吼/马在叫/一颗抗日老将军的白头/突然从河水里冒了出来/我看到/对岸/一盏马灯在摇晃/风仍在吼/马仍在叫/当年的血水和泪水/已流经我的胸口/浩浩地/入海了。"诗歌通过风雨激荡的场面，再现了中华民族血与泪的历史。同样的文化原型还有长江、长城、桂林山水、西湖、莫高窟、秦俑、龙等，这些都浓缩着中华文化的历史和浓厚的情感。

　　第二，独特的宗教情结蕴含中华民族的价值观念和精神。儒道互补是两千多年来中国思想的一条基本线索。著名哲学家李泽厚曾说："就思想文艺领域说，这主要表现为以孔子为代表的儒家学说，以庄子为代表的道家，则作了它的对立和补充。""儒家强调的是官能、情感的正常满足和抒发（审美与情感、官能有关），是艺术为社会政治服务的实用功利；道家强调的是人与外界对象的超功利的无为关系亦即审美关系，是内在的、精神的、实质的美，是艺术创造的非认识性的规律。如果说，前者（儒家）对后世文艺的影响主要在主题内容方面，那么后者则更多地在创作规律方面，亦即审美方面。"① 禅宗是从汉代自印度传入中国、在唐代融合儒道教义后的又一种宗教。禅宗强调本心的澄明、觉悟、圆满与超越，强调解脱、开悟的精神体验、感受，主张通过各种方法使沉迷的生命得到觉醒、漂泊的心灵得到安宁。禅悟追求的境界正好与儒、道两种宗教追求的境界形成互补关系。自此，儒、道、禅宗遂成为影响中华民族生活的三大宗教。在北美华文诗歌的创作中，诗人以现代思想意识和表现手法，激活中国三大宗教的积极因子，对社会、历史、人生作出自己的考量和思索。三大宗教在北美华人诗歌都有具体呈现，只是侧重点有所不同。洛夫说："儒家文化是我生命跃动的主脉，在精神上则辅佐以具有超越性的老

---

① 李泽厚：《美学三书》，安徽文艺出版社 1999 年版，第 55 页。

庄文化，我喜欢庄子，是因为他是一个富有诗性的哲学家。在我的人生经验与知识日渐丰富之后，有时反而感到心灵空虚、回顾茫然时，宗教就成了我另一种精神力量，助我稳定方向，寻求真我，只是在现实生活中，我的神通就像把钥匙藏在口袋里，默不作声。"① 洛夫这里强调了儒家的入世精神，道家的哲思。后来洛夫又说："我是第一个把超现实主义系统地介绍给台湾诗坛的人，但更重要的是，我也同时做了一些创作的实验，包括早期的《石室之死亡》和《外外集》，以及日后陆陆续续发表的现代禅诗，而这种禅诗正是我试着将中国古典诗歌美学与超现实主义相互融合而衍生出来的'修正超现实主义'的实验成果。"② 这里，洛夫又强调了化用禅宗思想的重要性。在洛夫的数千行长诗《漂木》中，诗人通过一块漂木表达诗人对于复杂而奥秘的生命存在的灵性思考与表达："生命里的道/生命外的 禅/庄子蝶的美学，东方智慧/天涯美学/超理性的宇宙美学/无非都是你眼中的混沌/和骨髓里/凝固了的骚动/所共同建构的一种高度稳定而圆融的韵律……"诗歌借漂木反思人类生存的困惑，传递人类命运的生存状态，在诗歌理论和创作上为"中国现代诗"的写成作出了重大贡献。杜国清也是中国宗教文化的融汇者。一方面，他说："写诗是一种献身的工作"，提出了不迎合、不妥协、不默然的"三不原则"，表现了他儒家式的强烈的入世精神。《诗人》一诗，就很好地体现了他的这种思想。"社会是制造历史的机器/每一阶层 一组齿轮/每一齿轮 一个生命/由时间的巨带 带动/而那操纵的手 背后/仍有操纵的手 背后/是一只看不见的手/诗人是齿轮间的沙砾/时时发出不快的噪音/……有的齿轮 失落/有的齿轮 腐败/有的齿轮 谋反/有的齿轮 金光闪闪/而大多数 似乎已看见那看不见的手/却仍安分守己 保持沉默……"这首诗写于1980年台湾发生"美丽岛事件"的时候，针对当时台湾当局政府的政治腐败，诗人以"齿轮中的沙砾"作比喻，表达诗人对当时黑暗政治的不满，深刻揭露了形形色色的社会诸相，如弄权、腐败、求金等，旨在介入台湾的现实社会。另一方面，他对中国的华严宗（禅宗的支派）哲学也有着浓厚的兴趣。他在诗集《情劫》后记里说："这几年来对东西象征

① 白杨：《生命空间与诗的美学之思——"诗魔"洛夫访谈录》，载王晓初、朱文斌《世界华文文学研究》第六辑，安徽大学出版社2010年版，第232页。

② 同上书，第233页。

诗论的研究，引起了我对佛教哲学的极大兴趣。这主要还是因为日本象征诗人蒲原有明（Kambara Ariake，1875—1952）的作品中，带有浓厚的佛教色彩……引起我对华严哲学的注意，进而发现华严的法界缘起观，与波德莱尔的'万物照应'（Correspondances）的象征诗论，颇有不谋而合的地方。我对这两者的领会，不但使我的一些作品，在思想上、语言上也带有佛教的色彩，甚至使我想进一步在理论上对东西的象征诗观加以融汇，因而写出《金狮子》和《万法交彻》这两首诗。"① 北美著名华裔学者、诗人叶维廉同样善于挖掘中国宗教的优秀成分，将中国宗教的哲思融化于自己的诗论、诗作中。一方面，他肯定了道家的现代价值。他说："我冥冥中有这种感觉，有一种力量推动我去做。虽然很多人放弃了，可是我始终没有。我想这还是因为我对中国传统文化有着深厚的感情的关系，我不愿意失去它，虽然现在看来已经疲乏衰退，但我始终相信可以把它恢复起来，相信它可以替现代人解困，这信念我一直都有，这也是为什么我花这么多时间把中国传统中的哲学重新提出，让大家知道这里面的真实力量。我花了很多时间写道家的思想，因为我觉得它对西方所面临的问题有解困的作用。"② 另一方面，他又认同儒家的入世思想，主张诗人应该更广泛地融入社会，用诗文抚慰人类受困的心灵："我自己倾向于更广义的政治参与，即透过诗文提供一种理想，暗示一种生活方式、宇宙观。"③ 他的许多诗歌都对现实社会与民生充满着关切之情。其中，有如对大陆"知青"命运关注的诗（《梦与醒》），有对"盲流"生活牵挂的诗（《朝辞白帝》），有对海峡两岸人为的阻隔所引起的无奈与困惑的诗（《出关入关有感》），有对环境问题的关切的诗，如"唐代三月的长江/没有煤烟污染的烟/没有尘垢的春天的花/而且当时的蓝天/绝对透明清澈"（《初登黄鹤楼》），有对中国百姓的命运的直视的诗，如"同样的汗滴/同样的带子割入她的肩膀"（《拉车的女子》）。这些诗歌体现了诗人对历史走向和人类命运的终极关怀。

总的来看，北美华人诗人从中国宗教里找到了解决人类生存危机和困惑的资源，这些资源对于恢复人与自然、人与社会、人与人的和谐关系具

---

① 汪景寿等：《寻美的诗人——杜国清》，北京大学出版社1994年版，第108页。

② 叶维廉：《叶维廉诗选》，人民文学出版社2008年版，第318页。

③ 同上书，第321页。

有极大的意义。正如我国著名哲学家张岱年所言，"中国传统文化对现代世界的意义，就是能够有助于解决人与社会、人与自然、道德与生命三种关系"①。

　　2. 中国文学传统经验

　　中国文学经过五千年的发展逐渐形成了自身独具特色的文学传统。在北美华文诗歌中，诗人们对中国文学传统的继承主要体现为：抒情传统的承继、古典意境的借鉴、语言的提炼。

　　第一是抒情传统的承继。中国文学以抒情型的诗文为主体，西方文学以叙事性的文体为主，包括最早的史诗、戏剧和小说。"诗缘情"，抒情一直是中国古典诗歌创作的主体美感经验。这种抒情艺术的美感经验被我国学者沈一帆概括为"内化"和"符号化"两种基本经验形态。"内化是审美活动中把外在材料转化为内在心象或心境等精神式样的意识活动；而符号化则是通过艺术媒介把心理意识转化为符号形式的物化活动。内化使零散的外在刺激融为完整统一的心象和心境，实现了一种'情境'和'物我'的'同一关系'；符号化则通过构筑物化系统而保存'美感经验'（抒情艺术的符号化通常表现为意象的）。"② 如月亮意象，作为静思玄想式的中国智慧的神秘启示物和通脱淡泊的中国艺术象征，它凝聚着中华古老民族的生命感情和审美感情。在北美华文诗歌中，它常常与诗人思念故乡和故乡人的情感紧紧地联系在一起。彭邦桢的《月之故乡》写道："天上一个月亮/地上一个月亮//天上的月亮在水里/地上的月亮在天上//低头看水里/抬头看天上/看月亮，思故乡/一个在水里/一个在天上。"诗人在解释为什么要"低头看水里/抬头看天上"时说："这与我的'浪子'身世息息相关，诗中的月亮即是故乡的指代。我有两个故乡：中国大陆湖北黄陂的那个月亮就像是天上之月一样，真实却遥不可及；中国台湾台北的一个月亮，则像是水中之月（台湾在海中），可以触及暂慰心灵，但却是虚幻的，不过是个倒影，到底抚不平思乡之痛啊！"③ 我们从诗人的解释中可以得知，诗人的两个月亮实际上潜藏浓郁的乡愁——家国之痛，离乱之苦，分离之悲。较之古代诗人笔下的月亮，它的意义更加丰富，难怪

---

　　① 张岱年：《谈谈中国传统文化》，《河北农业》1989 年第 8 期。

　　② 沈一帆：《"抒情美学"：现代形态与中国经验》，《人文杂志》2010 年第 4 期。

　　③ 裴高才：《玫瑰诗人彭邦桢》，中国文联出版社 2007 年版，第 188—189 页。

被学者裴高才称为李白"窗前明月光"的现代版①。又如杜国清的《望月》："月亮／驰自故乡／扬起的白帆／映着故乡的山／故乡的水／还有那邈遥的／人影……月亮／驰向故乡／扬起了白帆／载着游子的魂／游子的梦／还有那垒垒的／乡愁。"这里，诗人不仅借月亮表达思乡的情感，还表现了他对生命的价值的思考。正如作者所言，"月亮对我来说，不仅是现实的，还是超现实的：不仅使我怀乡、思亲和念旧，还使我探索一个形而上的诗的世界"，"在我的心灵中，月亮是美、是诗、是爱、是永恒和绝对的世界"②。

　　"浪子诗人"郑愁予也非常重视对抒情传统的化用。他在一次访谈中谈道："说到古典文学对'我'的影响，应是诗人的情操和性灵表现。从《诗经》到'现代诗'，诗的内涵并没有多大改变，因为人性没有改变。从整个人类文化来看，几千年的发展其实很短，人的情操、性灵也不曾变成别样的东西……我是借传统的路，作为我的一个通道，从而达到一个新的艺术境界。换言之，便是借前人的路，通过传统，开拓现代的艺术领域……③大陆著名诗人兼评论家沈奇评价道："他自觉地淘洗、剥离和熔铸古典诗美积淀中有生命力的部分，由此生成的'愁予风'，确已成为现代诗歌感应古典辉煌的代表形式：现代的胚胎，古典的清釉；既写出了现时代中国人（至少是作为文化放逐者族群的中国人）的现代感，也将这种现代感写得如此中国化和东方意味。"④这指出了郑愁予诗歌的魅力之所在：用现代写法表达传统诗情，用传统诗情表达"现代感觉"。

　　第二是古典意境的借鉴。洛夫在《唐诗解构》里把一些耳熟能详的唐诗，如李白、杜甫、王维、孟浩然、李商隐等大诗人的作品，尽可能保留原作的意境，而把原作的格律形式予以彻底解构，重新赋予现代的意象和语言节奏。如把王维的《竹里馆》原诗"独坐幽篁里，／弹琴复长啸。／深林人不知，／明月来相照"。解构为"独自坐在竹林里当然只有一个／／一个人真好／坐在夜里／被月光洗净的琴声里／／他歌他笑／长啸／如鹰／／这里是他唯一的竹林／唯一的琴／唯一的月色／唯一的／储存在竹林里的空

① 裴高才：《玫瑰诗人彭邦桢》，中国文联出版社2007年版，第188—189页。
② 汪景寿等：《寻美的诗人——杜国清》，北京大学出版社1994年版，第368页。
③ 王伟明：《诗人诗事》，香港诗双月刊出版社1999年版，第286页。
④ 沈奇：《美丽的错位——郑愁予论》，《台湾诗人散论》，尔雅出版社1996年版，第251页。

无"。在这里，通过解构"独坐"、有"月"相伴，显示了人与自然的和谐关系，"唯一"不久，"储存"的是"空无"，透露了岁月的不居。二者融合成一片禅意，推而广之也是人类生命的甘美与短暂，告诫人们需要享受也需要工作。洛夫自言："解构后的新作可能失去了原作中的某些东西，但也可能增加了一些原作中的某些东西。"① 这样解构的目的与意义，洛夫说："我这么做用意无他，旨在使古典诗歌的艺术生命在各种不同的解读、诠释中得以不断地成长，不断地丰富，以证明艺术的永恒性。"②

杜国清的《寒山寺》则是对唐代诗人张继的《枫桥夜泊》的改写。诗人写道："寒山寺的钟声/在唐诗中　回响不绝//到了苏州/特地前往钟楼/亲手撞击　这座/诗钟//那瞬间　果然/月落乌啼　霜　漫　天/一片金色的秋声/幽静而远　幽远而近//每当夜半　对愁苦思/就有钟声传来/不眠的夜空/枫叶冉冉　渔火点点/一弯月牙船　沿江蜿蜒……//诗人的心一座灵钟/回荡着幽玄的神思/锤炼的语言　撞击出/句句　金声的诗歌。"这里，钟声是诗声。自唐以来延绵至今的钟声，则代表着诗的传统。诗人前往苏州亲自击钟包含体验传统和挑战传统两层意思。作为诗思的源泉，"枫叶""渔火""月牙船"等渗透着东方传统神韵的意象，引发的不再只是原诗中的客愁，还有那种对历史、宇宙奥秘的"神思"。杜国清曾指出："忧愁哀怨是大多数诗人所抒发的诗情，是一般抒情诗感动读者的一大因素……哀愁是抒情诗的最强音，是抒情诗人在表现自我时，感性弦上弹出的生命之歌。"③ 显而易见，较之张继的《枫桥夜泊》《寒山寺》的哀愁的意义更为复杂。此外，彭邦桢赴美创作的诗集《春兴》《冬兴》《第十二个象征》等中的现代诗也化用了中国古典诗歌的意境，表现了古典意境的现代美。龙彼得在评价洛夫对古诗意境的化用时说："不是恋旧，更不是复古，而是谋求对旧体诗中神韵的释放，尝试从旧的东西里找到新的美或一些久被忽略未曾发现过的美。"④ 我认为，这句话不仅适用于洛夫对古诗意境的化用，还适用于杜国清、彭邦桢等北美华文诗人对古诗意境的化用。

---

① 龙彼得：《洛夫传奇：诗魔的诗与生活》，海天出版社2012年版，第188页。
② 同上书，第189页。
③ 杜国清：《诗论·诗评·诗论诗》，国立台湾大学出版中心2010年版，第47页。
④ 龙彼得：《洛夫传奇：诗魔的诗与生活》，海天出版社2012年版，第187页。

　　第三是语言提炼的传统，这也是北美华文诗人非常注意的方面。刘若愚在《中国诗学》中说："诗人的职责不仅是第一次要表达某种事，还尚需重复千百次，但都必须以不同的方式，使人听起来好象均是初发之言。就是这样不断地对语言进行探讨，各种诗体才得以发展，诗歌本身也日趋精绝。"① 正是经过重复千百次的语言探索提炼，才使北美华文诗歌具有简洁、生动、清新的特征。如杜国清的《火焰山》："熊熊火焰　赤燃了数千年/仍有燃不尽的　欲念//迸燃着地狱的光芒/火是风　风是火/疾风烈火　吹向人间/焚却　世上的一切恶业/一颗颗　火化的心/以焚燃的韵律/燃起　火的舞姿/焚出　风的梵音//西天　永恒的祭典/只要人间　尚有罪愆/地狱的火焰　不灭//熊熊火焰　净燃了数千年/火焰山上　一片蓝天。""火焰山上　一片蓝天"兼喻指诗的世界和大千世界，二者和谐一致；火焰山上的熊熊之火焰喻指诗人心中的火焰，可以用来燃尽一切邪恶，净化世间万物，表达诗人对理想美的追求。这首诗特别讲究炼字，由一个"燃"字构成了"赤燃""迸燃""焚燃""燃起""净燃"，各有不同的蕴含和风格。"赤"即红色，"赤燃"则含"猛烈燃烧"之意，强调燃烧的程度。"迸燃"即爆发性的突然燃烧，强调突发性。"焚"即烧，与燃连用，强调火的姿态。"燃起"即燃烧开始，"净燃"即彻底烧尽，暗指净化。多种不同的燃烧状态的描绘，大大增强了诗歌用词的准确性、生动性，从而增强了作品的诗味。这些都是诗人匠心独运、炼字探索的结果。又如《太湖石》："瘦　悠悠天地间　身骨嶙峋的过客/陋　佝偻的身影　负荷岁月　仍在现世寻美探幽/皱　感情的涟漪　终于流逝的沙丘/透　吹过了人生　了无梦痕的　风之流。"诗人借太湖石对自我进行了超现实的描摹，"瘦""陋""皱""透"，用词生动形象、妥帖。叶维廉也非常注意语言的提炼。他在谈及自己诗歌中借用古诗的文字的两种情况时说道："一个情况是我觉得在利用一首旧诗的时候，有很多地方可以将在旧诗里非常浓缩的氛围和感受，带到我诗里面需要这样表达的地方；另外是我在那个时候始终觉得白话文有很多缺点，这些缺点是文言的浓缩可以补救的。"② 在谈及诗歌艺术语言的提炼途径时，叶维廉说："在传统里面

---

　　① 刘若愚：《中国诗学》，河南人民出版社1990年版，第115页。

　　② 叶维廉：《与叶维廉谈现代诗的传统和语言——叶维廉访问集》，载《叶维廉诗选》，人民文学出版社2008年版，第286页。

不是有两条线可以走吗？我可以走乐府的语言（民间的语言）的路，我可以走唐诗的语言（艺术的语言）的路。我们看李白在乐府里面提炼那么多的语言和好的句子出来，我相信最后走的路线应该是走李白走的那条。事实上，我在《赋格》里面就有一种这样的做法和想法，即是说，是一种口语化的语态，但却是比较提炼的语言[1]"。如《拉车的女子》："她用力踩踏着的/是她祖父的脚印/她弓张着身子向前拉的/是她祖父弓张着身子向前拉着的/一车子重重的黄瓜/和瓜上熟睡着的婴儿/像她幼年睡在祖父的车子上一样/向着邻镇的市集赶路/同样的汗滴/同样的带子割入她的肩膀/在七月火辣辣的太阳下/在七月干涸涸的黄土丘陵旁。"这里，诗人精心挑选了"踩踏""弓张""割入"等形象性动词，加强了诗歌的描写性和状态性；又用了"重重的""火辣辣的""干涸涸的"等口语化的重叠形容词，一方面突出了黄瓜的沉重、负载者的辛劳程度；另一方面再现了当时艰苦难耐的环境，表达了作者对拉车女子的深切同情。

3. 北美华文诗人的中国行旅经验

"流散是一种深刻的无奈，它必然带有一种与母体艰难撕裂的伤痛和被抛入文化间隙地带的凄冷寂寞；但是这种局外人，身处圈外的状态又给流亡者提供了一种特权、一种优势、一种思考问题与看待时势的双重视界。"[2] 北美华文诗人穿梭于两种文化中，可以通过他们的双重视界在东西世界对比中观照中国和中国文化。"北美成为一个新的舞台、背景和视角来观照、比照、反思'大陆'。"[3] 也正是有这样一个双重视界和舞台，亲身的中国生活经历、中国的旅行往往成为北美华文诗人认识中国、书写中国、想象中国的不尽动力。

北美华文诗人有关中国的行旅经验主要有两种形式：一种来自亲身的生活体验；另一种是在中国的旅行。

接受系统的中国文化教育的北美华文诗人，他们熟悉中国的历史、地理、伦理、民族信仰、民族特性和审美习惯，对中国文化有着深层感受与

---

① 叶维廉：《与叶维廉谈现代诗的传统和语言——叶维廉访问集》，载《叶维廉诗选》，人民文学出版社 2008 年版，第 287 页。

② 生安锋：《后殖民主义"流散诗学"与知识分子》，《思想文综》2005 年第 9 辑，第 164 页。

③ 刘俊：《世界华文文学整体观》，人民文学出版社 2007 年版，第 175 页。

表层感受，而他们一旦远离自己所熟悉的环境，在文化他者的刺激下，就会对母体文化产生新的认知，发现两者之间的文化间距。我国著名学者乐黛云说："随着主体视角和参照系的改变，客观世界也呈现着不同面貌。甚至主体对本身的新的认识也要依靠从'他者'的重新认识和互动来把握。"① 这些新的知识和文化间距，成为他们书写中国、想象中国的思想文化资源。早期的金山英雄为了追求美好生活，经历了空间、时间、物质和精神的旅行，"跨越太平洋（空间），逗留金山（时间），创业（物质），从渴望到获得（精神），或是不幸失败失落，都是寻索之旅"②。他们的寻索之旅，使他们认识到了苦难的文化中国与先进的西方之间的差距。如《木屋拘囚序》："将见四百兆之华民，重为数国之奴隶；五千年历史，化为印度之危亡。良可慨也，尚忍言哉？"③ 梁启超也曾说："忽穴一精外窥，则集然者皆昔所未睹也；还顾室中，则皆沈黑积秽，于是对外求索之欲日炽，对内厌弃之情日烈。"④ 通过中外比较参照，当时的中国知识分子发现了自己"器物上感觉不足""制度上感觉不足""文化根本上感觉不足"⑤。20 世纪 50 年代以来，经过 50 年代至 70 年代的台湾移民时期和 80 年代后的中国大陆的移民时期，移入定居北美的华人的人数大量增多。他们绝大多数都有着在台湾或中国大陆生活的经验，故乡的一山一水、一草一木、淳朴的乡亲、勤劳的父母，都成为他们美好的记忆和魂牵梦萦的对象，也成为他们用想象书写中国的重要资源。出生于山东莒县后来移居美国而多次获得优秀青年诗人奖和文艺金像奖的蓝俊，在《童年》中写道："每次在日暖的冬日/你教我/怎样用一种散步的心情/去构思那故事的结局——/我仍然怀念，那小学堂里/清脆的歌声和/整齐的校服/下午此时走进一片虫声里/终局和最初同落在/风向失散的一点/最好的

---

① 乐黛云：《文化冲突域文化自觉》，见《比较文学与比较文化十讲》，复旦大学出版社 2004 年版，第 58 页。

② 杨匡汉、庄伟杰：《海外华文文学知识谱系的诗学考辨》，中国社会科学出版社 2012 年版，第 104 页。

③ Him Mark Lai、Genny Kim、Judy Yung，*ISLAND：Poetry and History of Chinese Immgrants on Angel Island，1910 - 1940*，Seattle and London：University of Washington Press，1980，pp. 142 - 145.

④ 梁启超：《清代学术概论》，载冯天瑜等编《中国学术流变论著辑要》，湖北人民出版社 1991 年版，第 429 页。

⑤ 梁启超：《五十年中国进化概论》，载刘柯编《梁启超史学论著四种》，岳麓书社 1985 年版，第 7 页。

背景，早不容许我/再走回去/那下课的钟声/那地理书上找不出位置来的原始林园/这样走下去/一直走到冬日最暖和的心头/用你的心情散步/用我的惊喜/在那为树枝撑开的高空上/是谁/在残冬，放着一白色风筝。"诗人基于现实，"在冬日用散步的心情构思故事结局"，通过形象记忆（清脆的歌声、整齐的校服、一声虫声、下课的钟声、原始林园、树枝、高空、风筝）和情绪记忆（散步的心情、最暖和的心头、我的惊喜）把故乡童年的生活一一再现于眼前，组成一幅充满童趣的校园童话世界。出生于广东台山农村的"草根"诗人刘荒田，在《十一月》中写道："十一月，携来万里碧云天上炊烟缕缕/携来一坡菜花金黄、花耀眼/飒飒秋风扬起少年的喟叹/那么多甜的哀愁，只为这水边情影/只为梧桐叶先于情书到达/十一月，在被窝便听见风声咀嚼相思/十一月，登临的脚印居然红进枫林/如今，风筝在村溪上的玲珑倒影/也昂贵得有如波音客机的来回票价了。"诗中充满诗化的记忆和怀想，描写生活过的故乡十一月的田园气息和东方韵味："炊烟缕缕""菜花金黄""飒飒秋风""水边情影""枫林""梧桐"等，表达了诗人对故乡的土地之恋。又如《黑色的田野——夜过太浩湖》："紧贴车窗/搜索狗吠、蛙鸣/柴扉咿呀一声/款款而来/村野的宁静/远远的孤星/可是那油灯/母亲正低头补缀/我那被柴担磨破的披肩。"诗人驰车经过太浩湖，沿途的"黑色的田野"触发了诗人对故乡的回忆，"狗吠、蛙鸣""柴扉咿呀""村野的宁静""油灯下母亲正低头补缀我那被柴担磨破的披肩"，故乡的这些人、事、景，经过诗人记忆的放大，焕发出了强大的情感魅力。

旅行作为一种物质体验和精神体验，是获得知识、认知事物的另一来源。对于北美华文诗人而言，"旅行应是一种放牧，一种挣脱，一种体验，一种逍遥自在，一种自由观光，一种不愿意受支配受驾驭的放飞心灵的探求，一种走近大千世界于神秘和永恒的相互呼应，一种不在乎得失只注重过程的孤绝，一种激发生命自由运行与自由创造的'天涯美学'"①。唐代诗人王昌龄认为："诗有三得：一曰得趣，二曰得理，三曰得势。"②

---

① 杨匡汉、庄伟杰：《海外华文文学知识谱系的诗学考辨》，中国社会科学出版社 2012 年版，第 105 页。

② 王昌龄：《诗格》，见张伯伟《全唐五代诗格校考》，陕西人民教育出版社 1996 年版，第 174 页。

借用王昌龄的观点，我认为，北美华文诗人在中国的旅行也有"三得"，即：诗理的猎获、诗趣的摄入、诗势的营构。

一是诗理的猎获。诗理即义理，通常指诗文的内容实质、思想等，包括对社会历史、现实、自己的生命和整个宇宙的独特感受和认识。行游中国可以触摸中国历史、地理、政治、民族伦理、信仰、民族精神、审美情趣等，获得对中国和中国文化的理性的认知。杜国清由于出生于台湾，对中国大陆一直是从书本上认识的。1985 年，"台湾旅美作家访问团"的中国大陆之旅使他真正踏上了日思夜想的中国大陆的土地。中国大陆之行结束后，他说："我真正抚触到中国大陆的土地和人民及其生活的脉动和气息，真正看到一个苦难而又坚忍，光荣而又屈辱的民族和土地，带着古文明的荣光和近代史的伤痕，在艰苦地迈向 21 世纪。于是，中国，对我不再只是书本上的知识概念，而是一个活生生的实体；中国的历史和地理，也都是真实的存在，可以从遗迹和山河中，一一追溯和体认出这个文明古国过去的轮廓和现实的风貌。中国……成为浮现在我的思想大地上的一个遥远而又亲近的精神版图。"① 是中国大陆之行帮助他真正认识、了解了中国和中国文化，将他对中国大陆的鲜活感受铸进了自己的生命和诗歌艺术之中。行到南京，他写南京："云在抹 将云影抹成沙漠/水在染 将水声染成旋涡/风在流将风尘流成山岳/雨在落 将雨滴落成花絮/化在舞 将花姿舞成彩石"（《雨花石》）。诗人生动地说明了美的来源，展示了一种诗境之美，同时重申了自己倡导的知性和理性平衡的诗观。行到黄鹤楼，他写黄鹤楼："永远怀念吧/我留下的萋萋芳草/早被滚滚波涛淹没/我留下的历历晴川/早是滔滔一片混浊//那一片混浊的江上/更无烟波 再也看不到/我穿云翱翔的影子。"曾经是"芳草萋萋鹦鹉洲"的人间乐土，现在则被"滚滚波涛"所淹没，曾经的"历历晴川"现在则变成了一片混浊。这首诗流露出对当今现代文明破坏自然环境的反思和抗议。行到东坡书院，他大彻大悟，写下了《东坡书院访后》："千古风流人物 你是/最了解寂寞的了/宦海浮沉的一生/生耶 死耶 梦耶/你说这三者并无优劣/我却看见你 独立在/斜阳古路的三叉口/点数过往的行人//千古风流人物 你是/最了解绝望的了/垂老投荒 生无还期/你说今到海南 首当作棺/此当作墓 死则葬海外/我却看见你 到黎家做客后/半醒半醉 寻

---

① 汪景寿等：《寻美的诗人——杜国清》，北京大学出版社 1994 年版，第 89—90 页。

牛屎　觅归路/恍惚只记得家在牛栏西归西……//我更看见你　那天迷路/在雨中　戴笠穿屐/后面妇人小儿相随争笑/更有群犬争吠/千古风流人物

你是/最了解人生的了/你说　笑所怪也　吠所怪也/猛抬头　你看见城东/那位春梦婆　从田野间/负着大瓢　向你走来/且歌：富贵非吾愿/但如临水登山啸咏/自引壶觞自醉……"诗歌描写苏东坡生活中的三件趣事：一是数点过往行人，似是穷极无聊，暗指苏东坡在战胜寂寞；二是醉归，寻牛屎、觅归路，似为醉后糊涂，实则众醉我醒，因为牛屎、牛栏给人的记忆永久；三是雨中戴笠穿屐，博得人笑狗吠，似是出洋相，实则显示了苏东坡独立不羁的性情。诗歌艺术地展现了苏东坡超凡脱俗、直透人生的大无畏气概和独立的人格精神。

与杜国清一样，叶维廉、刘荒田也善于从旅行经验中发掘诗意、提炼哲理。在《朝辞白帝》中，叶维廉没有将笔墨聚焦在壮丽的三峡的山川之上，而是将笔墨聚焦在了三峡大量流入北京、上海等大城市的盲流——内在的移民潮之上。通过对这种令人触目惊心的移民潮的表现，诗人反思了自古以来令人悲伤的中国人的命运以及造成城乡间巨大的经济差距的原因。在《谒岳王庙》中，刘荒田写道："在你之前，在你之后/一排忠良并肩/在时光的雪线上/从古到今/每一丰碑/皆由皇帝老子/以昏聩，以凶残造就/再由我们膜拜/无怪乎，在桃红柳绿的妩媚中/时间悲愤的雪崩/把鼎盛香火卷成惨惨劫灰。"面对岳王庙，诗人没有像大多数诗人那样在追思岳飞的丰功伟绩的同时对昏君奸臣进行无情的批判，而是将视线导向对岳飞的历史悲剧进行深刻的反思：岳飞的悲剧不仅仅是他个人的悲剧，而是贯穿了中国历史的普遍性悲剧，这种悲剧"皆由皇帝老子/以昏聩，以凶残造就"。诗歌拷问历史的正义，呼唤真理和正义，比一般的诗作更有历史的穿透力。

二是诗趣的摄入。诗趣指诗人特有的审美情趣和追求。诗人在旅行中把审美触角投向自然和历史文化的怀抱，寻美探奇，沿途所见识到的不同的物、景、事、人，会激发出诗人不同的审美趣味，诗人再将这些审美趣味植入诗歌艺术中。在北美华文诗歌中，这种诗趣首先表现为诗歌的理趣化。即诗人通过所见、所感悟的优美的自然景色说明一定的道理。杜国清创造的诗论诗就是这种理趣化的诗。在《桂林山水》《雨花石》《太湖石》《寒山寺》《西湖》等诗中，杜国清通过对自然景物的美的揭示，极大地阐释了他的"万物交彻"的诗观。在《桂林山水》中，他写道："桂

林山水　挺秀婉约/无数超诣　沉着的山峰/大自然殿宇的活柱/时时发出　纤秾流动的语言/造化的奥秘　在土地万物间/飘逸　舒卷　缊缊……"诗歌描绘千姿百态的桂林山水，呈现出宇宙万物的种种风格：挺秀、婉约、超诣、纤秾、飘逸、缊缊。由此，诗人既书写了中国山水景观的美，也说明了我们生活的世界的丰富性和神奇性。其次是诗趣的意象化。非马在这方面作出了重大的努力。比如《醉汉》，写的是思亲之苦："把短短的直巷/走成一条/曲折/回荡的/万里愁肠/左一脚/十年/右一脚/十年/母亲啊/我正努力/向您/走/来。"这里有两组意象：空间意象和时空转换的意象。前者指海峡很短的实际空间距离与万里愁肠的心理空间距离；后者指"左一脚""右一脚"的时空跨越距离，跨越的空间只有一步，一抬腿用的时间极短，但实际用时要"十年"，说明步履之艰难。又如《黄河》："把/一个苦难/两个苦难/百十个苦难/亿万个苦难/一古脑儿倾入/这古老的河/使它浑浊/使它泛滥/使它在午夜与黎明间/枕面辽阔的版图上/改道又改道/改道又改道。"这首诗有两个主导性意象：数的意象和物的意象。而无论是数的意象还是物的意象，都与人紧密相连。"一个苦难""两个苦难""百十个苦难""亿万个苦难"实际上指涉的是在历史的维度上中国人的苦难的堆积与延伸；"改道又改道/改道又改道"的黄河则既指涉黄河洪水对中国人物质与生命造成的损伤，也指涉一代又一代的国内与国外的邪恶政治势力对中国国土与历史的凌辱。又如《长城》："文明与/野蛮的争斗/何其艰烈/你看这长城/蜿蜒起伏/无止无休"，诗人通过一种悲怆的方式，揭示永无休止的野蛮与文明斗争之惨烈，理性地表达了温和及平静的可贵，用揶揄的语言赋予悲剧建筑物——长城一种罕见的庄严美。最后是诗趣的戏剧化，即通过诙谐灵活的方式戏剧化地叙事和抒情。如非马游历长城，写下《长城谣》："迎面扑来/一条/一万里长的/脐带//孟姜女扭曲的/嘴/吸尘器般/吸出了/一串/无声的/哭。"一方面，诗人将长城比喻为"脐带"，连接炎黄子孙的血脉，可以说是对长城崇高的礼赞；另一方面，诗人慨叹构筑长城时中华民族付出的沉重代价和造成的惨痛悲剧：有多少代孟姜女想"哭倒"长城。诗人既用了孟姜女哭倒长城的民间传说，又以现代用具"吸尘器"这一比喻孟姜女哭得死去活来的"扭曲的嘴"，比喻形象生动，诙谐活泼。杜国清的《西湖》一诗也具有强烈的戏剧化的趣味："垂柳梳拂　发影细柔/你那激滟的眼神/波荡着水光山色/一顾盼　风动云飘/一流转　蜂涌山摇/那气象　蕴涵着千种风情。"诗人将西湖人格化，将西湖比作女神，女神的"那潋滟的眼神"的"一顾盼"竟然能够使"风动云飘"；"一流转"竟然能够使"蜂涌山摇"，其夸张不能说不大胆，其想象不能说不离奇。

三是诗势的营构。诗势指诗歌的运意用思和含义的流转变化，即诗歌的运思和章法①。北美华文诗人在中国的游历既能帮助诗人获取诗理、摄入诗趣，也能帮助诗人构建诗歌的结构章法。如杜国清的《秦俑》：

> 将军　武士　射手　骑兵
> 或披战袍　或戴铠甲　或执兵器
> 或立或跪　张弩拔箭　射姿勇武
> 或纵或横　列为前锋　侧翼后卫
> 个个神色黯然　深闭嘴唇
> 突出空茫眼睛　透视历史

诗句整齐地排列构思来自于游历兵马俑所见到的整齐队列。又如《张家界景观》：

> 沟壑纵横中　群峰拔起
> 如屏　如幕　如鞭　如柱
> ……
> 观景台　探出绝巘
> 嵌空无倚　危临壑渊
> 层峦叠嶂　连绵在背后
> 一座奇岩　突出　孤绝
> 支撑着　顶峰斜挂的
> 一颗古松

群峰峭立，千姿百态，跃然纸上。诗歌勾勒了张家界的雄奇。

类似的还有《无锡雕像》《冰雕——哈尔滨冰雪节观后》等诗，都是观后留下的感慨，句式排列富有特色。《无锡雕像》诗中横行都有"我"

----

① 巩本栋：《环绕唐五代诗格中"势"论的诸问题》，《文史哲》2007 年第 1 期。

字，展示不同的"我"，竖行"我"上下贯穿相接，这样横竖呈现，感慨生命有限、宇宙无穷。《冰雕——哈尔滨冰雪节观后》则长短结合，成棱成块，变化中求工整，确切地暗示着冰雕群像的姿态，呈现着扑朔迷离的蒙眬美。这种讲究诗歌的运思和章法的诗在北美其他华文诗人的诗歌中也有体现。如刘荒田的《唾沫》：

> 吐——吐
> 我们以之买到最廉宜、最便捷的
> 良心之安慰
> 吐

　　两个"吐"字之间用连接号相连，再现诗人看到的唾沫在空中的下落的弧线，最后一个"吐"字结尾，暗示这种行为的循环持续不断。
　　又如叶维廉的《北京——街景之一》：

> 你说：北京的绿化怎么样？
> 叶芽在余尘中微颤着
> 一些争相攀腾的现代化建筑的左面
> 一大片一百年、二百年、三百年的
> 无窗的矮泥屋你挤我拥地
> 蹲在那里
> 耐心地蹲在那里
> 醇味老酒那样蹲在那里
> 琉璃厂的古玩古画那样蹲在那里
> 在画得整齐的大路上
> 和远不见眉目的天安门广场上

　　诗歌中四句连用了"蹲在那里"，描绘古老北京的"矮泥屋"稳固顽强地"蹲在那里"的形状，它们与"争相攀腾的现代化建筑"共同构成了一种传统与现代化抗衡、共存的立体的北京图像。
　　诗势的营构还体现在节奏上。郑愁予非常重视诗歌的节奏感，将节奏视作诗歌的生命。他说："中国字、词，本身有一种音乐感，有四声，写新诗是不是应该把它忽略掉呢？我看不能忽略。唐诗宋词的形式直到今天我们还喜欢欣赏它，因为它把中国字、字的音乐感组成了一种至美的形式，没有办法再将其置换。那种音乐感和我们的情感本身有一些很微妙的关系，是值得我们现代诗人借鉴的。这也是对现代诗人很大的挑战。"①在诗歌创作上，郑愁予把中国诗歌、中国语言的节奏、韵律的内在美发挥到了一个新的高度，给中国现代诗创造了极具个性的音乐美。如《土家族山歌——湘西行之二》："听着歌　恨不得做个土家族啊/到了这山里人人想做土家族啊/向山认亲向水认亲啊/就做一个土家族吧/而且唱哟唱哟//把陌生的人儿唱成情人哟/把满谷的繁花唱成蝴蝶哟/蝴蝶被歌声托得满天飘/翅膀拍呀拍呀打着拍呀/水流伴奏拉着长长的弦呀/拉呀拉呀拉长弦呀/就做一个土家族吧。"诗句整齐、对称、复沓、交错押韵，富有音乐美。又如杜国清的《望月》，诗的首节"月亮/驰自故乡/扬起的白帆/映着故乡的山/故乡的水/还有那邈遥的/人影"与最后一节"月亮/驰向故乡/扬起了白帆/载着游子的魂/游子的梦/还有那垒垒的/乡愁"，字数完全一样，构成章法上的对称美。上述类似的作品在北美华文诗歌中为数不少。

　　总之，中国的旅行体验丰富了郑愁予、杜国清、非马等北美华文诗人的人生经历，改变了他们的知识结构，为他们想象中国提供了丰富的话语与图像资源。在游古迹时，他们更为深刻地认识了古老悠久的中国历史；在游书院时，他们更为深刻地品味到古代文人的人格精神；在游山水时，他们更为深刻地体验到千姿百态的自然美；在游寺庙道观时，他们更为深刻地感受到天人合一的生命体验和审美情趣。通中国特有的地名，如长城、黄河、桂林、西湖、寒山寺、江南水乡等，中国著名的历史名人，如屈原、庄周、李白、杜甫等，中国特有的民族乐器，如胡琴、笛子、箫等，以及一些富有东方情趣的艺术形象，如荷花、菊花、蝴蝶、黄莺、扇子、拱桥、鼓楼、芦苇、湖泊等，这些传统文化符号既成为他们诗歌的宝贵资源和想象中国的基础，也构成了对他们创作的挑战。北美著名文学评论家兼作家陈瑞琳说："移民作家的鲜明特色正是体现在他们游走在两种文化的边界，在社会责任与艺术诉求之间、在忠诚与背叛、抵达与回归的

---

① 转引自沈奇《摆渡——传统与现代》，《台湾与海外华文文学评论和研究》1997 年第 4 期。

矛盾中挣扎徘徊。而我们的传统文学和评论，多是在固定的山川下写人事的沧桑变化，海外作家却是要面对山川土地的巨变来写人的坚守，这显然是一个巨大的挑战。"① 一方面，北美华人诗人的诗歌从构思到用词，从意象到意境，都与中国诗歌有相通之处，具有中国韵味；另一方面，北美华人诗人远离故土文化，用他们双重文化视野对中国文化进行考察，必然有一种"隔"的感觉和流散的意味，因此出现在北美华文诗人笔下的文本必然与中国国内的现代诗歌文本不同，具有不同的特质。正如杨匡汉、庄伟杰所言，"呈现在华人作家笔下的，更多的是中国传统文化和风物情思所生成的特殊文本，在反复地加以移译、推演、解构和重建的过程中，既有恒定性也有可变性，有着独立自主的内在性特质和流散性意味"②。

二　中国想象的情感结构

如果说，北美华文诗人获取的中国经验是他们书写中国的文化资源和精神财富，那么，他们的情感结构则是他们用诗歌艺术书写中国的原动力和催化剂。从某种程度上说，他们的情感结构催化出诗歌的语符韵律结构、诗境呈现结构与内在运思结构，产生了诗歌的整体形态结构和内在本质结构。

"情感结构"是英国文化理论家雷蒙·威廉斯（Raymond Williams）最早使用的一个专门术语。我国学者赵国新在《情感结构》（*Structure of Feelings*）中介绍雷蒙·威廉斯这一术语时指出："情感结构是最初被用来描述某一特定时代人们对现实生活的普遍感受。这种感受饱含着人们的共享的价值观和社会心理，并能明显体现在文学作品中。"③ 这说明，情感结构源自特定时期诗人对于生存的内在体验和对于特定文化体验的深度空间，展现了诗人心灵空间的种种变化。北美华文诗人游走于两种文化之间，成了"文化边缘人"，"他们减却了漫长的痛苦蜕变过程，增进了先天的适应力与平衡感。他们浓缩了两种文化的隔膜期与对抗期，在东方文

---

① 陈瑞琳：《北美草原上温柔的骑手——悦读林楠的〈彼岸时光〉》，《彼岸时光》，香港大世界出版公司 2010 年版，第 26 页。

② 杨匡汉、庄伟杰：《海外华文文学知识谱系的诗学考辨》，中国社会科学出版社 2012 年版，第 86 页。

③ 赵国新：《情感结构》，《外国文学》2002 年第 5 期。

明的坚守中潇洒地融入了西方文明的健康因子"①。同时北美华人诗人，"由于他们的写作是介于两种或两种以上的民族文化之间的，因而，他们的民族和文化身份认同就不可能是单一的，而是分裂的和多重的"②。他们对中国的情感有着亲近、疏远、回归等复杂情感结构。主要表现为内化型的情感结构和激发性的情感结构。

1. 内化型的情感结构

从族裔身份上讲，由于华人本身的族裔性，北美华文诗人对本民族的认同的情感态度内化于他们的血液之中。

乡愁诗人刘荒田善于将日常生活中每一个细节写入诗歌中，如《茶》《粽子》《中秋》《生日》《那一条河》《黑色的田野》《汉字》《纵身一跃》。这些诗歌中的民族情感都是中华民族几千年来的文化基因和民族心理在心灵深处的积淀和承传。写于1984年奥运会前后的《祖国，在看台下》和献给中国女排的《美丽的泪珠》，表达了希望母国强盛的热切愿望。《祖国，在看台下》写道："我望穿了太平洋望不见你/遥远的祖国/我又怕见你周身的伤痕/多病的祖国/如今，你在眼前——/一个有女性的温婉与柔韧/又醒狮一般勇猛的祖国啊……/我和台湾来的老夫妻一起鼓掌/我和说着生硬的'加油'的/土生同胞一起雀跃，向着祖国/我积蓄了多年的男子汉的眼泪/为了你欢快地涌泪/战胜的祖国啊。""台湾夫妇""说着生硬'加油'的土生同胞"和"我"，共同为中国战胜美国女排鼓掌、欢呼雀跃、眼泪涌流，这说明了，"中国是所有中国人拥有的一个共同空间，一个非常辽阔而又具有自足性的大家庭，在这个大家庭之中，尽管人们之间还存在着种种差异，但人们具有的中国人身份，比起那些使得他们与这个大家庭之外的人彼此分开的任何东西，确实无疑，都要更为重要"③。

年轻时投笔从戎而后终于成为诗人的彭邦桢，当别人称他为"台湾诗人"或"世界诗人"时，他认真地正色道："准确地说，我是一个地地道道的中国诗人"，"我爱故乡的一山一水，一草一木，甚或更爱那淳朴

① 陈瑞琳：《原地打转的陀螺——论北美华文文学研究的误区》（上），《中外论坛》（纽约）2002年第3期。

② 王宁：《流散文学与文化身份认同》，《社会科学》2006年第11期。

③ 赵小琪：《身份冲突中家的建构与功能》，《江汉论坛》2009年第6期。

的乡亲和父老们……"① 可以说，无论是在国内，或是在台湾地区，还是在美国，他没有一刻忘记民族，也没一刻忘怀诗歌艺术。正因为如此，他才以浪子的心态写出了海外游子的真情实感的《月之故乡》。这首诗几乎传遍了世界的各个角落，抒发了海外华人共同的民族心声和民族感情。

再如杜国清的《黄河》《望乡》等。"在桥上　远眺/黄河　一路蜿蜒/就像中国的脐带/五千年文明在这儿怀胎/时代新文化的诞生/伟大的母亲　莫不感到阵痛"（《黄河》）。诗中的"脐带"作为象征物，表达了对民族的伟大母亲的认同、对文明摇篮黄河的膜拜。"踯躅在海边/踏着碎浪/我的脚步/时时拍出怀念的波音/横过太平洋/呼应着故乡/频频传来的风波"（《望乡》）。诗歌中飞机的"波音"与太平洋上的海波，与故乡的风波相呼应，表明诗人身在异国他乡，心却牵系着民族命运。

作为郑成功的第十五世孙，1968 年起旅居海外近四十载的郑愁予，2005 年最终落籍金门，回到了其祖先所生活过的、与大陆咫尺相望的这片土地。他的举动，表明他始终不能割舍与民族的血缘脉络。他于 20 世纪八九十年代，先后推出《燕人行》《雪的可能》《刺绣的歌谣》《寂寞的人坐着看花》等几本新诗集。他的《想望》写道："推开窗子/我们生活在海上/窗扉上是八月的岛上的丛荫/但啊，我心想着那天外的陆地——我想着那边城的枪和马的故事/北方原野上高粱起帐的季节/我想着/那灰色的城角闪金的阁楼/一步一个痕迹的骆驼蹄子/而我也想着江南流水的黄昏/湘江岸上小茶馆的夜/和黔桂山间抒情的角笛//（啊！回忆是希望的蜜啊！）/但，推开窗子/我们生活在海上/夕阳已撒好一峡密接的金花，像长桥/搭向西方，搭向希望。"诗人回忆起与民族同胞一起度过的枪林弹雨的战斗生活和具有民族风情的难以忘怀的时光。又如《衣钵》："在此人界与神界的两栖土上/在静謐的大理石柱间/您坐的是如此之临近/当号音的传檄在黎明中响起您/我中华在天之父阿/知道么又集合了第三代的献身者/传接您衣钵的人。"诗句凸显了同一始祖的血缘关系对于民族共同体成员的重要性。它不仅可以集合第一代、第二代的民族共同体成员为民族共同体献身，还可以将不同区域、不同经历的第三代的民族共同体成员连接成一个整体，为民族的复兴而献身。

---

① 裴高才：《玫瑰诗人彭邦桢》，中国文联出版社 2007 年版，第 235 页。

2. 激发型的情感结构

从创作心理上说，一切社会生活和自然美，只有经过创作主体即作家的心灵，才能转化为艺术现象。也就是说，只有触动、激发了创作主体的内在的情感、心灵的东西，才能够成为诗人抒写的对象。那些被触动、激发出的创作主体的情感结构，我们称为激发性的情感结构。

"寻美的旅人"杜国清在中国掠影山河，中国美丽的自然景观，激发了他对中国自然与历史文化进行探寻的热情。正如诗人自己所言，"中国的山河，辽阔灿烂，不是我的区区生命所能够游遍尽赏，然而，此生只要有机会，我会乐山乐水地前往探寻，以我有限的生命，探寻传统诗魂萦绕的千山万水的无限诗情"①。另一学者诗人叶维廉，当他以一种现代性的眼光去审视中国的自然与历史文化景观时，一种压抑感和危机感便会油然而生。"我认为我们的文化一直处在被压迫的情况下，我们必须设法从中国传统中突破。如果没有这种文化忧虑和危机感，诗写起来就很表面。"②他的《湘江橘子洲》《杜甫草堂二折》等诗，就是这种由中国的自然与历史文化景观而生发的文化忧虑的诗。《杜甫草堂二折》写道："云逐繁雨的战祸与悲愁/在浣花溪上/也许可以客心洗流水那样/作一刻的遗忘/作一刻的沉醉/看/圆荷浮小叶/细麦落轻花/至于那凶猛如血流的黄河/冥冥如乱鸦争啄死亡的长江/随它去吧。"诗歌用反向情感结构进行了婉转的抒情，诗句表面写的是像"客心洗流水那样"遗忘云逐繁雨的战祸与悲愁，而事实上，诗人真正要传达的情感是：他要像杜甫一样时刻关切人民的疾苦，不能遗忘战祸和人民的悲愁，不能沉醉于"圆荷浮小叶/细麦落轻花"的暂时宁静美丽的表象，不能让黄河、长江继续泛滥去危害人民的生命。

内在化的情感结构表达了自身民族生存、民族传统和民族精神的延续和传承的关注，激发性的情感结构表达受到中国自然和历史文化真美的激发而产生的对中国自然景观和历史文化更深层次的认知、感悟和启示。这两种情感结构有时互相交织，呈现出北美华文诗歌丰富的情感结构形态。

---

① 汪景寿等：《寻美的诗人——杜国清》，北京大学出版社 1994 年版，第 89 页。

② 叶维廉：《与叶维廉谈现代诗的传统和语言——叶维廉访问记》，《叶维廉诗选》，人民文学出版社安徽教育出版社 2008 年版，第 291 页。

三　中国想象的意向结构

诗人的想象总是与书写形象联系在一起的，含有一定的主观色彩：
"是加入了文化的和情感的，客观的和主观的因素的个人的或集体的表
现，就是说情感因素胜过客观因素。"① 北美华文诗人对中国的想象往往
受到身份和文化资源的制约，根据他们的构想中国的文化取向，我们把他
们想象中国的意向结构分为中国意识结构、他国意识结构和世界意识
结构。

中国意识结构。北美华文诗人在依据本民族文化资源建立的地方性知
识构想中国时，具有明确的本民族身份认同和民族归属感。一般说来，这
种对本民族身份认同，由北美华文诗人的中国意识结构所决定，是诗人身
在异国、心在中国的表现。由这种意识结构所决定的人，一类为早期的华
人移民，他们因为各种原因不得不离开家乡移居异国；另一类为虽然移居
异国他乡，但他们的民族归属感很明显，中国就是他们的家，中华民族就
是他们的民族身份，虽然有的作家在政治上已经归化他国，但他们心向中
国，中国对于他们来说，不管是贫穷还是富裕，也不论是处于灾难还是繁
荣昌盛之中，始终是他们的根和最终归宿。《金山诗集》和《埃伦诗集》
留下了他们书写中国、想象中国的诗篇。郑愁予最终叶落归根回到自己祖
辈奋斗过的生命原乡——金门。他写出了礼赞金门的海洋精神的诗篇和为
谋求金门、马祖、澎湖三个海峡岛屿的共同发展的诗篇《三角形的波
浪——给台湾海峡的现代讨海人》，充满着人道情怀。学者朱双一评价
道："郑愁予到了'古稀'之年仍对公共事务有那么大的热情和投入（如
提出许多有关金门建设的建议），仍为金门、马祖、澎湖三个海峡岛屿的
共同发展写出了《三角形的波浪——给台湾海峡的现代讨海人》这样气
势磅礴、足以颠覆所谓郑愁予仅是'婉约诗人'成见的诗篇。"② 移居美
国多年的诗人李宗伦的《中国，我对你说》、老南的《赤心曲》表达了同
样的中国意识，"是的。我不是美国公民/在这里，我只是个旅居的外宾/

---

① ［法］布吕奈尔等：《什么是比较文学》，葛雷、张连奎译，北京大学出版社 1987 年版，
第 89 页。

② 朱双一：《金门：郑愁予的生命原乡》，《华文文学》2012 年第 2 期。

黄河和长江还流着我的恋歌/地球那边，有我慈爱的母亲/尘封租屋未忘我临世的初啼/故乡小路深藏我童年的脚印/那松柏常青的小山坡哟/犹存着我历代先祖丘坟"（老南《赤心曲》）。

他国意识结构。具有这种意识结构的人主要为北美土生华裔。像写有诗集《尸体与镜子》的约翰·姚，著有《柳风》《两只乌鸦》《晃眼》和《大河，大河》诗集的阿瑟·施，写有诗歌《道解之一》的卡洛琳·刘等北美的华文作家就都是具有这种意识结构的诗人。由于"面对西方他们经常处于一种失语与无根的状态，而面对东方又具有西方人的优越感"①，因而，他们对中国的态度比较复杂，有肯定、批判、平等或兼而有之等多种态度。由于被西方文化规训的缘故，他们容易用西方的认知框架即以西方的主观认同来认知、解释中国，或以较大的主观性对中国进行批判，或发现中国与北美的差异性而产生一定的认同，取得中国客观现实与西方的主观现实之间的平衡。如卡洛琳·刘的《道解之一》："我伸展，从山脚下/一颗树开始，山谷中/有了回声。/每天河上/帆稳稳地驶过，让人/产生欲望。我的身体开出花来/喂养孩子。似乎我是/地球上最重要的事物。"诗人通过"树""山谷""回声"三种天籁的组合，将自己体悟到的"道"（自然、社会、人生的和谐共处，精神与天地万物的和鸣）巧妙不露痕迹地托出，这是诗人想让威廉·布莱克和庄子合成一个现代精神而努力的结果。

世界公民意识结构。当北美华文诗人依据世界观念和胸怀而获得世界性知识来构想中国时，他们会通过差异性原则发现中国文化的优秀因子，通过对话在中西方之间建立一种差异性、互补性的理解。这种文化取向的意识，就是一种世界意识。具有这种意识结构的诗人们主要有陈美玲、洛夫、叶维廉、杜国清、非马等。他们既不必摒弃和隐匿中国文化身份，挣扎着去迎合北美主流文化，挤进所谓主流社会，也不必刻意固守中国文化来对抗主流文化，世界就是他们的生命原乡和精神原乡。自称为"世界诗人"的非马说："在人类社会已成为一个地球村、电脑网络四通八达的今天，一个作家关心的对象，恐怕也不可能再局限于一地一族或一国了。那么有志的诗人不妨大胆宣称：'我是世界诗人'。"② 这种世界诗人在书

① 王岳川：《后殖民主义与新历史主义文论》，山东教育出版社1994年版，第43页。
② 唐玲玲、周伟民：《非马艺术世界》，花城出版社2010年版，第184页。

写中国劳动者的生存困境时，总是会将其与世界上所有劳动者的生存困境
联系在一起进行考察："每一步／都使整座黄山／哗哗倾侧晃动／／侧身站在
陡峭的石级边沿／我们让他们粗重的担子／以及呼吸／缓缓擦脸而过／然后听
被压弯了的脚干／向更深更陡的山中／一路摇响过去／／苦力　苦呢／苦力
苦呢／苦力　苦呢"（非马《黄山挑夫》）。诗歌所表现的绝不仅仅是"黄
山挑夫"一己的生存之苦，还是千万个因种种原因而挣扎在社会底层的
劳动者的生存之苦，体现出了诗人一种强烈的人道主义精神。这种世界诗
人在书写中华民族的苦难时，也会将其与其他民族的苦难联系在一起进行
思考："闭起眼睛／却看到／千万只圆睁的死不瞑目／静默一分钟／却听到／
八年裂耳的惨呼／／但此刻爬过我们脸颊的／已不仅仅是／四十五年前淹没南
京的血泪／此刻火辣辣爬过我们脸颊的／是在日本教科书上／以及两天前的
贝鲁特难民营／先后复活的／全人类的羞耻"（非马《默哀——在芝加哥九
一八纪念会上》）。诗人将"九·一八"给中国人造成的苦难与"两天前
的贝鲁特难民营"并置列为"全人类的羞耻"，谴责给全人类造成苦难的
各种战争，表达人类共同的情感。

第二节　生态伦理中国想象

　　作为自然界系统中的一个子系统的人类，随时都在与之赖以生存的自
然生态系统进行物质、能量和信息交换的生态活动。在这种生态活动的交
换过程中，人类逐渐形成了对人类自身、自然生态系统给予道德关怀的习
惯，逐渐形成对人类处理自身及其周围的动植物、环境等生态环境的关系
的一系列道德规范，即生态伦理，并通过建立这些伦理关系及其原则以达
到人与人、人与社会、人与自然环境的和谐。中国生态伦理传统作为宝贵
的思想资源和参照对象，为北美华文文学创作和批评提供了丰富的想象
空间。

一　生态伦理想象的话语模式

　　北美华人诗歌从故国乡土中国这条生命之河中寻求资源以组织诗歌结
构，从民间存活和绵延的古朴的风物和习俗中寻找生命的根系和精神的本

源。一方面，表达对接近原生态的自然化中国的眷恋；另一方面，在世界主义视野下对中国原生态文化进行反思，以接纳世界优秀的情思元素，最终找到理想的人类生存家园和精神家园。大致而言，他们诗歌中的生态伦理想象主要呈现为以下几种话语模式。

乡愁式。在中国文学史上，抒写乡愁一直是中华文学的传统。屈原、王粲、李白等人的作品就多次对乡愁进行过咏叹。然而，与这些怀乡思国的古代文人不同，北美华人拥有故国和居住国的双重文化体验和"复眼"式的双重视域①，肩负着身居社会"边缘"的精神和肉体上的双重压力。这一切也造就了北美华人特有的跨域的想象空间和书写空间，使他们的乡愁想象模式表现出了极大的独特性。根据北美华人诗歌的发展脉络和华人的现实生存境况，这种乡愁又主要呈现为落叶归根式和落地生根式两种。

落叶归根式的乡愁指终要回到故土而客居异域的人对故土家园的依恋，这类作品以真挚的情感和质朴的笔调书写诗人在现实故土中挂记在心的人或物。19 世纪后半叶，从北美"淘金热"到修筑太平洋铁路，一批批中国移民因国内的战乱及怀着在"金山"发家致富的梦想移民到北美。然而，他们到达北美后却遭受了不同程度的种族歧视和压迫，在北美社会中难以容身。另外，中国儒家文化的鼻祖孔子教诲弟子的"父母在，不远游"的伦理观念影响了中华海外移民，导致了北美华人逗留者心理的形成。于是，逗留者心态和尴尬的社会地位纠结在一起，引发了华人移民浓浓的乡愁。在 1910—1940 年，华人移民被扣押在加州天使岛，留下了表达他们的苦难、痛苦、悲愤与无奈的诗篇。这些诗篇由华人移民后裔收集整理成了《埃仑诗集》和《金山歌集》两本诗集。《埃仑诗集》反映了华人进入美国本土之前被关押在海岛上痛恨交织的炽烈感情，《金山歌集》则记录了早期华人在到达美国之后的社会生活和内心世界②。

为乜来要坐监？只缘国弱与家贫。椿萱倚门无消息，妻儿拥被叹孤单。纵然批准能上埠，何日满载返唐山？自由出门多变贱。从来征战几人还？

①　刘登翰：《双域经验的跨域书写》，上海三联书店 2007 年版，第 11 页。
②　张子清：《华裔美国诗歌的先声：美国最早的华文诗歌》，《当代外国文学》2005 年第 2 期。

诗句既表达了因"国弱与家贫"不得不背井离乡的游子的无奈，也表达了对家乡"拥被叹孤单"的亲人——妻儿的思念，呈现出诗人矛盾复杂的内心世界。同样的复杂情感在下面诗歌中体现得非常充分：

> 羁居花旗下。身如荷重枷。无时不欲返中华。可惜路遥难策马。心挂挂。室人曾有话。漫向外洋来久假。千祈记紧早回家。自抵金山也。无日敢回家。心怀桑梓乱如麻。每饭因愁难咽下。亚卿呀。莫作夫情寡。难梦与侬同讲话。游魂夜夜舌交加。

这首诗里，"心怀桑梓乱如麻""游魂夜夜舌交加"等承载着华人思念家乡及亲人的传统情感，"无时不欲返中华""千祈记紧早回家"等表现出早期华人移民期盼"早归"的逗留者心态。又如《埃仑诗集选》第55首：

> 噩耗传闻实可哀，吊君何日裹尸回？无能瞑目凭谁诉？有识应知悔此来。千古含愁千古恨，思乡空对望乡台。未酬壮志埋抔土，志尔雄心死不灰。

诗人表达了在异域生活的不尽如人意、痛苦、无奈及思乡的情愫，诗人找不到诉说对象，"凭谁诉"，只好自己含愁含恨和"空对望乡台"，怀恋故国。

总之，落叶归根式的乡愁诗歌描写了早期的北美华人移民离乡背井、生离死别的痛苦，昭示着他们在居住地的边缘和弱势地位，朴素无华地表达了对血缘和家园的依恋，也表达了在异国他乡失去自由、尊严的悲愤之情。

落地生根式的乡愁指离开故土而定居异域的人对故土家园的依恋和对文化乡愁的追寻。这类作品主要通过回忆或想象书写故国家园里的人或事物。由于1943年排华法案的废除，20世纪五六十年代出现了新一轮的移民高潮，至80年代，随着中国大陆的改革开放，中国大陆人一批一批地拥入美国，形成了20世纪华人移入美国的最大潮流。与早期的劳动力移民不一样，这一时期的北美华人主体主要有经济类移民（包括技术移民、商业移民），家庭团聚类移民（包括夫妻及未成年子女、父母及祖父母、外祖父母），难民类移民（包括受政府援助的难民、自助难民及海外难民），早期华人移民后裔。随着北美华人的状况得到进一步改善，华人的侨居观念随之产生了变化，华人由"落叶归根"的临时侨居观念转向逐渐融入北美社会的"落地生根"的定居观念。与此相联系，北美华文诗歌中的乡愁也呈现出了新的模式，它主要反映出华人作家对超越差异和隔阂的交流渴望。然而，由于种族、文化的差异，他们并不被美国白人所认同。这使得他们倍感孤独、失落、压抑，于是，对乡愁的反复吟咏就成为他们减缓陌生环境的压力、寻找心灵归宿的必然选择。学者朱双一说，在北美的华人，"困扰他们的主要还不在于谋生的艰辛或创业的艰难（他们最终常功成名就，至少并无饥寒之虞），甚至也不仅是单纯意义上的'怀乡'，还是在伦理观念上与西方社会的巨大差距"①。与异质文化的疏离、冲突加深了北美华人的乡愁，不过，这种乡愁超越了血缘和故土家园的局限，表现出一种更广泛的文化乡愁。这种文化乡愁表现为在哪里扎根哪里便是家园的意识，传统意义上的家园、乡土意识相对淡化。这时的家园"既是实际的地缘所在，也可以是生命旅程的一站"②。如钱超英所言，乡愁"可以暂时地表达为'世界主义'，即一种抽象化了的超越'中国性'的局限寻求发展的意图"③，于是乡愁超越国家、种族以及意识形态的隔阂，延伸到对人类生存和个体生命存在本质意义的探求和思索。如王性初的《唐人街》：

　　　　黑眼睛望穿黑眼睛／于尊严的季节里归来／黄皮肤贴着黄皮肤愈合一代代无法愈合的伤痕／／……无数次亲切／无数次沉浮／都在 CHINA 的 china 里盛着／都在缤纷的橱窗活着／／然后／用一双相思的筷子／挟起了乡音的彩虹／一道道一弯弯又甜又苦／有无数泯灭／有无数省略／都在皱纹的啼笑中／笑成一滴唐人的历史／唐人的历史铺成这条街／这条街是一条龙异邦土地上的一条东——方——龙

---

① 朱双一：《文化冲突：从伦理到政经——旅美华人"留学生文学"比较论》，《厦门大学学报》1994 年第 2 期。

② 童明：《家园的跨民族译本：论"后"时代的飞散视角》，《中国比较文学》2005 年第 3 期。

③ 钱超英：《"诗人"之"死"一个时代的隐喻》，中国社会科学出版社 2000 年版，第 52 页。

华人在美国落地生根的家——唐人街——"小中国",见证了华人在居住国遭受当地人的抵制的历史,述说着华人在居住国"一代代无法愈合的伤痕""无数次的沉浮"。唐人街既是华人实际的生活家园,也是他们精神栖住的家园。诗人希望这个家园兴旺发达、异地崛起,成为一条"异邦土地上的一条东——方——龙"。又如梁以平的《包厘街》:

> 流浪汉枕着包厘街/整整睡了一百年/流浪汉横跨在包厘街/野尿撒足了一百年/……终于,昏沉沉的包厘街/借孔子傲岸的铜像/抬起了崭新而古老的头颅/中国书法在招牌森林中/龙腾虎跃,把英文挤到角落/精明的犹太人且战且退/那小圆帽晃着一半敬佩,一半无奈/中国人把包厘街装点成一条辉煌无比的金龙/包厘街,一条东方的金龙

诗人通过在美国的华人创业地——包厘街今昔的对比,即昔日"昏沉沉的"包厘街与今日"辉煌无比"的"东方金龙"的对比,再现了昔日华人在异乡的流浪生活,更表达了对今日华人同胞落地生根后的创业开拓精神的赞赏。昔日杂乱的包厘街变成了用"孔子傲岸的铜像""龙腾虎跃"的"中国书法"装点而成的他们祖辈故乡一样的生活家园。诗人通过理性的对比,展示了华人在落地生根之地的发展景象并将自己客观有节制的抒情隐藏于诗中。

落地生根式的乡愁呈现出诗人冷静和理性的态势,它涉及的一般是普遍的人生经验和人类共同面临的问题。它标志着北美华人诗人的乡愁式的想象模式已从早期的宣泄型书写转入平静而深刻的对人性的体认。

信仰式。北美华人诗歌中的另一种想象是信仰式想象,它大致可分为两大类型:个人人生信仰与社会理想信仰。

个人人生信仰式想象往往通过记忆或联想中的中国人象和物象表现自己对生命的珍视、关爱和对个性与自由的尊崇。

第一,对生命的珍视和关爱。具体体现为对一切生命的关心和欣赏,尊重生命的生存意志。我国的儒家主张"天人合一""仁民爱物",讲究"仁"和"义";道家提倡"物无贵贱"、万物平等、尊重生命,以一种"万物有灵"的平和的心态一视同仁地对待各种生命,尊重自然界的多样性和差异性。这些传统信仰在北美华人诗歌中有很好的继承和体现。北美

华人诗人以审美的态度观照世界，追求人物与环境的自然和谐共存。如叶维廉的《赋格之一》：

> 北风，我还能忍受这一年吗？／冷街上，墙上，烦忧摇窗而至／带来边城的故事；呵气无常的大地／草木的耐性，山岩的沉默，投下了／胡马的长嘶；／烽火扰乱了／凌驾知识的事物。雪的洁白／教堂与皇宫的宏丽，神祇的丑事／穿梭于时代之间，歌曰：／月将升／日将沉／快，快，不要在阳光下散步，你忘记了／龙　的神谕吗？只怕再从西轩的／梧桐落下这些高耸的建筑之中，昨日／我在河畔，在激激水声／冥冥蒲苇之旁似乎还遇见／群鸦啄衔一个漂浮的生命：／往哪儿去了？北风带着狗吠弯过陋巷／诗人都已死去，孤仙再现／独眼的人还在吗？／北风狂号着，冷街上，尘埃中我依稀／认出这是驰向故国的公车／儿筵和温酒以高傲的姿态／邀我仰观群星：花的杂感／与神话的企图——／我们且看风景去

这首诗通过对中国历史的追溯，以"我"对生命、历史、宇宙的感恩为各部分的连接点，在曲调的演化过程中以叠映的意象群表达了处身于宇宙历史氛围中的主体生命的困惑，抒发了诗人抖落烦忧、纷争、阴冷而追求自我生命个体回归故国自然的强烈感情追求，表现出强烈的历史感和饱含忧愤的社会良知感，体现了亦儒亦道的自然观。叶维廉这样解说道："物既客亦主，我既主亦客。彼此能自由换位"[①]，依着万物"各自内在的枢机、内在的生命明澈地显现；认同万物也可以说是怀抱万物，所以有一种独特的和谐与亲切，使它们保持本来的姿势、势态、形现、演化"[②]。又如洛夫的《夜宿寒山寺》：

> 晚钟敲过了／月亮落在／枫桥荒凉的梦里／我把船泊在／唐诗中那个烟雨蒙眬的埠头／夜半了／我在寺钟懒散的回声中／上了床，怀中／抱着一块石头呼呼入睡／石头里藏有一把火／鼾声中冒出烧烤的焦味／当时我实在难以理解／抱着石头又如何完成涅槃的程序／色与空／不是选择

---

① 叶维廉：《比较诗学》，东大图书公司 1983 年版，第 106 页。
② 同上书，第 107 页。

题又是什么／于是翻过身子／开始想一些悲苦的事／石头以外的事／清晨，和尚在打扫院子／木鱼夺夺声里／石头渐渐溶化／我抹去一脸的泪水／天，就这么亮了

这是诗人运用通感写出的具有独特意境之作。诗人以感官感受自然物时产生种种错觉，"月亮落在枫桥荒凉的梦里"，"船泊在唐诗中那个烟雨蒙胧的埠头"，"石头里藏有一把火"，"鼾声中冒出烧烤的焦味"，种种错觉交织在一起，构成了"万物有灵"的主观情感，折射出了诗人的心绪。最后诗人恍惚于木鱼声中，心与石头一样渐渐溶化，最终沉浸于道家的空灵寂寥的彻悟之中，"天，就这么亮了"，人也彻悟过来了。石头的描述来自诗人的主观想象，它是饱蕴生命意趣的意象，它的溶化是诗人内在情致的外化。类似的还有王性初、郑愁予、叶维廉、程步奎等诗人的诗作，他们的作品包含着深厚的宗教情结。郑愁予的《衣钵》《度牒与梵音》《谈禅与微雨》，书写了自己的人生和艺术追求，正如他自己说的："对生命的悲悯，加之对大自然'仁和'的体念，使我的'山水诗''爱情诗'以及'咏怀诗'，在迥异的艺术形式背后，却沉潜着一个由同一气质蕴成的内层世界。"① 程步奎的《有泪不轻弹》《招魂》等，既体现了融入世界的责任意识，也表现了崇尚自然的恬淡之意。

第二，对个性与自由的尊崇。马克思、恩格斯指出：自由，就是"通过人并且为了人而对人的本质的真正占有"，就是"人向作为社会的人即合乎人的本性的人的自身的复归"②，"信仰是一种自由……自由和信仰是同一的"③。个人信仰也就是人的真正自由的实现、真正人性的复归。北美华文诗歌通过各种方式展现了对个性与自由的追求。

对理想家园的虚构。如玛丽琳·陈（Marylin Chin，陈美玲）的《风去台空》：

穿过庭院，／走出桑树林，／路过菩提树，香炉里余烟袅袅。／……／

---

① 郑愁予：《郑愁予诗的自选》，生活·读书·新知三联书店出版社 2000 年版，第 3 页。

② 马克思、恩格斯：《1844 年经济学—哲学手稿》，人民出版社 1979 年版，第 73 页。

③ ［德］蒂利希：《信仰是什么》，胡景钟编，《西方宗教哲学文选》，上海人民出版社 2002 年版，第 414 页。

不要踏坏他们种下的蝴蝶花。/在满布岩石的花园里，/满地的大石板/抚摸着我的脚，轻轻地亲吻。

玛丽琳·陈通过记忆、想象对理想家园进行了建构。爱德华·萨义德说过，"虚构的地理和历史"可以让"'遥远的'和'眼前的'差别更加戏剧化，从而增强自我意识"[1]。玛丽琳·陈曾在马萨诸塞大学主修中国文学，中国诗歌和哲学的影响经常体现在她的诗歌中。《风去台空》阐释和演绎着道家逍遥自在的人生哲学和儒家"乐亦在其中"的生活信念，虚构的家园中有"桑树""菩提树"等各种林木，种满着各种奇花异草，虚构的石板亲吻着她的脚，抚慰着她的躯体，这是一种"采菊东篱下，悠然见南山"桃花源式的平静和谐、理想化了的生活情景。诗中融合着儒家追求的和谐之美和道家崇尚的自然恬淡、静谧空灵、追求理想人格之个体精神，隐藏着中华民族所不断寻求的心理平衡。这样，诗人通过想象中的"家园"来重塑故国的文化和社会形象，试图寻找实现自己人生价值的理想生活模式，从文化边缘人的角度为华裔群体"增强个性意识"。

寄物抒情，即借自然物来表现自己的个性品格和对精神境界的追求。如彭邦桢的《咏松》写道：

"振衣高冈，仰观一株虬松怎样拔地而起/立任巉岩，处依幽壑，即使在冰天雪令之时，苍劲依然神逸，仿佛愈寒犹愈觉风仪清爽，不屈时序的变易"。《颂竹》写道："当风栉竹，竹愈潇洒；当雨沐竹，竹愈青绿。当烟熏露浸，竹愈清华；当云封霜栖，竹愈翘楚"。《题梅》："当岁近腊来，梅花就趁雪而盛开。梅在雪里凛冰肌玉骨，韵胜色庄；而雪也因梅琢玉叶银枝，骋美驰芳"

这几首诗通过中国古代文人喜爱的"岁寒三友"（坚韧不拔的青松、挺拔多姿的翠竹、傲雪报春的冬梅）重塑中国文化和社会形象，表现诗人对卓尔不群、超凡脱俗的个性和品格的追求。

社会理想信仰式。法国思想家雷蒙·阿隆将社会理想信仰定义为：

---

[1]　Edward Said, *Orientalism*, London：Routledge & Kegan Paul, 1978, p. 55.

"一般社会成员共有的信仰和情感的总合①。"我们这里所说的社会理想信仰，指的是特定民族或社会民众的一种共同信仰和情感，即特定民族或社会民众对自身所置身于其中的社会发展之前景的向往与关怀。在物质文明发达的北美，人们疯狂地追逐物质，缺乏对精神世界的建设，中华文化的智慧正好是最合适的补充。"天人合一"的文化理想认同人与自然、内在自我与外在万物的和谐融合，以求达到世界和谐共生的完满境界。诗人洛夫说，"我从事现代诗创作二十多年后，渐渐发现中国古典诗中蕴含的东方智慧（如老庄与禅宗思维）、人文精神、生命境界以及中华文化中的特有情趣，都是现代诗中较为缺乏的，我个人日后所追求的正是为了弥补这种内在的缺陷"②。在北美华文诗歌中，社会信仰主要表现为对民族命运的关怀。如郑愁予《在温暖的土壤上跪出两个窝》（节选）：

> 跪下，在温暖的土壤上／与红彤彤的落日面对面地／跪着／／双膝陷入松软而／膏沃的大地里／这么香馥馥的／油浸的麦糕一样的／黑土啊／我捧起一捧／紧握／象在梦里握住／远方亲人的手／面对这／饱满的落日／它正落／向我贫瘠的／乡国呢／／盼望啊／乡国的土壤有一天／也这么地／连天越野地／肥沃起来／也这么温暖地／让我／跪着／热度从双膝传上／喉结，传上／眼穴／蒸得泪水也是暖暖的

这首诗通过北美"松软而膏沃的大地""香馥馥的油浸的麦糕一样的黑土"与中国"乡国的贫瘠"的对比，表达了诗人的殷切"盼望"——"乡国的土壤也这么连天越野地肥沃起来"，能让诗人温暖地跪着。而乡国要富裕发达，华夏民族就必须勤奋努力。李宗伦的长诗《中国，请听我说》通过回想中国的山山水水、塞北江南的一草一木，尽情地表达了"心念中国"，为民族兴旺昌盛而生死的强烈愿望："火柴为了光，油灯为了夜／我为神圣的您而生死／请听我说啊，中国啊。"约翰·姚的《中国回旋曲》淋漓尽致地表达了身处物质文明高度发达的北美华人对中国的悠远倾唱，"就象河，对得起它的长袍／就像山，配得起它的傲慢"。作为炎黄子孙，怎样才能对得起华夏的长袍，怎样才能配得上华夏民族骄傲的图腾？约

---

① ［法］雷蒙·阿隆：《社会学主要思潮》，葛智强译，华夏出版社 2000 年版，第 216 页。
② 《诗探索》编辑部：《洛夫访谈录》，《诗探索》2002 年第 1—2 辑。

翰·姚对所有的北美华人提出了既要以自己切实的行动在建设华夏民族物质文明，也要依靠骨子里的华夏之血建设精神文明世界的要求。石村的《存在与雾的传说》《长城》《唐人》用散文化的语言通过对故国中历史人物（行吟者）和名胜古迹（长城）的怀旧、思念、联想、审视，书写了游子崇高的民族感情，表达了对民族命运的关怀。

北美华人诗人将个人的生存记忆与时代相结合，将包括从乡音到山川、往事的故国乡土与现实中的北美融合在一起。作品中呈现出的对民族命运的关怀，获得了对人性思考的广度和深度。

二　生态伦理想象的话语组织策略

北美华人在书写中国生态伦理想象模式时采取了不同的表述，即不同的话语组织策略。大致有再现、类比、创造三种书写策略①。

首先是再现策略。在《从文本到行动》一书中，保尔·利科将休谟把想象物归诸于感知的理论命名为"再现式想象"②。再现式想象是将存留于记忆中的感知表象的再现，也就是将个人的已有经验进行加工改造建构的过程。北美华人在血缘、历史和文化上，与华夏民族紧密相连。他们记忆中故国的土地之风物人情以及与之相关的意象群，如长江、黄河、长城、土地、唐人街等，成为他们构建中国形象模式的凭借，以及传递文化乡愁和情感的对象。如右村的《长城》："已归去久远的/偏偏依存了此刻/匆匆而来的游子心/踏着青砖的凹陷/步履中又忆念起遥远的残堡/在风的荒原/那坚固了几千年的江山/铿锵中固执的信念……"诗人以典型化的具象"青砖的凹陷""遥远的残堡""风的荒原"将长城连在一起，对矗立在民族历史之上的长城进行现实审视（"铿锵中固执的信念"）与历史观照（"几千年的江山"），表达了诗人的一种"匆匆而来的游子心"和民族认同情感。作者的另一首诗《唐人》，通过对不能回避的"身份"（唐人）的觉悟和"吃"的回忆，进行了快乐的遐想："吃着泡菜而来/那咸咸的滋味……年年的夏季，家乡屋前的晒谷场/夕阳里我们是坐在竹林

---

① 三种想象方式的分类，采用了赵小琪教授在本书第一章中的说法。

② ［法］保尔·利科：《在话语和行动中的想象》，孟华译，载于孟华编《比较文学形象学》，北京大学出版社 2001 年版，第 43 页。

边的/喝着/吃着/用景德镇的瓷碗/盛着的稀饭/以目送落西天的红日/那时节，孩子们总爱说：我们在吃着咸蛋呢！"这些回忆和遐想通过记忆中诱人的细节"晒谷场""夕阳""竹林"和一系列的行为的回忆，呈现出了一种质朴的人与自然和谐相处的景象。类似的再现式意象有郑愁予的《乡音》中的"小客栈"、温暖的"铜火盆"，韩牧的《铜竹筒——博物馆中见先侨遗物》中的"铜竹筒"，方旗的《端午》中"古时的衣裳"、江南河上来回穿梭的"船只"等。诗人们依赖对故国乡土昔日的人与事物的回忆再现，将这些零碎的意象进行了自己独特的艺术加工，将个人记忆与中国历史水乳交融，成功地构造了乡愁式中国生态伦理想象。

同样，对昔日的人与事物的回忆再现，也是诗人表达诗人们心灵中的信仰的凭借。如洛夫的《湖南大雪》（节选）：

> 街衢睡了而路灯醒着/泥土睡了而树根醒着/鸟雀睡了而翅膀醒着/寺庙睡了而钟声醒着/山河睡了而风景醒着/春天睡了而种籽醒着/肢体睡了而血液醒着/书籍睡了而诗句醒着/历史睡了而时间醒着/世界睡了而你我醒着/雪落无声

诗中"街衢与路灯，一暗一明的对比；泥土与树根，一埋一长的包容；鸟雀与翅膀，一停一飞的映衬；寺庙与钟声，一寂一鸣的对抗。还有春天与种籽、肢体与血液、书籍与诗句、历史和时间、世界和你我……都是在主客体之间对抗之后的消融。而这种表达效果撼人心魄，让读者读后余味无穷"。[①] 这是诗人对湖南大雪的体验和回忆。诗人把自己内在情致外化，创造出一种超俗的道家意境。又如秦松的《春雪抒怀》：

> 喜雨过后　一场飞雪/雪飞成花　绽开成春/……我们望着　我们等着/天山的雪莲开上玉山顶/天池的湖心荡起碧潭的浪/兰屿的木兰舟泛游西湖上/三潭映月映进日月潭/岱宗的日出照红了阿里山的云海/草原上的风吹绿了浊水溪/秦岭山脉的松柏/拉着热带森林的手臂/唱出共同的声音　一样的歌/来拥抱我们共同的蓝天/叙叙我们大地的离情/话话家常乘着春雪后之晴朗

---

① 丁纯：《洛夫的无言视界——洛夫〈湖南大雪〉赏析》，《写作》2010 年第 21 期。

　　诗人注重人与自然的和谐关系，以自己对春雪的美好体验和回忆，期待着"唱出共同的声音""一样的歌""拥抱共同的蓝天"。类似的有前面论述过的张耳的《等》，通过童年的记忆将一颗渴望自由、企求无拘无束的纯真天性的心灵淋漓尽致地展现出来，表达了诗人魂牵梦绕的梦想——诗人等待诗的救赎、神性的降临。

　　其次是类比策略。从已知的某个或某些对象具有的特质，经过归纳演绎得出另一个对象类似的性质，即通过对不同事物的关联性、类似性的表象感知而进行思维加工而成的想象，我们称为类比式想象。北美华人运用大量熟知的物象或具象去传递他们的情思和理想。如夏云的《柚子》：

　　　　一枚青黄黄的柚子/静悄悄独立在饭桌的一角/一天、两天、三天/散放的香味/充塞我的每一寸知觉/都是远方的讯息/夹带着风和雨/岛屿和大陆//今天在一片斜阳的日光里/我慢慢剥开一瓣瓣/饱满多汁的柚肉/当酸涩刺戳舌头/馨甜在意念中升起/我细细地咀嚼着/咀嚼着乡愁/一片撕裂的海棠叶子/一首不尽的双重奏/拂不去的辛酸/潸然滴落/滴落在翻开的《少年中国》

　　诗题"柚子"，暗指"游子"，人物合一。诗人通过味蕾感受着柚子的酸涩（"当酸涩刺戳舌头"）与馨甜（"咀嚼着乡愁"），酸涩的是"一片撕裂的海棠叶子/一首不尽的双重奏"，暗指岛屿和大陆的分裂不统一，馨甜的是故国在发展。诗人以一只柚子为缘起，睹物思乡，细味酸甜，情真意切，表达了一种沉重、酸涩而拂不去的乡愁。又如李佩徵的《井水》：

　　　　故乡的一口井/甘美的地底泉水/澄明如镜，冷冽如冰/取用不尽的甘泉啊//一别数十年/这井水仍在我的舌尖/留有甘美的余味//当我梦回少年时/在炎热的夏日/啜饮着井默凉/啊，有情味的水啊/我的发丝都快斑白了//走遍太平洋和大西洋之滨/却找不到如你美味的泉流/到今天我才尝到人生滋味/莫如饮我故乡井中故乡水。

　　滋润了祖祖辈辈生生息息之故乡的"井"，是作者的精神慰藉和寄

托，象征着作者取之不竭的生命源泉。类似的有前面提及过的彭邦桢的
《咏松》《颂竹》《题梅》等，以中国特有的物象"岁寒三友"来比喻华
人移民的玉洁冰清、傲霜立雪的高尚品格和旺盛生命力。

　　最后策略是创造性书写。在《从文本到行动》一书中，保尔·利科
将萨特那种认为想象物"基本上根据缺席和不在场来构思"的理论命名
为"创造性想象"①。创造式想象是创作者按照自己的意图或取向让事物
表象发生极大的变异（因为即使是再现式中国形象也具有变异性）或与
新的事物进行融汇。北美华人生活在两种文化、两个世界之间。他们的跨
域写作，具有一种"间性"的审思性质。在时间上，华人诗人可以游走
于历史与现实的生态性之间；在空间上，华人诗人可以交错于原乡与异
乡的生态空间之间。这样的书写具有混融性，它融合传统的、中国的因
子和现代的、西方的因子于一体，使许多诗歌中的中国形象混融了中国
与西方文化特质而变异成为一种现代性的中国形象。如彭邦桢的《月之
故乡》：

　　　　"天上一个月亮／水里一个月亮／／天上的月亮在水里／水里的月亮
　　在天上／／低头看水里／抬头看天上／看月亮／思故乡／一个在水里／一个
　　在天上"。

　　诗人模仿唐代诗人李白的《静夜思》的表层结构和意境。两者都抓
住一个中心意象——月亮，通过想象表现了诗人浓浓的乡愁情思。但李白
的诗更多地表现的是诗人在自己国内的流浪生活和传统的思想感情。而彭
邦桢的诗表达的是身居美国纽约的诗人在西方圣诞之夜这个"每逢佳节
倍思亲"时刻的情思：自己栖身异乡——美国，思念自己那可望而不可
即的故乡——中国。诗中的乡愁，是一种孤悬海外多年、欲归不得的当代
海外华人共同而独特的情愫。因而，彭邦桢这首诗在保留李白诗歌的原来
的表层结构的基础上，对原有的语言结构作了现代式的重新书写，对原有
的内容进行了现代性的扩容，蕴含离散于世界的现代人的焦虑感、强烈的
失落感和流亡意识，具有李白诗歌所欠缺的世界性和现代性，从而既发扬

①　［法］保尔·利科：《在话语和行动中的想象》，孟华译，载孟华编《比较文学形象学》，
北京大学出版社 2001 年版，第 43 页。

也更新了中国的传统。

诗歌的现代精神结构在于感性与理性的和谐平衡。台湾诗人余光中谈到诗歌的现代精神结构说："诗人的热情，主要是感性和知性的成熟，以及两者的适度融和。"① 过分纵情往往易于滥情，过分理智又往往压抑情感的抒发。同是写代表着中国形象"长城"的题材，国内和海外的诗人的手法就不同。国内诗人有的对长城作为军事工程的物理意义或精神图腾的超物理意义进行咏叹，如"千秋遗胜迹，万国发惊叹"（万立丰《临江仙　登八达岭长城》）。有的对修筑长城工程的人力浪费进行批判，如"一叫长城万仞摧，杞梁遗骨逐妻回"（汪遵《杞梁墓》）。而身处海外的华人如石村、郑愁予对长城的咏叹则不同。石村的《长城》通过典型化的手法的引入，驰骋想象，来回转换于历史与现实层面之间对故国长城进行戏剧性的审视，既饱含中国传统的激情，也有西方现代主义的知性，表达出一位游子对故土的文明与发展寄予的厚望："那坚固了几千年的江山／铿锵中固执的信念"，寄予了诗人深厚的故国之爱。同石村一样，郑愁予的《苦力长城》运用了丰富的想象，将整首诗戏剧化，把长城比作"一个担着群山从地平线上彳亍走来"的担夫，经历大风、冻雪、流沙时偶尔歇下担子躺在如毡的雪上休息，还得艰难地前行，"长城——／躺在毡上的苦力／明天仍挑同样的担子"。诗人运用形象化的语言对苦难的故国进行了一次理性的审视，书写了艰难行进中的现代中国形象，表达了作者对故国发展的关注。这两位诗人的心路，已经脱离自我个体性而具有海外华人群体性，他们对故国形象的重塑已经超越了自我情感的层面而进入理性的层面。从他们的诗歌中，我们可以感受到感性和知性"两者的适度融和"、传统与现代的融合，可以感受到这是将西方现代主义思潮的一些有益因子植入并优化中国传统文学的结果。

北美华人笔下的中国生态伦理想象是他们的人生与情思、感性与知性的展示，同时成就着北美华人诗人及其作品。在以人类中心主义和科技理性为价值尺度、在人与自然的关系上强调了主客二分、天人相对的价值取向的西方世界，世界的和谐关系遭到严重干扰和破坏。人们执着追逐着物质文明，对自然加以无情地豪夺巧取，自然环境、生态平衡系统遭到了严重破坏。与此相联系，人自身日渐感到孤独、焦虑与困惑，人与人之间的

---

① 余光中：《余光中选集》（第三卷），安徽教育出版社 1999 年版，第 18 页。

关系也随之冷漠、陌生，缺乏信任、关怀和温情，变得更加难以沟通和理解；人与自然处于对立状态。而以真、善、美相统一的天人合一的中国生态伦理思想正好可以补充西方科学理性的不足，它认同人与自然、内在自我与外在万物的和谐融合，以求达到与万物同情、与天地共流的完满境界，因而是重建人与自然和谐统一关系的不竭的思想源泉。

第三节 中华民族的想象

科林伍德说过："对于我们认识围绕我们的世界来说，想象是一种'不可或缺的功能。'"① 也就是说，想象是人类认识世界最基本的手段之一。北美华文诗歌的华族想象就是北美华人作家通过中西族裔文化的比较和参照而展开的。这些想象不仅历史化地书写着北美华人漂泊于北美的生命经验和内心情感，还言说着北美华人对华族历史和现实境遇的认知；不仅表征着华族命运的变迁和华裔历史文化进程，还寄寓了想象主体对华裔与世界各个族裔包括北美族裔关系的焦虑和期盼及想象主体的身份文化认同的深层诉求。下面，我们将从文化濡化、文化疏离和文化播化视角来考察北美华文诗歌中的华族想象，希望有助于对北美华文诗歌的华族想象的深入认识。

一 文化濡化：对忧国乐生的民族认同

文化濡化（enculturation）这个概念是美国人类学家赫斯科维茨（M. J. Herskervits）在 1948 年出版的《人及其工作》一书中首次使用的。文化濡化被界说为"人类个体适应其文化并学会完成适合其身份与角色的行为的过程"②。一种文化在一个群体内部代代相传，通过固化、沉淀和逐渐积累，渗透于该群体成员观念并记存于该群体的行为之中。群体内部

---

① ［英］罗宾·乔治·科林伍德：《艺术原理》，王至元、陈华中译，中国社会科学出版社 1985 年版，第 198 页。

② Charles Winick, *Dictionary of Anthropology*, Totowa, NJ: Rowman & Allanheld, 1984, p. 185.

都有一个受到该文化传承的机制过程，即文化复制过程，称为文化濡化①。中华民族是个多民族逐渐融合而成的实体。起初，中华各民族虽然逐渐得到发展，彼此之间联系成了一体，但缺乏自觉的一致性认同。后来由于清朝政府的闭关锁国、西方列强的入侵，形成了中国与西方列强的对抗，经过孙中山、陈独秀等仁人志士发起的现代民族运动，中华民族由一个自在的民族实体逐渐形成为一个自觉的民族实体。著名社会学家、人类学家、民族学家费孝通对此作出过精辟的概括："中华民族作为一个自觉的民族实体，是在近百年来中国和西方列强的对抗中出现的，但作为一个自在的民族实体，则是在几千年的历史过程中形成的。"② 移居北美的华人，因心理上和地理上的失落和错置，常常处于"无根"和"漂泊离散"的状态。"在地理上，'永远背井离乡'，不管走到天涯海角，都'一直与环境冲突'，成为'格格不入''非我族类'的外来者；在心理上，'对于过去'难以释怀，对于现在和未来满怀悲苦。"③ 在这样的境遇下，北美华人诗人思考着自己的命运，并将个人命运的思考直接与整个中国、全体华族的生存困境相牵系。一般说来，他们对华族的想象，主要来源于三种：一是祖先、母体文化渗透的集体记忆，如祖辈的言传身教、影视书籍字画媒体的传播；二是个体记忆，如童年时对华族的了解、进入社会后的族裔交往及受教育过程中的观察；三是通过移民生存和现实境遇所引发对本族族裔的虚构想象。饶芃子教授说："他们在域外用汉语写作是一种精神寄托，有时也是一种文化理想的追求，在外在宇宙情怀与流放心境超越时空的位置，是民族的集体悲剧与个人悲剧经验的结合，是人与自然、人与社会、人与自己的人生感受。"④

诗人将他们感受、观察到的东西通过心灵整合外化成自己心仪的表象符号——诗歌，书写着他们对华族的想象。

忧国忧民是中华民族几千年来承袭下来的一个优良传统。从战国时期屈原的"长太息以掩涕兮，哀民生之多艰"（《离骚》），到宋代陆游的"位卑未敢忘忧国"（《病起书怀》）和范仲淹的"先天下之忧而忧，后天

---

① 韦森：《文化与制序》，上海人民出版社 2003 年版，第 79 页。

② 费孝通等著：《中华民族多元一体格局》，中央民族学院出版社 1989 年版，第 1 页。

③ 转引自单德兴《流亡·回忆·再现》导读，载《赛义德回忆录——格格不入》，生活·读书·新知三联书店 2005 年版，第 12 页。

④ 饶芃子：《给海外华文文学一颗奔腾的心》，《世界华文文学论坛》2000 年第 1 期。

下之乐而乐"（《岳阳楼记》），再到清代维新派麦孟华的"天下兴亡，匹夫有责"（《论中国之存亡决定于今日》），直至现代毛泽东心忧天下时发出的疾呼"问苍茫大地，谁主沉浮？"（《沁园春·长沙》）民族兴旺、富国安邦自古以来一直是中国人追逐的"中国梦"。这个梦也深深烙在海外华人的潜意识里。北美华人在异域对个人命运的思考，总是直接与整个中国、全体华族的生存境遇相牵系着。他们秉承着中华民族的忧国忧民观念，表达着华人移民对整个华族命运的忧思。如《木屋拘囚序》：

　　尝思啮雪餐毡，苏武守汉朝之节；卧薪尝胆，越王报吴国之仇。古人坎苛屡遇，前辈艰辛备尝。卒克著名于史册，振威于蛮夷，以解衷怀之忧，而慰毕生之愿也。独我等时运不济，命途多舛。蓬飘外国，永遭美里之囚。离别故乡，须洒穷途之泪。躬到美域，徒观海水之汪洋；船泊码头，转拨埃仑之孤岛。离埠十里，托足孤峰。三层木屋，坚如万里长城；几扃监牢，长扃北门锁钥。同胞数百，难期漏网之鱼；黄种半千，恍如密罗之雀。有时举头而眺，胡笳互动，益增惆怅之怨；或者倾耳而听，牧马悲鸣，信觉无聊之想。日餐酱酪，步颜子之箪瓢；夜盖单毡，同闵骞之芦服。朝则盥濯，尽是鹹潮；时而饮滋，无非浊水。矧遐荒新辟，水土欠和，饮焉而咳嗽者甚繁，啜焉而喉痛者不少。病端百出，苦楚难云。间有偶触胡怒，拳脚交加。忽起狼心，弹炸向指，人数目算，秦王之点兵尚存；戎马重围，韩信之妙计犹在。兄弟莫通一语，远隔关山；亲朋欲慰寸衷，相离天壤。处此世间，欲吁天而天无闻，入此室也，欲叫地而地不应。且也树木阴翳于囚外，百鸟悲啼；云霞垂覆于山前，千兽骇走。正所谓与木石居，与鹿豕游者矣。嗟！嗟！触景生情，荒凉满目，愁难遣此，命也何如？尤有惨者，诊脉几回，无病宛然有病；脸阴数次，裹身一若裸身。借问犬戎，夫何使我至极？哀哉吾辈，然亦无如之何。虽削南山之竹，写不尽牢骚之词；竭东海之波，流不净惭愧之状。或者曰狄庭行酒，晋愍不辞青衣之羞。汉军降奴，李陵曾作椎心之诉。古人尚如此，今人独不忍乎？夫事穷势迫，亦复何言？藏器待时，徒空想像。呜呼！白种强权，黄魂受惨。叱丧家之狗，强入牢笼，追入笠之豚，严加锁钥。魂消雪窖，真牛马之不如。泪洒冰天，洵禽鸟之不若也。但我躬既窜海曲，性品悦看报章。称说旧乡故土，豆剖瓜分，哀怜举国斯文，狼吞虎咽。（中略）将见四百兆之华民，重为数国之奴隶；五千年历史，化为印度之危亡。良可慨也，尚忍言哉？

　　该诗序将古人如苏武、越王历尽坎坷与艰辛最终重振国威、扬名史册的历史典故与华人移民受困于木屋的悲惨遭遇相对比，表达了被关押者的怨愤和对民族的危亡局势的时刻关注与感慨。"尚忍言哉？"这是告诫北美华人，不要只说不行动。这里，作者一方面表明赴美华人的受辱与祖国积贫积弱有关；另一方面暗自许下不愿为奴而发愤振作以洗受辱之耻的决心。

　　早期的海外华人曾积极地投入拯救整个华族命运的大潮中。一是通过诗歌向世人传播中国革命的信息，如"义师一举起，社稷转民基，各省高举共和旗"（《光复山河成一统歌》之三）、"胡尘尽扫化飞灰，得胜旌旗齐奏凯"（《光复山河成一统歌》之六）。二是书写表达华族复兴的坚定信心，以支持中国革命运动，如"万望革军成功后，维持祖国矿务通。造多战舰来美境，灭尽白人誓不休"，"为口奔驰须忍辱，咬牙秉笔录情由。同胞发达回唐日，再整战舰伐美洲。特劝同胞不可忧，虽然被困在木楼。他日中华兴转后，擅用炸弹灭美洲"等，通过诗歌想象"伐美洲""灭美洲"的跨海之战，以回敬北美白人任意欺凌华人的罪恶行径。

　　海外华人往往将自己的命运与整个中华民族的强盛紧密连在一起，书写着对整个中华民族命运的关注。如非马的《长城》："文明与/野蛮的争斗/何其激烈/你看这长城/蜿蜒起伏/无休无止。"作者直抵长城的物质表象，通过历史遗迹的描绘揭示中华民族的忧患意识和自我保护意识。同样的有施雨的《我的江南》："流落江湖以后/不再记得楚河流向何方/漂洋过海的卒子/眉宇间依然写着烽火/硝烟可以散成碎片/沉舟　残梦　火龙纹身/女巫圆形的手势/哪里锁得住梦里的图腾/……"诗歌描写流落漂泊的游子对战争苦难而战火纷飞的故国命运的关注。再如施雨的《我的江南》："把/一个苦难/两个苦难/百十个苦难/亿万个苦难/一股脑儿倾入/这古老的河/让它浑浊/让它泛滥/让它在午夜与黎明间辽阔的枕面版图上/改道又改道/改道又改道。"黄河上千次的决口、泛滥，数十次的改道，有多少中华儿女必须与它搏斗、抗争？诗人一方面表明对中华民族面临的黄河决口、泛滥、改道的忧患；另一方面表达了把所有百姓的苦难都倾倒入滚滚黄河流走的强烈愿望。

　　又如诗人老南的《赤心曲》表达了一种在繁华的异域都市中对民族之根的留恋与坚守：

　　　　不！我还不是美国公民
　　　　在这里，我只是个暂住的客人
　　　　我无缘在星条旗下举手宣誓
　　　　为效忠美利坚，献出我的心
　　　　也许是我头脑太呆太笨
　　　　磨了五年，也不懂几句英文
　　　　或者因我尝不惯汉堡包的味道
　　　　只留恋白米饭和面条的清香

　　　　加州，四季如春的土地哟
　　　　你多像我锦绣江南，满眼绿茵
　　　　有鲜花和小鸟，洁白的风帆
　　　　也有夕阳染红的漫天云锦
　　　　难怪各国新移民蜂拥而来
　　　　像希望之树，在此深深扎根
　　　　啊，你果真有如此旷世的魅力
　　　　为什么，未能紧攫我游子的心魂

　　　　是的。我不是美国公民
　　　　在这里，我只是个旅居的外宾
　　　　黄河和长江还流着我的恋歌
　　　　地球那边，有我慈爱的母亲
　　　　尘封祖屋未忘我临世的初啼
　　　　故乡小路深藏我童年的脚印
　　　　那松柏常青的小山路哟
　　　　犹存着我历代先祖丘坟……

　　　　今天，虽然我多么愉快和幸运
　　　　却未忘记自己是炎黄子孙

　　我的弟兄们正在中国挥汗创业
　　每个捷报都把游子的心牵引
　　我把护照紧揣在怀里
　　（那是母亲留给儿子一方头巾）
　　抚着它，一首心曲从笔尖流出
　　从今夜，直唱到明日的清晨

　　作者通过对白米饭、面条、长江、黄河、童年故乡小路、先祖丘坟的怀念及对故国炎黄子孙挥汗创业的热情歌颂，表达了身处异国的中华游子不为异国优美的环境所动而心怀故国的一片赤诚之心。这首新诗虽是典型的寻根诗，但也表达了对中华民族建设家园的关注。

　　中华民族既是一个忧国忧民的民族，也是一个重生、乐生、恋生的民族。乐观豁达是中华民族张扬生命意识的生动写照。由儒家"未知生，焉知死"的理智与"敬鬼神而远之"的清醒，到老庄的《道德经》《庄子》及屈原的《天问》，人们一直对人类生命与宇宙问题进行种种探索，对人生有着不同的感悟。中华民族千百年来总结下来的生存经验之一——乐观豁达的心态，在北美华文诗歌得到了延续。

　　石村的《唐人》："吃着泡菜而来/那咸咸的滋味/……/年年的夏季，家乡屋前的晒谷场/夕阳里我们是坐在竹林边的/喝着/用景德镇的瓷碗/盛着的稀饭/以目送落西天的红日/那时节，孩子们总爱说：我们/在吃着咸蛋呢！/……"这些回忆和遐想通过记忆中诱人的细节"晒谷场""夕阳""竹林"和一系列的行为的回忆，呈现华族（唐人）自给自足的乐观的生活场景。类似的有方旗的《端午》中"江南的每条河上都有船只/各自向上游或下游寻去/呼唤魂随水散的故人"诗句，一方面表达中华民族对屈原投水汨罗江的遗憾和追思；另一方面表达对屈原的仰慕之情。再如非马的《烟囱》："在摇摇欲灭的/灯火前/猛吸烟斗的/老头//只想/再吐一个/完整的/烟圈/"，"在摇摇欲灭的灯火前"，还想再吐一个完整的烟圈，那是重生乐生的象征表现。

　　在海外身处困境或心情郁闷时，华人总是可以找到办法排解困难和心中的忧愁，这可以说是中华民族重生、乐生的民族性格在海外华族身上的传承再现。如韩牧的《铜竹筒——博物馆中见先侨遗物》："怎样去排解/无法排解的乡愁呢？/吸几口烟吧//来自中国南方的烟具/习惯了家乡的烟具：/大竹筒/……/一吸一呼之间/他见到了家乡的烟囱/厨房在煮饭的妻子"，诗人由中国南方百姓独特的吸烟具——大竹筒吐出的烟雾联想到家乡的烟囱，以排解海外华族移民浓浓的思乡愁绪。

整个华族群体的兴旺发达是北美华人客观条件与主观精神的依附，正因为如此，北美华人不可避免地有时会通过文学等各种方式将对华族的认知、生存境况和期待传递出来，以获取足够的精神支撑力量。

二 文化疏离：对封闭、落后的族裔的批判

文化疏离（cultural estrangement）是文化认同的倒置，是对原有文化产生认同上的茫然感、疑虑感。一种文化长期的凝固、自我循环复制，一个社会缓慢的进步，发展受到抵制、延宕和制约，该文化群体在外界群体先进文化的影响下会产生对自身文化的陌生感、失望感、厌弃感，或直接逃离自己族群而生活于别的族群文化之中。这些行为就是对自身族群文化的疏离。这种疏离主要表现在情感上和理性上。情感上的文化疏离主要表现为由于对自己的族裔文化传统的熟知和接触而自己的情感态度则始终对文化母国保持一种非亲非离的隔膜，有时还不得不中断并失去了故国的亲情、友情、爱情等情感联系；理性上的文化疏离主要表现为价值观发生位移，对自身族裔文化不是亲近而是持分析、批判态度。如白先勇的《台北人》描摹了台北人生活的悲哀，聂华苓的《桑青与桃红》再现了现代中国的沉重历史，陈若曦的《尹县长》对"文化大革命"的历史反思和文化批判等。

鸦片战争以前的中国一向以天朝大国自居，视其他国家皆为藩属或蛮夷之地。鸦片战争的惨败，世界列强的侵略与掠夺，给整个中国的社会造成了严重破坏，中国人才发现自己"器物上感觉不足"，"制度上感觉不足"，"文化根本上感觉不足"[①]，有感于此，国内先进的仁人志士纷纷奔向西方，去异国寻求救国救民之方法。"金山梦"就是其中之一。"金山"首先专指圣弗朗西斯科一地，后来常泛指整个加州，乃至整个美国，由美国最后推及北美。"金山"一词即富足、幸福之意，因而，"金山梦"推

---

① 梁启超：《五十年中国进化概论》，载刘柯编《梁启超史学论著四种》，岳麓书社 1985 年版，第 7 页。

而广之成为美国梦。"美国梦"成为北美华人寻找的新目标。这些寻找"美国梦"的华人疏离了自己的故国群体文化,带有一种被边缘化的焦虑,成为一种无根的漂泊者、边缘人。在《中国人在美国》一书中,华裔学者李玫瑰(Rose Hum Lee)提出"边缘人"概念,描述的就是中国人在北美的困窘境况,"他们夹在两种文化、两个世界之间,受到双重甚至多重的文化冲击,产生认同的焦虑,成为亦此亦彼又非此非彼的边缘人"①。20世纪50年代至70年代於梨华、白先勇、丛甦那一代留学生,经历了两度迫不得已的"放逐",即从大陆到台湾,再从台湾到美国。80年代以后新移民文学的一些作家严歌苓、北岛、施雨、哈金等主动放逐自我。他们的"放逐"使自己失去原来的生活之根、生命之根,成为"边缘人""漂泊者""失根人"。在漂泊、迷惘和失根等状态下,他们通过在新世界的生存经验和漂泊的精神体验,对华族形象进行批评与反思,表达他们对华族的历史与现实深切的理解和关注。

学者张法在其著作《文艺与中国现代性》中说:"鸦片战争是中国史规律与世界史规律的对抗,是中国正常运转几千年的循环论历史观和以西方文化为主潮的进化论历史观的较量,是中国充满生动节律的静态和谐宇宙与西方充满斗争否定精神的动态进化宇宙的碰撞。"② 张法深刻地分析了中国周期性的社会震荡和王朝更替这种静态的封闭性的社会循环模式是中国鸦片战争惨败的原因。梁启超也曾说:"忽穴一精外窥,则集然者皆昔所未睹也;环顾室中,则沈黑积秽,于是对外求索之欲日炽,对内厌弃之情日烈。"③ 因为国贫家弱,闭关锁国,原地踏步,远远落后于西方世界,人们不得不求索于海外。近代外交家、政治家、教育家黄遵宪对美国赞美有加:"吁嗟华盛顿,及今百年矣。自树独立旗,不复受压制。红黄黑白种,一律平等视。人人得自由,万物咸逐利。民智益发扬,国富乃倍蓰。泱泱大国风,闻乐叹观止。"④ 在黄遵宪心目中,美国的形象曾一度近乎完美:富庶年轻的国家,民族独立、种族平等、机会均等、鼓励个人

---

① 朱立立:《在美国想象与中国想象之间》,《文学评论》2006年第6期。

② 张法:《文艺与中国现代性》,湖北教育出版社2002年版,第16页。

③ 梁启超:《清代学术概论》,冯天瑜等编:《中国学术流变论著辑要》,湖北人民出版社1991年版,第429页。

④ 黄遵宪:《纪事》,钱仲联笺注,《人境庐诗草笺注》,上海古籍出版社1981年版,第376—377页。

成功。当华人移居海外之时，他们处于了一个"他者"的环境中，在西方作为参照、比较的前提下，他们可以"通过'他性'，创造一个'非我'来发泄不满和寄托希望"①。由于北美华人疏离本土华族，本土华族相对于他们来说，也成为一个"他者"，他们可以更好地利用故国和异域之间的距离来审视故国华族，进行探索性思考。

首先是在器物方面的不足。北美常被描述成遍地黄金的天堂。相对而言，华人对黄金的追逐，正反衬中华民族物质方面的匮乏落后。对此，黄遵宪有感于此，写下《逐客篇》：

> 华人往美利坚，始于道咸间。初由招工，踵往者多，数至二十万众。土人以争食故，哗然议逐之。光绪六年，合众国乃遣使三人来商定限制华工之约。约成，至八年三月，议员遂藉约设例，禁止华工。感而赋此。
>
> 呜呼民何辜，值此国运剥！轩顼五千年，到今种极弱。鬼蜮实难测，魑魅乃不若。岂谓人非人，竟作异类虐。茫芒六合内，何处足可托？

郑愁予则在《在温暖的土壤上跪出两个窝》中写道："双膝陷入松软而/膏沃的大地里/油浸的麦糕一样的/黑土啊/我捧起一捧/紧握/像在梦里握住/远方亲人的手/面对这/饱满的落日/它正落向/我贫瘠的/乡国呢……"诗人跪在一片温暖而肥沃的黑土地上，突然想起贫瘠的乡国，一方面表达诗人希望贫瘠的乡国也肥沃温暖起来；另一方面说明了因为家贫、国家落后，自己不得不中断并失去了故国的亲情、友情、爱情等情感联系、成为无家可归的倦鸟的原因。

其次是在制度方面的不足。北美被华人想象为自由、学问、财富的天堂，吸引无数的华人移民。第二次世界大战后的冷战期间，由于部分华人对中国政府缺乏信心，对本身族裔文化又缺乏认同感，也中断了与大陆、台湾华族文化的情感联系，成为文化上断根的漂泊者。

这些漂泊者通过对往日经历过的浩劫年代进行书写，试图给后代留下

---

① 乐黛云：《文化类同与文化利用·序言》，载史景迁著《文化类同与文化利用》，北京大学出版社 1997 年版，第 8 页。

深刻的记忆与教训。

对破坏自然的反思。如潘天良的《山林之殃》："山鹰啊/你为何还在徘徊？/难道不知道/你已经无家可归？/这山里的树林/早被我们砍光/用来烧成黑炭/填饱小高炉的腹腔/猕猴啊/为何你还在寻找/那不复存在的乐园？/我们钢铁元帅升帐/早已将你的家园烧毁/青葱翠绿的森林/已经变成焦炭/大跃进谁能阻挡？/鸟儿啊/不必再飞往别的山岭/千里山林都变成秃头/水土流失，风沙入侵/留待后人去对付/可怜的鸟儿呵/恕我只说一声/无奈。"诗人用通俗而幽默的自由体诗句真实地将见证过的"大跃进"、三面红旗以及其他给现实中国造成巨大灾难的谬误现场呈现在人们眼前，鸟儿无家可归、森林被砍、水土流失、风沙入侵等，表达了一种"无奈"的感叹。

对人的生命的残害和人与人之间关系的疏离的反思。潘天良的另一首诗《金牛岭公园有感》："独立山下湖水边/忆往事，心欲碎/忘不了那时日——/友人含冤投湖水……"作者通过对"文化大革命"运动的反思表达了对受到迫害"含冤投湖水"的友人的怀念。

海峡两岸的分离同样也造成人与人之间关系的疏离。如非马的《罗湖车站——返乡组曲之八》："我知道/那不是我的母亲/我的母亲/她老人家在澄海城/十个钟头前我同她含泪道别/但这手挽包袱的老太太/像极了我的母亲/我知道/那不是我的父亲/我的父亲/他老人家在台北市/这两天我要去探望他/但这拄著拐杖的老先生/像极了我的父亲//他们在月台上相遇/彼此看了一眼//果然并不相识/离别了三十多年/我的母亲手挽包袱/在月台上遇到/拄著拐杖的我的父亲/彼此看了一眼/可怜竟相见不相识。"诗歌描绘大陆和台湾隔离造成了两岸间两位老年夫妻相见不相识的痛苦状态。

最后是在文化本质上，华族文化较为自我禁锢，背负着几千年历史负担寸步难行，在改革开放以来才呈现欣欣向荣的局面，令人深思。严歌苓曾说："中国人被凌辱和欺压的史实惊心动魄，触动我反思：对东西方从来就没有停止的冲突和磨砺反思，对中国人伟大的道德和劣处反思。"①北美华文诗歌通过各种途径进行了深思。如郑愁予的《苦力长城》：

---

① 严歌苓：《扶桑》，上海文艺出版社 2002 年版，第 4 页。

晨起　太阳未现
以致天地异样广阔
长城像一个担夫担着群山
从地平线上彳亍走来

风　冻结成树
羊只裂成衰草
孤烟是不传的回响
长城歇下担子不再前进
群山绵连如花边
雪铺如毡
流沙凝固
……
长城——
躺在毡上的苦力
明天仍挑同样的担子。

　　被称为"浪子诗人"的郑愁予，运用了丰富的想象，整首诗将长城拟人化、象征化，把长城比作经历了大风、冻雪、流沙苦难而不得不继续挑担前行的担夫，经历了苦难和担负着重担的长城象征着多灾多难的中华族裔的历史和未来。又如秦松的《鼓楼》："人老了／鼓破了／老年人茶楼上话鼓／年轻人叮叮喳喳／把空茶杯敲鼓一样／敲响／／烈日照旧／偶起红雨／一群群空锤破鼓／楼里楼外／上下左右／摇晃。"鼓楼是我国民族传统文化的代表性象征。中华民族在沉重的鼓声中缓慢度过了几千年。但"人老了／鼓破了"，年轻人不再满足于现状的停滞不前了。这首诗表达了中华民族生存的一种"沉重感"，是对中华民族根性的反思。

　　北美华文诗歌以长城、鼓楼等作为承载物或替代物，揭示了我们民族缓慢前行的生存窘状，触摸了华族之根性的灵魂。

　　对华族的国民劣根性的批判也是北美华文诗歌的一个主题。如非马的《夜上海》："张开大口／把一卡车一卡车／钢筋水泥砂石／猛吞进肚里／辗转反侧／每个心／都在那里／倥倥偬偬营造／比这城市／更高大绮丽的／梦。"《夜上海》是诗人对上海大都会的生活写照，诗句幽默风趣且具有深刻的含义。诗歌将忙忙碌碌的泥土车拟人化，它不知疲倦地辛勤劳作，营造着比浮华的上海更"高大绮丽的梦"。诗人对这些忙碌却迷失自我的名利追逐者进行了形象化的讽刺和批判。

非马的另一部作品《台上台下》同样表现了这一主题。这首诗描写了一个戏子在台上"勾著忠臣孝子的脸"，"在众目睽睽之下／满嘴的仁义道德"，"但在后台"，他却"偷偷捏了／身旁的女戏子一把"，一副"偷鸡摸狗的猥琐模样"。这首诗与其说是在讽刺那个一边戴着人格面具，一边释放着自己的本能欲望的戏子，不如说在反讽那些以人格面具为盾牌，以掩盖其丑陋的本性的人生表演者。

三 文化播化：与其他民族的相互融合

韦森认为，文化播化（cultural diffusion）是一种文化及其内部的某些因子在不同族群、社会或地域之间的传播、沟通与交流以及传播进来的文化因子与既存的文化的融合和整合过程①。任何文化的传播，都是一个文化体系的一系列文化因子的发散和向外传播，而不是文化的整体全部的发散和传播，这种文化体系的部分因子的发散和传播，就是文化播化。文化播化可以通过战争、宗教、商业、迁徙、外交、体育等途径来进行。一种文化在异域的播化，起初往往会受到本土文化的抵制，甚至产生异域文化与本土文化的冲突，经过一段时间的冲突后，异域文化的优秀或可被接纳的因子逐渐对本土文化产生影响而被接纳，与根深蒂固的本土文化产生相互融合，新生出一种非此非彼、即此即彼的文化。例如，佛教的中国化，形成了中国的禅宗；中国古典诗歌在美国的播化，形成了庞德的意象诗派。

事实上，文化是没有优劣之分的。任何一种文化既有长处，也有缺陷。一方面，北美引领着世界科技的潮流，物质高度发达，但缺乏人文关怀，导致人们精神的空虚，此时中华传统文化许多优秀的因子可以被北美文化吸纳以弥补其短处；另一方面，中华文化也可以吸纳北美文化的一些长处，克服自己在一些方面的短处。

身处北美的华人，通过对西方发达的物质文化逐步深入的了解和体

---

① 韦森：《文化与制序》，上海人民出版社 2003 年版，第 79 页。

验，他们清醒地认识到，各个民族的优秀文化可以对话、互补。只有不断加强不同国家、不同族群逐渐的理解和宽容，拓宽人类沟通的渠道，才有益于种族之间、不同文化之间的理解与沟通，有益于人类的相互沟通与相互理解。

北美华族在接触西方先进的物质文化和精神文化的同时，传播着本族的传统文化。他们用包容开放的心态去接纳新的事物，接受并运用西方的"人权""国民""强权""自由""平等""民主"等一些新理念、新观点，反对种族主义，推进种族平等，主张在多元文化的社会里各个族裔和而不同、和谐共处，使原来狭隘的民族主义、爱国主义精神转变为新兴的国族主义、国际主义精神。美国华裔诗人林永得主张人与人之间的和睦相处、个人的自我实现与尊重他人相结合，写下了著名诗歌《中国火锅》："我的美国梦/好像是大火锅/所有不同信念和趣味的人/围坐在一只共同的火锅旁/一双双筷子一把把勺子伸向这里那里/有人煮鱿鱼，有人煮牛肉/有人烫豆腐或者撒水田芥/所有的菜一锅煮/仿佛是炖汤（实际不是）/每个人各取自己爱吃的菜/与这伙融洽的人/只共用锅和火/共享用餐结束时舀起来的汤。"

和谐境界的生成，少不了不同民族的相互交流。改革开放以来，中国取得了令人瞩目的成就。华族以更加自信、包容的姿态，不断加强国际间的交流合作，开拓世界民族共荣共存的局面。在与加拿大人交流时，诗人史兆宽写有《贺中加教育论坛圆满召开》的诗句："此岸飘来彼岸波，中加携手论坛多，交流教育浦江聚，共唱和谐发展歌。"这是一首歌唱和谐发展的颂歌。

和谐境界的生成，少不了不同民族的相互包容、相互理解。非马的《桥》写道："隔着岸/紧密相握//我们根本不知道/也不在乎/是谁/先伸出了/手。"诗歌表达了对民族间友谊的期待：国际间真正友谊的桥梁，建构在爱与被爱中；人与人之间的真正友谊的桥梁，则建构于人的心中。只要互相尊重、互相帮助，远近各国之间的交流就能畅通顺利；只要互相关爱、真诚相待，无论性别、种族、阶级，人与人之间就可以共生共荣。正因为如此，非马钟爱《世界公民之歌》：

　　起来，地球上的人们/为了建设更美好的未来/我们要求现世的权力/健康，正义，尊重，/没有差距，所有的人，我们要求/尊严，我们小孩的教育/女儿及儿子/让我们在全球上行走/自由，平等，且以此为傲/让我们动手，全世界的/公民们！/我们挖掘，我们播种，/让我们共享我们调和的梦/富于许诺的兄弟姐妹们/让我们建立友谊，智慧，和平/我们教导我们的孩子他们的权利/凭着良心，我们接受责任/在东方与西方之间/我们调和观点/让我们承认我们的差异/我们的历史及过去的苦难/我们尊严地活着，在光里站起来/让我们动手，全世界的/公民们！/我们创造，我们行走，/我们培养真诚的愿望/让我们联合在一起走/每块土地上的女人们和男人们/抓牢我们父祖们的希望/从我们的母祖们吸取力量/把武器存入储藏室/哭号及眼泪埋进我们流离/与悲伤的坟场/从过去，我们修补暴行/我们疗治伤害/让我们动手，全世界的/公民们！/我们唱歌，我们跳舞，/我们宣布我们的解放/让我们把天上明亮的星光/带进死亡的阴影里/以对话与友谊/我们培养快乐的祝福/没有划分边境的意愿/既不叫价也不卖奴/我们变得公正而负责/永葆我们的色彩，鲜明/丰富，带着水果味/让我们动手，全世界的/公民们！/我们继续，我们抵抗，/我们把我们从所有压迫中解放/我们把多样性/当成人类的财富/我们以欢快的步伐前进/为了生命之美，我们创造/从北到南从东到西/到处，我们要保护年轻人/不让他们在小时候受损伤/在权威面前，我们永远拒绝/受辱，轻蔑和傲慢/让我们动手，全世界的/公民们！

　　……

　　上面诗歌主张各国在求同存异、合作交流、共利双赢的原则下，寻求相互间的沟通和理解，是对异族交往走向更完美和谐结局的肯定。

　　在文化适应和文化新变的过程中，文化濡化过程使得华族文化和华族精神在北美华族中得以保存、维系和传承，使得北美华族能够共享华族文化和华族精神传统，对华族文化进行亲近和对华族身份进行认同，并产生一种强烈的"民族感情"。文化疏离过程使得北美华人个体处于一种无所归属和意义虚无的边缘人的痛苦境地，从而产生一种身份的焦虑和认同危机。但是，"离散在人生道路上可能是悲戚、苦难的历程，然而在文学道路上，也许倒是创作成功的机遇"[①]。正是在文化疏离的过程中，北美华

---

① 公仲：《离散与文学》，《华文文学》2007 年第 5 期。

人发现了中国社会静态的封闭性的社会循环模式和华族民族根性的缺陷和不足。文化播化使得中华文化的优秀部分和华族传统的优秀民族精神被激活而获得新生，并使得长期浸润于北美主流文化之中而受到主流族裔文化深刻熏陶的北美华人，能产生对华族和西方民族的传统优秀精神的双重认同。

第 四 章

东南亚华文诗歌的中国想象

　　回顾自 20 世纪 20 年代初华语新文学在东南亚落地生根、绵延至今的百年历史，东南亚华文诗歌几乎从未停止过对"中国"的想象与书写，并呈现出了国族想象、节日想象、历史想象和地理想象等鲜明的主题形象。同时，出于不同历史语境、不同代际华人笔下的东南亚华文诗歌在想象中国的姿态与策略上也不尽相同。或许我们可以将 20 世纪太平洋战争的结束以及东南亚各国民族国家的建立作为东南亚华文诗歌想象中国的历史分界点。在此之前，尤其是在中国抗日战争期间，东南亚华人不但投身战场、援助物资，而且在民族存亡之际用诗歌的国族想象鼓舞国人同仇敌忾，泰国华文诗坛与印度尼西亚华文诗坛便在这时期涌现出大量充满国族想象与爱国激情的诗歌①。而当东南亚各国在 20 世纪 50 年代相继摆脱殖民统治、建立独立政权之后，东南亚华文诗歌的中国想象便逐渐由国族想象向文化想象转型。从此，东南亚华文诗歌便极少出现诗人以华侨身份对中国书写的国族想象，转而以对中华集体记忆的文化想象作为华人在东南亚多族群社会生存与抗争的策略。中华文化包罗万象的节日民俗、地景风貌、历史传说纷纷被东南亚华人写入了中国想象的诗歌图景中。尤其值得一提的是，东南亚华文诗歌对中国的文化想象几乎与东南亚华文诗歌艺术的现代转型同步。在东南亚华文诗歌对中国充满现代意义的文化怀想中，港台文学尤其是台湾文学扮演了相当重要的角色。曾经在马华诗坛风靡一时的"神州诗社"以及其后的傅承得、罗正文、何启良等马华诗人，在

---

　　① 后文统一将泰国华文文学（诗歌）、印度尼西亚华文文学（诗歌）、马来西亚华文文学（诗歌）、新加坡华文文学（诗歌）以及越南华文文学（诗歌）简称为泰华文学（诗歌）、印华文学（诗歌）、马华文学（诗歌）、新华文学（诗歌）。

新加坡华文诗坛倡导文化寻根的"五月诗社"，银发、秋梦、心水、方明等越华诗人是 20 世纪 60 年代至 80 年代东南亚华文诗歌中国文化想象的主力军，而他们中的绝大多数人都曾在台湾求学过。如果说这二十年间东南亚华文诗歌的中国想象是华人在东南亚特殊社会场域里中国情意结的反弹和不在场的文化怀想，那么，世纪末席卷全球的后现代浪潮则促使 20 世纪 90 年代之后的东南亚华文诗歌在想象中国时发生了进一步的裂变与超脱。"解构""离散"等带有浓厚后现代主义文化色彩的想象策略和美学意向在陈大为、刘育龙、林幸谦、吕育陶等马来西亚新生代诗人的中国想象中表现得尤为突出。陈大为诗歌中对中国历史神话的想象是"新历史主义"的活注脚，以后设的想象重构了传统文本叙述的中国历史，而林幸谦在现代都市中遥想中国古典文化所抒发的郁结之情则是他对华人文化乡愁的再解构。

第一节　中国地理的想象

中国，一片位于地球北半球，地处亚欧大陆东部、大西洋西岸，南北纬度跨越近 50 度，东西经度跨越 60 多度的辽阔区域。在马来西亚华文诗歌中，这个原本客观存在的地理空间却经由诗人的艺术想象和创作实践实现了由"空间"（Space）向"地方"（Place）的转变，成为一个"意义、意向或感觉价值的中心"，一个"动人的、有感情附著的焦点"，一个"令人感觉到充满意义的地方"[1]。本节所要论述的东南亚华人诗人大多是出生成长在东南亚的第二代或第三代华人，他们既没有祖辈早年在故国的生活经历，也从未踏上过中国的疆土旅游观光。然而，"中国"在他们的诗歌中却并非一个完全陌生的"空间"，而是一个如此熟悉的"地方"：大江南北、山川河流、江南水乡、大漠塞北……每一处中国风景都跨越了时空的界限，转变成凝聚着诗人情感与记忆的诗歌意象，呈现出中国古典而浪漫的地方特质，召唤着东南亚华人对中国文化和自身身份的认同与追寻。

---

① 阿兰·普莱德（Allan Pred）：《结构历程和地方——地方感和感觉结构的形成过程》，选自夏铸九、王志宏编译《空间文化形式与社会理论读本》，明文书局 1993 年版，第 86 页。

一　江南与塞北的意象系统

依据人文地理学家阿格纽对"地方"的界定①，东南亚华文诗歌中的地理中国首先是地球外形上的一个"区位"，同时也要是一个场所，一个由各种社会关系交叉而成的物质环境。就此意义而言，东南亚华文诗歌对地理中国的想象首先要有使中国想象在诗歌中得以展开的物质实体，这是中国在东南亚华文诗歌的地理想象中成为"地方"的首要条件。

意象是物象与情感的组合，理所当然地成为东南亚华文诗歌想象地理中国最基本的行动元素。在东南亚华文诗歌中频频出现的黄河、长江、昆仑、峨眉、西藏、蒙古、长安、秦淮等地理区位，它们既是客观存在于中国地理版图上独一无二的地理意象，也是寄托了东南亚华人诗人丰富情感与想象的诗歌意象，具有地理意象和诗歌意象的双重特性。作为地理意象，它们以物质的视觉形式标示了地理中国在东南亚华文诗歌中真实的地理区位；而作为诗歌意象，它们又以主观的情感方式赋予了地理中国在东南亚华文诗歌非真实的艺术特质。客观存在的地理意象在东南亚华文诗歌对中国的地理想象中自然转化成为营造中国空间文化形式的诗歌意象，成为既有物质视觉形式，也有情感依附和文化寄托的想象实体。

意象是东南亚华文诗歌想象地理中国的基本构成元素，由众多诗歌意象组合而成的意象系统则更能够展现完整统一的中国地景。在东南亚华文诗歌对"中国"的地理想象中，中国地景被模式化地划分为"江南"与"塞北"两套意象系统，二者在形象、意境以及文化内涵上既相互对照，也相互补充，甚至一度成为东南亚华人诗人对中国地理普遍性和本质性的想象。按照地理学的划分标准，中国的地理景观大致是由干旱的西北部区、湿润的东部区和高寒的青藏高原三大自然区域组成。但在东南亚华文诗歌对地理中国的想象中，东南亚华人诗人依循着文化与历史的轨迹，根据南北区域地质特征的差异，将中国地景主观地划分为"江南"和"塞北"两处风景。江南以自然地标——长江为界，长江以南称为江南；塞北则以长城这个人文地标为界，长城以北即为塞北。东南亚华文诗歌书写的"江

---

① 阿格纽在 *The United States in the World Economy*（Cambridge：Cambridge University Press，1987）勾勒出地方作为有意义区位的三个基本面向：区位、场所和地方感。

南"泛指山清水秀、物产丰茂的中国东部地区，尤其以历代诗词曲赋中被描述为"人间天堂"的江浙苏杭一带为重点；同时还包括了中国南部沿海的闽粤潮汕地区，因为它们是绝大部分东南亚华人的祖籍地，是华人文化和情感的发源地。东南亚华文诗歌将西北、青藏高原乃至黄河以北的整个华北地区都想象成"塞北"风景，这是因为对于居住在赤道线上的东南亚华人诗人而言，"塞北"距离他们生活与创作的现实空间相对"江南"更加遥远，想象与认知的难度更大，也更需要借助于外在的知识积累。

东南亚华文诗歌对中国地理空间采取的南北二分法让东南亚华文诗歌对中国地理的想象呈现了两个风格迥异、气象万千的意象系统：江南平畴沃野、阴柔秀美，塞北大漠如海，苍凉雄浑。提笔写江南，东南亚华人诗人往往会不由自主地让诗歌晕染上江南水乡的柔情，尽显温婉柔美的气质。马华诗人温瑞安的《江南》、何启良的《这果真是江南》、傅承得的《哀江南》对江南无端温柔的想象仿佛浅浅滑行于水乡荷池上的一叶叶轻舟，在东南亚华文诗坛激荡起层层涟漪。

> 这便是江南，
> 多同情和爱
> 多花多水，多柳多桥
> 多堤多岸，浓音软语
> 都是江南，这小小春光的江南
> 千万里外的江南
> 那江南才子无法渡过的江南
> 渡过便无法忘怀的江南
>
> ——温瑞安《江南》
>
> 果真这是江南
> 紫竹的瘦，红莲的逸，
> 寒意尤重，薄雾重缦，
> 潮汐轻轻地拍来，拍来
> 橹声隐隐
>
> ——何启良《这果真是江南》
>
> 一道漫长的路
> 通往一个古老的地方

我遂在无数的不眠夜
告诉天涯邂逅的过客
有关莺飞草长歌乐浪溢诗词云缀的画面
（那个地方我不曾到过
就算有一丁点的气息
在梦里出现，江南
江南啊我已知道
因为我的肤色
便是我的国度……）

——傅承得《哀江南》

　　以温瑞安为代表的这批东南亚华人诗人都有着浓厚的文化乡愁，江南的秀美与典丽常会让他们陷入对中国无尽想象的想象和怀念中。无怪乎温瑞安在《江河录》的首页中曾这样感慨道："江南是沉寂的一帙古册/就算是怀念江南/也到了无以自拔的时候了……"而当东南亚华人诗人在想象中跨越长江，信马由缰来到北国边陲的塞北，东南亚华文诗歌所呈现的则又是另一番截然不同的情致和意境。

在边疆里许多戎马、许多旅人的篝火
许多马畔的烟息，落日依旧长
圆。
……
从匈奴的杀伐，鲜卑的金甲
俄勒的弯刀，突厥的蹄风
回鹘的号角
……
风云际会的边疆
只有飞砂长骋才会有真实的感觉

——温瑞安《西藏》

我说雪倦后便是酒寒
寒在不具形象的
长安

……

我说五更鼓角

声壮与否

鼓也更得悲

壮也声壮得寒

——何启良《远人》

北国触目尽有的哆嗦

风自响起，满地瑟瑟黄昏

……

北地萧瑟的清寒

让我不住地颤抖

——罗正文《易水寒》

　　"江南"是"水"温柔的汇合，"塞北"则是"风"朴实的张扬，这是"江南"与"塞北"在以上两组东南亚华文诗歌中给我们留下的最初印象。

　　江南多水，水是"江南"景观的造就者。多雨多雾的自然气候、江河遍布的地质特征，二者互为因果，共同造就了东南亚华文诗歌中那个"多花多水，多柳多桥，多堤多岸"的江南水乡。在东南亚华人诗人想象氤氲的"江南"地景中，"水"的意象或是潺潺的流水，或是丰沛的雨水，或是潮湿的雾气，而更多时候往往是"烟波""细雨""薄雾"相互交融的蒙眬景致："南方的烟波呢/从雨树的长靴/冉冉飘上茫茫的山头"，"寒意尤重，薄雾重缦/潮汐轻轻地拍来，拍来"。东南亚华文诗歌对"江南"之水最具代表性的想象便是对中国第一大河——长江的书写："我是拍岸前的长江/长江后的惊涛你是/江湖路险已成弦/浪花飞击时/你我已印证"，"我已托付那江斜暮/当归帆返自天涯/而你赶驰的归程还正长/野店客宿时，不要忘了/找个江水流经的柳岸/散回闲闲的步"①，"一幅山水唤出一场归梦/两双筷子竖起两帏船帆/饱风之后滑向秦淮/不见商女，不听后庭花"②。此时长江所富含的文化意义已经远胜于它的地理形象，再配

―――――――――――

① 罗正文：《共醉》，载《临流的再生》，大马新闻杂志丛书1984年版，第15页。

② 傅承得：《蒲公英族》，载《哭城传奇》，大马新闻杂志丛书1984年版，第18页。

上"柔柔的江水""两岸的青山"水中的明月，以及与之相关的"柳岸"
"兰舟""秦淮""商女"等诗歌意象的组合，就像温瑞安在诗里所写的
"谁人已舞尽江南柳岸月"，江南的秀美水色在千百年文人骚客盎然诗意
的映照下越发显得浪漫动人。

　　塞北多风，风是"塞北"雄浑壮丽之景的雕刻师："北国触目尽有的
哆嗦/风自响起，满地瑟瑟黄昏。"高原大漠的地形，干旱少雨的气候，
让平原极目、戈壁沙滩的塞北成了风沙驰骋的地方。温瑞安从未去过中
国，更不用说西藏、蒙古那样遥远的塞外边城，但在他的想象中，西藏没
有矫情和冷漠的笑容，尽是一片天苍苍、野茫茫的辽阔天地："西藏没有
冷漠的笑容/只有什么都说了的天空"；蒙古在千百年岁月中坚守着自己
的孤寂，成就的是一片傲视风沙的深漠："蒙古啊蒙古你的盘地守着中国
几千/年年年又岁岁月月又日日你风卷起/天地乍然的变化变化你的不平变
化/你的寂寞变化你的孤寂成为一沙一/粒一点仍是深漠的蒙古啊蒙古啊
蒙/古!。"在东南亚华文诗歌所构建的"塞北"意象系统中，风沙是辽阔
"塞北"最突出的地理意象："漫天的飞沙/漫天的尘/极目的没有人"①，
"风沙是一道无形的墙/感觉到背囊重重"②，"过了函谷，遗留五千言/关
外便是风沙满目"③，"风沙是一道无形的墙/感觉到背囊重重"，"天变无
尽，时幻时真/风沙狂地把你淹没覆盖"④ ……在东南亚华人诗人的想象
中，塞北恶劣的生态环境与自然气候不但不是一种灾难，反而最令英雄侠
客心驰神往，因为在他们眼中"风云际会的边疆/只有飞沙长骋才会有真
实的感觉"⑤。

　　"水"与"风"是东南亚华文诗歌在想象地理中国、构建"江南"
与"塞北"这两个意象系统中最为核心的构成要素，在此基础上，东南
亚华文诗歌中的"中国"在气候、建筑，甚至音景上也都呈现出南北迥
异的地理景观。

　　在气候上，中国东南部地区因为受海洋性季风的影响，常年多雨水滋
润，温暖潮湿，而西北地区则多为高原平原地形，又常受西伯利亚寒流的

　　① 温瑞安：《蒙古》，载《楚汉》，尚书文化出版社 1990 年版，第 192 页。
　　② 温瑞安：《西藏》，载《楚汉》，尚书文化出版社 1990 年版，第 194 页。
　　③ 傅承得：《凰鸟不至》，载《哭城传奇》，大马新闻杂志丛书 1984 年版，第 108 页。
　　④ 温瑞安：《西藏》，载《楚汉》，尚书文化出版社 1990 年版，第 195 页。
　　⑤ 同上书，第 194 页。

侵袭，因而严寒干旱。无论是南方春夏的湿润，还是北方秋冬的干旱，中国季节分明的气候特征对于身居赤道热带、终年只有酷暑的马来西亚华人说，都是一种无比新鲜而奇特的感受。于是，东南亚华人诗人将春的生机盎然赋予了江南水乡，而将秋冬的凋敝严寒放在了塞北高原。在东南亚华文诗歌中，"江南"与春天仿佛是一对如影相随的孪生姐妹，要么是春暖花开的欣欣向荣："你水袖的春天/都赴江南的花草去"；要么是杏花春雨的蒙眬飘逸："江南缓和的风雨/草长莺飞的信息/琵琶圆润的金喉/荔枝羞涩的笑语。"想象完江南的春日，东南亚华人诗人遂将秋的萧瑟、冬的严寒放在了对塞北的空间想象上。在对塞北秋意的渲染中，东南亚华文诗歌中既有边城古道上暮秋斜阳、骏马秋风的飘逸："不知第几度夕阳红遍了的秋暮/马蹄拂起穿梭的红尘/从秋风的指尖爬了出来"，也有阳关长亭里寒蝉哀切、雁过长空的伤感："萧瑟的金风已近刮得很紧很紧了/有人苦倒在倾侧的长亭/哀切的寒蝉/就这样奏起阳关呵阳关/柳枝被折了又折/雁啼带过长空/也害他们洒了不少同情泪。"对于塞北严寒的隆冬，东南亚华人诗人的想象却是多了几分豪情与浪漫。温瑞安笔下的西藏在雪山的映衬下更加庄严肃穆："长安远阿尔泰山/常年积雪/如果积雪是伟大的景/静寂就是伟大的悲剧了"，而屋内炉火前的温暖驱散了严寒也引发了更多历史的遐想："冬的凛冽逐渐浓缩/紧闭窗牖/在火前醅酒嚼牛肉干/叙说林冲与风雪山神庙那一类。"

在东南亚华文诗歌"江南"与"塞北"意象系统中，"楼"与"城"又分别是体现南北两种不同建筑风景的典型意象。江南多水，常建于柳岸和池畔的近水楼台，低头可见流水，抬头又见明月，自然是古时才子佳人约会道别、吟诗唱曲的好去处。东南亚华人诗人想到江南也会有"依旧是楼台又亭榭/云白/山仓/烟雾灯火旧时如梦"[1]的感慨。江南自古物产富庶、人烟密集，古代的秦淮、扬州、苏杭一带更是市井繁华、娱乐兴盛的大都会。东南亚华人诗人甚至想象的到在这片繁华的烟花之地，江南亭台楼榭上歌舞升平、纵情声色的奢华场景："我得放歌，我且放歌/小姐姐，这是我的行业/江南的美人接我来到绿杨/这是我的驻足/苍茫里凄红楼/红楼拂发，发飞天涯/这是我的最初"[2]，诗人何启良对江南的想象更

① 辛金顺：《涉水》，载《风起的时候》，雨林小站 1992 年版，第 152 页。
② 何启良：《这果真是江南》，载《刻背》，鼓手文艺出版社 1977 年版，第 23 页。

是以一个歌姬在红楼上卖唱放歌的场景来证实"这果真是江南"。东南亚华文诗歌对中国北方建筑的想象则集中体现在"城"的意象上，京城与皇城都是封建中央集权与帝王权力的象征。长安是中国古代汉唐盛世的京城，可是在何启良的《远人》中长安却是彻骨的寒冷与无尽的悲凉："我说雪倦后便是酒寒/寒在不具形象的/长安/都是明珠泪影的故事"，[①] 因为诗人由长安联想到的是深宫怨妇和边城战士的明珠泪影。"第几度梦回南柯黄粱/重现高卓云汉的阿房未央/玉砌雕栏画栋的长廊/踏响何朝皇帝的跫音/流漾朱颜的轻笑/楼阙牌坊/淡入茫茫云烟/天坛九九的石板/久久遥传一声/冷冷鸭啼"，在傅承得的这首《如梦令》中，象征着天子无上权威的阿房宫与未央宫"高卓云汉"，雕栏玉砌的画栋长廊、楼阙牌坊和天坛石板尽显皇城的非凡气派，但诗句中"冷冷鸭啼"似乎又预言了皇城在辉煌盛世之后的凄凉与落魄。通过东南亚华文诗歌对"楼"与"城"两种建筑意象的想象，我们隐约可以感受到东南亚华人诗人对于中国南北方不同地域文化精神的理解，如果说，东南亚华文诗歌中江南的"楼"是东南亚华人诗人对南方市井文化重情色与享乐的想象，那么对"城"的想象则体现了他们对以权力为核心的北方政治文化的理解。

对江南与塞北不同音景的想象也是东南亚华文诗歌想象中国地景的一个重要组成部分，这其中包括对南北传统乐器以及各种自然界声音的想象。在东南亚华文诗歌想象的江南风情中，秀美如春的自然界充满着莺歌燕舞、水声潺潺的美景，而风花雪月的亭台楼榭又是才子佳人聚首离别的动情之地，少不了琵琶为之造势："一声琵琶诉不尽生离/琵琶声声催起愁绪。"琵琶是中国传统的弹拨乐器，从南北朝时期起就在南方的长江流域十分盛行，琵琶音域宽广、琴声悠扬，易于抒情，又多为女子弹拨演奏，因此东南亚华文诗歌中"琵琶"意象以及由此引发的对琵琶音色的想象都与江南阴柔多情的文化氛围相吻合。东南亚华人诗人何启良对琵琶尤为钟情，在诗歌《英雄泪》中，"琵琶"被拟人化，成为诗人倾诉与思念的江南美女："你日日夜夜地断肠/为了什么？琵琶……奏一阕美丽美丽的琴音/别再锁眉了，琵琶……许个愿，然后/睡吧，琵琶……一阵迷风自你眼睫掠过/为何你还不睡呢，琵琶……于你如醉的红萍/融化，回首中/你竟泪流如雨！琵琶"；而在诗歌《莲说》中，琵琶又与一个重要的

---

① 何启良：《远人》，载《刻背》，鼓手文艺出版社 1977 年版，第 32 页。

江南意象"莲"一同出现："那年暮色患漫的残碑/铺写轻轻的酒及琵琶"；直到在诗歌《琵琶骨》里诗人才让琵琶发声："有一种乐，在古代会听过/向一双李白的耳朵/如今传来/响自扣月的门环/自琵琶"，琵琶与李白、明月和门环等诗歌意象的组合让诗歌充满了古典韵味。至于塞北的音景，东南亚华文诗歌中除了想象与江南水声相对的风声，也提到了许多塞北独特的器乐声，如鼓、号和胡笳。辽阔荒凉的塞北是中原封建王朝与西域少数民族争战的疆场，东南亚华人诗人在想象两军交战的场面时总不忘写到战场的号角声与战鼓声："我说五更鼓角/声壮与否/鼓也更得悲/壮也声壮得寒"，"远处传来隐隐战鼓声/纵使敲响了所有的天雷/我是鼓手/然而/每一声带着疯狂的鼓声仍被当作不幸的预言"。胡笳在西汉时期就已广泛流行于塞北和西域一带，其声哀婉凄凉，被称为"哀笳"。唐代王维在凉州做节度使时就曾写道："悲笳嘹泪垂舞衣，宾欲散兮复相依。"杜牧的《边上闻笳三首》也有"何处吹笳薄暮天，寒垣高鸟没狼烟"。于是当东南亚华文诗歌在想象边城的漫漫长夜时往往用萧瑟的"胡笳"声来渲染大漠边疆的凄凉和戍城将士的思乡之情："长夜在腾空的烽火下作了血祭/而黎明前的一段时间里/仍有声声号角在催促/调寄胡笳/谁歌起那易水曲词"，"蒙古是寂寞的雪/忽然下降，一夜都白了/远处有胡笳传来/有老去的壮士/悲歌未彻，衣冠似雪/像几千年的怀沙/唱不完的风沙"[1]，"冷月当空/总是有些胡笳萧索"[2]。

　　江南阴柔秀美，充满了女性风情，而塞北则是粗犷豪迈，充满了阳刚之气，东南亚华文诗歌用江南与塞北这两套典型的意象系统共同构建起南北风格迥异而又和谐共存的中国地理形态。江南的灵秀、飘逸与梦幻，塞北的崇高、壮丽与雄浑，一阴一阳，对立而又统一，东南亚华文诗歌对中国地理风景的二元想象恰好说明了中国式审美模式和哲学观念对东南亚华人在空间认知和文学想象上的深刻影响。

二　古典与浪漫的场所精神

　　在"江南"与"塞北"两个意象系统的构建中，东南亚华文诗歌获

---

①　温瑞安：《蒙古》，载《楚汉》，尚书文化出版社1990年版，第192页。

②　温瑞安：《西藏》，载《楚汉》，尚书文化出版社1990年版，第196页。

得了认知、感觉并想象地理"中国"的物质实体，但"中国"在东南亚华文诗歌中地方意义的最终确立还需要有一种更加独特的"场所精神"（genius loci）①，以此作为东南亚华文诗歌想象地理中国的灵魂。正像利维斯所说："地方所具有的某种无法触摸的品质，令这些地方显得特别而值得护卫"，② 这种神秘而微妙的地方品质就是与"场所精神"密切相关的"地方感"。通过上文对东南亚华文诗歌"江南"与"塞北"意象系统的逐项分析，东南亚华文诗歌所构建的地理中国以视觉化的意象存在于我们的脑海中，让我们获得了对中国地方特质最初的感受。然而这毕竟只是一种未经证实的印象和假设，我们需要以更为理性与科学的方式来论证"地方感"在东南亚华文诗歌想象地理中国这一空间再现过程中的真实存在。"空间结构"原指空间在社会和自然的运作过程中被组织与被嵌入的模式，本节尝试运用这个人文地理学的范畴来阐释地理中国在东南亚华文诗歌中被想象与被书写的模式，进而论证中国在东南亚华文诗歌再现场域中所呈现出的地方感。在东南亚华文诗歌中，"江南"与"塞北"这两个被东南亚华人诗人用来代指中国地理的意象系统不断地在被两种模式组织和书写，一种是回溯历史的古装策略；另一种是叙事情境的戏剧策略，正是这两种空间结构让中国在东南亚华文诗歌中呈现出了古典而浪漫的地方感。

东南亚华文诗歌在想象地理中国时常常回溯历史，通过一个纵横"过去"与"天下"的时空坐标轴来构建地理中国的空间结构。在此模式中，神州广阔地域与悠久历史的结合让原本就有着浓厚大中国情怀的东南亚华人诗人在每一次对地理中国的想象中都饱含着历史的沧桑，倾泻着民族的豪情。长江、黄河、昆仑、峨眉……这些明显的地标意象都已成为东南亚华文诗歌对神州万里河山在历史时空中永恒的想象，正如台湾诗人余光中所言："真正的华夏之子潜意识深处耿耿不灭的，依然是汉魂唐魄，乡愁则直接弥漫于历史与文化的直经横纬，而与整个民族祸福共承，荣辱共当。地理的乡愁要乘于时间的沧桑，才有深度，也是宜

---

① 罗马人相信每种独立的本体都有自己的灵魂、守护神。这种灵体赋予人和场所生命，自生至死地伴随着，同时决定了他们的特性和本质。这种场所精神不但保存了生活的真实性，而且饱含地景艺术的创造因子。参见诺伯舒兹著《场所精神——迈向建筑现象学》，施植明译，田园城市文化事业公司1997年版，第18页。

② Peirce Lewis, *Defining a Sense of Place*, The Southoern Quaaterly, 17（1979），p. 27.

于入诗的主题。"

对唐诗宋词的互文性想象是东南亚华文诗歌运用古装策略构建中国空间结构最常用的方式，也最能引起读者对中国古典时空意境的共鸣。中华民族是一个诗歌的民族。从古至今，许多独具中国特色的诗歌意象经过文人墨客千百年来的反复书写吟唱都已深藏于华人读者的阅读经验里，成为华人文化共通的"内生图像"。在东南亚华文诗歌中频繁出现的诗歌意象，诸如"皇宫""古道""长亭""阳关"，这些带有明显中国古代地理风格的意象一进入读者的视野就会立刻被贴上中国的标签，引发读者对中国古代地景的联想。在地方环境和氛围的塑造上，东南亚华人诗人也会化用或借鉴古典诗词的意境，如罗正文在《共醉》中"枝头上残绽的最后一朵杜鹃/昨天黄昏，我已托付那江斜暮"，这幅暮春时节夕阳斜照江面的画面显然是对秦观《踏莎行》"杜鹃声里斜阳暮"一句意境的生发。在傅承得《蒲公英族》一诗中，"饱风之后滑向秦淮/不见商女，不听后庭花"一句，不但直接借用了唐代诗人杜牧《泊秦淮》中"商女不知亡国恨，隔江犹唱后庭花"中的"商女"和"后庭花"的意象，而且整首诗的意境也是在对杜牧诗句理解感化后的演绎。东南亚华文诗歌不仅大量化用古诗词的意象和意境作为互文性想象的资源，甚至将诗词史上的先贤也作为一种特有的人文风景引入了对地理中国的想象中。天狼星诗人刘吉源在《镜花》中写道："水逝云流/江南无歌/一枚水中底月/浇着李白余下的醉语"，诗人由江南的水看到天上的月，进而联想到了月下独酌的唐代诗人李白。李白的孤单、明月的清冷和水逝云流的风景在《镜花》一诗对江南的想象中达到了完美的融合。在东南亚华人诗人艾文的《烟》中，"初秋的洛水/那抱枕寒冬的人/凄然看见缕缕众烟魂/自水面袅袅上升/后来化作水神投梦/结缠过小周后烦恼漱玉词"。洛水上弥漫的袅袅水气，晚唐周后主李煜凄冷的身世以及他哀婉伤感的词作，实质上都是一种气质。因而诗人艾文无须再用过多的笔墨去渲染，只用一句"小周后烦恼漱玉词"就能触发读者对初秋洛水景色的全部想象。

除了利用唐诗宋词来构建地理中国的时空结构，以温瑞安为代表的神州诗人还十分钟情对武侠小说中"神州奇侠"的江湖世界展开诗歌写意式的浪漫想象，营造出侠骨柔情、古典浪漫的中国意境。白衣飘飘的侠客、自由驰骋的江湖、闪着寒光的长剑和宝刀、高耸入云的峨眉金顶、英秀的武当、昆仑上的白发老僧……众多的武侠元素和古典意象如排山倒海一般涌入了东南亚华人诗人对中国的地理想象中，成为温瑞安、何启良、辛金顺等东南亚华人诗人想象地理中国、连接中国历史最为常见的文化象征符号。有人因此嘲讽温瑞安等人是"借古典而还魂"，但温瑞安对此并不在意，"如果你说我借古典而还魂，我说不如借中国吧，事实上我觉得每个人都应该借那么一点儿，因为它是我们的传统，我们几千年来的心血与智慧"①。在东南亚华文诗歌所幻化的这个武侠世界里，诗人的想象在时间上必然属于过去，在空间上也必然只属于中国。因为在温瑞安、何启良这些东南亚华人诗人看来，中国就应当是古典的，只有回到古代中国的时空背景中，他们这些活在现代却又被中原边缘化的炎黄子孙才能将长久以来郁结于心的文化乡愁和苦闷情绪抒发宣泄。于是，我们看到，东南亚华文诗歌运用唐诗宋词与武侠江湖的古装策略，通过时间与空间的纵横，搭建起东南亚华文诗歌对中国想象的基本坐标轴，从而彰显出了地理中国在东南亚华文诗歌抒情场域中丰富的历史与文化内涵。

与此同时，运用情境化的戏剧策略也是东南亚华文诗歌再现地理中国的另一种典型的空间结构。在这样一种叙事与抒情两相融合的书写模式中，东南亚华人诗人突破大多数诗歌对中国山水空泛的抒情与赞美，借用戏剧的叙事和铺陈手法在人与空间之间展开了更多自由和开放的想象，让地理中国在东南亚华文诗歌中获得了一种前所未有的生动和真实。温瑞安的诗歌正是此类书写模式的典范。诗集《山河录》中以长江、黄河、峨眉、昆仑等中国地名命名的十首诗歌，篇篇都是借用古中国的时空背景，用叙述与抒情相结合的诗句在长达两三百行的篇幅中尽情渲染个人的侠骨柔情，充分展现他的武侠情怀和神州情结。《山河录》也因为如此庞杂的心像和交响诗的音像而被誉为"中国抒情文体的大河诗型"。温瑞安在诗歌中既塑造了游走于神州锦绣山河的古代侠士，也抒发了从江南上京应考的书生对洛阳城中倾国倾城之舞者的爱慕。在《江南》中，诗人时而以旁观者的身份叙述着书生对舞者的痴情：

> 武陵年少。可知那个江南的书生
> 卷衣、磨墨、衣袖/划过了多少荷池来找你？
> 多少次拦路的江湖

---

① 温瑞安：《狂旗》，皇冠出版社1977年版，第199页。

一言不发的格斗

需要多少美丽来弥补

才能完成多阙的青史

时而又情不自禁幻化为抒情主人公"我"对"你"直抒胸臆的表白：

你把可怜的目光投向我

千人万人中，独你知道

我在看你；只有这双专注

才是知音。独我知道

你在看我。一座江南都在笑一个惊喜

　　诗人罗正文也擅长运用情境化的空间结构来想象北方中国的风情。一直生活在赤道热带的岛国，罗正文显然从来没有体会过北国的严寒，但他在《易水寒》中对北国的描写却给人留下了深刻的印象："北国触目尽有的哆嗦/风自响起，满地瑟瑟黄昏"，"北地萧瑟的清寒/让我不住地颤抖"。诗人在诗歌中对易水以及北方严寒气候的想象，更多地来自他对荆轲刺秦王这个历史典故的想象。诗人以"你"直呼荆轲，完全将自我融入了千年之前北国，既描述了荆轲义无反顾渡易水、刺秦王的壮烈场景，也将无比悲壮的心理投射到对北国自然气候的想象，同时也让萧瑟的气候来渲染荆轲刺秦的悲壮气氛。在另一首诗歌《传说》中，罗正文对黄河的想象是以盘庚渡河的历史传说为背景，诗歌以"我"与"我们"的视角入诗，借古人渡河的场景来描述上古时期黄河两岸的自然景观，渡河前："我们不见有兽藏于林/可以为食/肥大的鱼/顺江离去/五谷不收/天降大虐/宫室不见金黄"，渡河后："有鱼跳水面/与蜻蜓平飞/岸边洗脚/清锅做饭。"据《尚书正义·九卷》记载，盘庚将商朝的都城由今天山东的曲阜迁到河南安阳，是一次由北向南的迁徙，"盘庚作，惟涉河以民迁。为此南渡河之法，用民徙"。诗人罗正文在盘庚迁民的宏大历史场面中，动人地展现了古中国以黄河为界、北国与中原各具特色的地理风光。

　　由此可见，"古装化"与"戏剧化"的想象模式是东南亚华文诗歌展现地理中国独特地方感最为重要的两种空间结构。二者既相区别也有联系，前者是古代与中国在时空上的结合；后者是抒情与叙事在艺术手法上的结合，前者初步形成地理中国的地方感；后者则让这种地方感愈加明显。具体说来，挪用诗词曲赋予武侠小说中的古典元素装饰诗歌的"古装"策略让东南亚华文诗歌对地理中国的想象继承了传统文化资源先天具有的古典与浪漫。而情境化的"戏剧"策略则借助叙事与描摹让这种古典浪漫的气氛在东南亚华文诗歌地理中国的时空结构中展现得更加丰富真实。于是，"古装化"与"戏剧化"两种空间结构最终让东南亚华文诗歌想象的地理中国呈现出古典而又浪漫、真实而又永恒的地方感。

三 记忆与认同的感觉结构

"经由常年的居住，以及经常性活动的涉入，亲密性及记忆的积累过程，一种对所在地的认同感与关怀在潜意识里建立，空间及其实质特征于是转型为地点。"[①] 人文主义学者段义孚的这段话阐释了空间与地方的本质区别，也说明了两个重要问题：第一，在潜意识里建立的对地方的认同感与关怀是地方意义的核心；第二，地方感的形成是一个复杂的过程，记忆在其中发挥着重要作用。换句话说，由记忆累积而成的"地方感"让空间转化为了地方。东南亚华文诗歌对地理中国的想象将中国由一个客观存在的地理空间转化成为依附了东南亚华人诗人特殊情感与意义的地方，这是上文在第一部分论证东南亚华文诗歌地理中国意象系统的建立和第二部分关于中国地方感的形成后得出的一个基本结论。在这一部分里，我们将进一步探讨东南亚华人诗人是如何通过记忆以及由记忆累积而成的地方感实现地理中国在东南亚华文诗歌中由空间向地方意义的转化，进而揭示出隐藏于东南亚华文诗歌抒情场域中关于身份认同、意识形态、族群经验，以及各种社会涵构间错综复杂的权力关系。

"地方有能耐使过往于今日复生，从而促进社会记忆的生产与再生产。"[②] 中华文化历经了五千年的历史沉淀和文化传承，众多关于中国的地方记忆都已成为中华民族文化共通和心灵共享的一种公共或集体记忆，

---

① 颜忠贤：《影像地志学》，万象图书出版公司 1996 年版，第 59 页。

② 蒂姆·克雷斯韦尔：《地方：记忆、想象与认同》，王志弘、徐苔玲译，群学出版公司 2006 年版，第 144 页。

铭刻于神州的山山水水间。一旦马华诗人开动想象的马达,这些"机敏而鲜活的记忆就会自动与地方发生联系,在地方里找到有利于记忆活动,并足以与记忆搭配的特质"①,让东南亚华文诗歌中的地理中国处处闪现出中华民族特有的地方特质与文化光芒。温瑞安《江河录》中的神州是武侠江湖世界里侠骨柔情的山河,傅承得梦里的江南是唐诗宋词"莺飞草长歌乐浪溢诗词云缀"的水乡,罗正文笔下的北国则是掩映在盘庚迁都、荆轲刺秦等历史典故下奔腾的黄河与悲壮的易水。在这些调用武侠、诗词、典故等民族文化记忆来丰富地理中国想象的东南亚华文诗歌中,我们感受到的是东南亚华人诗人与中国之间复杂的人地情感,是东南亚华人诗人对中国"观山则情满于山,看海则情溢于海"的浓浓的"地方之爱"。② 同时,这种"人与地方之间的情感联系"也在诗歌的想象中复活与再生产了中华民族的集体记忆,从而让作为想象主体的东南亚华人诗人在对中国的地理想象中获得了自我的归属感和方向感。诺伯舒兹说:"·人类的认同必须以场所的认同为前提",换而言之,东南亚华人诗人对中国的认同也是以对地理中国的想象以及地方情感的确立为标志的场所认同为前提。只是东南亚华人诗人所认同的中国并非政治意义上的民族国家,而是中国的母体文化,是东南亚华人诗人在对中国知识经验系统长期与充分内在化的基础之上形成对于中国的认同感、安全感及人文关怀。因此,东南亚华文诗歌对中国地理意象的艺术呈现以及中国地方感的构建本质上都是东南亚华人诗人在情感与文化上对中国的认同。

东南亚华文诗歌对中国的地方记忆以及地方感的形成不仅是诗人情感与经验的体现,还蕴含了意识形态、权力场域等深层的结构关系。雷蒙·威廉斯特别强调历史构涵对个人经验的冲击,认为"它不是主动经验的产物,而是连锁性的,我们可以透过印刷和影像等媒体的助力,透过非真实生活经验的结构系统,来追忆感觉结构的存在"。③ 东南亚华文诗歌对中国的地方记忆和文化认同从根本上说是中华文化特有的"感觉结构"在海外华人社会延续和作用的结果。中华文化对于古代中国生活特

① Edward Casey, *Remembering*: *A phenomenological Study* (Bloomington: Indiana University Press, 2000), pp. 186 – 187.

② Yi-Fu Tuan, *Topophilia*: *A Study of Environmental Perception*, *Attitudes*, *and Valuese* (Englewood cliffs, N. J: Prentice-Hall, 1974), p. 4.

③ 颜忠贤:《影像地志学》,万象图书出版公司1996年版,第62—63页。

质的感觉不仅普遍存在于唐诗宋词、历史传说等文化典籍的形式上，还已经深刻地渗入了华人社会的思考和生活方式当中，逐渐形成了华人社会关于中国想象所特有的"时空惯例"。在东南亚华文诗歌对地理中国的想象中，西蒙所提出的"时空惯例"不再是身体移动的"身体芭蕾"（bodily-ballet），而是植根于华人文化与价值系统上的一连串思想与精神的移动，它们让从未有过中国在地生活经验的温瑞安等东南亚华人诗人借由诗歌的想象与创作，超越了时空的限制，产生了海外华人对于中国母体强烈的内在性与归属感，形成了一种类似于"地方芭蕾"[①] 的审美效应。在华人共有的感觉结构中，几乎每一处中国风景都铭刻了民族文化的记忆，哪些记忆在东南亚华人诗人的想象里得以复活和再生，哪些记忆又被他们压抑和隐藏，这取决于东南亚华人诗人在书写记忆时的立场和意识形态。从这个意义上来说，中国又成为召唤东南亚华人诗人作为海外华人对海外本土化生存经验和特殊群体记忆的一个位址。

东南亚华文诗歌利用民族记忆来想象地理中国、展现文化认同的这种书写姿势我们可以将其看作东南亚华文文学对东南亚各国政府实行华人同化政策的一种文化反抗。我们以 20 世纪七八十年代的马华诗坛为例。温瑞安、辛金顺等活跃在七八十年代马华诗坛的"五字辈""六字辈"[②] 诗人是最热衷借地理中国的想象而实现"文化大中国"回归梦想的东南亚华人诗人。他们在诗歌中构建中国地景的突出表现确与马来西亚政府自 20 世纪 50 年代后期以来针对华人社会所实施的各项国家政策有着直接的联系。

让我们先对这段时期马来西亚政府的对华政策做一个简要的历史回顾：1957 年马来西亚独立并成立了联邦政府。从 20 世纪 60 年代初期开始，联邦政府开始在政治、经济和文教等各个领域全面推行同化政策，试

---

① 地方芭蕾是人文主义地理学者西蒙（David Seamon）所提出的一个术语，他援用跳舞的比喻来描述人们完成特殊任务的一连串前意识行为，他称呼这种序列为"身体芭蕾"（body-bal-let）。若这种行动维持了相当长的时间，他就称为"时空惯例"（time-space routine）。许多的时空惯例在某个特殊的区位里结合在一起，就出现了"地方芭蕾"（place-ballet）。西蒙认为这会产生强烈的地方感。身体的移动性在空间与时间里结合，产生了存在的内在性，那是一种地方内部生活节奏的归属感。

② "字辈"是马华文坛特有的世代划分法。"五字辈""六字辈"分别指的是出生于 1950—1959 年的年龄层和 1960—1969 年的年龄层。见钟怡雯《马华当代散文选（1990—1995）序言》，文史哲出版社 1996 年版，第 12 页。

图建立一个由马来族群占统治地位，以马来知识和文化为主导单元的国家体系。这些政策直接导致了华人与主导族群（马来族）之间愈演愈烈的矛盾和冲突，并最终演变成1969年的"五·一三"排华流血事件，而马来族则在这起事件中正式确立了其在马来西亚社会中绝对的主导势力。20世纪70年代，马来西亚政府又相继推出了新经济政策、国家文化原则、伊斯兰教化政策等一系列不利于华人社会发展的国家政策。

在马来西亚政府实施的这一系列抑华政策中，对东南亚华人诗人意识形态以及日后诗歌创作影响最大的还是20世纪60年代以来马来西亚政府所推行的教育改革。马来西亚政府在1960年8月4日颁布了《达立报告书》。从1961年起，政府不再举办初中会考及华文中学的入学考试，进入中学的所有公共考试都只能以国语或作为官方语言的英语为考试用语。从1962年1月1日起，华文中学也面临着两条出路：一条是接受政府提出的22条改制条件成为"国民型的华文中学"，其中最关键的条件就是学生必须参加政府举办的公共考试，考试用语是马来文或英文；另一条是继续维持以华语为教育语言，但是只能成为没有政府津贴的"独立中学"。这样一来，当时马来西亚独中生的人数一度暴跌，许多独中遭受了沦为补校或停办的命运，而改制后所谓的"国民型华文中学"实际上也只有华文之名而无华文之实。活跃于20世纪70年代东南亚诗坛的温瑞安、傅承得、辛吟松以及天狼星的诗人们都"生逢其时"，像温瑞安所在的霹雳州当时就仅剩下2所独中，他自己也因华校高中的停办而不得不转学到以英文和马来文为主的国民中学。

教育改革直接冲击了马来西亚的华文教育体系，华人子弟竟然连自己学习本民族语言的基本权利都受到了威胁，这让当时正在马来西亚接受中小学教育，心智尚未完全成熟的东南亚华人诗人在敏感冲动的青少年时期就已经深深地感受到了华文以及中华文化在海外传承的危机。正如钟怡雯在《马华散文史读本》中所言："恶劣的大环境让他们醒悟，中华文化并非天然赋予或与身具有，必须极力争取，去召唤去重新创造。"

20世纪六七十年代华人社会在马来西亚遭遇的华教危机以及不断被马来西亚本土社会边缘化的时代处境，成为温瑞安、傅承得、辛金顺这一代马来西亚华人诗人心中永远挥散不去的阴云，孕育了他们自少年起就怀有家国情怀与忧患意识："不顺遂的成长历程和坎坷挫折的岁月，时常令我在悲怀的情绪中孕育出一种壮烈的理想。"① "悲欢的情绪" "壮烈的理想" 这些不断积累的热带忧郁和文化理想最终让东南亚华人诗人选择用创作来抵抗时代的重压，温瑞安在《龙哭千里》中写道："有一股很大的力量正压向你，你唯一的反抗便是创作，唯一能保护自我的是艺术。"②文学创作，尤其是高扬中华文化认同的文学书写俨然成为这些年轻的东南亚华人诗人用来捍卫民族文化，抵抗马来文化霸权最强有力的武器。辛吟松在散文《江山有待》中曾用一段十分感性的文字生动地表达了这一批东南亚华人诗人在创作之初最真切的感受：

> "历史就在风雨的歇口处等我，二十岁后，等我去击节排歌。窗外的风景在风雨中飘荡，恍惚中国古书里的烟梦。江南的水乡，父亲的旧忆，时常叫我愣愣的思念着。"

感时忧国的时代情绪、故国山河的记忆碎片以及历史文化的联想，常常不自觉地交织出现在东南亚华人诗人的心中，促使着东南亚华人诗人不断跨越时空的界限，借着母体文化的记忆去想象古老的中国风景，抒发他们在马来西亚特定时空下对遥远中国的文化乡愁："我们活在现代，活在无根的现代，让我们痛苦地站起来，走向未来，也走回传统和古典去。"③

在温瑞安等东南亚华人诗人成长的前二十年里，华人在马来西亚本土所遭遇的政治压抑和文化困境是他们对中国文化母体产生强烈认同最直接的动力，而20世纪70年代中期以后东南亚华人诗人相继赴台留学的亲身经历则是东南亚华文诗歌在想象地理中国、表现文化认同的又一个重要契机。1974年温瑞安以及天狼星诗社的诗人们相继以"华侨"的身份离开马来西亚，满怀着对故国与原乡的向往，漂洋过海远赴台湾负笈游学。在20世纪50年代中后期，中国政府出于尊重东南亚各国主权的考虑放弃了对海外华人双重国籍的承认，不少东南亚华人为了海外生存，无奈地选择了在地国的国籍。在由"华侨"向"华人"的身份的转变中，逐渐升腾

---

① 辛吟松：《江山有待》后序，选自钟怡雯、陈大为编《马华散文史读本1957—2007·第二卷》，万卷楼图书公司2007年版，第168页。

② 温瑞安：《龙哭千里》，选自钟怡雯、陈大为编《马华散文史读本1957—2007·第一卷》，万卷楼图书公司2007年版，第238页。

③ 温瑞安：《八阵图》，《天火》，百花文艺出版社2002年版，第22页。

在海外华人心中的是更为强烈的对中国文化母体的眷恋与拥抱，以抵御内心"海外弃儿"的失落感。但是当时的世界正处于社会主义阵营和资本主义阵营两相对峙的政治大背景中，社会主义的中国大陆与马来西亚等东南亚国家处于完全隔绝的状态，而台湾为了获得海外华人的拥护和支持却正在积极酝酿着一个通过"国家""认同""文化"等意识形态的生产来完成"复国""大业"的政治神话。马华诗人赴台所接受的"华侨"政策也是这个神话的一部分，正如钟怡雯所言："'华侨'是国民党泛中国民族主义意识形态之下的产物，以刺激中国认同，使之从过去以血缘为中心海外方言群转为以新颖的，以华语以及中国文明的正统教育为标准的'想象的共同体'。"对于在马来西亚备受压抑而又有着浓厚中国情结的马华诗人来说，去台湾在当时无疑是他们能够在现实中拥抱中国母体的最佳选择，因为在他们看来台湾是中国的一部分，来到台湾也就是回到了中国。

来到台湾后，东南亚华人诗人享受到了台湾对东南亚侨生所实施的一系列优惠政策，包括经济上的支持、入学资格的获得，以及生活上的优待。不仅如此，他们一面在政治立场上深受当时台湾"复国"神话的感染，对"代建的神州"充满了期待，另一面又被卷入了声势浩大的"中华文化复兴"运动①，沉浮于台湾极端复古的文化风潮之中。因而，在20世纪70年代台湾政治语境和文化风潮的现实语境里，奔腾在温瑞安等留台的东南亚华人诗人心中的中国情怀更适合被解读为是一种被"复国"的政治神话所鼓动的实体认同。但与此同时，东南亚华人诗人也陷入了更深的迷惘与困惑中，因为此时他们亲眼所见、亲身所感的台湾，无论在政治、文化，还是时空的处境上，都与之前所想象的大中国相距甚远。在政治语境上，中华人民共和国加入联合国，成为唯一代表中国的合法政府，

---

① 依据徐宗懋在2003年11月15日，第32期《凤凰周刊》里《台湾1966年："文化复兴"对抗"文化大革命"》一文的讲述：1966年11月12日，蒋介石正式倡议推行"中华文化复兴运动"。1967年7月"中华文化复兴运动推行委员会"成立，蒋介石亲自担任总会长，并在全台湾设立分支机构，全力推动文化复兴。就政治层面而言，国民党制造了一套中华道统的传承论述，指中国人的正统由尧、舜、禹、汤、文、武、周公、孔子一脉相承，蒋介石即是这个道统的当代继承人，这也是他向海内外中国人进行政治号召的合法来源；就文化层面而言，国民党也召集一批党官学者发表一系列有关中华文化的学术著作，并在学校里进行忠孝教育，编印《文化基本教材》，让学者推行孔孟学说，并在中小学实施公民伦理课程。

而台湾所代表的"中华民国"实际上已名存实亡,不被世界所认可;在
地理空间上,台湾毕竟只是一个远离中原大陆的孤岛,独处一隅的海岛风
光自然很难与东南亚华人诗人文化记忆库中那辽阔的神州山河相对应;在
文化氛围上,岛内的文化气候也并非中国传统文化纯粹的古色古香,而是
混杂着日据殖民气息与西方现代工业化痕迹的混血儿。东南亚华人诗人怀
揣着的那份炙热的爱国热情与原乡梦境一再被台湾社会的现实处境所击
碎,更多的是疑问与哀伤:

> "历尽艰辛地我们来到了这梦寐以求之地,我们是快乐了的
> 吗……我们落寞地走着,唱着流浪的歌。我们在台北的晚秋里,在凄
> 冷的夜风中,在人们都酣睡的子夜,我们声声地厉呼着他们的名字。
> 啊你们在哪里,你们酣睡了没有?我们千里迢迢赶来,想抓住一些什
> 么,可是连风也抓不住。"①

然而,温瑞安等东南亚华人诗人的台湾经验并没有幻灭他们始终如一
的中国情怀,反倒是启发了他们将心中强烈的大中国情怀抽象为更具符号
性的文化认同,在诗歌再现的古典中国时空里尽情抒发他们对于中国的浪
漫想象,于是,长江黄河、昆仑峨眉、武当少林、西藏蒙古……这些举世
闻名的中国地标不但成为东南亚华文诗歌最为常见的诗歌意象,而且组成
了诗人想象背后恢宏壮丽的文化图景,隐喻了岛屿边缘对中原大陆的无比
向往。

漂泊与移植于南洋热土的东南亚华人是一个在身份上不断被历史与时
代放逐边缘的特殊群体,在种族与文化上他们是东南亚土著社会排挤的少
数民族,在地域与国籍上,他们又是永远无法再回到中原大陆的海外游
子。因而,中国对于东南亚华人诗人而言,始终是一个心之向往却又无法
回归的地方,神州的山山水水在他们的诗歌想象中就更像是一幅被古典文
化记忆精心包装过了的崇高而浪漫的艺术品。所谓崇高,是因为诗歌中的
中国风景凝聚着他们对于血缘文化之根朝圣般的虔诚和敬仰;所谓浪漫,
则是因为这种文化的溯源无论在时间还是空间上都更让人感到幻灭的伤感
与虚无。东南亚华文诗歌对中国的地理想象呈现给我们的正是这样一幅令

---

① 温瑞安:《美丽的苍凉》,《天火》,百花文艺出版社 2002 年版,第 59 页。

人回味深长的画面。

　　归根结底，地方是一种存在方式。这正如人文主义地理学家蒂姆·克雷斯韦尔（Tim Cresswell）所说："地方不单是只是有待观察、研究和书写的事物，地方本身就是我们观看、研究和书写方式的一环。"[①] 我们考察东南亚华文诗歌对中国的地理想象，其目的不在于去甄别诗歌想象的中国与现实中国在地理形象上的差异，也不只停留于阐释地理中国在东南亚华文诗歌中的地方意义，而是希望透过中国这个在东南亚华文诗歌中被反复想象，被依附情感和经验的"地方"去发掘东南亚华人诗人作为想象主体而存在的意义，探究东南亚华文诗歌在想象和书写地理中国背后更为复杂的文化与社会机制。

第二节　中国国族的想象

　　自近代以来，东南亚各国先后被纳入西方帝国主义的殖民版图，成为被压迫、被侵略的对象。"对非西方国家而言，建立国家的过程无疑是对西方反抗的过程，因为非西方是通过西方为'他性'——敌人的方法来建立国家的"[②]，因而在整个 20 世纪，构建"民族国家"成为东南亚各国这些非西方、后发达的现代主体在国际政治格局中最基本的政治诉求和生存理想，也为此重构了包括华人在内的东南亚各族人民关于自我与世界的想象。发轫于 20 世纪 20 年代的东南亚华文诗歌注定无法逃离这场"现代性"历史洪流的冲击，也必然会以其特有的方式建构起民族文学的想象空间，其中最核心的莫过于对中国在民族国家意义上的想象。因此，从民族国家的视角介入东南亚华文诗歌对中国的政治想象成为我们考察东南亚华文诗歌中国想象一个不容忽视的路径。

　　现代意义上的"民族国家"（nation-state）是本尼迪克特·安德森（Benedict Anderson）在《想象的共同体》一书中反复论证的核心概念。"民族国家"是一个"想象的政治共同体"，尽管族群成员间未曾相遇和

---

　　① 蒂姆·克雷斯韦尔：《地方：记忆、想象与认同》，王志弘、徐苔玲译，群学出版有限公司 2006 年版，第 28 页。

　　② 李扬：《抗争宿命之路》，时代文艺出版社 1993 年版，第 33 页。

认识，但经由阅读、想象、记忆的同时性与即时性的过程，通过想象与行构共同的生活和行为规范，因而产生强烈的归属感与同胞爱，以达成巩固民族国家既有结构和体制的目的①。在东南亚华文诗歌借中国想象实现"自我主体性"和"归属感"的现实需求下，民族国家意义上的"中国"同样是东南亚华人弥补"认同匮乏"的想象物。

然而，"民族"（nation）与"国家"（state）之间的关系，无论是安德森的理论阐释还是在东南亚华文诗歌的文学想象中都并非完全的对等。就像吴睿人在《想象的共同体》一书的导读中所指出的，"民族"是以政治想象或意识形态出现的一种理念，指涉理想化的人民群体，具有理想化的色彩；而"国家"则是实现"民族"这种理想化人民群体的目标或工具。另外，在东南亚华文诗歌中的族想象的政治文化共同体中，"中国"同时具有"民族"与"国家"的双重意义。在侨民文艺时期的东南亚华文诗歌里，"中国"既是民族想象的共同体，也是现代诉求下的民族国家，以爱国意识为核心的国族想象在东南亚抗战诗歌中达到了最高潮。而在 20 世纪 60 年代以后的东南亚华文诗歌里，"中国"是原乡神话和民族记忆的代码，东南亚华文诗歌对中国的国族想象更多的是通过历史溯源的记忆重构与怀乡主题的文化寻根来实现。

东南亚华文诗歌对中国国族想象的复杂性与现代东南亚华人多重认同的历史现实密切相关。作为中华民族在海外的移民族群，东南亚华人基于语言、文化和习俗等族群共性所形成的"历史"认同是各个历史时期东南亚华文诗歌对中国国族想象的基本立场。王赓武先生曾经对这种"历史"认同有过精确论述："由于中国过去的历史，由于某种抽象的对于中国文明的'伟大传统'的自豪，这种核心（情操核心）可能受到加固，得到扩大。这种文明传统就产生一种可以称为'历史'的认同。这种认同之所以称为'历史'认同是它强调传统的家庭价值、氏族的起源和对次种族的忠诚以及代表华族过去光荣历史的象征。这一切有助于维持住华人性。"② 在 20 世纪二三十年代之后，东南亚华人的历史认同受到了来自中国本土更具有进取性的民族主义的冲击，具有了更具现实意义的"民

---

①　本尼迪克特·安德森：《想象的共同体：民族主义的起源与散布》，吴叡人译，上海人民出版社 2005 年版，第 7—12 页。

②　王赓武：《东南亚华人认同问题的研究》，《南洋资料译丛》1986 年第 4 期。

族主义"认同:"民族主义的性质并不是由一种热情的自我发现所决定的,而大都是由来自中国受过教育的华人巧妙游说所决定的,他们能揭示和证实华人一切苦难的根源。这就产生了一种从外部训出的民族主义,它把华人的一切问题归结为一个显而易见的答案:一个强大的中国将会保护他们,因而更有切肤关系。"① 但在 20 世纪 60 年代后,东南亚华人的认同问题变得更加复杂,一方面,已经成为在地国公民的华人要效忠于他们的国家;但另一方面,无论从民族情感还是文化传统上他们也剪不断与中国的联系,第二次世界大战前华人纯粹的民族主义认同也逐渐被新的文化认同所取代。东南亚华人对中国民族认同的历史变迁正是造成东南亚华文诗歌中国国族想象具体差异的重要原因。

一 国族想象的记忆重构

在现代民族主义的观念里,民族国家既是"本质上有限""享有主权"的政治共同体,同时也是集体共同想象和创造的"特殊的文化人造物",因为"即使是最小的民族的成员,也不可能认识他们大多数的同胞,和他们相遇,或者甚至听说过他们,然而,他们相互联结的意象却活在每一位成员的心中"②。而民族主义能够"将偶然化成命运"的魔法就在于:"在政治上表现为民族国家的'民族'的身影,总是浮现在遥远不复记的过去之中,而且更为重要的是,也同时延伸到无限的未来之中。"③因而,建立民族国家这一"政治—文化"的共同体离不开族群成员对民族记忆的叙述与重构,换句话说,只有通过"同质空洞的时间"④,民族记忆才会呈现为一部伸向无限久远过去与未来的民族历史。

东南亚华文诗歌对"中国"的国族想象同样离不开对民族记忆中历史与文化资源的重构。正如霍布斯鲍姆(Eric Hobsbawm)在《史学家:历史神话的终结者》中有这样一段论述:

① 王赓武:《南洋华人民族主义的限度 1912—1937 年》,《东南亚与华人——王赓武教授论文选集》,中国友谊出版公司 1986 年版。

② 本尼迪克特·安德森:《想象的共同体:民族主义的起源与散布》,吴叡人译,上海人民出版社 2005 年版,第 6 页。

③ 同上书,第 11 页。

④ 同上书,第 23 页。

就像罂粟是海洛因毒品的原料一样，对民族主义的、种族或是原教旨主义的意识形态而言，历史就是它们的原料。在这些意识形态中，过去是核心要素，很可能就是基本的要素。如果没有适用的过去，它们常常会捏造过去。的确，按照事物的本质，通常不会有完全适应的过去，因为这些意识形态声称已经证明为正确的形象并非古代的，或一成不变的事实，只不过是对历史的虚构而已。①

通过重构民族记忆来想象中国的国族形象是东南亚华文诗歌对自身"合法性"论证的需要。所谓"合法性"按照美国哲学家罗蒂的说法"就是遵循事先制定的程序，就是变得有条理"②。简单地说，就是任何行为只要为其"结果"找到了一套"合理"的"程序"或者"过程"，那么这个"结果"就是合理的。由此看来，合法性论证实际上是一个由果溯因的过程，要解决的是起源问题，而起源又与历史密不可分，因此，东南亚华文诗歌寻求合法性的逻辑论证不可避免地要向历史溯源、向文化寻根。

后现代理论家詹姆逊认为"一切第三世界的文学都是民族寓言"③，霍米·巴巴也曾坦言："叙述就是历史，而民族是一种叙述性的建构。"④对于身处异域他乡，在多种族、多文化社会空间中艰难生存的东南亚华人来说，中华民族丰厚的历史资源就像是时刻浮动在民族集体无意识海面下那些更深邃、更丰富和更具活力的巨大冰体，一旦遇到民族国家想象的热情就会立刻融化并随时浮出民族集体无意识的海面，成为东南亚华人强化民族凝聚力和民族认同的振奋剂。在新加坡诗人周灿的《长城短调》里，中华民族悠久的历史被看作另一条蜿蜒的长城，"穿过秦汉魏晋/唐宋与明清/穿过似长非长/似短非短的岁月/起伏/沉浮/起起伏伏/沉沉浮浮/风雨/阴晴/风风雨雨/阴阴晴晴"。泰国诗人梁风用平实朴素的诗歌语言描

---

① 埃里克·霍布斯鲍姆：《史学家：历史神话的终结者》，马俊英、郭英剑译，上海人民出版社 2002 年版，第 182 页。

② 理查德·罗蒂：《后哲学文化》，黄勇译，译文出版社 1992 年版，第 75 页。

③ 詹姆逊：《处于跨国资本主义的第三世界文学》，《晚期资本主义的文化逻辑》，三联书店 1997 年版，第 544—545 页。

④ 王宁：《叙述、文化定位和身份认同——霍米·巴巴的后殖民理论评论》，《外国文学》2002 年第 6 期，第 49 页。

述了中国曾经的辉煌："很久很久以前，/大约有几千年吧，/世界东方有个古国，/人口占全球第一，/它有着人类最古老的文化，/也有过强大无比的国力，/声威四播，/远至欧洲。"马来西亚诗人傅承得则在长诗《筷子的联想》里线性地罗列出中华民族自远古洪荒而至武昌起义的一系列脍炙人口的历史典故：

> 三王五帝现身传说
> 茹毛饮血悄悄绝迹
> 百家争鸣的时代
> 春秋中走出孔丘
> 战场尘土飞扬
> 戎车飘飘秦国的幡帜
> 然后是鸿门宴，以及
> 借箸代筹的典故
> 筷子轻轻夹起
> 大汉天威
> 咏叹短歌行
> 更赋归去来兮
> 忘却兵荒马乱
> 金筋玉筋的落向
> 应是唐诗宋词的盘碟
> 酒罢嚎啕满江红的泪雨
> 为九十年尸殍遍野的悲剧
> 再仰天长笑
> 蒙古包下的萤火
> 岂能与日月争辉
> 焚烧鸦片的手
> 十面埋伏缓缓弹奏
> 竹筷羸弱
> 妄想夹山超海
> 刀叉挥舞瓜分
> 庆祝梦魇的揭幕

炮焰燎焦辫子

点燃武昌的火把，照出

青天白日

一面不将的旌旗

　　诗人抓住中国历史长河中最具时代特色的历史事件与文化典故，抽象地概括出中国五千年历史的发展脉络与兴衰走向，让每一个读到此诗的人都深深感受到东南亚华文诗歌中民族血脉的流动。"民族历史把民族说成是一个同一的、在时间中不断演变的民族主体，为本来是有争议的、偶然的民族建构一种虚假的统一性。这种物化的历史是从线性的、目的论式的启蒙历史模式中派生出来的。"[1]

　　几经沉浮的曲折历史铸就了中华民族不屈不挠、自强不息的民族精神，这正是民族记忆给予东南亚华文诗歌中国国族想象最大的灵感来源。"历史是证明一个国家或族群曾经存在的依据，无论是光辉或惨烈的大事，都是重要的思想行为之遗产。"[2] 东南亚华文诗歌将饱受苦难却依然屹立于世界民族之林的中华民族比作高山和翠竹，用比兴与象征的艺术手法歌颂中华民族不屈不挠的民族气节。泰国华人诗人夏煌在《山之赞》中写道：

山

你巍巍地矗立着

稳稳地头顶着天脚立着地

雷霆万丈　火舌狂闪

风吼雨暴　怒撼狂摇

撼不动　劈不歪　矗不倒

千年万载终未把你动摇

　　显然，夏煌诗歌中巍巍矗立、顶天立地的"山"象征的正是饱受磨

---

　　① 杜赞奇：《从民族国家拯救历史：民族主义话语与中国近现代史研究》，王实明等译，社会科学文献出版社 2003 年版，第 2 页。

　　② 陈大为：《风格的炼成：亚洲华文文学论文集》，万卷楼图书公司 2009 年版，第 215 页。

难却始终屹立不倒的中华民族，"雷霆万丈　火舌狂闪／风吼雨暴　怒撼狂摇"则是诗人对民族遭受苦难最为生动的隐喻。新加坡华人诗人石君则在《竹》这整首诗里运用比兴的手法想象中华民族五千年的历史便是"竹的历史"，"它生长　生长在东／以不屈的节／挑负五千年历史"。诗人用"风平时　竹默默奉献"隐喻和平年代的中国："它曾碎身成片段／为方方仓颉／串龙的史册／作为竿　竹使轩辕锦绣／飘扬礼仪之邦"，又用"暴风雨来时／沉默的竹／唱着激越的歌"想象民族在遭受苦难的时刻仍然"以不屈的节／一一千古留名／以不屈的节／贯意志长虹"。中华民族的光荣与耻辱、辉煌与衰落都在东南亚华人诗人心中刻下了一道道不灭的痕迹，这就像新加坡年轻的华人诗人杜雪梅在《无题》一诗中宣泄而出的民族主义激情："你的没落与崛起／使我痛哭流涕／使我满怀欣喜／我轻轻地掩上一幕幕的过去／你仿佛不为眼前着急／将来却总是那么等不及／我恨不得／即刻和你一起／燃烧在火里。"

　　面对海外残酷的生存环境，东南亚华人必须团结一心、构建起本族群强大的精神支柱，这直接促使了东南亚华文诗歌对我们民族精神的想象。就像新加坡诗人周天在诗歌《爱火》中对华人热情乐观性格的描述："祖先／最早发现／火的热烈浪漫……火影下／血泪交织成的史诗／一行又一行"，尽管历史总是血泪交织，但民族炽热的生命火焰却永不会熄灭。泰国华人诗人黑掌在《腥风血雨的芎菲》中以一个中国人的民族情感和历史记忆塑造了中华民族在血雨腥风的苦难史中坚强锤炼、顶天立地的民族形象：

　　　　白手绢内
　　　　裹住的俨然是
　　　　无数个世纪的哀伤
　　　　拭不完的泪
　　　　吐不尽的悲
　　　　燃烧的苦果
　　　　蜕不脱茧蛹的罗网
　　　　千百年来
　　　　牢牢地扼住
　　　　每一个中国人的命运

> 每一部史册
> 都有血与泪的渗透
> 而那铮然所珍藏的是
> 千古锤炼成
> 中华民族不可抹杀的
> 一部历史巨著
> 辉煌史迹
> 亘古不朽地夹着
> 腥风血雨的扉页
> 纵横一船
> 载不完的血与泪
> 灵与魂的啜泣

诗歌中除了有民族血与泪苦难岁月的真诚哀痛，更饱含了诗人对民族精神在海外华人社会继续发扬光大的深深期许，希望以此激励华人子弟勿忘国耻、奋发图强的爱国热忱。新加坡诗人郭永秀则在我们每个炎黄子孙的手掌心里读出了中华民族"多少辛酸、多少悲苦/多少含泪的故事，以及/一则在风雨中苦苦挣扎的历史"，纵横交错的掌纹就像深深印刻在东南亚华人心中难以磨灭的民族记忆，"回首，每一道深深的痕迹/篆刻着一个淌血的记忆/向前，每道痕迹的前端/伸延着一个遥远的未知"。马华诗人何乃健则用一条倔强的脐带把自己与中华民族的文化母体紧紧相连，"时刻抗拒着锋利的剪刀……永远以这条脐带去吮吸/母体里蓄了五千年的蛋白质"。

英雄是历史记忆的焦点，更是民族精神的象征。上至远古的神话传说，下到市井的民间野史，夏禹、荆轲、苏武、岳飞、秋瑾、谭嗣同这些在东南亚华人社会中家喻户晓的英雄人物也成为东南亚华文诗歌对中国国族想象中反复书写与盛情讴歌的对象。浮现在民族历史记忆中的英雄豪杰就像新加坡诗人郭永秀诗歌中那柄锋利无比的浩然长剑，贯穿千年的历史长空，依然为东南亚华人敬仰崇拜：

> 千百年来
> 多少英雄豪杰

全仗仗手中这柄浩然之气

保家卫国、除暴安良

留下许多可歌可泣的故事

而这威武不屈如烈士者

也须凭这森森三尺

晶莹夺目炫今耀古的寒芒

往脖子上一搁

才堂堂正正地走进了历史①

　　新加坡华人诗人蔡铭在《岳飞》一诗里表达了他对民族英雄岳飞精忠报国的深深敬意：“楚楚痛着／是母亲　深深／刺在你背上／在我们记忆中的字‘精忠报国’／只为了这几个字／你就得被陷害／且饮毒酒／虽然你的箭，你的刀／向金人要回了／我们的血／这些血啊／仍洗不清／千年来蒙尘的中原。”岳飞效忠国家的不朽气节在马来西亚诗人田思的笔下则化身为一株傲然天地间的“精忠柏”：“草木有情／当英雄已殁／忧心成焦／那如铁的性格／仍僵而不仆／千百年后／化为坚石／与天地共鉴／一缕忠魂不朽。”②忠君报国的民族英雄不只有征战疆场、杀敌报国的武将岳飞，还有执拗不逊、一心变法的改革家王安石：“腐败的习气／千百年来／仍在麻痹着人心／唯有你的精神／是一剂振奋的清醒／一个不设篱笆的心胸／难免惹来许多画地为牢者／乱扔石头／多少世代了／那些石头已化为尘埃／而日月辉照的／却是你愈见峥嵘的风骨。”③马来西亚诗人游川对“戊戌六君子”之一的谭嗣同更是情有独钟，多次以谭嗣同在北京菜市口慷慨就义的历史事迹为题材抒发他对于民族大义的崇拜：“读你的仁学自述／读到冲决罗网／已料到你的下场／我苦苦劝你出亡／一切可能因此改向／你却横刀向天笑／不有行者，无以图将来／不有死者，无以酬家国／害历史一波三折／陷文明于野蛮和愚妄／最要命的是，那刽子手／慑于你视死如归的坦荡／那一刀，拿捏不准／竟砍在百年后／我的心头上”，④ 诗人将谭嗣同英勇就义的“那一刀”

---

① 郭永秀：《剑的故事》，载《郭永秀自选集》，银河出版社2009年版，第51—52页。
② 田思：《精忠柏》，载《给我一片天空》，千秋事业社1995年版，第91页。
③ 田思：《读王安石》，载《田思诗歌自选集》，大将事业社2002年版，第113页。
④ 游川：《那一刀——读谭嗣同》，载《美国可乐中国佛》，千秋事业社1998年版，第122页。

与他本人的内心感受直接联系在一起，用想象的方式与历史人物进行跨越时空的心灵对话：

> 这头是你
> 宁死不屈的头颅
> 那头是它
> 庄严凄美的落日
> 请问刀啊刀
> 这一刀下去单单这一身傲骨
> 撑不撑得起历史①

　　另一位马来西亚诗人方昂则用"卖刀"的反讽手法将秋瑾和谭嗣同舍生取义、杀生成仁的英勇事迹写进了他的国族想象中："第一口/卖给千金买刀的秋瑾/秋风秋雨里她要舞刀/一腔热血掀一片碧涛/青天白日洒满地的红/第二口/卖给六君子的谭嗣同/横刀向天他狂傲地笑/生亦不怕死且何惧/峥嵘肝胆壮死比两昆仑。"② 无论是精忠报国的宋代抗金名将岳飞，还是改革变法的封建士大夫王安石；无论是戊戌变法的维新志士谭嗣同，还是近代革命的鉴湖女侠秋瑾，英雄们舍生报国、慷慨就义的高尚人格正是东南亚华文诗歌中国国族想象的灵魂。

　　重构民族历史记忆必然要借助于本民族文化体系的力量，其作用正如西方学者所言："利用文化构建过去的历史，能够有效地培养集体认同，也使社群的想象成为历史主题。"③ 东南亚华文诗歌在塑造中国的民族国家形象时也在调动一切可供想象的民族文化资源，竭力重构民族新的集体记忆，并努力使之为群体所有成员所普遍认同。古老的象形文字、当空的明月、浓郁的茶香……一切被赋予中国特质的文化代码都能唤起东南亚华人对于民族历史强烈的感怀与认同。正是这些在本尼迪克特·安德森看来是"是先于民族主义出现"，"在日后既孕育了民族主义，同时也变成民

---

① 游川：《菜市口遐想》，载《美国可乐中国佛》，千秋事业社 1998 年版，第 140 页。

② 方昂：《卖刀》，载《箐滴》，马来西亚华文作家协会 1993 年版，第 61 页。

③ A. M. Alonso, *The Efeects of Truth：Representation of the Past and the Imagining of Community*, Journal of Historical Sociology, Vi ni (March, 1988), pp. 33 – 57. 参见纳日碧力戈《现代背景下的族群建构》，云南教育出版社 2000 年版，第 55 页。

族主义形成背景"的"文化体系"① 成就了东南亚华文诗歌重构中华民族记忆、进而想象中国国族形象的另一条重要途径。

新加坡诗人郭永秀在《筷子》一诗中巧妙地将中华民族"辛勤与智慧""和平与友爱"的民族性格与中国传统的文化符号"筷子"联系起来，充满豪情地表达了一个海外华人对民族五千年文明史的久仰与崇敬：

> 五指微拢，轻轻
> 夹起五千年的芬芳
> ……
> 一支擎着，辛勤与智慧
> 一支擎着，和平与友爱
> 两支，便擎起整个民族的历史与文化

泰华诗人子帆用"自五千年又五千年/在熊熊火焰的大块里/方格方格/赤裸地铸造、冶炼"的方块字象征中华民族"千年沿革/十年灾劫/有血的有情的有爱的有义的"曲折历史。林康的《祭月》用现代的诗情和奇特的想象将古人把酒问月的意境还原："犹记得/哲人悼亡/借助你的传奇/这五千年睿智的/凝聚/叫热泪滂沱成/倾盆的大雨。"在新加坡华文诗坛，诗人刘可为在《与白居易共饮》中跨越时空与唐朝大诗人白居易饮酒话诗，周天则在《夜思》的烈酒迷醉中怀念李白"思乡陶醉""摇笔疾书"的身影，更在《茶思》浓郁的茶香里："念屈子的幽幽/念文天祥的正气/念鲁迅的傲骨/就凭我有这一脉的历史血色。"

在海外华人心中，民族记忆中灿烂辉煌的过去让他们引以为荣，并时时化作笔端永不褪色的民族记忆和中国情结。菲律宾女诗人谢馨在《中国结》中写道："啊！中国，/你是我潜意识最深陷的恋母/恋父情绪……执着地/效仿你夏底韵致。且在每一个/转身的姿态，每一个/低徊的流盼里，中国啊！/中国，我痴迷地模拟/你/唐汉的风华。"泰国诗人林牧更将海外华人与中华文化剪不断的根脉归功于民族辉煌的历史，他在诗歌《源流》中写道："在洪荒的瘠土上/在辽阔的旷野中/千万缕潺潺的细流/融

---

① 本尼迪克特·安德森：《想象的共同体：民族主义的起源与散布》，吴叡人译，上海人民出版社 2005 年版，第 11 页。

汇成一条伟大的巨川/在无垠的宇宙中/在广荡的大地上/亿万株苗壮的幼苗/蔓延着千万条不断的根"，正是因为有了民族历史长河的滋润，浩瀚的中华文化才能继续在异域的东南亚奔流不息。

族群认同构是记忆重构的前提，更是国族想象的目的所在。族群认同是内部与外部合力的结果，如巴斯所说："民族确认的最重要价值与族群内部相关的一些活动联系在一起，而建立其上的社会组织同样受到来自族群内部活动的限制。另外，复合的多族群系统，其价值也建立在多种族群不同的社会活动之上。"[1] 东南亚华文诗歌通过历史与文化资源重构民族记忆的国族想象显然也与东南亚华族在族群内外活动中建立的族群认同密切相关。更何况历史从来就不是静态客观的存在，而是一种话语组织的叙述，一种以现实为出发点的话语实践的产物。东南亚华文诗歌对民族记忆重构的国族想象实际上也是东南亚华族这个特殊的族群在中国本土之外，以"华人"而非"华侨"的身份用"此时此地"的话语去重新组织中国的过去。正如保罗·康纳顿所言："我们对现在的体验在很大程度上取决于我们有关过去的知识。我们在与一个过去的事件和事物有因果联系的脉络中体验现在的世界。"[2]

联系中国近现代的历史语境，东南亚华文诗歌对中国的民族国家想象的确是一种迫于外界压力而采取的应激式想象。自鸦片战争以来，中国逐渐落后于西方，成为帝国主义列强争相掠夺的对象，中国人也被西方人看作低人一等的"东亚病夫"。尤其在第二次世界大战结束、东南亚各国独立建国之后，东南亚华族在所在国遭受一次又一次边缘化或同化民族政策的压迫时，他们更加需要维持内在中国与华夏民族在族群内部的神圣地位，作为与华族之外其他东南亚族群相抗衡的精神武器。所以，无论是处于侨民文学时期的东南亚华文诗歌，还是在 20 世纪 50 年代后逐步本土化的东南亚华文诗歌，在面对中国数百年来的内忧外患和华族在东南亚的艰难处境时，东南亚华文诗歌依然还是选择回到过去，用重构民族历史与文化记忆的方式去想象中国，撷取民族记忆中那些最引以豪的文化符码和审美意象，精心构建出古老中国曾经文治武功、雄踞一方的帝国形象。

---

① Fredrik Barth, *Ethnic Groups and Boundaries: the Social Organization of Culture Difference* (Boston: Little, Brown and Company, 1969), p. 19.

② 保罗·康纳顿:《社会如何记忆》，纳日碧力戈译，上海人民出版社 2000 年版，第 3 页。

　　东南亚华文诗歌重构民族记忆的国族想象最大限度地弥补了近现代中国百年屈辱带给东南亚华族的心理失落，让东南亚华族在当代愈加残酷的族群生存环境中找到了民族自强自立的勇气和信心。东南亚华文诗歌对中国的国族想象也让我们有机会看到了一个真实的东南亚华人社会，看到他们在对民族记忆的重构中舍弃与保留背后的心路历程。同时，作为东南亚多元族群社会的一个少数民族，东南亚华人又通过对中国的国族想象不断构建华族与其他族群的边界关系，强化着自己的族群认同感。"任何民族历史和文化的确认终究系由某一民族的人民根据自己的族源和背景自己来确认。"① 闪耀在民族记忆中光辉灿烂的历史文明让东南亚华文诗歌在"文明"与"野蛮"二元对立的族群观念中清晰地划分出"我族历史"与"他族历史"的族群界限。民族记忆中曲折苦难的历史磨难则让东南亚华族在百折不挠的民族精神中看到了民族的希望和活力，而那些代表着社会价值与民族精神的英雄人物更是东南亚华族内部的道德楷模。于是，民族国家的想象与族群的历史记忆便成为不可分割的两个实体，虚构与真实，隐喻与叙述，共同推动着东南亚华文诗歌对中国的国族想象。

　　"区别不同的共同体的基础，并非他们的虚假或真实性，而是他们被想象的方式"，因此，"虚构静静地渗透到现实之中，创造出人们对一个匿名的共同体不寻常的信心，而这就是现代民族的正字商标"②。东南亚华文诗歌立足现在、追溯过去，通过政治想象和文化资源重构民族的历史记忆来论证中国国家身份和华族民族身份的合法性，正是东南亚华人强烈追求身份认同的政治诉求和生存理想在东南亚华文诗歌民族国家想象上的体现。

二　国族想象的爱国意识

　　民族国家是诱发爱国主义情感和民族国家想象的源头，国民与国家之间那种无可选择、生来如此的自然连带关系让民族国家戴上了一个公正无

---

① F. Barth, *Ethnic Groups and Boudaries: the Social Organization of Culture Difference* (Boston: Little, Brown and Company, 1969), p. 3.
② 本尼迪克特·安德森：《想象的共同体：民族主义的起源与散布》，上海人民出版社2005年版，第6页。

私的光圈，同时也衍生出一种尊贵而忘我的情感。作为"想象的共同体"的民族国家之所以重要，也就在于"民族的想象能在人们心中召唤出一种强烈的历史宿命感"，"使人们在民族的想象中感受到一种真正无私的大我与群体生命的存在"①。

爱国主义是一种无私而高贵的自我牺牲精神，它与民族国家的想象相伴而生，尤其是在国家遭遇外患入侵、民族生死存亡的危难时刻，文学对民族国家的想象就更能唤起公民或民族一分子对国家、民族的绝对忠诚和普遍认同。

> "在一定的历史发展阶段上，民族以一些外部刺激为契机，通过对以前所依存的环境或多或少自觉的转换，把自己提高为政治上的民族。通常促使这种转换的外部刺激，就是外国势力，也就是所谓外患。"②

20世纪30年代，日本帝国主义正式发动了全面的侵华战争，中华民族亡国灭种的民族危机空前严峻。东南亚华人以笔名"秋冰"发表的诗歌《乡讯》正是用无比愤慨的语言控诉了侵华战争给中国人民带来的深重苦难，严厉谴责日本帝国主义对中国人民所犯下的滔天罪行："……烽火中归来的田野/烧焦了欣荣的谷实/怨艾嗟叹揉碎了/牧童牛背的闲逸/愁苦的岁月/雕深了农夫额上的皱纹……"在此历史背景下，深受中国现代文学影响的东南亚华文诗歌在意识形态领域内迅速生成了以"拯救中国""拯救民族"为核心目标的国家想象与知识话语。正如德国哲学大师黑格尔所言："战争中整个民族都被动员起来，在集体情况中经历着一种新鲜的激情和活动"，③ 这一时期的东南亚华文诗歌也在民族救亡激情的鼓动下，高举起抗日救国、民族解放和国家独立的时代大旗，表现出了强烈的抗争精神和反抗色彩。

在泰华诗坛上有一位笔名"剑奴"的诗人，他用口号标语般铿锵有

---

① 本尼迪克特·安德森：《想象的共同体：民族主义的起源与散布》，上海人民出版社2005年版，第6页。

② 丸山真男：《日本政治思想史研究》，生活·读书·新知三联书店2000年版，第270页。

③ 黑格尔：《美学·第3卷》下册，商务印书馆1995年版，第126页。

力的诗句表达胸中满腔的愤怒和爱国热忱，号召国人勇敢地投入抗日救国的战争中，用鲜血和生命打败侵略者获得民族的自由。其中有一首《奴隶的怒吼》在东南亚华人中广为流传："这时代／谁还害怕狰狞的屠客／谁还害怕犀利的刺刀／谁便是千世万代的牛马／谁不怕流血牺牲／谁便是最后必来的自由者／自由神是跟在黑暗的后面……"另一位东南亚华人诗人关伯标则在《向清风祈祷——遥寄前线的战士》中对前线沙场的战士发出了深情的呼唤，激励战士为"新生的中国"而战："英勇的弟兄们啊！／我们是再也不能忍受着，／优美的祖国的胸膛，／再，饱受敌人的蹂躏！／天然的美景，甘泉，／去供马醉倒狂欢？／哦！兄弟们啊！／慎重地守卫着吧！／看呀！四万万五千万同胞！／如今已执起奸丑的干戈，／记紧吧！兄弟：不饮弹，／则饮血，／让新生的中国，／在明年今日，／在炮火的烟雾里／在血红的火花中／更生，／长成吧！"泰华诗人陈陆留在《八一三献诗》中热情歌颂中华儿女同仇敌忾、顽强抗击日本侵略者的英勇斗争和牺牲精神："让上海变成赤土吧！让你埋尸在上海的战场吧！千万人的呐喊，千万人的咆哮，日本鬼子吃着了苦头了！"，"火可就在心头燃烧了／四万万人的心的火照亮了中国的前途"，"将血管内的热血洒向中华的土地上，将颈上的头颅抛向中华的疆场"。

　　"终极的牺牲这种理念，乃是经由宿命的媒介而与纯粹性的理念一同孕育而生的。"① 国难当头的历史时刻，国民要毫不犹豫地将个体生命让位于民族国家的整体利益，且会被其他社会成员视为效仿的榜样和国族的光荣，这正是"不带有任何利害关系"的现代民族国家在被想象成为"政治共同体"过程中所必然生发出来的一种以牺牲精神为核心的国家意识。正如安德森所言："为革命而死亡之所以被视为崇高的行为，是因为人们感觉那是某种本质上非常纯粹的事物。"② 东南亚早期华文诗歌以浓厚的中国意识和牺牲精神来想象中国的民族国家形象借以挽救民族国家存亡的危机，一方面是中国现代文学"救亡"主题在海外华人文学场域内的延续；另一方面也是东南亚华人与中国本土保持密切联系的生存诉求和身份想象。

---

① 本尼迪克特·安德森：《想象的共同体：民族主义的起源与散布》，上海人民出版社2005年版，第139页。
② 同上。

"民族主义的性质并不是由一种热情的自我发现所决定的，而大都是来自中国受过教育的华人巧妙游说所决定的，他们能揭示和证实华人一切苦难的根源。这就产生了一种从外部训出的民族主义，它把华人的一切问题归纳为一个显而易见的答案：一个强大的中国会保护他们，因而更有切肤关系。"①

东南亚华人虽远在千里之外、异国他乡，但依然能够深切地感受到祖国山河破碎、生灵涂炭的民族灾难。这种骨肉相连的民族情感正像泰华诗人胡俊在《春风重临的季节》一诗中写道的："当你紧握住我的手/带着微笑投向远方/——那交融着血泪的国土/你曾答应过我/春风重临的季节你将归来……"海外华人与祖国同胞休戚与共、同生死共患难的血脉亲情跃然纸上。

伴随着时代语境的历史变迁，东南亚华文诗歌对中国的民族国家想象以及贯穿其中的爱国主义情感不会一成不变，其内涵和特质也会发生相应的变化。与之前同仇敌忾、英勇牺牲的民族抗争相比，第二次世界大战后东南亚华文诗歌对中国的民族国家想象呈现出了更为复杂多样的爱国形态。

第二次世界大战后民族主义的浪潮让东南亚各国相继摆脱西方殖民主义的统治，建立了独立的国家政权，这使得东南亚华人在国籍身份和国家认同上产生了新的矛盾与困惑："居留在南洋各地的华人，为了自己的前途，也为了儿孙的前途不得不跟着时代的潮流走——他们在两种国籍的抉择上选择了当前的国籍"，从此东南亚华人中的"绝大多数不再是中国人"，"不能再用华侨称呼"②。但以中国为本的民族国家意识却未必会与东南亚的华侨身份一起同时退出历史的舞台，尤其是在东南亚华人屡遭所在国政治与经济上的排斥与打压时，以中国作为东南亚华文诗歌民族国家意识对象的"强烈的中国情意结"就会"回应整个大环境压迫"，出现一

---

① 王赓武：《南洋华人民族主义的限度 1912—1937 年》，姚楠编译，载《东南亚与华人——王赓武教授论文选集》，中国友谊出版公司 1987 年版，第 136—137 页。
② 转引自张奕善：《东南亚华人移民之研究》，《东南亚史研究论集》，学生书局 1981 年版，第 232 页。

种歌颂礼赞新中国进步形象的爱国主义情感"反弹"①。泰华诗人岭南人在《回到故乡的月亮胖了》一诗中将曼谷"瘦瘦的""像湄南河畔的象牙香蕉"的月亮与"圆圆的脸蛋/正如陶陶居的月饼"的北京月亮作比较，借月亮传达了诗人对于祖国的认同：是"珠江""北京"的中国而不是"湄南河""曼谷"的泰国。在他的另一首著名诗作《致周柏——重游晋祠归来》中，诗人在阔别祖国 30 年后第一次踏上故土，激情满怀，几乎分不清眼前所见是事实还是幻梦："眼看旧的并州在烽烟倒下/新的太原又在锣鼓声里站起……我看见，你苍老的脸上/滚下欢喜的泪珠几滴/我欢喜地看见了/你枯萎的生命/又抽出新绿"，表达出海外华人亲眼目睹中国几经历史沉浮终于旧貌换新颜的欣喜之情。另一位侨居泰国的诗人子帆则在一首直接以《祖国》命名的诗歌中展示了海外游子对中国的一片炽热衷肠：

> 初临祖国
>
> 惊喜　亲切　爱
>
> 绵绵　充盈心胸
>
> 幼年父母诉说的唐山
>
> 幼年幻想的河山海岸
>
> 青年憧憬的锦绣山河
>
> 已呈现在眼前
>
> 十日的旅程太短暂了
>
> 伟大的祖国我能知多少
>
> 我投在祖国的怀抱里
>
> 切切诉说　我会再来
>
> 悄悄抚摸着
>
> 一分一寸的国土

第二次世界大战后，东南亚华文诗歌以爱国主义为核心的民族国家意识还表现在一些以想象海峡两岸统一的中国想象中。菲华诗人晓阳将海峡

---

① 刘育龙：《旅台与本土作家跨世纪座谈会会议记录》（上），《星洲日报·星洲文艺》1999 年 10 月 23 日。

两岸的隔绝形象地比作一道"为隔绝两岸兄弟的亲情而立的"的围墙，他在《围墙》一诗中写道："这道无形的围墙/比柏林有形的围墙更高、更厚、更长/……比有形的战争/更残酷、更可怕……这是炎黄子孙五千年/历史最大的悲哀/民族最大的耻辱"，并预言"围墙倒塌的一天/将是东方巨人/顶天立地的一天"。泰华诗人张望也在诗歌《两岸》中深情呼唤尽早结束两岸分隔的黑夜，迎来中国统一的黎明："在海峡两岸之间/长期漂泊/一个名字叫华侨的野生植物/该要绕地球几千万圈次/或继续呐喊/才能感动匿藏的曙光/重拉起炎黄子孙的手/来个黎明的大合唱。"泰华著名诗人子帆在《根》中用诗歌动情的语言抒发了海外华人热切盼望两岸统一的心声："一水之隔/把绵延的大地/隔成遥遥相峙的两岸。/隔断了万水千山，/隔不断两岸的乡心！/隔不断地连地，心连心。"他的另一首诗歌《海峡问月》则是借着"月"的象征意义，表达了两岸同胞隔海相望、急盼国家统一的强烈愿望："那发自呼痛/冷峻的创伤胸脯/就这样起伏呜咽/在历史的海峡/沉思……血一直在峡中沸腾呼啸/有人在两峡殷切/问月/几时圆/几时圆。"无论是对海峡相隔、骨肉相分的悲哀，还是对两岸统一、华夏团圆的企盼，东南亚华文诗歌都以爱国主义之名将一个统一富强的中国形象赋予了依然保持着中国认同的东南亚华人和他们对"中国"的民族国家想象。

作为东南亚华文诗歌对"中国"民族国家想象的核心意识，东南亚华文诗歌中的爱国主义显然不同于在国籍归属上拥有"中华人民共和国"或"中华民国"国民身份的纯粹"中国人"的国家意识。它是流散异域的东南亚华族在特定历史文化语境下基于种族血源性和文化共同性所自发形成的一种类似于"群众性方言民族主义"① 的国家情感。游弋于20世纪历史洪流中的东南亚华人正是以此爱国主义情感为核心，在相对远离中国政治的边缘位置，用一种中立调和的态度在东南亚华文诗歌中构建了一个无关社会意识形态、也无关阶级政权的完全理想化的中国民族国家形象。

---

① 本尼迪克特·安德森：《想象的共同体：民族主义的起源与散布》，吴叡人译，上海人民出版社 2005 年版，第 146 页。

三　国族想象的怀乡主题

正如德国哲学家赫德（Johann Gottfried Von Herder）的一句箴言："乡愁是最高贵的痛苦"，人类对于自己或祖先的出生地、对于民族的发源地总是怀有一种天然的眷恋，这种神秘而微妙的情感源于人类对于自我的本能探寻，同时也将现代国家意识下的乡愁与依附于此的文学想象紧密地联系在了一起。因此，"怀乡"是世界各民族流寓他乡的游子对于原乡故土的留恋与向往，是人类最美好、最纯真的普遍情感，也因此成为东南亚华文诗歌对"中国"民族国家想象的经典主题。

东南亚华文诗歌中的"怀乡"与中华民族千百年来延续的"家国"观念一脉相承。发源于农耕文明的中华文化历来安土重迁，家庭单位中的个人一旦离家远游，"家"的含义就往往超越家庭，成为家族、村落甚至是国家和天下的代名词。东南亚华人也保持了这种"对家族的高度特殊化的忠诚和以宗族为基础的村落可能成为远距离联系的基础"[1] 的传统，他们打破地缘和家族的界限，在华文诗歌抒情言志的想象空间中借助中华民族这个"想象的共同体"将家扩展到整个中国，将满载家族记忆的故乡情结内聚成为对故土——"唐山"浓浓的乡愁和对祖国——"神州"的国家想象。

如前文所述，东南亚各国在第二次世界大战后民族解放运动的浪潮中纷纷独立建国，东南亚华人为了生存的需要对国籍进行了重新选择，他们的国家认同和国家意识也随之发生了显著的变化。但东南亚华人与中国本土的关系以及从这种关系中表现出来的民族国家观念却无法用单一的"爱国爱家"或"民族主义"来笼统概括，而应因时、因地、因人地进行具体区分。华人学者王赓武先生曾将海外华人分为三类："第一类华人十分关心中国的事务；第二类华人主要想维持海外华人社会组织的力量；第三类华人则埋头致力于在居住国争取自己的政治地位和经济地位。"[2] 对

---

[1]　王赓武：《移民及其敌人》，载《王赓武自选集》，上海教育出版社 2002 年版，第 168 页。

[2]　王赓武：《南洋华人民族主义的限度 1912—1937 年》，载《东南亚与华人——王赓武教授论文选集》，中国友谊出版公司 1986 年版。

于已经加入当地国国籍、成为当地国民的东南亚华人来说，"祖国""故乡"的含义也已经变得十分复杂。他们当中或许只有第一类华人还将"中国"看作自己的祖国和故乡，而第二类、第三类华人则逐渐认同了东南亚当地的民族国家，"中国"是他们血缘与文化的祖籍国，而不是政治上效忠的祖国，是被虚化为带有神话色彩的祖辈的"原乡"，而不是生他养他、留下足迹的"故乡"。同时，在不同年龄和代际的东南亚华人眼中，"故乡"也在悄然演变。"在老去的海外人心中，人生大概别有自己的滋味；所谓故国，也另有意义。对老去的人而言，祖国故乡仅可能是记忆中一个破碎的国度，就算完好如初，恐怕也已经失落；取代的是一种理想化了的原乡神话。"而在东南亚本土出生、成长并逐步融入东南亚本土社会的第二代、第三代华人和更年轻的新生代华人则"更加不再一味地执着于自己的中国属性。而中国作为原乡的母体，原有的意义也将丧失殆尽。种种隐喻也在丧失的寓言中一一浮现"①。因此，从民族国家视角来解读以"怀乡"为主题的东南亚华文诗歌对"中国"的想象就有必要对东南亚华文诗歌所怀之"乡"作出判断：是中国本土的"故乡"，还是东南亚的"第二故乡"？是爱国情怀实指意义的"中国故乡"，还是精神虚化意义的"祖辈原乡"？由此，本文所指涉的东南亚华文诗歌"中国"想象在民族国家想象视野下的"怀乡"主题就只限于那些对中国本土故乡持有爱国主义情怀的诗歌，而抒发热爱东南亚"第二故乡"的怀乡诗和虽写中国但偏重于文化怀想而非政治想象的"原乡神话"则不在本节的论述范围之内。

东南亚华文诗歌中以"怀乡"为主题想象"中国"民族国家形象的诗歌，往往是以华人在东南亚当地的生活经历为背景，由他乡的一草一木、一山一水触景生情，牵出诗人对故土家园的万缕乡愁。菲华诗人依凉的《乡思》一诗就颇具代表性：

> 长廊，曲桥，山石……
> 暂时刹住万缕乡思，
> 芳邻丽景，

① 林兴谦：《狂欢与破碎——原乡神话、我及其他》，载钟怡雯主编《马华当代散文选（1990—1995）》，文史哲出版社1996年版，第26—27页。

　　魂驰魄骋。

　　千岛之国的柳不绿，

　　乡思，乡思，乡思……

　　长廊曲桥的园林美景让身居千岛之国的诗人一下子魂驰魄骋，仿佛神游故地，却终有他乡"柳不绿"的遗憾，借以表达对杨柳依依的中国故乡的思念。诗人林淙向来自中国大陆的"北风"问乡情："哦，别来无恙，/久违的老乡亲！/汝不远千里而来，/将来探视久羁异邦的故人"，还将"寒冷"看作"北方的特产/热带买不到的无价之珍"作为故乡馈赠的礼物欣然收藏，足见身居热带雨林的东南亚华人对祖国北方大陆的思念。在《中秋月》一诗里，笔名"嵩山鹤"的菲律宾诗人仰望"照着整夜萧条、照着莽原神州的/白露之秋"的中秋月，聆听"异域的《中国之夜》"，竟情不自禁地"又一次握住真挚的冲动/去吻月色，在月的冷晖下/召唤云海那边的亲人"，诗人的思乡情、爱国情令人为之动容。

　　"慈母手中线，游子身上衣"，漂洋过海、离家打拼的华人虽早已在南洋热土成家立业、落地生根，但故乡慈母温暖的怀抱、亲切的乡音和熟悉的身影却总在心头浮现、难以忘怀。泰华诗人子帆在《千里远，情怀长》的抒情诗里寄托了对母亲和故乡无限的向往："游子的思亲，日益的滋长，难以遏制的奔放，啊！我又投向母亲的怀抱。"在《希望的光》一诗中，老一辈华侨丁香山更是将母亲慈爱的目光比作"希望之光"，引领着海外游子回到祖国的怀抱："啊！母亲，/这是我希望的光，/从岛国直飞江南。"母亲的形象和家乡的印象早已在东南亚华文诗歌中融为一体，深深地烙印在海外游子心中，"通过在母亲膝前开始接触，而在入土时才告别的语言，过去被唤回，想象同胞爱，梦想未来"[1]。菲华诗人林淙在《絮语告北风》里动情地写道："母亲死去过了十年，/十年了，家乡断绝音讯。/但我对家乡的印象，/不会消泯，总耿耿在心。/我时常惦念我的母亲，/她俭朴勤劳忘己而好助人，/深爱生长她的美丽土地，/和那土地上的勤勉人民……"诗中不仅饱含着诗人对母亲的深情怀念，更洋溢着海外华人对家乡热土和家乡人民的热爱。这些借对母亲的思念来传达华人

----

　　① 本尼迪克特·安德森：《想象的共同体》，吴叡人译，上海人民出版社 2005 年版，第150 页。

游子"怀乡"之情的东南亚华文诗歌用故乡慈母的呼唤来传达东南亚游子对祖国的思念,将母亲与故乡合二为一,将母爱超越成更加博大宽广的爱国主义情怀,具有浓厚的象征隐喻之义。

另一些以"怀乡"为主题的东南亚华文诗歌则强烈表现了海外华人企盼叶落归根、回归故里的心声。20世纪50年代就活跃于东南亚华文诗坛的曼在著名的《怀乡曲》中写道:"轻轻地拨动思乡的心弦,/可爱的山河便清晰地在眼前浮现;/于是我觉得万分懊悔;悔恨不该离开她——我心爱的祖国,/自己已投进这黑暗的深渊……期待,忠诚地期待着'有一天',/我能像一只向北飞去的归雁。"菲华诗人和权更是将东南亚华人对故国家乡刻骨铭心的依恋展现得淋漓尽致:

> 冰冷的身体
>
> 将火化于华侨义山
>
> 一颗炽热的心
>
> 将回归
>
> 我的家乡
>
> 展开地图
>
> 凝视着晋江
>
> 设想,心啊
>
> 是一枚枯萎的
>
> 落叶
>
> 静悄悄
>
> 落在江面
>
> 奔流千里
>
> 如是
>
> 回归福建
>
> 回归永宁

诗人宝颜在《何日重返故乡》中写道:"空逝了卅五春秋/游子海外童颜变白发/十四年前我曾有幸运的归期/如今我何时重返家园温旧梦?/父母亲戚倚闾在望/兄弟姐妹日夜思念……故国雪飞云峰连接/故宫日夜游人不绝/我梦里依稀带着妻儿/依仗漫游故国千万里。"诗中"父母亲戚倚闾在望""兄弟姐妹日夜思念"的"家园"显而易见并非南洋，而是"雪飞云峰"的"故国"——中国。

无论是对民族集体记忆的历史重构，对爱国主义情感的政治鼓动，还是对故国乡土的诗意怀想，东南亚华文诗歌对中国的民族国家想象都是东南亚华人以爱国爱家的国家意识和民族主义情感为核心，运用民族的历史记忆和诗歌的审美意象构建起现代"中国"民族国家形象的一种政治诉求和文学理想。因此，东南亚华文诗歌对"中国"的民族国家想象是一种不同于种族和文化意义上的民族主义，而是一种绝对现代意义的政治民族主义，其最终目标是要在世界民族之林中树立起一个独立富强的现代"中国"形象，而让"中国"成为海外华人最可依靠的政治后盾和永远的精神家园。同时，这样一种用文学的形式来表达政治理想的民族国家想象也是东南亚特定时空语境下华族群体共同创造的产物，反映了东南亚华文文学场域中权力关系的历史变革。

第三节　中国节日的想象

在符号学的视野下，人被看作符号的动物，一种唯一能够利用符号创造自己历史的动物，文化则是人类用各种符号为自己编织的意义之网，因此，"对文化的分析不是一种能够寻求规律的实验科学，而是一种探求意义的解释科学"①。作为民族历史演变与文明过程的象征，节日不仅可以展示特定时空段内民族文化的生活图景，还是民族用符号和行动书写的文化文本，其符号的意义和象征功能尤为突出。春节、端午、中秋是中华民族最为盛大的传统节日，为海内外炎黄子孙所共享。本节选取这三大节日作为中国传统节日的代表，以此考察东南亚华文诗歌对中国传统节日在神话传说、饮食习俗和表演仪式三个层面上的艺术想象，揭示东南亚华人社会中共存的民族集体记忆和文化认同心理对东南亚华文诗歌构建中国节日符号系统潜在而深层的影响。

---

① ［美］克利福德·格尔茨：《文化的解释》，韩莉译，译林出版社1999年版，第5页。

一 节日想象的神话记忆

神话传说作为民族集体创作的一种口头文学，在千百年的口耳相传中逐渐植根于民族特有的文化土壤里，并蕴含了整个民族共通的伦理价值和社会记忆。在华文文化体系内流传至今的有关节日起源的神话传说就既有中国民间文学虚构的艺术内容，也有民俗文化符号的象征意义，是中华民族传统节日符号系统内不可或缺的一个组成部分，也因此成为东南亚华文诗歌想象中国传统节日最常见的诗歌意象。东南亚华文诗歌利用神话传说的集体记忆去想象中国的传统节日也大致可以分为原型想象和重构想象两种类型。

作为集体记忆的一部分，有关中国传统节日起源的神话传说所具有的符号意义和象征结构已经深深沉淀于全体华族成员的公共认知里，成为东南亚华文诗歌想象中国节日最基本的原型。关于春节，中国民间流传有百姓在除夕之夜敲锣打鼓、燃放鞭炮赶走危害人间的怪兽"年"，在新年里重获平安与吉祥的故事。在《年，你来了!》这首近百行的长诗中，泰华诗人羌岚竟用44行诗句将"年"的传说完整地演绎了一遍："后来你来了/一只可怕的怪兽/日里破坏人家的庄稼/夜里掠走人家的禽畜/人们都没奈何你/只把怕和恨埋藏在心里/但，人终究是万物之灵……/于是……/而且……/从此……"该诗用一种民间歌谣的口吻将"年"如何为非作歹、民众又是如何驱赶怪兽的故事描述得绘声绘色。然而从诗歌的艺术审美角度而言，这首诗除了在形式上采取断句分行之外，诗中频繁使用的连词、直白的口语叙述以及近乎散文的表述语言都让此诗失去了赏阅的深度，诗味所剩无几。

至于端午节，楚国诗人屈原的殉国传说取代了众多五月五驱邪避疫的民间故事，成为华族社会对端午节的核心记忆。大部分东南亚华文诗歌对端午传说的想象也基本上还是在延续集体记忆中的殉国母题，将屈原投江的悲壮场面一再渲染："汨罗江畔/千丈白发飘/你选择水声/为你永恒的哭泣"（吴天霁《屈原》），"熊熊地投身自沉/水山/顿时撕裂成/千万抢救的弯指"（林也《端午》），"即使再哭两千年罢/冤沉汨罗江的依然是不死的沉冤/伫立在楚风里/望故乡 忆稀乡/数悠悠江水江水悠悠"（谢冰凝《吊屈原——端午祭》）。与这些将屈原神格化、模式化的空洞诗句相比，马华诗人方昂在 1987 年荣获马来西亚"端午节诗歌创作比赛"第一名的长诗《投江》则可以看作这类诗歌的魁首。在这首长达近百行的诗作里，排比、对仗、重复和铺陈随处可见，诗歌的语言似奔腾的江水一般倾泻而下、不可阻挡。更加难能可贵的是，该诗的抒情主人公一再以"屈原"的身份质问上天、质问历史："我不敢这样问我不能这样问/我却禁不住这样地问"，完完全全将自己融入了屈原在古老传说中的困境。同时，诗歌还连续使用了三大段的内心独白，将屈原投江前的失意、悲愤和无助等种种复杂的心理感受生动地呈现于读者眼前，极具感染力。

古往今来，"嫦娥奔月"的故事总是给人无限的遐想。清辉普照的圆月、美丽动人的嫦娥、英武盖世的后羿，卑鄙贪婪的逢蒙，这则以月亮为核心象征的神话故事同样给予了东南亚华人诗人艺术想象和创作的灵感，成为东南亚华文诗歌想象中秋引用最多的神话题材。越华诗人徐棉彰的一首《寄嫦娥》几乎将中华民族历史记忆中与中秋相关的所有神话母题都演绎了一遍。诗中既写道后羿在射日后英雄无用武之地的落魄潦倒："从许久以前/他便把那张曾射下九个太阳的弓丢进忘河里去"，也刻画了嫦娥在月宫上凄冷与寂寞的身影："拖着蹒跚的步伐/无可奈何地/你又出来了/在天边/你又啜泣了/泪珠点点地挂在芭蕉叶上/点点的失望 希望 希望 失望/那寂寞的广寒宫/那漫长的几十、几百个世纪/你茫然 沉默 沉默 茫然"，就连在月宫上捣药的玉兔和伐桂的吴刚也激发了诗人的想象："迷失了灵性的玉兔正躺在春臼旁瞌睡"，"昏瞶的傻瓜吴刚正对着桂树的创口发呆"。马华诗人傅承得在《中秋怨》中用同情的口吻描写了嫦娥在月宫上的清寒寂寞："该用怎样的色彩/来形容你的枯槁……自广寒宫/滴落清冷的雨露/晶莹似梦"，也有对英雄后羿"金乌血染的岁月/飞扬跋扈的拉弓"光辉岁月的怀念。

东南亚华文诗歌利用神话原型想象中国传统佳节，其作用正像荣格在分析心理学与诗歌关系时所说："原型的影响激动着我们（无论它采取直接经验的形式，还是通过所说的那个词得到表现），因为它唤起一种比我们自己的声音更强的声音。一个用原始意象说话的人，是在同时用千万个人的声音说话……他把我们个人的命运转化为人类的命运，他在我们身上唤醒所有那些仁慈的力量，正是这些力量，保证了人类能够随时摆脱危难，度过漫漫的长夜。"① 就一首诗、一个诗人而言，东南亚华文诗歌利用神话传说的历史记忆去想象传统节日，这无疑是个体主动选择与书写集体记忆的表现，但记忆存在于社会架构中的社会本质却仍不容忽视。这正如哈布瓦赫在《论集体记忆》一书中所说：

> "进行记忆的是个体，而不是群体或机构，但是这些植根在特定群体情境中的个体，也是利用这个情境去记忆或再现过去的"②。

东南亚社会"此时此地"的具体结构势必影响生活其中的华人以及他们对节日神话的选择性记忆与文化感知。换句话说，神话传说之所以一再被东南亚华文诗歌的节日想象所利用，归根结底是因为这种历史记忆无论在时间维度还是在民族属性上都满足了东南亚华人在东南亚多元社会向传统与母体寻求精神慰藉的心理需求。在东南亚华文诗歌对中国的文化想象中，"中国"的内涵几乎等同于"古典"，东南亚华文诗歌对中国传统节日的书写实质上也是以神话传说作为诗歌记忆的载体来唤醒海外华人社会对中华民族文化传统和民族精神的记忆，借着神话传说所蕴含的"古典"记忆来还"中国"的民族魂。于是在东南亚华文诗歌奇特的神话幻象中，升腾起的不仅仅是春节、端午、中秋等中国传统节日几千年的古典气息，更是海外华人对民族传统文化无比深厚的慕儒之情。在马华诗人田思的《灯笼》一诗中，神话点亮了节日的灯笼，也点燃了海外游子的文化乡愁："用祖先的神话/笼一盏旖旎的古典/让熠熠的烛火/点燃文化的乡愁。"中秋之夜高悬的明月映照出了中秋缤纷的神话，更勾起了东南亚华人对中国古典文化饮不尽的乡愁，像越华诗人方明在《赏月》中写道的"今夕，莫问我缤纷的神话/有诗有酒有一面/古典的铜镜……龙族的子孙是最懂得醉的/不然你教我如何对影/干下那一壶家乡的/思念"。

集体记忆是一个建构的过程（constructive process），而不是恢复的过程（retrieval process），"是立足现在而对未来的一种重构"。东南亚华文

① ［瑞］荣格：《论分析心理学与诗歌的关系》，载《人，艺术和文学中的精神》，孔长安、丁刚译，华夏出版社 1989 年版，第 81 页。

② ［法］莫里斯·哈布瓦赫：《论集体记忆》，毕然、郭金华译，上海世纪出版集团 2002 年版，第 40 页。

诗歌对中国传统节日最有意义的文学想象是对历史记忆中节日神话原型的现代性重构，而不仅仅只是对神话原型主题和模式的重复叙述。马华诗人碧澄在《吃粽子偶感》中用现代的心理语境去假想千年前屈原的投江，认为屈原如果还有机会再次抉择，他一定会另做决定："我才没那么傻／要鼓足那么大的勇气才跃下汨罗江／楚国的历史可就跟着改变？／如果跳了江就可上来／我们该不知跳了多少次／我才不会那么傻／浪费那些力气／那些泪水。"对于嫦娥偷服灵药独自飞天的行为，越华诗人以一种宽容的态度去安慰神话中的嫦娥："你何必在心头拴上枷锁／你何必与迷幻药为伴／更何必为李义山的诗句而自疚／也许你真的有偷吃了他的长生药／那无关紧要／一切都成过去。"（《越华现代诗抄》）马华诗人傅承得甚至质疑了嫦娥、后羿与不死药之间的关系："那英雄为何要访西王母／为何要有／不死药／要有孤寂的不死……如果他也喝下，如果／没有天上人间／该又是一段怎样的神话。"（傅承得《中秋怨》）这种用现代意识回顾民族神话传说，对节日神话原型进行再改编、再诠释的解构意图在一些具有现代主义倾向的东南亚华文诗歌中表现得尤为突出。诗人刘育龙写于20世纪90年代的《屈原自尽》对屈原传说的集体记忆进行了大胆的解构：

　　天台多风
　　酸雨斜斜地下着
　　正是自杀的好天气
　　根据文本
　　屈原非死不可
　　否则龙舟没得赛
　　粽子没法卖
　　诗人也没了名堂舞文弄墨发牢骚

屈原殉国的投江被说成"自杀"，并且是历史"文本"强加的"非死不可"，将端午节一直以来崇高和抽象的文化意义彻底消解在百姓赛龙舟、卖粽子以及诗人发牢骚的世俗常态中，充满了反讽意味。过去是一个持续与变迁、连续与更新的复合体，身处于现代东南亚多元社会的华人更需要将自己的现在与自己建构的过去对置起来，从而在记忆的重构中意识到自身的存在。

东南亚华文诗歌将古老的神话传说引入对中国传统节日的想象,不仅让中国神话的古典意蕴装饰了现代东南亚的节日图景,同时还让东南亚诗人的个人情感在中华民族集体记忆宏大的象征结构中获得一种超越个体的民族普遍性,实现民族情感和文化认同的满足。

二 节日想象的味觉符号

在节日的文化符号系统中,神话传说以语言文字的观念符号保存着节日的集体记忆,而节日的饮食习俗则将一个个抽象、形而上的节日符号吃成了具体、形而下的味觉感受,以具体可感的食物象征着节日特有的文化意蕴。因而,东南亚华文诗歌除了通过神话传说挖掘中国传统节日中的历史记忆,还以年糕、粽子和月饼等传统节日美食作为节日记忆的集体表象去依次解读春节、端午和中秋各自丰富的文化内涵,这正像马华诗人陈大为在诗歌《屈程式》中的那一句诗:"我们都用永恒的味觉来记忆佳节。"
年糕是中国农历新年的一种传统美食。相传远古社会高氏族部落用粮食做成条块、放在家门口喂饱怪兽"年"而让百姓躲避了"年"的侵扰,百姓得以在新的一年里安居乐业,于是就将"年"与"高"合在一起称这种糯米做成的食物为"年糕","糕"谐音"高",也有年年高升的含义。东南亚华人社会家家户户过年必辗年糕、吃年糕,这与中国北方在除夕之夜全家围坐在一起包饺子、吃饺子的习俗不同。南北方自然气候的差异决定了南北民众在饮食习俗上的差异。中国北方气候干燥寒冷,主产小麦,因而以面食为主食;而南方气候湿热,多种植水稻,因此南方人喜食米饭且以糯米为主要原料加工的食物。北方过年吃饺子,而南方过年则吃以糯米为主要食材的年糕。东南亚华人的祖先多是从中国的广东、福建、潮汕等南方沿海地区迁徙而来,东南亚华族社会传承的饮食习俗是以闽粤风味为主,况且东南亚热带地区气候湿润,尤其适合种植水稻,东南亚的自然条件也保证了年糕这种传统食物的继续流传。东南亚华人社会过年吃年糕的真实生活体验决定了东南亚华文诗歌在想象、书写春节时所写到的食物是"年糕",而不是"饺子"。已过世的马华诗人游川有一首《年糕》的诗非常具有代表性:

自小就爱吃母亲做的

年糕，甜甜粘粘
记忆年年
辗转磨了又磨
磨出糯米洁白的
内涵，是年糕的灵魂

这首以传统节日食品年糕为题材的小诗，既写出了诗人对母亲、对民族节日的记忆，同时也传达出东南亚华人对年糕独特文化内涵的理解，在反复辗磨而成的洁白"年糕"实际上是中华民族纯洁坚韧民族性格的象征。

粽子是中华民族的又一道传统节日美食。端午节里包粽子、煮粽子这一节日习俗源于爱国诗人屈原的传说，据梁朝吴均《继齐谐记》的记载："阴历屈原五月五日投汨罗而死，楚人哀之。每至此日，竹筒贮米，投水祭之。汉建武中，长沙欧回，白日忽见一人，自称三闾大夫，谓曰：'君当见祭，甚善。但常所遗，苦蛟龙所窃。今若有惠，可以楝树叶塞其上，以五彩丝缚之。此二物，蛟龙所惮也。'回依其言。世人作粽，并带五色丝及楝叶，皆汨罗之遗风也。"随着屈原爱国传说在民间的广为流传，粽子的文化象征意义便与屈原精神紧密相连，成为中华民族历史上文化积淀最为深厚的节日食品。东南亚华人社会历来重视端午节，传统的家庭主妇都会在这个节日里亲手为家人制作粽子。马华诗人何乃健在《粽子》一诗中想象以祖母为代表的老一代华人在端午节精心制作粽子的情景：

祖母还活着时
总爱投入整颗心去裹粽子
她坚持挑选梅花香的糯米
馅里的栗子必须精致如楚辞
她只用从家乡瓣来的竹叶
用过了还以带着黄河泥味的水
细心地把枝叶涤净、去湿
不管叶子依然完好，还是已经残破
都放入酸汁木柜里小心安置

从糯米的挑选到馅料的配置，甚至是清洗粽叶，华人虔诚用心裹粽的每一个环节都在诗歌中一一演绎，表现出华人对粽子那种近乎宗族崇拜的文化心理。"粽"谐音"宗"，粽子在民间也被看作一种祭拜祖先的祭品。

月饼是中华民族中秋佳节的传统食物，《西湖游览志余》中说："八月十五谓中秋，民间以月饼相送，取团圆之意"，《帝京景物略》中也说："八月十五祭月，其饼必圆，分瓜必牙错，瓣刻如莲花。"可见，月饼在中华民族的节日文化符号里一直都是作为家庭团圆的象征。在东南亚华文诗歌对中秋的节日想象中，同样缺少不了月饼的意象以及祈盼家庭美满团圆的节日心理。泰华诗人羌岚在《客地中秋吟》中这样写道：

> 一轮圆月上树梢，
> 又是八月中秋到
> 月儿圆又皎
> 饼儿清香飘……
> 家家庭前拜月娘
> 厅堂团聚月饼尝……
> 饼儿清香，怎比儿女绕膝笑
> 饼儿甜，怎比妻贤语软在心甜！安得狼烟熄
> 家园得重建
> 天上人间，月圆人也圆！

诗人由天上皎洁的圆月写到人间飘香的月饼，进而联想到家家户户在中秋团聚品尝月饼的幸福场景，书写的依然是中秋团圆的节日主题。除此之外，诗歌还将月饼清香甜美口感与节日里妻儿团聚的心理感受相比，突出了中华民族传统重家庭、重圆满的伦理观念。在中国传统的儒家思想中，家即是国，国亦是家，家国一体的家国观念在书写中秋的东南亚华文诗歌中，自然会将中秋团圆的主题由小家引申到国家，抒发海外游子对故国原乡的思念。菲华诗人一乐的《失眠》就是这样一首由月饼回忆童年，在中秋思念故国的诗歌："故国的月饼/激发出欢跃的童笑/飞溅出点点回忆　每逢十五夜/桂花犹比茉莉香。"新华诗人怀鹰在《中秋之夜》中"轻轻地咬下　一口"的不是月饼，而是那自北向南、绵延不绝的"千古

族情"。

　　东南亚华文诗歌通过年糕、粽子和月饼想象中国节日文化，一方面它表现了中国传统节日饮食习俗及文化精神在东南亚华人社会的延续和传承；另一方面也反映了中国传统节日习俗在东南亚本土社会中的发展与变异。对于传统节日饮食习俗的变异在东南亚华文诗歌中的艺术表现，我们以粽子为主题意象的东南亚诗歌为例。传统的粽子大多是以竹叶或苇叶包裹，而在东南亚尤其是新马地区，粽子采用了一种马来西亚特有的香料植物——班兰的叶子包裹。在马华诗人吴岸的《粽子赋》中，我们看到了这样的诗句："这颗颗粽子/留下这圈圈透着油光的咸草绳/和片片依然散发着芬芳的班兰叶子。"至于粽叶里面包裹的食材，东南亚的粽子也与传统纯糯米的白粽和各种干果的八宝粽有所不同，增添的虾米等东南亚地区丰富的海鲜食品使粽子带有了浓郁的东南亚风味："那女人曾以灵巧的手指/将它们一捏一绑/把糯米和五香虾米和缕缕说不清的思念/仅仅扎住/扎成如菱如角如钻石/如金字塔的千年不朽的工程/那淡淡指香由远而近渐渐浓郁。"粽子这种节日食品尚且需要适应东南亚"此时此地"的现实作出一定的改变才能在现代的多元社会中继续传承下去，那么，处于东南亚复杂族群、多元文化中的东南亚华人和华人文化又怎能不与其他族群、其他文化相互融合而求得共生？从这个意义上看，东南亚华文诗歌中"粽子"由内至外的变化恰恰正是华人社会及华人文化在海外生存发展过程中与东南亚在地文化相互渗透、相互融合的一种深层暗喻。"不忘选用神州来的绿豆/她也偏爱天坛牌子的五香肉/然而她是喜欢采用甘榜种的糯米/又说用双溪旁的竹叶裹粽更可口"，"五月的湄江飘来阵阵的榴莲香，阵阵的榴莲香渗着粽子的诗香"这些诗句都在为我们展现着中国传统文化与东南亚本土文化水乳交融的美好画面。

　　然而，更多以节日饮食习俗想象中国节日的东南亚华文诗歌还是流露出了对传统节日及以此为代表的中国传统文化在现代东南亚社会面临失落的担忧。这种文化忧虑在节日想象的东南亚华文诗歌中主要有两种倾向：一是将饮食习俗作为与节日文化内涵相对立的物质形式，批判传统节日堕落为只有食物而没有精神的空壳；二是将具体的饮食习俗抽象为传统节日意蕴的一个象征符号，痛惜现代社会对传统文化的疏离与背弃。在第一种文化焦虑里，东南亚华文诗歌对海外华人只在节日美食的味觉中重复节日的形式而失去把握节日真实内涵的能力进行了深刻的反省。马华诗人白杨在一首《五月感怀》中写道：

> 已经是两千多个端午
> 拆掉苇绳，揭开叶片
> 只见变质的饱满不闻清香，不见脉络
> 煮的如火如荼的糯米
> 仅仅为了满足口福
> 想叫粽子与诗魂挂钩
> 现代人不懂
> 频呼不可思议
> 泽畔行吟
> 却不见愿听的渔父
> 折剑沉江
> 悲剧早已成为历史
> 与日月争辉太史公说的
> 也随滔滔流水而去
> 如今有谁会/按剑直斥奸小？
> 如今有谁会/握管发为幽愤？
> 南国赤道边缘
> 有龙舟竞渡
> 急急划向
> 灿烂、缤纷
> 鼓声喧天的热闹里
> 你不再
> 涉江而来

这种徒有热闹的形式而没有文化内涵，用美食来装饰传统的节日狂欢，在许多东南亚华文诗歌看来，注定是寂寞的："一列清风/吹醒了走远的心情/除了粽子之外/还有什么/今年的端午很寂寞/一身孑然归隐人潮。"（黄建华《今年的端午很寂寞》）无论是中秋还是端午，流于形式的节日也必然是年年重复的索然无味："端午虽然年年如昔/吃粽子已别无意义/赛龙舟/也只能在赛马赌狗之余/增添一点乐趣"（郁人《端午感言》)，中秋节里"一年一度/以及月饼/又有多少花样更新"但节日的真正意义却逐渐被人淡忘。于是有诗人质问屈原殉国投江的意义："你的死/有多少壮烈/有多少意义/而传人年年裹粽/到底吃出了什么/味道？"（蓝波《端午》）有诗人思索品尝月饼、庆祝中秋的真实原因："这溯远的歌乐庆典/提灯　舞龙/茗茶　月饼/吟诗　赏月/是否依然　传统……为何庆祝中秋/是否在嘲弄先人/月宫嫦娥吴刚玉兔的/神话/为何品尝月饼/是否只为享受/奢侈/逐渐空泛的意义/是否已是飘过的/风讯/抑是月球被揭发后/暴露出凹凸表面的/丑态"（蓝波《中秋》）。充满疑惑的诗人们最终只能在餐桌的食谱上找到粽子和月饼的归属："粽子已不是季节的症结/一种疑惑总支撑着我的脑壁/总在寻找一粒粽子的归宿/觅遍鱼腹问罢屈大夫的魂/熟透的米粒/最终却在食谱中打嗝"。（沙河《端午2002》）

当年糕、粽子和月饼这些节日美食成为中国传统文化精神以及民族性格的符号和象征，传统节日饮食习俗逐渐被年轻一代抛弃的忧虑也成为东南亚诗歌对中国传统节日美食的另一种想象。马华诗人何乃健在《粽子》一诗中这样写道：

> 粽子开始少人问津了反正不吃也无妨
> 街头巷尾尽是爪哇面、热狗和羊肉汤
> 年轻的侄儿对我说：还是吃热辣辣的沙爹比较爽
> 管他将来粽子的食谱会不会失传！我心中感到阵阵创痛
> 纵然不畏怯巡警狰狞的面孔
> 却担心孩子们不依祖母的爱心裹粽
> 海棠的芳香尽在粽子里包容
> 这渊源的手艺一旦失传
> 忘了屈原，忘了端午的龙
> 有一天会退化为胆怯的壁虎
> 只能窝囊地活在墙角的缝隙中

何乃健对传统文化的担忧是华人年轻一代面临着中国的粽子与马来食品，血缘文化与成长文化之间所做的选择，而比何乃健年轻的刘育龙则是看到了全球化过程中长大的新生一代们在汉堡和粽子、快餐食品与民族食物之间的取舍："蓦然/小孩把咬过一口的粽子/抛进/水中/是想一祭屈原的灵魂吗?)"/他开口:"妈/我要吃汉堡/不要粽子!"(刘育龙《失落》)。何乃健与刘育龙用诗的语言为我们呈现了两幕生动而残酷的现实画面,诗句中少了悲天悯人、自怜自艾的空洞抒情,却在一种类似黑色幽默的反讽语调中感受到诗歌笑中有泪的震撼力。

三 节日想象的体化实践

东南亚华文诗歌对于春节、端午和中秋等传统节日的集体记忆除了在节日的神话原型与饮食意象上不断累积和建构,还通过对节日仪式一次次重复性的"体化实践"而得以加强。康纳顿在《社会是如何记忆》中说:"有关过去的意象和有关过去的记忆知识,是通过(或多或少是仪式的)操演来传达和维持的。"① 仪式这种被涂尔干看作具有某种规范性的"明确的行为方式"能够帮助人们回忆起过去并把一定人群的共同体聚合在一起:"仪式之所以出现,并不是为了要服务某些神圣的事物或是概念,而单单只是因为仪式操作者相信它能够引发某类可欲求的现象。"因此,在东南亚华文诗歌对中国传统节日文化系统的想象中,春节、端午与中秋的节日仪式同样具有了记忆和信仰的意义。

春节是中华民族最盛大隆重的传统节日,过年意味着辞旧岁、迎新春。在"年"的神话传说里,危害人间的怪兽"年"最怕红色、火光和炸响,于是人们用鞭炮、焰火和春联来驱赶怪兽,点灯守岁来度过年关。神话传说中与怪兽"年"相关的各种群体行为,如燃放爆竹焰火、舞狮舞龙、敲锣打鼓、贴福字和春联等,逐渐成为华人社会庆祝农历新年的节日仪式,表达着人们辞旧迎新、祈福团圆的美好愿望。这些类似于"集体欢腾"的节日仪式让辞旧的爆竹、喧嚣的锣鼓、喜庆的春联和舞动的狮龙成为东南亚华人诗歌想象春节最常见的诗歌意象。马华诗人吕晨沙将"年"比作一个穿着"千年礼袍"的姑娘,

> 她老爱在烟花里舞着轻盈的舞步
> 却又在爆竹声里唱着沉重的歌音

---

① [美]保罗·康纳顿:《社会如何记忆》,纳日碧力戈译,上海人民出版社2000年版,第81页。

孩童和情侣们花呀灯呀彩球呀新衣呀

把她打扮得花枝招展尽情嬉笑

　　燃烟花、放爆竹、点花灯、挂彩球、穿新衣的仪式是"年"历经千年却依然珠光闪烁的礼袍，让年在东南亚华人社会里发出"既传统而也现代的幽光"。在泰华诗人曾天的诗里，爆竹声、锣鼓声和人们的欢笑声不绝于耳，描绘出一副百姓狂欢的节日胜景："逢年过节，/传统的龙的吉辰，/在午夜，在凌晨/你听！那阵阵的、噼噼啪啪的爆竹声连天，/震动人们的心弦！……/燃爆竹，庆升平的传统仪式！""激动的，咚咚呛呛的鼓声/敲动人们喜悦的脉搏和欢笑"，"数十米长的大金龙，蜿蜒飞舞长街之上，广场之间，龙目如炬，金鳞闪闪，/金龙张牙舞爪，鼓声地动山摇"（曾天：《爆竹声中思悠悠》）。菲华诗人白凌的《除夕》是全家人吃团圆饭的其乐融融情景："三代/肩膀靠着肩膀靠着肩膀/围成圆围成桌面/有的捧碗举筷/有的刀叉齐下/细嚼一盘又一盘/道道地地的中国菜。"傅承得的《新年》是拜年声里的祝福，"必属于节庆的色彩/欢乐的语言……该是声声/恭喜发财/恭喜发财"。越华诗人笔下也是一片鞭炮和烟花的狂欢："鞭炮爆开满街满巷兴高采烈的红花/而烟花的彩姿频密　自四面八方／飞升　自黝黑的空中　以闪电式/竞展悦目的美感　跨越缤纷的升平"（《交接点》）。与东南亚华文诗歌中对春节狂欢的仪式大量重复的想象相比，能够跳出对春节仪式的模式，转而对爆竹、春联、舞狮等节日的集体表象进行再思考和再解读的诗歌尤为可贵。菲华诗人江一涯在《爆竹之呻吟》中别具一格地写道："爆裂声，响得如此恐怖/惊不走鬼神/却吓坏了不眠的故乡人……喧哗的鞭炮声是有极有限的/那震动你的/到底是悲愤，还是欢乐？"对于佳节思亲的故乡人来时，鞭炮声非但不是欢乐，而是团圆不得的乡愁，"鞭炮在脑海里炸开思念"。马华诗人田思则用一种理性的态度批判鞭炮的吵闹："悬起一串世界最长的喧闹/以令人窒息的尘气/以震天动地的咆哮/展示/任意溅洒的财富/把寂静撕碎/把安宁凌迟/让所有的胆怯/掩耳急避"（《鞭炮》）。在马华"六字辈"诗人杨川的《绝迹的鼓声》中，频繁出现于东南亚华文诗歌里喧腾的锣鼓和热闹的舞狮都成了传统文化在东南亚现代社会失落的象征，曾经翻腾跳跃的狮如今成了"冷涩的纸糊猛兽"和"一具供人欣赏的纸扎精品"，而"锣鼓钹皆是寂寞的名姓"。田思更是通过对春节舞狮和醒狮的仪式表达了他对民族文化传承的看法："胆大要艺高/艺高要传承/没有敲锣打鼓的日子/要醒的是传艺人的心"（《舞狮》），传承民族文化不仅是仪式和技艺的问题，更是华人对民族文化的一份心意。

赛龙舟是端午节最隆重的节日仪式，也是中华民族集体记忆里最重要的节日表象，对赛龙舟仪式的书写自然也成为东南亚华文诗歌对端午想象必不可少的一部分，这正像泰华诗人司马攻在《五月总是诗》中写道的："龙船是诗/船船龙船船船诗。"作为一种节日仪式，端午赛龙舟与春节的舞狮舞龙一样，是中华民族延续至今的集体欢腾，表现了中华民族对力与美的原始崇拜。因而，以端午为节庆主题的东南亚华文诗歌常常将奔腾湍流的江水、划桨竞渡的龙舟、呐喊欢呼的人群以及振奋助威的锣鼓声作为端午节日想象的主要意象，极力渲染出中华民族传统节日文化的狂欢色彩。"龙舟的鼓声终须响起了/在一样的年代　一样的潮声里/乐与怒的音符/把桨声皈依成引擎声"（沙河《端午2002》），"阵阵的锣鼓/可是方醒的心跳/那龙纹激荡的江河/可是曾长久停滞的脉搏/千桨扬处/何时溅出/一轮端午的红日"（田思《端午》）。端午赛龙舟除了与汉民族龙图腾的宗教崇拜有关，更被屈原传说赋予了浓厚的历史文化韵味。马华新生代诗人刘育龙在诗歌《失落》中想象了两千年前古人在汨罗江上敲鼓划舟寻救屈原的场景："三闾大夫投江了！/奔走相告的惶恐人群/齐聚江边/当急促的鼓声掩去江神的狂笑/我/分水前冲/人们全力搜索/……江流的湍急/身躯的疲惫/只念着/将我们的三闾大夫/从无情江神魔爪中/救回。"传说中先民划龙舟寻屈原的历史记忆被诗歌生动地复活，并被作为端午精神的正宗而与现代社会的节日仪式两相对比，凸显出诗人对民族精神日渐失落的悲哀："河里河上/鼓奏喧天/河畔/万民欢呼/回首欲见的旧时眼眸/一双也没有。"在现代社会为了庆祝而庆祝的节日仪式中，表演的狂欢取代了历史的凭吊，仪式的重重喧嚣反倒让人倍感失落。新华诗人林也在《龙舟赛事》中讽刺现代端午节中人们为了夺锦标、得奖杯而奋力划桨、敲锣打鼓的龙舟赛事："端午的鼓声/催动滔天/漫水的欢愉/龙舟上的健儿/为锦标/奖杯的荣誉/挥汗成雨……龙舟已很精确/制造冠军/自然该很科学/否则比个什么端午"，在新加坡这个处处讲竞争的商业社会里，龙舟是为了"制造冠军"，就连端午节也是用来"比"的。马华诗人江熬天也在《端午》一诗中写道："二千年来一条东去之大江/怎么竟流不完岁月/的沉冤　却把沉冤变成另一种习俗　绘了龙的舟/他们划着　抢着/首奖。"由此在许多东南亚华文诗歌对端午的节日想象里，赛龙舟的仪式被作为中华民族传统文化和民族精神的又一个象征符号，成为东南亚诗人表达文化传承危机和焦虑意识的物化对象。

在中秋节这一仅次于春节的传统节日里，中华民族对月亮的自然崇拜衍生出了百姓祭月拜月的习俗。每年八月仲秋时节，万物成熟，云淡风轻，而十五月圆之夜，更能让人们在赏月拜月之时寄托对美满团圆生活的向往之情。在越华诗人方明的《中秋》一诗中，作为炎黄子孙的东南亚华人依然延续着传统的拜月仪式，点燃香火对月亮虔诚地顶礼膜拜："上升的香柱焦得月姐缀满羞掩的厣子/炎黄的子孙是善于膜拜善于塑造一尊未名的神，而后用熏火围住/夜的幽暗，喊风喊雨喊山喊海喊道众神瞠目，而节日只是一卷流/亡的野史。"仪式是节日文化系统中重要的象征符号，东南亚华文诗歌对中秋拜月仪式的想象当然也会调用到集体记忆中沉淀的所有关于中秋的节日心理和文化。于是在以中秋为节庆主题的东南亚华文诗歌中，我们读到了泰华诗人在月圆之时无法与故乡亲人团圆的乡愁："读不完的月亮/擦不掉的岁月/抹不去的离愁/奏出一支解不开的思乡曲/今夕何夕"（《抹不去的离愁》）。借中秋赏月来抒发海外华人的离愁别绪，这正是东南亚华文诗歌对中秋节日想象的特色所在。除了盼团圆的故国乡愁，被祭拜的那轮圆月还勾起众多东南亚华文诗歌对民族集体记忆中与"月"相关的古典浪漫的想象。"一轮明月/醉倒在唐宋的水墨画/蒙眬在秦汉的关山"（彼岸《拾月》），中秋的明月让诗人沉醉在了唐宋秦汉的古典中国想象中。马华诗人陈蝶的那首《月冷砂州图》更是借着中秋的圆月抒发着诗人对文化乡愁与古典记忆："我从着众人登楼/带着古筝的余音去寻找诗中的月亮/我看到已寻获的中秋/在涌涌疼闹的河上/更在高挂楼头的灯里……淳淳的古风……我因为一次苏子的浪漫/于是带着现代的行装到一处无愁地……我离开故人的忧伤/因为回到自己的另一片国土。"

东南亚华文诗歌对春节、端午和中秋等传统节日的想象让那些存在于中华民族集体记忆中的神话、食物和仪式等节日文化符号以原型意象的模式得以复活，而这些独特的民俗文化符号同时也是东南亚华文诗歌在东南亚现实社会语境下重构集体记忆、寻求身份认同的独特表象。东南亚华人诗人正是在这一想象中获得了超越个人和现实的精神力量，让整个中华民族乃至全人类的声音都在他们心中回响。

第四节　中国历史的想象

　　"历史不但是指我们能够研究的对象以及我们对它的研究，而且是，甚至首先是借助一类特别的写作出来的话语而达到的与过去的某种联系"①。换而言之，历史是一种以话语形式存在的特殊文类，它由文本以及阅读、阐释这些文本的策略所组成，并由此完成了由"过去发生事件"（客观现象）向"现在知识文本"（主观叙事）的转型。历史与文学相类似的"诗性"的深层结构，决定了历史可以用文本的形式或文学的话语来呈现，而文学对于历史的想象也绝不只是对过去经验的书写与记录，而是在历史记忆承载之下的想象之再想象、创作之再创作。

　　关于历史与文学的对话，新历史主义（New Historism）②为我们研究当代马来西亚华文诗歌的历史想象提供了前所未有的广阔视野，如同蒙特洛斯（Louis Montrose）对新历史主义所作的经典定义，这是一种"对文本的历史性与历史的文本性的双向研究"③。"历史的文本性"主张历史是一个有待诠释与赋予意义的流动文本，而非固定不变、客观自然的事实，它无法排除历史叙述在描述、分析或解释过去事件时所掺杂进来的虚构与想象的成分。而在文学研究方面，"文本的历史性"则启发我们对文学文本进行一种所谓"厚描"（thick description）的历史性（historicity）分析，进而探索文本历史书写背后的所隐藏的主体性和文化语境，通过批判的解读方式来延伸文学文本的社会意义与历史经验。

---

　　① 海登·怀特：《"描绘逝去时代的性质"文学理论与历史写作》，拉尔夫·科恩主编《文学理论的未来》，中国社会科学出版社1993年版，第43页。

　　② 海登·怀特的《元史学：十九世纪欧洲的历史想象》（*Metahistory: The Historical Imagination in Nineteenth-Century Europe*）出版标志着"新历史主义"（New Historicism）学派的正式确立，由此现代历史哲学呈现出"叙述学转向"（narrativist turn）或者"修辞转向"（rhetoric turn）的状态。福克斯·杰诺维塞（Elizabeth Fox-Genovese）评价新历史主义"是一种采用人类学的厚描方法的历史学和一种旨在探寻其自身的可能意义的文学理论的混合产物，其中融汇了泛文化研究中的多种相互趋同然而又相互冲突的自由"。转引自《文学批评和新历史主义政治》，张京媛选编《新历史主义与文学批评》，北京大学出版社1993年版，第52页。

　　③ M. H. Abrams, *New Historicism: A Glossary of Literary Terms* (Texas: Harcourt Brace College Pubisher, 1999), p. 183.

　　在蕉风椰雨的马来群岛上，有一群为华文而坚守的年轻诗人，他们从祖辈那里延续了华族的血脉，却在远离原乡的南洋海岛上出生并成长；他们从未亲近过中国的土地，却对五千年的华夏历史如数家珍。五千年华夏古国的历史记忆从未在海外华人社会里消失过，它是经书典律里的正史，也是街头巷尾的传说，它跳跃于文学诗词的字里行间，也挥发在宗族庙堂的口耳相传中。当代马来西亚华文诗歌对中国历史的想象，唤回的不再只是历史文本的简单重现，而是中华民族历史记忆在马来西亚现代文化场域内的艰难重塑。克罗齐有句名言"一切历史都是当代史"，掌握了历史也就把握了现在。本节对东南亚华文诗歌中国历史想象的探讨，正是试图通过诗歌文本来解读东南亚华人诗人或回应或抗拒历史的不同姿态与意义，还原出东南亚华人在东南亚华文诗歌历史想象图景背后对中国历史进行再想象、再虚构时的每一个活生生的"现在"。正所谓，"过去不仅是我们发言的位置，还是我们赖以说话不可缺失的凭借"，对于东南亚少数族裔的华人社会，"建构历史的第一部是取得发言位置，取得历史的阐释权"。①

一　抒情感怀的历史想象

　　古老中国的历史记忆从未在中华民族海外分枝的东南亚华人社会里消失过，它是史书典律里的正史，也是街头巷尾的传说，它跳跃于经书诗词的字里行间，也挥发在宗族庙堂的口耳相传中。再加之，离乱飘零的生存感受、慕儒情怀的文化乡愁和家国民族的忧患意识这些交织在东南亚诗人心中种种复杂的情愫，让抒情感怀成为东南亚华文诗歌历史想象的典型范式之一。抒情感怀既是这类东南亚华文诗歌历史想象的策略，也是最终的目标。沉淀于东南亚华人社会记忆中的中国历史架构只不过是东南亚华文诗歌借以抒情达意的素材和引子，而真正凸显这类诗歌艺术特质的则是主导诗人历史想象的各种情感因素。

　　浪漫主义适合历史想象，它"理想化"的特质让"每个对象在最好

---

　　①　李有成：《唐老亚中的记忆政治》，单德兴、何文敬主编：《文化属性与华裔美国文学》，台湾研究院欧美研究所出版 1994 年版，第 121 页。

的条件下尽可能完全地展露自己"①，这是雅克·巴尊（Jacques Barzun）
在《古典的、浪漫的、现代的》一文中对浪漫主义的重新审视。艾布拉
姆斯（M. H. Abrams）在著名的浪漫主义代表作《镜与灯》中也认为浪漫
主义诗歌通过表现（expression）和吐露（uttering off）两种隐喻让内在之
物外化，并共同指向了浪漫主义诗歌强烈的情感性。依据雅克·巴尊与艾
布拉姆斯两位大师对浪漫主义的界定和描述，以抒情感怀的方式想象中国
历史的东南亚华文诗歌也属于典型的浪漫主义诗歌。如果说东南亚华文诗
歌是"灯"，那么它投射的形象则是东南亚华人诗人以海外华人身份将现
代漂泊体验融入古典中国时空的历史想象。也正是因为东南亚华人诗人将
现实时空中感伤忧患的强烈情感投射到了对遥远中国历史的想象，东南亚
华文诗歌才能如明灯一般照亮了原本黑暗悠远的历史长空。

在东南亚华文诗歌抒情感怀的历史想象中，中国丰厚的历史资源
（关于历史事件和历史人物的史实与典故）均被数字、朝代、成语以及姓
名等抽象的历史名词所覆盖，成为承载中国历史文化蕴含与东南亚当下时
空体验的情感"套话"②。且让我们先以"五千年"和"南唐北宋"这两
类典型的诗歌意象来分析东南亚华文诗歌中国历史想象的"套话"意义
及其情感模式。

"五千年"这个抽象笼统的时间概念是东南亚华文诗歌在想象悠
久中国历史时最常使用的诗歌意象。"五千年的芬芳""五千年的辉
煌"……诸如此类的抽象描述在东南亚华文诗歌对中国的"国族想象"
中早已屡见不鲜。但在这里，我们更加关注东南亚华文诗歌在历史想象表
层之下所蕴含的无比浓烈的"文化乡愁"。由中华悠悠五千年历史牵扯而

① 雅克·巴尊：《古典的、浪漫的、现代的》，侯蓓译，江苏教育出版社 2005 年版，第
65 页。
② "套话"（stereotype）是法国当代形象学研究的一个专门术语。法语的原意是指印刷业中
的"铅版"，引入比较文学形象学研究后，特指在一个民族文学文本内长期、反复使用来描述异
国或异国人形象的约定俗成的词汇。"套话"是文学文本异国形象的一种特殊而大量的存在形
式。法国比较文学学者巴柔这样定义"套话"："作为他者定义的载体，套话是陈述集体知识的
一个最小单位。它释放出信息的一个最小形式，以进行最大限度、最广泛的信息交流。"引自巴
柔：《总体文学与比较文学》阿高兰出版社 1994 年版，第 60 页。本节借用比较文学形象学研究
他者形象的"套话"范畴来论述东南亚华文诗歌抒情感怀的历史想象，是因为在东南亚华文诗
歌的中国历史想象中的确大量存在着反复使用与中国历史相关的诗歌意象来表现特定的历史内涵
和想象情感。

出的浓烈的"文化乡愁"就像马华诗人何乃健在《脐带》一诗中深情的
告白："四十年前我已经戒了奶/然而在我身上，不，是心上/还牵着一条
倔强的脐带/那胎盘还溢满着嫣红的热血/紧贴着滋养我的子宫壁/那里。"
缠绕于东南亚华人心头的这根文化"脐带"之所以如此"倔强"，正是因
为他们始终无法忘怀中国历史那"五千年的芬芳"："自从开天辟地以来/
怀过三皇五帝，以及灵魂/照亮过二十四史的胎。"新加坡华人诗人淡莹
在一首名为《五千年》的抒情短诗中，将海外华人对中华五千年悠远历
史的仰慕与归思刻画得淋漓尽致：

> 他手上每一道掌纹都栖息着
> 一只不死的杜鹃
> 从盘古到轮回就归去归去
> 啼断了旅人的跫音
> 归程是五千年
> 乘五千年
> 乘五千年
> 铺成的悠远历史

诗人将海外华人追溯历史的归程算作"五千年"乘"五千年"，再乘"五
千年"的悠久历史，这个贴切的隐喻既是历史想象中物理时间与心理时
间的交织，也是文化乡愁在空间距离与心理距离的对比。这样看来，东南
亚华人对中国悠远历史的想象成为一个自我折磨的残酷悖论：一方面，东
南亚华人以民族悠久的历史为荣，他们对于中华文化的认同与归属感在历
史想象中得以加强；另一方面，民族的历史越久远，向历史源头回溯的归
程也越漫长，越艰难，更何况是身在海外且早已"落叶生根"的东南亚
华人？淡莹在对中国五千年历史仰慕之余更流露了海外华人渴望回归，却
终究回不去的历史悲情："他是一抹独来独往的云/悬在五千年历史的上
空/从一个朝代漂泊到另一个朝代/而归程恒是杜鹃嘴里的一支绝曲。"①
在东南亚华文诗歌追溯中国历史源头求得文化回归的历史想象中，我们读
到的却是诗人内心强烈的孤独感与苍凉感。

----

① 淡莹：《五千年》，载《太极诗谱》，教育出版社 1979 年版，第 114 页。

除了"五千年"这类抽象笼统的套话想象，东南亚华文诗歌中还频繁出现了"大汉""盛唐""南宋"这些中国历史上的具体朝代。"心有苦涩，东方是梦／古代是王朝／鬼影魑魅"①，东南亚华文诗歌之所以选择中国特定的历史朝代作为怀古抒情的对象，是因为它们本身已经在中华知识文化传统中形成了相当稳定的历史蕴藉与情感模式，成为华人社会公共的历史记忆。因而，东南亚华文诗歌可以省去对历史史实的重复叙述，转而将相关历史朝代所特有的历史图景和文化氛围投射于诗歌主观的抒情场域中，作为东南亚华文诗歌抒情感怀的绚丽背景。

唐诗宋词是中国历史文明的标志与象征，也是东南亚华人历史记忆中最富古典浪漫气息的文化符号。东南亚华人历来重视中国传统文化在华人教育中的传承与延续，因而，东南亚华人诗人大多具有相当深厚的国学基础和古典文学素养，唐诗宋词更是深入他们诗歌艺术骨髓的文化血脉。东南亚华文诗歌一方面从唐诗宋词中汲取诗歌创作的文学营养；另一方面也将诗词的古典气息挪用到了现代诗歌对唐宋特殊时代氛围的历史想象中。新加坡诗人梁钺巧妙地将"黄鹤""江南""流水"等中国古典诗词中的经典意象活用到了对中国盛唐的历史想象中：

> 此时该有只通灵的黄鹤
> 打江南不知名的水边
> 跃起，蹁跹南来
> 细细地为我营造
> 意象如酒的一角盛唐②

诗人不露声色地由黄鹤联想到江南，又由唐诗联想到盛唐，将唐诗的文化氛围与盛唐的历史时空合二为一。弥漫着浓浓古典文化气息的唐诗宋词常常让饱读诗书、深受中国传统文化影响的东南亚华人诗人深深陶醉于唐宋盛世的墨香中，久久回味、无法自拔。新加坡华人诗人刘含芝便用动情的诗句写出了她对于唐宋辉煌的痴情与怅惘："从唐诗宋词的墨渍／望回来／天涯路一千多年／说多远就有多远／气急的你／纵如何飞跃追赶／还是／

① 何启良：《火车上》，载《刻背》，鼓手文艺出版社1977年版，第60页。
② 梁钺：《山水》，载《五月现代诗选》，五月出版社1989年版，第51页。

错过那种辉煌……/一步一个泣/沿自身族类的脉络/一路泣回宋/泣回唐纵
如何飞跃追赶/还是错过那种辉煌。"① 东南亚华文诗歌在对唐宋辉煌历史
想象的同时也言说了东南亚诗人对当下历史时空中文化贫瘠现状的失望。
诗人辛金顺在散文中这样写道："后来，我开始把自己的孤独和寂寞颐养
在古人的典坟中，或寄身于唐诗宋词那湮远而悠闲的世界，往往夜读而忘
寝，披衣生寒而不觉，一任自己消瘦的影子在残黄的字里行间游走，并汲
取书中无穷的启示和喜悦，也基因这些启示和喜悦的互相激荡，文学最终
成了我当时唯一的选择，以作为我对人生和学问的追寻和探索。"

　　萦绕于马来西亚诗人何启良笔下的中国历史想象就更像是一幅"雕
唐刻宋"的华丽锦绣。"汉末""南宋""后唐"这些迷离凄婉的古老王
朝为诗歌的历史想象定下了抒情的基调，而苏武牧羊、昭君出塞、小乔初
嫁等历史典故则是诗歌充分渲染个人情绪的古典意象，共同营造出何启良
笔下古典虚幻、唯美幽怨的诗歌意境。在他的代表诗集《刻背》中，雕
章丽句的文字修行，浪漫忧郁的情感宣泄以及对宋词为代表的中国典籍的
顶礼膜拜都大大超过了诗歌本身对于中国历史的想象。

　　　　"于是我发觉这双翩翩的蝴蝶/飞落在宋朝，也飞落在苏武牧羊
　　的雪地上/飞落在项羽双瞳的眼眶中/苍凉，回首万里，苍凉"
　　　　　　　　　　　　　　　　　　　　　　　　——《英雄泪》
　　　　"想一双凤凰曾落在南唐，死在北宋的鼎里"
　　　　　　　　　　　　　　　　　　　　　　　　——《莲的死亡》
　　　　"南唐的悠，北宋的怨/且是北国的洛水少年/昭君多情/多情的
　　昭君啊/我竟是一个落魄得连自己也不敢相认的浪子"
　　　　　　　　　　　　　　　　　　　　　　　　——《琴与琵琶》
　　　　"而唐朝之后还是唐朝/我必定忧心/念你蝴蝶的发，寒媚的手/
　　而家国之后还是家国/我必定深幽"
　　　　　　　　　　　　　　　　　　　　　　　　——《火车上》
　　　　"如果你的名字是风，情人/来吧来吧吹吹我的青春/我的发便是
　　你的浪漫/漂浮在空中/飘在汉末，飘在南宋/飘在如梦的后唐"
　　　　　　　　　　　　　　　　　　　　　——《如果你的名字是风》

————————————

　　①　刘含芝:《蚂蚁》，载《五月现代诗选》，五月出版社 1989 年版，第 51 页。

何启良将"苍凉""悠怨""多情""落魄""忧心""深幽"等大量同义反复的情感词汇寄予在对"宋朝""苏武牧羊""项羽""南唐""北宋""昭君""洛水少年"等众多历史素材的想象中，构成了他对中国历史想象的一种感伤抒情的既定模式。无论是大汉、南唐，还是北宋，无论是苏武、项羽，还是昭君，英雄末路、穷途少年，唐诗宋词特有的文化底蕴都让东南亚华文诗歌对中国历史的想象平添了几分怀旧伤感、古典浪漫的忧患之音。诗中既没有现实的隐射，也没有历史的启示，只有泛滥的感伤主义在想象的中国历史时空里川流不息。

"五千年"和"南唐北宋"是东南亚华文诗歌中国历史想象最具代表性的两类"套话"意象，均以"最小的信息形式"进行了"最大限度、最广泛的信息交流"①。"五千年"想象了中国历史的源远流长，"南唐北宋"想象了中国历史的辉煌灿烂，二者共同言说了东南亚华文诗歌对"自我"（华族历史）与"他者"（他族历史）的认识，显现出华族历史——悠久文明、东南亚他族历史——短暂落后二元结构。而这种二元对立的认知模式同时也传达了东南亚华文诗歌对中国文化原乡与东南亚本土国家之间复杂纠葛的情感认同和身份体验。一是漂泊无依的"双重孤儿"身份；二是忧患伤感的时代情绪。

华人在东南亚漂泊无依的身份体验是东南亚华文诗歌中国历史想象感伤忧患的根源。作为东南亚多元族群社会中的少数族裔，华人虽然自 20 世纪 50 年代后期起就已成为效忠在帝国的公民，但始终没有真正得到所在国的信任，不断遭受文化同化和政治打压的外部刺激。正是这种"身份不被认同的危机"促使"中国情意结"在东南亚华文诗歌中的强烈反弹："这反而让我们更要拥抱属于本身的母体文化，于是便将强烈的中国情意结作为回应整个大环境压迫的反弹。"② 成长于 20 世纪七八十年代的东南亚华人诗人几乎都体会过这种在东南亚现实诉求与中华文化归属之间

——————————

① 达尼埃尔－亨利·巴柔：《总体文学与比较文学》，阿·高兰出版社 1994 年版，第 60 页。转引自孟华《比较文学形象学论文翻译、研究杂记》，《比较文学形象学》，北京大学出版社 2001 年版，第 4 页。

② 刘育龙：《旅台与本土作家跨世纪座谈会会议记录（上）》，《星洲日报》1999 年 10 月 23 日。

巨大分裂的痛苦。"漂泊的感伤癖百年来并没有完全从集体记忆中消去"①，漂泊的身份体验在东南亚华人诗人的成长中沉淀，构成了他们对文化中国与东南亚在地国既向往又疏离的矛盾心理。

马华诗人林幸谦从马来西亚到台湾，从台湾到香港，比其他东南亚华人诗人更加彻底地经历了"由岛至岛"、几度漂流的边陲人生，也更加深刻地感知到一个无根的华人在现代世界既是"破碎"也是"狂欢"，既是"边缘人生"也是"颠覆书写"的复杂性。在诗歌《南京旧曲》中，诗人用跳跃和闪回的片段回忆了1937年"南京大屠杀"这中国历史上屈辱悲惨的一页："历史打断自己的背脊骨/在正史中缺席/真相组成不可识别的征号……受害者如今借宿于靠近坟场的乡间破庙/展现不可穿透的哀伤/留下的，是不可更变的1937/置换，难于再用历史的语言/重新讲述一点个人或公众的私事。"在林幸谦看来，历史虽屈辱而惨烈，但终究无法置换，更没有语言可以重新讲述，无论是正史还是私事，都只是"真相不可识别的征号"，只有受害者的哀伤才是"一九三七"不可变更的真相。正像诗人自己所说："我的书写总是一再从故国梦中出发，进入内心自我的地狱，在狂欢与破碎的世界千回百转"，对中国历史的想象带给他的也只能是更加难以承受的失落与孤寂：

> 细细咀嚼着，古老王朝的滋味
> 吞噬整座家园
> 落得四海飘零
> 孑然，孤立

一股巨大的虚无感从林幸谦的历史想象中逶迤而来，铺天盖地。

忧患感伤是东南亚华文诗歌将漂泊体验融入中国历史想象的浪漫呈现。钟怡雯认为"华社问题是个'试剂'"，那些用华文写作又对华社有一定使命感的东南亚诗人只要"稍一碰触"，"则悲观或感伤的书写模式便会显色"②。而众多东南亚华人诗人也证实了东南亚时代情绪对他们诗

---

① 陈湘琳：《却顾所来径》，《南洋商报》2003 年 4 月 11 日。

② 钟怡雯：《论马华散文的"浪漫"传统》，《国文学报》2005 年第 12 期，第 101—102 页。

作忧患感伤之风的影响。何启良在诗集《刻背》后记（《忧郁与乾坤》）中写道："贯穿这本诗集里的，是一个现代马来西亚读书人的感时与抚世，对时代的创伤、对文化的矛盾与苦闷的一种见证……从'自我'出发，我欲见证的是华人社会的文化苦闷的隐忧。"① 辛金顺也如此表白过："不顺遂的成长历程和坎坷挫折的岁月，时常令我在悲怀的情绪中孕育着一种壮烈的理想。"身份的漂泊、文化的苦闷、岁月的坎坷、时代的创伤……这些感时忧国的时代情绪似乎就没有离开过东南亚华人诗人的世界，无怪乎我们在东南亚华文诗歌历史想象的抒情诗里听到的就都是一片忧患的水声了。

马华诗人辛金顺将东南亚华文诗歌历史想象的这种莫知所从、莫知所往的感伤情绪发挥到了极致。在南洋，这个"历史饿得瘦瘦的野地方"②，东南亚华人这群没有家乡的"遗孤"对于"文化原乡"中国的历史想象注定只能是一首欲哭无声的《绝唱》：

> 而男儿的家乡是历史的家乡
> 圣贤书都化作尘土
> 这家，这国
> 这忧患的遗孤
> 你与四万万的人头
> 横刀而笑
> 我呢？留着祖先最后的肤色
> 在破碎的历史中漂泊
> ……
> 当我的兄弟都飘飞如陌生路上的尘埃
> 像无根柢的民族
> 在人世间流浪
> 东南西北都有欲哭无声的回眸
> 我该留下些什么
> 为这风雨漂泊无依的人生

---

① 何启良：《忧郁与乾坤》，载《刻背》，鼓手文艺 1977 年版，第 138 页。
② 陈大为：《在南亚》，载《马华文学读本 I：赤道形声》，万卷楼 2000 年版，第 76 页。

为这乾坤俯仰

数不尽的山山河河①

　　辛金顺抒情诗里的历史想象几乎没有任何具体的历史情节，也不是国族想象中民族主义宏大叙述的"原始激情"，唯有一个小写的"我"，一个在历史怀想中热血澎湃而又孤独绝望的热血青年在历史虚幻的蜃楼前矗立呐喊："这年轻的岁月／不能等待热血慢慢冷却／不能让勇气沉默妥协"，②"一册史书／一杯浊酒／一窗虫吟／黑暗中，我却独醒着／独对一影双眸的热泪"③。在辛金顺历史感怀的抒情诗歌里，充斥于读者眼前的满是"血泪""沉重""悲歌""悲楚"这些悲情的感性词汇，是谭嗣同"大刀落下你的头颅／满地江湖的白发／在风中飘扬"的豪情，是屈原"这头颅／不是用来醉酒／三分醉七分醒不如全部清醒"的忧患。历史在辛金顺的内心沉淀，除了漂泊无依的《绝唱》，更响起了一片《忧患的水声》：

而历史，在记忆的另一端

漂泊是清朝或民国

或更遥远的明末

从古渡最北向最南

寒流涌来／鲽族涌来

追逐一片阳光温暖的海潮

历史的这一端／风雨戈入时间里旋转

仓皇的神色

失调的乡音

在鱼与鱼彼此相望的眸里

转向

一个茫茫的未来

　　在这首诗里，历史依旧是抽象的时代，诗人将自己比作仓皇游转于历

---

① 辛金顺：《绝唱》，载《马华文学大系2》，彩虹出版有限公司，第353—354页。

② 同上书，第353页。

③ 同上书，第354页。

史两端的"鲽族",既无法游回记忆中的过去,也看不到未来的方向,既不属于寒冷的北方,也不习惯"阳光温暖的海潮"。

辛金顺诗歌忧患与感伤的美学风格也影响了一大批遭遇身份认同危机,转而拥抱母体中华文化的东南亚华文诗歌。正如吴岸在辛金顺诗集《风起的时候》序言里写道:"辛吟松作为一个生长在今日马来西亚社会的特定环境中的华族儿子,他的这种孤独的性格和忧患的情感,并非偶然,因此也具有一定的社会的、民族的典型。"① 甚至许多新生代诗人也不禁染上了东南亚华文诗歌历史想象所特有的这种感伤癖:"我们很快就被未来吞噬/我知道,我的忧郁诞生/将引起人们围观/我意犹未尽/维持最初的坐姿,凝视瞬息万变的今日……予今日向未来迈步,悲伤/估计会比预定限期早到十分钟。"②

诗人是一群对过去、对现在都具有高度敏感性的"现代人",是荣格所说的"觉醒程度最高的人",他们"伫立在高岗上,或站立在世界最边缘的人,他眼前是茫茫一片未来的深渊,头顶上是苍穹,脚底下是其历史笼罩着一层原始雾的全人类"③。在以抒情感怀为历史想象模式的东南亚华文诗歌中,中国历史俨然已成为诗人强烈情感宣泄的标靶,诗人所需要的只是中国历史素材在千百年民族记忆酝酿和发酵下的古典色彩和幽怨情绪,捕捉到了这些也就找到了舒心中之块垒的方式。然而一旦这种抒情感怀的历史想象成为一种习惯、一种模式,东南亚华文诗歌其对中国的历史想象也就往往只停留于历史的表面而不能显示更深刻的历史感和更开阔的历史视野,浪漫伤感的抒情也会变得空洞而矫情,失去了原有的艺术感染力。因而,东南亚华文诗歌抒情叙事的历史想象和后设翻案的历史想象才有了呼之欲出的必要,前者用叙述弥补抒情的空洞;后者则用理性抑制情感的失衡。

---

① 吴岸:《寻根远征队伍的漂泊歌吟者》,载《风起的时候》,雨林小站1992年版,第27页。

② 邱绯钧:《与时间对话》,载《马华当代诗选1990—1994》,文史哲出版社1995年版,第266页。

③ 荣格:《现代灵魂的自我拯救》,工人出版社1987年版,第294页。

二　抒情叙事的历史想象

抒情诗强调主观心灵与情感（lyric）的抒发，叙事诗偏重于事件（event）与情节（plot）的叙述，这是中西诗学对抒情诗（lyric poetry）与叙事诗（narrative poetry）两大诗歌类别的共识。古希腊哲学家亚里士多德曾按照诗人在诗歌中所扮演的角色区分了抒情诗、史诗与剧诗三种不同的诗歌类型：

> 抒情诗表现的就是诗人自己的人格（persona）；在史诗（或小说）中，故事部分地由诗人亲自讲述，部分地由他的人物直接讲述（即混合叙述）；在戏剧中，诗人则消失在他的全部角色之后。①

亚里士多德关于诗歌类型的论述对于本节探讨东南亚华文叙事诗中国历史想象的美学策略大有启发，其中史诗"混合叙述"一说更可看作东南亚华文诗歌中国历史想象抒情叙事模式的经典概括。

东南亚华文诗歌抒情叙事的历史想象，一方面以叙述主体线性发展的语言惯例推动诗歌历史情节的发展；另一方面又将抒情主体的情感融入历史想象渲染出特定的历史氛围。这也就是说，在东南亚华文抒情叙事诗的中国历史想象中，历史人物既是诗歌历史想象的对象，也是历史想象情节进展与情感渲染的重要推动者，而诗人也不仅仅是诗歌历史想象的主体，还跨越时空地扮演了历史想象的角色。因此，在东南亚华文诗歌抒情叙事的中国历史想象中，中国古典历史人物与东南亚现代华人诗人共同构成了亚氏诗歌理论中"混合叙述"的史诗结构。

东南亚华人诗人在东南亚华文诗歌抒情叙事的历史想象模式中既是叙述者，也是抒情者。作为叙述者，诗人注重历史想象的情节性，尤其擅长通过对历史人物外在形象与内心情感的铺陈叙述表达他们对中国特定历史时代与历史人物的理解。同时，诗人也将个性化的情感融入诗歌细致的场景描绘和形象刻画中，从而使东南亚华文诗歌的中国历史想象呈现出叙述

---

① ［美］勒内·韦勒克、奥斯汀·沃伦：《文学理论》，刘家愚等译，文化艺术出版社 2010 年版，第 216 页。

与抒情交相辉映的动人画面。

　　马华诗人傅承得对春秋末期"孔子获麟绝笔"的历史故事尤为偏爱，《失去的图腾》与《凤鸟不至》两首叙事长诗都是以春秋时期鲁哀公误射麒麟，孔子感麟而忧绝笔春秋的历史典故为想象原型。与孔子同时代的《左传·卷十二》最早记载了春秋"西狩获麟"的故事：

　　　　"哀公十四年春，西狩于大野，叔孙氏之车子钿商获麟，以为不祥，以赐虞人。仲尼观之曰：'麟也'。"
　　　　这个典故后来又被司马迁写进了《史记·孔子世家》中：
　　　　"鲁哀公十四年春，狩大野，叔孙氏车子鉏商获兽，以为不祥。仲尼观之，曰：'麟也'取之。"

　　遇麟而生的孔子更将西狩获麟视为鲁国衰亡的不祥征兆，《兖州府志·圣里志》记载孔子闻讯后感伤无比的神态："孔子往观之曰：麟也，胡为乎来哉！反袂拭面，涕泣沾衿叔孙氏闻之，然后取之。子贡问曰：夫子何泣也！孔子曰：麟之至为明王也，出非其时而见害，吾是以伤之。"据说孔子还为受伤而死的麒麟写下一首悲伤的挽歌："唐虞世兮麟凤游，今非其时来何求？麟兮麟兮我心忧。"在长诗《失去的图腾》一开篇，诗人仅用"鲁哀公十四年，西狩获麟"十个字界定了诗歌历史想象所发生的时空边界，故意忽略对这一典故其他情节和人物的叙述，而将想象的笔墨完全集中在西狩获麟后孔子失魂落魄、"抚琴而歌"的悲恸心情上。诗歌想象孔子在得知哀公射杀麒麟后孤独绝望的神情：

　　　　而今风中孤立
　　　　发丝在无神的眼里飘散
　　　　竟有洒泪的晶莹
　　　　竟有千手挥舞万帜白帛
　　　　魂兮魂兮归来的漫吟
　　　　身后便是坎坷周道
　　　　尘埃为这噩耗漫天惊起

　　孤立的身影、飘散的发丝、无神的双眼、晶莹的泪滴，这些非常细节化的形象描绘生动地展现了年迈的孔子孑然独立于风中、与天地同悲的苍凉。接着，诗歌又三次重复使用"怵目惊心啊"，以此引出三大段对孔子悲伤心情的叙述，进一步铺陈孔子悲痛欲绝、万念俱灰的内心世界。第一次是"怵目惊心啊那片鲜红/后羿箭穿的九颗落日/自脑海地沸腾跃出/斗大的伤口/血流如注"，诗人想象孔子内心鲜血如注的悲痛已经到了能够"将三王五帝的国度滚滚淹没，淹没/川野桑田成汪洋沧海"的地步，多年来治国平天下、乘桴浮于海的宏图大愿顷刻间灰飞烟灭。第二次是"怵目惊心啊那片鲜红/斗大的伤口犹血流汩汩"，诗人想象江河干涸的时刻，就再也无人为世人传递"龙图龟书"或"海晏河清的讯息与欢呼"了。第三次则是"怵目惊心啊血犹淌滴/一点朱红是万千针刺/微喘的伤口/反复不断的呻吟"，整个民族就像一面失去了图腾而徐徐飘零的白旗，世人从此铭记他是人间唯一的麒麟。对孔子个人悲恸心境的想象让《失去的图腾》整首诗都沉浸在鲁国将亡、天下未同的历史感伤氛围之中，也让诗人与历史人物在情感尺度上达到了最大限度的接近。傅承得在另一首叙事长诗《凤鸟不至》中对"西狩获麟"的想象也依然聚焦在孔子与春秋时代的历史悲剧性上：

> 过了函谷，遗留了五千言
> 关外便是风沙满目
> 见周之衰，你便离开
> 乘桴浮于海的心愿
> 终难实现
> 在滔滔天下
> 栖栖皇皇的奔波
> 而凤鸟不至
> 河无龙图，洛无龟书
> 你的悲哀，仍自
> 残破的扉页
> 汩汩流出

孔子壮志未酬的悲哀，春秋末期"凤鸟不至"的动乱，都在傅承得带有强烈抒情意向的叙述中娓娓道来。

中国历史上英雄辈出的楚汉之争是东南亚华文诗歌历史想象偏爱的素材，尤其是西楚霸王勇武悲壮的传奇一生更为东南亚华文诗歌抒情叙事的历史想象提供了充分的言说空间。新加坡女诗人淡莹的《楚霸王》《虞姬》《乌骓》三首叙事长诗便是这类历史想象的代表作。在《楚霸王》这首叙事长诗里，诗人一方面按照历史线性发展的时间顺序用诗歌凝练的叙述语言回顾了与项羽相关的几个著名的历史典故，如巨鹿之战、鸿门宴、四面楚歌、垓下之战、乌江自刎等；另一方面，在诗歌以项羽为中心人物想象楚汉之争的情节叙述里诗人也流露出她作为叙述者反思历史的情感倾向。"一团天火／从江东熊熊焚烧到阿房宫／最后自火种提炼出一个霸气磅礴的名字"，这是诗歌对项羽当年逐鹿中原、火烧阿房宫的想象，"霸气磅礴"一词也表达出诗人对项羽当年英雄豪情的崇拜。在想象刘邦、项羽斗智的"鸿门宴"中，诗人一个"错就错在"既是对项羽错失良机的惋惜，也是对历史就此改写的感叹："错就错在那杯温酒／没有把鸿门燃成一册楚国史／却让隐形的蛟龙／衔着江山／遁入山间莽草。"项羽败战"垓下"、行至江东的悲壮场景更是诗人对楚汉之争历史想象重点铺陈的情节：

　　　他被雷声风声雨声
　　　追赶至垓下
　　　粮绝
　　　兵尽
　　　狂飙折断旗
　　　乌骓赫然咆哮
　　　时不利兮奈可何

　　淡莹对于项羽、虞姬和乌骓三个具体历史"人物"形象的生动刻画更能让读者强烈感受到东南亚华文诗歌中国历史想象的抒情叙事性。淡莹在《楚霸王》一诗中塑造的项羽，既不是"力拔山兮气盖世"的英雄少年，也不是"彼可取而代之"一心想统一江山的西楚霸王，而是将抒情叙事的焦点定格在项羽兵败失利后痛心疾首的悲情想象上：

　　　行至乌江

他 的 脸
如初秋之花
一片一片坠下
……
他把宝剑舞成数百道
人鬼隔绝的剑
倏地张大嘴
一口咬住那口寒锋
三十一岁的鲜血
直冲青天
终于跌入逆流

　　曾经叱咤风云的一代枭雄最终英雄末路、四面楚歌，项羽内心的悲情可想而知，诗人淡莹便将历史的想象定格在项羽乌江自刎最后的瞬间，给予他一个近乎唯美的特写，浪漫伤感却也大气磅礴。

　　除了想象项羽的悲壮人生，淡莹还通过对另外两个与项羽关系最为密切的历史"人物"——"虞姬"和"乌骓"的形象刻画来渲染诗歌历史想象浓重的悲情色彩。虞姬是项羽最宠爱的美人，乌骓是伴随项羽争战杀场的爱骑，因为项羽，他们也被染上了历史的伤感。项羽与虞姬荡气回肠的爱情悲曲一再在《虞姬》中唱响，绊住英雄的征战之心的不是"一匹又一匹猛将悍卒"，而是虞姬"款款的眼神"。但在四面楚歌之时，虞姬发现自己翩跹的舞姿也无法为英雄解忧解围，淡莹以女诗人缜密细腻的情感想象虞姬内心的矛盾和痛苦："营外是恨/营内也是恨/这一串血泪/该和在酒中/咽下/还是揩在/他宽阔的肩上"，"平日的恩宠/如何报答/要不要报答/是不是必须今宵报答"。于是便有了诗歌对"霸王别姬"这一幕历史画面的凄美想象：

在那双重瞳里
她是一朵开错了季节的
海棠花
饮罢酒
舞罢剑

就遽然化作一堆
春泥

乌骓之所以也被写入诗歌的历史想象，是因为乌骓的神武正是霸王雄
姿英发的写照，"它前蹄腾云/后蹄驾雾/驮着江东一股霸气/创下楚国江
山"。在淡莹怀古叙事的历史想象中，就连项羽的战马都懂得英雄相惜。
项羽乌江自刎，虞姬随风而逝，项羽不忍杀死而赏赐给江东亭长的神马乌
骓在看到项羽自刎之后也长嘶一声、跳江自杀：

当对岸的鼓声
震落整个江山
他的长嘶
一直沉入深深的江底

诗人一再将她对英雄的惋惜、敬佩与思念之情倾注于诗歌对历史人物
与历史事件的叙述想象中，读来声情并茂、感人泪下。

在东南亚华文诗歌抒情叙事的历史想象模式中，诗人既是导演，以个
人的情感调度整首诗的叙述，同时又是演员，为自己发声，也为历史人物
所扮演的角色发声。历史人物不但是诗歌历史想象的对象，而且是诗歌历
史想象抒情与叙述的重要角色，诗人让他们在诗歌文本中逐个登场，并以
各自独特的叙述语调充分发声，从而让东南亚华文诗歌抒情叙述的历史想
象呈现出"众声喧哗"的艺术效果。

在《哭城传奇》这首叙事长诗里，诗人傅承得成功地扮演了出现在
"孟姜女哭长城"这一历史传说中身份各异的历史人物，其中不断调换的
叙述态度让这首长诗处处充满了戏剧的表演性。诗歌首先通过诗人的声音
展现了北疆风沙肆虐的景象，而秦朝百姓却在这样恶劣的自然环境下被酷
吏的皮鞭抽打着修建长城：

浴在风沙里的长城/会是怎样的面貌/该有干瘪的手颤抖/借一星
灯火微弱摇曳/重重堆砌一道高墙筑/无数皮鞭拷掠呻吟无数/只有吆
喝中气十足

接着诗人想象了中国历史上"振长策以御宇内"的秦始皇以天子的威严蛊惑无知百姓修建长城的种种政治谎言：

"万里便是万世/长城，便是长存"
"为了抵御外侮，抗拒匈奴"
"在渴望的手中，巨龙成长/在风雨裹化石屹立/被后世子孙如痴仰望/仰望成无限的绵延"

诗人又借筑城人之口想象黎民百姓被统治者堂而皇之的政治口号激动得热血沸腾、伏地膜拜的场景：

"不久前，我也如斯强悍/披星戴月仍精神抖擞/肌肉刚健，青筋暴现/不眠不休只为筑一道/千古灿烂的荣耀/一道万世不灭的长城"
"一道长城啊/一条土黄色的巨龙/在惊蛰后转醒/晶莹闪亮的鳞爪/轻轻，只需轻轻/横扫！喝！！地动天摇/裂岸惊涛"

小吏的发言则将他们企图借修长城而升官留名的卑鄙阴暗心理表现得淋漓尽致：

"一些愚昧无知的百姓/说什么全岁筑城会荒废农耕/笑话！这是空前绝后的功业/卑贱的村夫如何省得/筑城！！秦国的御仓谷梁如山/纵然饿死也名垂千古/老弱冻寒而一命呜呼/骨埋城下，以供世人瞻仰/偷懒倦怠则如雨鞭挞/抗拒的头颅落地，血洒城墙/呻吟被赞叹淹没/一刀疤是一行歌颂的诗赋/一血债是一页宏伟的青史/而我，一个默默无闻的小吏/也会沾光，也被称扬"

通过四种叙述声音的表白，我们看到了诗人、秦始皇、筑城人和小吏对长城修建的不同态度以及诗歌叙述声音背后的主体差异。另外，《哭城传奇》中诗人对历史人物之间对话的想象也充分表现了诗歌抒情叙述的戏剧性。

求求你，大爷！她说

告诉我杞梁我的夫君在哪里？

喝！鬼开疯妇

污秽的手扯扯拉拉

将我胸前帝国日月的铜镜

涂涂抹抹成昏天暗地

——杞梁？鬼才知道

一个铸模铸无数双铁钉

万万千千个饥瘦面黄

谁是你夫君

——送来寒衣？送给杞梁

在天地冰封时御寒

原本抽象模糊的历史印象却被诗人想象成妻子为丈夫送寒衣却遭受酷吏拒绝的生动场景，人物逼真的对话更为读者搭建起了一个在诗歌中想象历史与感受生活的桥梁。除了主要历史人物的表演，《哭城传奇》里还有许多无名的叙述声音出现。如当诗歌在想象秦始皇贪恋孟姜女美色，反要将其纳入宫中这一戏剧化的情节时，诗歌的叙述者又是由酒桌上百姓的传言来代替：

弟兄们！干尽这杯琼浆

据说：孟姜女已蒙宠幸/三千粉黛苍白失惊）

你醉啦！兄弟，别胡言——

（据说：熏沐后

龙驾三退：天人哪

随即帝心大悦

哭夫城塌在云外九霄）

真的？天子真的——

（听！笙歌曼舞

经已三日三夜

肉林未竭，酒池犹满

阿房喧哗，朝廷

冰天雪地的清冷）

在《广陵散》一诗中，年轻的马华诗人陈耀宗更是将自我彻底融入了魏晋时代竹林七贤"弃经典而肖老庄，蔑礼法而崇放达"的历史时空中。嵇康、阮籍、向秀、山涛等人一边在"我"的酒垆里饮酒、清谈、佯狂，一边却又是视"我"不见。"我"与历史人物之间若即若离的叙述状态正是此诗历史想象的特别之处。一方面，"我"以存在见证了这个想象的历史时空，"在垆内我临窗静静生火/从陶缸里舀出昨日接下的春雨/煮开泡茶，听任垆外夸夸清谈"；另一方面，"我"又身不由己地被魏晋无为清淡的历史氛围所感染，"我凭窗无所事事"，"我兀自添柴加火执帚扫地，不以为然"，"于竹林之外朔风之中凝立不动"甚至在想象最后，"我取琴置于柴桌之上/在晨风中坐定，衣袂随竹花翻飞/顾视日影，手挥七弦，激弹一曲《广陵散》"。"我"作为叙述者对于魏晋"竹林七贤"风骨精髓的"神入"其实也正得益于诗歌对七位历史人物的细致想象。他们既具有群体的共性，不为外物所动的淡薄宁静："远山数片红叶蓦然被风刮进竹林/落在众人的缄默之间"，"竹林外由大队人马经过/铁器啷当/众人不为所动"，狂饮求醉、不拘礼法的自由闲适："众人的酒气如逆黄河之流而上""众人醉醒，恍惚以袖拭露"，也表现出各具特色的言行举止与风骨气质：

> "万物自生自化……向秀俯视/四处奔窜的蝼蚁"
> "'而我们的处境亦出于天理自然/吗?'阮籍双目溜转，蓄意漫不经心"
> "山涛手执丹经，王戎拨动牙筹"
> "'我们必须越名教而自然，任自然以……'嵇康恣纵的呐喊刺透竹林/无法完成的话语如竹简骤断/惊起旷野平沙上遍布的鸿雁"
> "阮咸曹切的琵琶刘伶狂诞的酒歌/余人枯坐，或顾视杯中身影自怜/或漠然聆听初雪飞落的希声"

诗人正是通过诗歌对"竹林七贤"在语言、仪态及气质的具体想象而受到了古代历史人物潜移默化的影响。

东南亚华文诗歌中国历史想象的抒情叙事长诗除了极力渲染历史事件的特定时代氛围，抒发历史人物的内心感受之外，也不时流露出诗人在历史想象之余反思现实、上下古今的宏大视野，呈现出古典与现代并行不悖的历史图景。《凤鸟不至》一面想象传说中凤鸟自歌自舞的太平时代；另一面细数中国历史自夏商、黄帝轩辕以来"凤鸟已死"的不太平，进而用孔子理想未尽、天下未定的悲剧心理来反观今日人们仍在等待"凤鸟来朝"的现实：

> 五千言或一部论语
> 后世子孙辗转流传
> 不敢摈弃，并非
> 耿耿不忘那名言至理
> 而是你们所处的时代
> 如今仍在
> 小国寡民或礼运大同
> 我们依旧等待
> 等待有朝一日
> 凤鸟来朝

最终诗人明白了"千古遗留至白发骨灰/千年万载亿兆个梦幻/河不曾清/海不曾晏/战国不曾止戈/英雄不曾死尽"，对凤鸟来朝的等待也注定只是一个没有谜底的把戏和一场凭空架起的骗局，因此不必期望会有凤鸟，无论是想象的历史还是真实的现实，凤鸟来临的太平时代都不可能真正来临。在《凤鸟不至》中，诗人将历史想象的时空上溯到三黄五帝的洪荒时代，由此线性罗列出夏商、春秋、秦、汉这些中国历史上具体的时代，并与自己所生活的时代进行对比。诗人眼前浑浊的基隆河、老妪一般的圆山饭店、冷清的台北动物园、油臭烟熏的城市和它们一样都是与"天下太平"截然相对的"凤鸟不至"的乱世。正如台湾学者李瑞腾对傅承得咏史长诗的中肯评价："以物为中心，通过一种历史叙述，掌握事之精髓，而后在古今的对照中表达了后代子孙最深沉的感受。"① 1980 年傅承得离开马来西亚来到台湾求学，企盼借台湾实现华人回归中华文化母国

---

① 李瑞腾：《歌在黄金之邦——马来西亚华文诗人傅承得》，载《第三届现代诗学会议论文集》，彰化师大国文系 1997 年版，第 193—194 页。

的理想。然而，正是这一次身在台湾的"视通万里"却促成了傅承得在精神层面上"思接千载"的流浪，因为此时的台湾早已不再是古代典籍中描述的礼乐之邦，文化中国更像是水中月、镜中花一般虚幻缥缈。因此《凤鸟不至》这首历史叙事长诗便展现了他作为一个现代的华人移民浪游中国历史长河的别样情怀。

东南亚华文诗歌中国历史想象抒情叙事模式的出现与台湾叙事诗的发展有着密不可分的联系。20世纪70年代中后期，由台湾《联合报》《时报》等几大知名报业发起与设立的各类文学大奖让叙事诗在台湾文坛蔚然成风①。当时不少著名的台湾诗人，如杨牧、余光中、郑愁予、洛夫等人都曾写过叙事诗，之后又有白灵、陈黎、杜十三、罗智成、杨泽、林耀德等中生代诗人因为叙事诗而获得台湾的新诗大奖。因而，在70年代末到80年代中期，台湾诗坛几乎没人不去尝试写叙事诗。一批从20世纪80年代至90年代初以侨生身份赴台求学的东南亚诗人自然不会无视当时台湾诗坛的这股叙事风潮，也几乎不可能不受到杨牧、罗智成、杨泽等台湾诗人抒情叙事路线的影响。而这一跨国界的文学影响实际上表现为接受和叛逆两个方向：前者是七八十年代东南亚华人诗人对抒情叙事路线的模仿与借鉴；后者则是90年代新生代诗人对这一路线的突破与超越。

三 后设解构的历史想象

总体而言，以抒情叙事路线想象中国历史的东南亚华文叙事诗并没有摆脱历史理性主义叙事的总体力量与理性逻辑。20世纪90年代后，随着新历史主义、结构主义、后结构主义等充满现代与后现代批判色彩的理论思潮进一步在东南亚华文世界扩大影响，东南亚华文历史叙事诗终于出现了一种新的转变和突破，即有意消解传统历史叙事深层言说和线性叙述的书写惯例，运用后设等后现代艺术手法颠覆和解构历史，并以此重构中国历史在东南亚华文诗歌中的现代图像。东南亚华文诗歌利用叙事诗的文类特质解构历史、质疑历史并在诗歌文本中充分表现个人历史视野与历史观

---

① 1979年台湾第二届《时报》文学奖新设了"叙事诗类"奖项，杨牧的长诗《吴凤》获得推荐奖，白灵的《黑洞》等十四首诗获得了甄选奖。此后，台湾《时报》的"叙事诗类"奖连办四年，直到第六届才改名为"新诗类"。

念的叙事策略,近年来已经成为东南亚华文叙事诗发展的一个新坐标。马来西亚学者张光达对这类历史叙事诗"后历史"的语言特征进行了归纳与总结:"主要表现在陈诗的后设语言、后结构的解构倾向、扬弃以史实情节发展的线性时间惯例、重组或改写现代性历史模式的元历史大叙述、民间或来自边缘的声音。"① 具有诗人与学者双重身份的辛金顺称此类叙事诗是"史观诗"②,另一位马来西亚学者徐国能则称为"文人史诗"③,而台湾学者杨宗翰则将这类叙事方式概括为"以诗疑史"④。毫无疑问,海内外学者的种种说法都共同指向了九十年代后东南亚华文历史叙事诗最根本的内在特质,即一种解构与重构的历史想象策略。

东南亚华文诗歌解构与重构的历史想象源于西方"新历史主义"(New Historicism) 对历史与文学对话意义的揭示。在新历史主义学派看来,历史的本质便是一种话语,是通过论述"discourse"主观建构起来的知识,因此,历史具有虚构和想象的文本性。对于想象在历史写作中的作用,柯林伍德早在其名著《历史的观念》中就已明确指出:

> "历史学家必须运用他的想象,这是常谈;用麦考莱《论历史》的话来说:'一个完美的历史学家必须具有一种充分的想象力',使他的叙述动人而又形象化;但这却也低估了历史想象的作用,而历史想象力严格说来并不是装饰性的而是结构性的。没有它,历史学家也就没有什么叙述要装饰了。"⑤

海登·海特也将"从事实到虚构"看作历史文本的一个重要作用,并提出了历史是文学的仿制品:

① 张光达:《论陈大为的南洋史诗与叙事策略》,《中国现代文学季刊》2005 年 12 月第 8 期,第 169 页。

② 辛金顺:《历史旷野上的星光——论陈大为的诗》,陈大为、钟怡雯、胡金伦编《赤道回声:马华文学读本 2》,万卷楼出版社 2004 年版,第 540 页。

③ 徐国能《十年磨一剑:论陈大为诗作〈在南洋〉》,《南洋商报·南洋文艺》,2001 年 4 月 10 日。

④ 杨宗翰:《从神州人到马华人》,陈大为、钟怡雯、胡金伦编《赤道回声:马华文学读本 2》,万卷楼出版社 2004 年版,第 175 页。

⑤ 柯林伍德:《历史的观念》,何兆武、张文杰译,商务印书馆 1997 年版,第 336 页。

"通过对特定系列历史事件进行不同的情节建构，历史学家赋予历史事件以各种可能的意义，这也是其文化的文学艺术能够赋予它们的东西。"①

中国历史经典的产生同样是虚构与想象的产物，中国学者钱锺书就曾说明《左传》并不是"记言"，而是"代言"：

"史家追述真人真事，每须遥体人情，悬想事势，设身局中，潜心腔内，忖之夺之，以揣以摩，庶几入情合理。盖与小说、院本之臆造人物、虚构境地，不尽同而可通也。"②

因而，对于同一"历史"不会也不必只存在一种解释，人们可以从不同的角度去体验和解释历史事件与历史人物存在的价值与意义。

对于历史在传统叙述里一直延续的深度言说和既定意义，当代东南亚华人诗人明确地表现出怀疑和叛逆的解构意识。"他回首/祖辈拥有的每一具辉煌/都是躺着/排列的/骸骨"（《要去流浪的树》），马华诗人黄远雄将历史的辉煌看作是已死去的"骸骨"，即使再辉煌也成为没有生命力的缅怀物，这个具有沉重悲剧色彩的比喻彻底消解了历史的崇高。沙禽眼中的历史充满着偶然和必然，没有绝对可言："历史和故事/偶然和必然/是风雷雨电偶然劈开大地一角迸裂瓦砾一角"（《地下城》）。陈大为则将"被时空镂空的历史"比作"一头封锁在竹简内部的麒麟/沉睡，但未死去"（《再鸿门》），历史被书写、被镂空，就像是一头沉睡却依然活着的麒麟，随时都有可能苏醒，有可能被再改写。陈大为、沙禽等当代东南亚华人诗人在解构历史的同时也在重构历史，并且毫不介意将"历史文本性"的历史观念以叙述者的语气在诗歌文本中显现出来。

再鸿门——他撒豆成兵运笔如神
亮了烛，温了酒，活了人

---

① 海登·怀特：《作为文学仿制品的历史文本》，载于《后现代历史叙述学》，陈永国、张万娟译，中国社会科学出版社 2003 年版，第 182 页。

② 钱锺书：《管锥篇》，中华书局 1986 年版，第 166 页。

> 樊哙是樊哙，范增是范增
> 历史的骷髅都还原了血肉——在鸿门！
> 剑拔弩张的文言文，点睛的版本
> 麒麟在他严谨的虚构里再生①

当代东南亚华人诗人对于历史文本"还原"和"再生"的理解几乎与柯林伍德的"重演"（reenact）、克罗齐所强调的"复活"（relive）这些概念如出一辙，并一次次在东南亚华文诗歌中演绎着"诗""史"共谋的文化奇观。

"诗不是陈述历史的工具，它是诗人对历史的发声。"② 主张解构并重构历史的东南亚华人诗人对各种文化文本里一再重复的那些大家早已烂熟于心的历史情节与历史人物并不感兴趣，也不再走依据传统历史叙述对史实场景作还原式想象的老路，而是勇敢地质疑传统历史文本的虚构性，用后现代解构的眼光对历史予以辛辣的讽刺。在新生代马华诗人刘育龙《屈原自尽》这首诗中，诗人对一直以来被传统文化视作爱国典范的屈原母题不以为然，反而用调侃式的黑色幽默揭示了传统历史文本宏大叙述背后其实无比世俗与平庸的真相：

> 根据文本
> 屈原非死不可
> 否则龙舟没得赛
> 粽子没得卖
> 诗人也没有了名堂舞文弄墨发牢骚③

在诗歌简短但充满着反讽意义的诗句中，我们体会到即使像"屈原殉国"这样被传统历史文本所反复虚构的崇高其实也不过是世俗欲望的满足，赛龙舟的狂欢、粽子的好买卖、文人发牢骚的题材，刘育龙对屈原之死的解

---

① 陈大为：《再鸿门》，文史哲出版社1997年版，第35页。

② 陈大为：《风格的炼成——评吕育陶诗集〈黄袜子，自辨书〉》，载《风格的炼成：亚洲华文文学论集》，万卷楼出版社2009年版，第218页。

③ 刘育龙：《屈原自尽》，载《马华文学大系：诗歌（二）1981—1996》，彩虹出版有限公司2004年版，第186页。

读的确令人耳目一新。

在诗集《再鸿门》的代跋中，陈大为这样写道："其中隐藏着我对史诗创作的理想与困境、叙事策略的演化；偶尔借用一则大家熟悉的掌故或认为来当道具，贯彻对某些事物的批评、某些文学理论的诠释，以及对历史的文本性和典律的看法等。"[①]　正是这样一种独特的历史视野让陈大为在后来的诗歌创作中反复质疑主流历史书写的正当性，不断从历史的内部去解构历史叙事的权威，充分展现了诗人"以诗疑史""以诗论史"的创作态度。在诗歌《曹操》中，诗人想象史官采写历史著作的过程是"偶尔采近距离/把他的辞令腾下再裁剪/将口语浓缩成精炼的文言……紧跟在将军战马后方的/很少是肉体，多半是史官的想象力/事后采访其他将领再作笔记……只需在小处加注，在隐处论述"。诗歌《尧典》通过"黄土乱象""陶唐线装""墨守危城""狂草颠覆""脱页沉思""楷书再版"六节汇聚各种不同的观点与材料，再加上诗人的想象以及历史角色的发言表白，反复让读者领会所谓的正史也不过是一种主观的论述和权利的书写，绝不是客观的记录。而在《再鸿门》里，他甚至想象出司马迁在创作《项羽本纪》的过程和丰富的内心活动：

> 司马迁研磨着思维与洞悉
> 在盘算，如何唤醒并释放它的蹄
> 叙述的大军朝着鸿门句句推进
> "这是本纪的转折必须处理……"
> "但有关的细节和对话你不曾聆听！"
> "历史也是一则手写的故事、
> 一串旧文字，任我诠释任我组织。"

对于《三国志》等历史文本里战争史实的书写，陈大为也毫不客气地指出史官写史书"有时远远下笔（在前线大本营）/紧跟在将军战马的后方/很少是肉体，多半是史官的想象力/事后采访其他将领再做笔记"。陈大为还特意在诗歌中特意安置了一个公共的叙述角色，由他的声音揭示历史书写的文本性："是的，历史必须剪接""历史就是这么回事"，"再

---

①　陈大为：《再鸿门》，文史哲出版社 1997 年版，第 12 页。

裁减""浓缩""想象力""做笔记""加注""论述"。陈大为的历史叙事诗不是用诗歌还原主流历史的情节，而是为我们还原了历史文本产生的真实过程，阐释他对历史的理解：历史绝对并非完全真实的科学，而是一个再书写的文本。因此，陈大为历史叙事诗中对中国历史虚构性的质疑与批判可以说是东南亚华文诗歌对"新历史主义"理论最生动的注脚。

解构与重构这种颇具现代气质与气魄的历史想象策略，突出地表现在东南亚华文诗歌对中国神话故事、历史典故以及人物形象的全面质疑、诘问与颠覆上。正如伊格尔斯所说，"自命是新历史主义运动的拥护者们，喜欢直接和历史语境中的文字和文化打交道"①。东南亚华文诗歌解构与重构的历史想象企图跳出现代理性主义的神话或历史模式，摆脱传统历史情节与人物的刻板印象，采用多元的视角和叙述语气去重新想象历史，从而让历史显露出现代主体的认知意义。这样一种明确的叙事策略与创作意图在陈大为《再鸿门》一诗中就有生动的表述：

　　本纪是强悍的胎教定型了大脑
　　情节已在你阅读里硬化
　　可能结石在胆，可能开始溃烂盲肠
　　八百行的叙事无非画蛇添足
　　不如从两翼颠覆内外夹攻

对于中文现代诗在使用传统意象和典故进行历史想象所体现出的现代气质和美学意义，有学者曾经这样论述："这种现代的表达模式因其高度的批判性和反讽的含义，截然不同于传统诗歌，因为现代诗人不再仅仅通过使用典故来比较和对照古今现实，而是故意弯曲典故的原意或者至少是它们的标准化的解释，来传达一种现代气质和主题。"② 奚密所说的"故意歪曲典故的原意或者至少是它们的标准化的解释"的现代气质，在东南亚华文诗歌解构与重构的中国历史想象里可以说是有过之而无不及。

① 伊戈尔斯：《二十世纪的历史学：从科学的客观性到后现代的挑战》，何兆武译，辽宁教育大学出版社2003年版，第12页。
② Michelle Mi-Hsi Yeh, *Modern Chinese Poetry: Theory and Practice since 1917* (New Haven: Yale UP. 1991), pp. 129–139.

　　陈大为在诗集《治洪前书》和《再鸿门》里对中国神话和历史的想象往往敢于打破被主流意识形态集体化和宏大化的叙述囚笼，释放出个人化、民间化的小写的历史观，为那些被历史边缘化的人物翻案，用诗歌质疑历史的偏颇与遗漏。大禹在流传千百年的治水神话中被视为洪荒时代拯救中华民族的英雄，而《治洪前书》却为鲧的埋没打抱不平，以鲧与禹历史地位的巨大悬殊来质疑历史的不合理性："历史的芒鞋专心踏着/唯禹独尊的跫音/或者基石本身就该埋没/仿佛不曾扎实过任何工程？"对隐藏真相的宏大叙事提出抗议，诗人用充满现代性的思维与语言想象了禹自恃为英雄的蛮横与骄纵："想那神话多妖的水域/狂乱的布景　凶险的剧情/就是我，彗星般崛起的根据/多前卫的演出啊——独步的经典！/我伟大虬龙塑造的灵魂/怎会是前人肥沃智慧的承接？衰败与平庸的早该淘汰/灯光只需锁定偶像而非舞台。"而鲧甘愿被历史埋没的高大形象则是在与叙述者平白简短的对话中凸显出来：

　　　　"没有埋没感？"提高声量：
　　　　"相对于无限膨胀，禹收获的赞美"
　　　　"我很清楚——自己的坐标"
　　　　"不需要补铸铜像？"
　　　　"拯救本身，岂非更崇高……"
　　　　一尾满足，安详游归于他多愁的眉宇。

　　《曹操》一诗更是对演义、戏剧以及人们常识中曹操乃一代奸雄的刻板形象进行了彻底的翻案。诗歌首先批判罗贯中的演义是"饭碗使然"："全是英雄好汉的演义谁看？没有忠奸二分的历史毫无票房"，于是"拇指虚构故事，尾指捏造史实/代曹操干几件坏事讲几句脏话/让听众咬牙，恨不得咬掉他心肝"，诗歌用反讽的语气淋漓尽致地显示了历史被说书人把玩于掌股之上的诙谐与悲哀；接着，叙述者又为剧院里白脸刻板的"曹贼"喊冤："身段精湛但非关翻案/唱腔一路阴险下去，直到结冰/阴气像蚕，啃食台下的智商/视觉与记忆的曹贼内外夹攻/白脸啊白脸当场再次盖棺定论！"陈大为之所以频频关注历史文本中的这些边缘人物或负面人物，正是在试图打破传统将历史（意味着自然客观）与美学（意味着主观建构）相对立的认识框架，将历史与文本紧密联结。如同张京媛在一篇文章里所说："再现历史的做法并不能逃避现在价值观的支配。我们需要提问：恢复的是谁的历史……再现历史的同时，阐释者必须显露自己的声音和价值观，也就在此处，阐释者试图参与和建构关于未来（而不是关于过去）的对话。"①

东南亚华文诗歌解构与重构中国历史的叙事策略得益于"后设"手法在历史叙事诗中的巧妙运用。作为后现代叙述文学的一种表现手法，"后设"往往是作者主体意识高涨的表现。在后设的叙述文本里，作者通过改变自己与读者的位置，改变传统的叙述脉络，而有意将阅听者从文本的情境里抽离出来。同时，作者刻意在文本里揭示自己的创作观念，或是主动与文本中的角色进行对话，以此暴露文本创作的虚构性，进而调动读者参与文本、思考文学并与作者互动的能动性。

陈大为是继马华作家黄锦树后设小说之后将"后设"手法大规模运用到东南亚华文叙事诗中国历史想象中最成功的范例。同样具有留台背景的新生代诗人陈大为，和黄锦树一样都在台湾接受了系统的中文系教育，对于"后设"等后现代文学技巧相当熟悉。而当陈大为要将他最为热衷的历史叙事诗作为一项"事业"或"志业"去奋斗时，他面对着来自两个方面的巨大压力与挑战：其一是历来无数文学文本所累积起来的历史想象的格套，包括题材、形象甚至是情感都已经具备了相当规模的模式化套路；其二是在台湾文坛风靡一时的抒情叙事诗也已经在杨牧、陈黎、罗志成等人那里登峰造极。因此，陈大为要想开创自己"诗的事业"或"诗的志业"②，就必须绕开传统抒情诗千百年来怀古感伤的老调子与台湾20世纪80年代叙事诗几乎走到尽头的抒情叙事路线，去重新开辟一条属于自己的新路。从1992年获得台湾第十五届《时报》文学奖新诗评审奖的《治洪前书》开始，陈大为就此走上了一条与抒情感怀截然不同的叙事路

---

① 张京媛：《前言》，载于《新历史主义与文学批评》，北京大学出版社1993年版，第7页。

② "诗的事业"与"诗的志业"这两种说法最早是由黄锦树在《论陈大为治洪书》一文中提出来的，他借用韦伯"学术作为一种志业"的谈法，指出陈大为诗歌创作意图中也有"诗作为一种事业"的存在。他在文中写道："'志业'强调的是个人理想、不计代价的执着的部分，它也许会和世人的期待视野扞格。在'诗的事业'与'诗的志业'之间，既是相辅相成的关系，也存在着一定的紧张性。"本书借用黄锦树的说法意在肯定陈大为在历史叙事诗创作上杰出的开创精神。

线，用一种叙事的大架构与历史事件的恢宏格局来表现诗人在写诗中读史、论史的"后设"观念。

"后设"的艺术手法在陈大为中国历史想象的叙事诗中俯拾皆是。在《招魂》中诗人写道："要知道：他同步阅读我阅读的列传——你命运的脚步"；在《曹操》中又有："我翻出一堆史料坚守城池/第五首曹操写到这里……曹操就来了。"而在诗歌《再鸿门》里，诗人多次跳出诗歌文本的语境，以诗歌创作者的身份与读者展开诗艺的讨论：

> 但我只有六十行狭长的版图/住不下大人物，演不出大冲突
> 我的洪门是一匹受困的兽/在笼里把庞大浓缩，往暗处里点火：
> 不必有霸王和汉王的夜宴
> 不必去捏造对白，不必去描绘舞剑
> 我要在你的预料之外书写
> 写你的阅读，司马迁的意图
> 写我对再洪门的异议与策略
> 同时附上一层薄薄的音乐

获得第 17 届台湾《联合报》文学奖新诗第三名的《再鸿门》更是通篇的后设，也将陈大为历史叙事诗"后设"的叙事策略发挥到了极致。在第一节《阅读：在鸿门》中，作者在诗歌文本中想象读者阅读《史记》"鸿门宴"的现场状况，直接后设了读者的阅读。但与此同时，读者所读的"鸿门宴"是文本的历史，是司马迁"再临"（虚构）过了的鸿门事件，而并非真实存在过的"鸿门"，于是诗歌便呈现出：鸿门（事件）——鸿门宴（司马迁虚构）——在鸿门（读者阅读）——诗歌（作者后设）这样一种层层递进的后设想象。

> 来，坐下来，翻开你期待的精装
> 展读这件古老的大事，在烈酒的时辰
> 在遗憾丛生的心理位置
>
> 如你所愿的：金属与流体的夜宴
> 音乐埋伏在戈的侧面，像鹰又像犬

伟大事件的构图不留缝隙
气氛里潜泳着多尾紧张的成语
你不自觉走进司马迁的设定
成为范增的心情，替他处心替他积虑

情节僵硬地发展，英雄想把自己饮干
你在范增的动作里动作
形同火车在轨上无谓挣扎
剑舞完你立刻翻页并吃掉页码！
也来不及暗算或直接狙杀
你的愤恨膨胀，足以独立成另一章

来，再读一遍鸿门这夜宴
坐进张良的角色，操心弱势主子
会有不同的成语令你汗不止

而在第二节《记史：再鸿门》里，作者在诗歌文本中想象司马迁创作
《史记》的过程。司马迁创作《史记·鸿门宴》是对鸿门事件的想象与虚
构，这是历史对存在的后设，而诗人又在诗歌文本中想象历史，于是诗歌
在后设历史的过程中间接后设了鸿门的存在。这样诗歌《再鸿门》在第
二节中也呈现了：鸿门（事件）——鸿门宴（司马迁虚构）——诗歌
（作者后设）的多重后设结构。

是一头麒麟，被时间镂空的历史
是一头封锁在竹简内部的麒麟
"沉睡，但为死去。"
司马迁研磨着思维与洞悉
在盘算，如何唤醒并释放它的蹄

叙述的大军朝着鸿门句句推进
"这是本纪的转折必须处理……"
"但有关的细节和对话你不曾聆听！"

"历史也是一则手写的故事、
一串旧文字，任我诠释任我组织。"

写实一头遥传的麒麟
写实百年前英雄的举止与念头
再鸿门——他撒豆成兵运笔入神
亮了烛，温了酒，活了人
樊哙是樊哙，范增是范增
历史的骷髅都还原了血肉——在鸿门！
剑拔弩张的文言文，点睛的版本
麒麟在他严谨的虚构里再生。

最后一节《构诗：不再鸿门》则是诗人与读者在诗歌文本中的直接对话，
明确表现诗人的创作意图：

本纪是强悍的胎教定型了大脑
情节已在你阅读里硬化
可能结石在胆，可能开始溃烂盲肠
八百行的叙事无非画蛇添足
不如从两翼颠覆内外夹攻！

但我只有六十行狭长的版图
住不下大人物，演不出大冲突
我的鸿门是一匹受困的兽
在笼里把庞大浓缩，往暗处里点火
不必有霸王和汉王的夜宴

不必去捏造对白，不必去描绘舞剑
我要在你的预料之外书写
写你的阅读，司马迁的意图
写我对再洪门的异议与策略
同时附上一层薄薄的音乐

　　除了诗歌语言的后设性，陈大为的《再鸿门》更是一种结构上的后设想象。如果说，司马迁写《史记·项羽本纪》时"撒豆成兵运笔入神"的想象是对真实发生过的"鸿门事件"的虚构，是一种文字的后设，那么陈大为想象司马迁书写《史记》的过程，消解并想象另一个鸿门的诗歌文本就成为文学对历史的再后设了。因此，《再鸿门》文本结构所呈现的这种多重后设性又是陈大为历史叙事诗后设叙事策略在语言之外的一种更高表现。

　　历史没有既定的意义，也充满着偶然，对于那些希望从历史源头追究意义的人们，马华诗人沙禽在《地下城》中以作者的身份劝告他诗歌中一个虚构的"考古学者"：

　　　　歇歇吧，老头子
　　　　你说的可能全都可能
　　　　城墙瓦砾宝藏骸骨永远都可能
　　　　地上繁殖的就是明证
　　　　然而借用你的比喻
　　　　你不可能重拾那把钥匙
　　　　……
　　　　我在此浪费唇舌
　　　　你又何尝领会我的要旨
　　　　你老在追究也太没意思了
　　　　干了吧，让我学那诗人送你一句：
　　　　"与其在废墟里沉思
　　　　不如在旷野中起舞"

沙禽对诗歌中这个虚构人物的劝告其实也正是诗人自身历史观念的表白，而他在诗歌中与那些被历史尊崇为"大师"的对话则更让人深刻感受到诗人内心解构历史、反抗典律的强烈冲动。"大师，莫非你也一样/一样不能分辨真与幻，不能/在钟摆的明日的律动之中/律动如钟摆，不能/在冲锋陷阵的人群/真实在抽丝剥茧下变得虚幻/虚幻在循循善诱下变得真实，你只能/在犹豫都笔墨里/揣摩昨日的忧郁/明日的南北或东西"。为了彻底摆脱历史"影响的焦虑",沙禽借着诗歌中"我"与大师的对话告诉读者,"我们根本不必相遇",甚至彻底地与大师诀别:"以你的书当枕/天明时把它弃置/让它蒙尘。"

当诗人刘育龙将"屈原殉国"这样经典的历史场景搬至于"公元二零二零年四月一日屈原重生的第七天"这个虚幻的未来时空中时,他在《屈原自尽》中对屈原的历史想象就始终充满着后设与荒诞的后现代意味。在这首诗里,重生的屈原、叙述者与即将要把"屈原自尽"写入历史的"作者"一同出现在诗歌文本中。围绕着屈原如何自尽,叙述者将"作者"摆在了诗歌叙述的中心位置。为了能将"屈原自尽"写入历史,"作者"费尽苦心地想出了种种自尽的方法,并后设地呈现于诗歌文本中。"作者"首先想到的是"忠于原著"的跳河:

> "跳河最忠于原著/可寻遍了整座都市/作者找不到一条不太肮脏和河"

其次又想到让屈原"服毒"自尽:

> "若是服毒/万一死不去/作者担心/大夫会拒绝再一次受折磨/安眠药价高且难找/何况警方易起疑心/作者断定风险过大/大夫死得划不来"

但即使是"跳河"与"服毒"在现代世界里也都无法让屈原自尽,最后作者只得让屈原"跳楼":

> "就跳楼吧/至少可以大大声地念/振衣千仞岗/濯足万里流/纵然悲壮不足/总有几分/士大夫的节气照丹青/至少让可敬的大夫/死得像一位名族英雄"

更令人捧腹的是,当"屈原"不跳时,作者反而"大急",因为"屈原不死/如何向读者 向历史交代"。刘育龙对屈原题材的想象虽然是一个跨越时空式的"故事新编",但通过诗歌对"作者"这一虚构形象的后设想象同样巧妙地隐喻了历史书写的虚构与荒诞。

　　"说书人"是东南亚华文诗歌解构与重构历史想象中最具自我解构与颠覆作用的叙述角色。这是因为，"说书人"一方面具有与官方主流历史叙述相对的民间身份；另一方面又可以通过"说故事"的口头叙述质疑并颠覆"集体记忆"的刻板印象。因此，东南亚华文诗歌解构与重构中国历史想象时常设置"说书人"这么一个可以言说自我的角色。但吊诡的是，这个自述口传的书写形式也同时暴露了角色自身的自我解构。陈大为在《治洪前书》的一开篇就由"说书人"摆出了一副重构历史的姿态："能想象的惨况早已给说书的说烂／所以这回，可要从鲧的埋没讲起。"而在《曹操》一诗里，"说书人"更是拥有了一个充分展现自我、颠覆历史的言说空间。罗贯中将曹操塑造成大奸雄的做法完全是"饭碗使然"，"全是英雄好汉的演义谁看？／没有忠奸二分的历史毫无票房"。诗歌通过"说书人"对历史形象化的自述口传更是将民间历史虚构故事、捏造史实的看家本领全盘道出：

> 像面团，《三国志》在掌里重新揉搓
> 拇指虚构故事，尾指捏造史实
> 代曹操干几件坏事讲几句脏话
> 让听众咬牙，恨不得咬掉他的心肝
> 再点亮孔明似灯发光，供大家激昂
> 啜一口茶，史料搓一搓
> 瞄准群众口胃，掰完一回赚一回

通过说书人这番生动诙谐的自我独白，曹操被抹黑的真实与历史文本的虚构竟同时展现在读者面前，充满了反讽意味。

　　民间"说书人"这一角色在东南亚华文诗歌历史叙事诗中所发出的叙述声音十分特别，因为他既是历史事件的局外人，也是历史事件的见证者，既能启动或牵制历史情节的发展，也能对历史事件作出评价，因而在陈大为历史叙事诗中出现的说书人往往具有解构历史与建构历史的双重作用。同时，说书人还因为叙述身份的特殊，从而获得了在滔滔雄辩与感怀同情这两种叙述语调间游走的便利，既能够利用自己的叙述地位将历史事件重新演绎一遍，也能打破了历史叙述对于史实情节的时空限制。另外，读者对于说书人的职业特点包括他们擅长使用的手势、语气、眼神等有一定的了解。于是在诗歌文本阅读过程中，读者能够结合文字在脑海中浮现出说书人的音容笑貌，甚至是叙述语调，这样的历史叙述很容易就拉近了读者与叙述者之间的情感距离，既增强了读者对文本情感召唤上的戏剧张力，也大大削弱了读者对主流历史知识的认同程度。由此，通过"说书人"这一特殊叙述声音的言说，东南亚华文历史叙事诗实现了历史与叙事的双向互动，主流知识与民间野史得以在诗歌中共存并置，从而最终成就了东南亚华文历史叙事诗解构与重构的叙事美学。

如此看来，东南亚华文诗歌对中国的历史想象蕴含无比丰富的文化意蕴，我们既能对东南亚华人社会在东南亚不同国家、不同历史时期内具体生存境遇给予一定的人文关注，也可以进一步探视海外华人在原乡历史记忆与现实生存体验之间不断纠结徘徊的矛盾心态。我们甚至可以进一步追问：东南亚华文诗歌的中国历史想象是如何与东南亚的现实如此紧密相连的？"华人"和"华文"是东南亚华人在华文诗歌创作中不断想象中国历史的根源，甚至是一种宿命。"华文"是华人在东南亚多元族群中存在的重要的身份标志和生存方式，承载着无比丰富而庞大的中华历史文化资源。选择了华文，也就意味着东南亚华文诗歌在默认和遵守着一个约定，即"有关'华文'的所有'历史'（语言发展积累、文化资讯积淀）都将在运用这种语言时被全盘袭用"①，这其中当然会包括积淀已久的历史典故和华人对中华文化挥之不去的历史情结。学者刘俊对马来西亚华文文学"历史情结"的概括同样适用于东南亚华文诗歌历史想象的分析，他说："只要他们是华人，只要他们运用华文，当他们面对'我怎样生来的，来自哪里'的发问时，他们就要先天地继承华人和华文的历史，并让这一历史流淌在他们的血液里和墨水中。"② 但与此同时，诗人现实语境下的南洋立场也会让这种历史想象与东南亚当下的社会现实产生实质性的联系，强迫东南亚华文诗歌用一种现代的东南亚眼光去观照古老的文化中国。

---

① 刘俊：《"历史"与"现实"：考察马来西亚华文文学的一种视角——以〈赤道形声〉为中心》，载《跨界整合——世界华文文学综述》，新星出版社 2005 年版。

② 同上。

第五节　想象的身份属性

　　海德格尔在评注德国诗人荷尔德林时曾经将诗人称作"诸神隐退后的信使"，他认为正是诗人给予了存在一种命名和意义。东南亚华人诗人通过诗歌对中国的文学想象和诗性言说，不仅让我们看到了一个多重复合的"中国"形象，还展现了东南亚华人自我在场的生命姿态。诗歌中不断闪现的光影和声音，是中国的原乡神话，也是东南亚的本土寓言，更是东南亚华人在现代社会中烦忧与匮乏、梦想与追求、压抑与挣扎的心灵史。感谢东南亚华人诗人这个特殊群体，它让我们在东南亚华文诗歌充满诗性的言说中看到了最熟悉也最陌生的"中国"，更让我们听到了海外华人在另一片热土上对生命、对世界最真诚的呼唤。

　　我们每一个人都在世界中生活，都离不开他人与社会，都要与他人、与社会发生各种各样的关系。然而，当一个人在与他人及社会相接触时，他所具有的身份总是多重和变动不居的，这种多重、变动不居的身份构成了权利与义务的存在及其变化的基础。人类学家莱尔夫·林顿认为，尽管人的身份极为复杂，但这些身份仍然是可以加以分类把握的。在《人的研究》一书中，他将人的社会身份划分为"天赋身份"和"获得身份"两大类。"天赋身份"是先天赋予的，或至少是出生时就可以预测的，它包括人的性别、家庭、亲属、肤色、种族等，它是人不可选择、不可逃避的身份；"获得身份"是后天获得的，它是技术进步和社会组织增加的结果，与"天赋身份"的有限性比较，"获得身份"却是无限的。人所处的社会环境越复杂，他所获得的社会身份就会越多。由此，我们发现，人在世界中生活，无论是"天赋身份"还是"获得身份"，对他来说都是必不可少的。

　　如果说人的"天赋身份"是人之为人的必要条件，那么人的"获得身份"则是人之所以为人的充分条件。东南亚华人诗人既然是人，因而无论他们身处于何种具体的社会环境中，都始终摆脱不了"天赋身份"与"获得身份"对他们的制约。对于东南亚华人来说，一方面，天赋的华人身份是相对固定和不可改变的；另一方面，他们在东南亚特定时空语境中所获得的社会身份又是流动和可变的。"天赋身份"与"获得身份"

这两种不同属性的社会身份在东南亚华人身上彼此纠缠、相互冲突又相互增强，共同促成了东南亚华人较之于中国本土华人更为复杂的身份属性和文化认同。

一　获得身份的流变

东南亚华人是东南亚华文诗歌中国想象的主体，东南亚各国不同历史时期错综复杂的政治、经济和文化等社会语境之所以能够对东南亚华文诗歌的中国想象产生影响，归根结底是作为想象主体的东南亚华人诗人对中国想象所作的由外而内、由非文学到文学的转换与升华。换句话说，正是东南亚华人本身复杂多变的身份属性造就了东南亚华文诗歌中国想象的多面性与历史性。

衡量社会进化的一个重要标准就是人类"获得身份"的增加。因而，社会越向前发展，人的身份认同就可能呈现出更为复杂的态势。这种"获得身份"的复杂化既是一种认同危机的表征，同时也是一种努力创新精神的呈现。东南亚华文诗歌在中国想象内容上由国族想象到文化想象的历史性转变，归根结底，应该说是东南亚华人社会身份认同变迁与发展的复杂历程在文学上的曲折反映。

其一，政治身份认同上的变化。第二次世界大战以后，东南亚华人寄居的所在国为了促使华人全面当地化，或采用排华、反华政策逼迫华人同化于当地社会之中，或采用种种优先政策提高当地民族的地位，诱使华人认同当地民族和所在国的文化。但最终促使东南亚华人政治身份发生根本转变的还是1955年中国政府在印度尼西亚万隆亚非会议上提出"取消双重国籍"的政策。以周恩来为代表的中国政府明确表示了中国在处理海外华侨华人国籍问题上的态度，希望"有利于外籍华人融入当地社会，有利于他们作为当地少数民族争取民族平等的权利，有利于最大限度地清除所在国可能存在的疑虑，有利于加强所在国与中国的关系"。[①] 中国对海外华人国籍政策的改变直接促使了东南亚华人由"华侨"向"华人"的转变。从20世纪50年代后期起，各国的东南亚华人开始不得不考虑改变延续千百年来的传统观念，根据华人在海外生存的现实调整了自己的国

---

① 　饶芃子、杨匡汉：《海外华文文学史》，暨南大学出版社2009年版，第69页。

籍身份，绝大多数华人放弃了中国的国籍，选择加入所在国的国籍，成为效忠于所在国的政治公民。另外，从东南亚华人的主观因素来看，随着几代华人在东南亚的定居繁衍、谋生创业，他们也与所在国建立起了日趋深厚的情感。在新生代东南亚华人的童年记忆里满载着的都是南洋的风土人情："童年时走过的花草树木，猫头鹰的夜啼，萤火虫的灯照，一山一水一草一木都那么自然得化成了脉管中一道奔流不息的血液"[1]，"我终于明白。金宝小镇，就是我的神州"[2]。在《何处是家园》中，戴小华也坦言道："在马来西亚生活了这么多年，原来我已和女儿一样，血液里虽流着华族的血，但整个灵魂和心已属于马来西亚了……马来西亚可爱，台湾可恋，大陆可亲，只要落地生根的地方，就是家园。"在这里我们看到，"家园"在东南亚华人心中已经不可逆转地发生了转移，它指涉的是童年记忆与现实生活中的南洋乡土，而非华人祖原乡神话里的"神州"和"唐山"。家园意识的变迁使华人突破了自身于所在国边缘人的角色定位，显示了一种东南亚华人向所在国政治中心靠拢的努力。种种主客观因素纠缠在一起，最终形成了一股强大的合力推动着东南亚华人加速与所在国的融合，使他们的身份认同逐渐由"落叶归根"向"落地生根"转化。

其二，文化身份认同上的变化。一个民族的文化之所以备受重视，是因为在很大程度上，文化对于民族与民族边界的维持具有不可替代的作用。而在东南亚华人这里，他们对民族文化认同的一个非常重要的方面就在于是对民族语言的坚守。对于海外华人而言，中文既是民族文化传递的主要媒介，也是民族文化认同的基础。在一个较长的时间内，正是通过对民族语言的选择和坚持，东南亚华人才在所在国显示了自己独特的身份价值，甚至形成了"没有华文教育，便没有中华文化"的忧患意识。然而，一方面由于时间的推移；另一方面也由于经济上和政治上的从属地位，东南亚华人对于语言的认同也正在逐渐发生变化。在《历史窗前》中，东南亚华人诗人辛金顺写道："仿佛父母渡海携来的潮州话，到了我的身上，就已渐渐失落了风采……我的潮州话和闽南话都已失落了土地。"为

---

① 辛金顺：《江山有待》，载《马华当代散文选（1990—1995）》，文史出版社 1996 年版，第 96 页。

② 钟怡雯：《我的神州》，载《马华当代散文选（1990—1995）》，文史出版社 1996 年版，第 265 页。

了在竞争中获得优势地位，或至少是平等的地位，他们由被动接受所在国的语言开始主动接受所在国的语言。不仅年轻一代的东南亚华人已经跨越了民族语言的边界，强调既然在政治上归化了外国，就应该说"外国话"，就是那些存留着较为深厚的民族语言文化记忆的长辈们，也不得不在现实的逼迫下卷着舌头学习外国话。由此可见，语言认同的变化其实并不仅仅是一个交流工具的转换问题，而是一个与东南亚华人整体生存境遇紧密纠缠在一起的问题。在这种转换中，所在国语言作为一种权力的象征，在实现了对东南亚华人民族语言压抑的同时，也使东南亚华人获得了在表层意义上与当地民族的平等交流和对话的权利。

但事实上，东南亚华人与中国、与东南亚本土的关系以及由这种关系所进一步延伸的对于自身身份认同和文化归属的心理图像却往往显得更为复杂。华人学者王赓武先生曾将海外华人分为三类："第一类华人十分关心中国的事务；第二类华人主要想维持海外华人社会组织的力量；第三类华人则埋头致力于在居住国争取自己的政治地位和经济地位。"① 对于已经加入当地国国籍、成为当地国民的东南亚华人来说，"中国"的含义逐渐变得越来越暧昧和复杂。他们当中或许只有第一类华人还将"中国"看作自己的祖国和故乡，而第二类、第三类华人则逐渐认同了东南亚的所在国，"中国"是他们血缘与文化的祖籍国，而不是政治上效忠的祖国，是被文化虚化为带有神话色彩的祖辈的"原乡"，而不是生他养他、留下足迹的"故乡"。同时，在不同年龄和代际的东南亚华人眼中，"故乡"所指代的意义也在悄然发生着演变。"在老去的海外人心中，人生大概别有自己的滋味；所谓故国，也另有意义。对老去的人而言，祖国故乡仅可能是记忆中一个破碎的国度，就算完好如初，恐怕也已经失落；取代的是一种理想化了的原乡神话。"② 相较于老一代华人的故乡情结，"中国"在第二代、第三代以至更多年轻一代的东南亚华人心中已经愈加模糊和抽象了。"叔伯的唐山，到了我，已不再如此情长。梦里不见福州也不会引以为憾。毕竟，福州只是中国版图上的南方一隅，再不再有什么血肉相连的

① 王赓武：《南洋华人民族主义的限度 1912—1937 年》，载《东南亚与华人——王赓武教授论文选集》，中国友谊出版公司 1986 年版。

② 林兴谦：《狂欢与破碎——原乡神话、我及其他》，载钟怡雯主编《马华当代散文选（1990—1995）》，文史哲出版社 1996 年版，第 26—27 页。

联系。"① 他们在东南亚土生土长，逐渐融入东南亚本土社会，也不再一味地执着于自己的中国属性。"中国作为原乡的母体，原有的意义也将丧失殆尽。种种隐喻也在丧失的寓言中一一浮现。"② 然而，东南亚华人与中国原乡神话的刻意疏离却并没有换来东南亚本土社会对华人的完全认同，现实诉求与文化归属的巨大分裂一再让东南亚华人处于双重边缘的尴尬境地。一方是现实家园与成长经验的南洋热土；另一方又是民族记忆与原乡情结的"文化中国"，二者时常在东南亚华人的内心角逐纠缠，造成了东南亚华人与中国和东南亚本土双方都存在着既认同又疏离、既向心又离心的矛盾心理。

另外，在东南亚华文诗坛上还活跃着"再移民"的华人作家队伍，他们的身份与认同更趋流动性与多重性。他们有的虽然依然保留着东南亚在地国的国籍，但长期在东南亚以外的地区生活和写作，并完全融入了新移民地的文化氛围中，如陈慧桦、辛金顺、陈大为、黄锦树、钟怡雯等马华旅台诗人和在香港的马华诗人林幸谦，以及在台湾、美国等多地生活过的新加坡诗人王润华和淡莹。而有的则已经加入再移民国的国籍，离开了东南亚当下的社会现实环境，如越华诗人尹玲和方明。这些由于各种原因在 20 世纪 60 年代后"再移民"的东南亚华人诗人，漂泊于东南亚之外的世界各地，拥有着跨国流动、离散多乡的多重身份属性：他们首先先天地具有华人的种族与文化属性，其次又有着难以忘怀的东南亚在当地国的童年记忆，更有着当下在中国大陆以及东南亚之外另一个地区的生活经历。这样一种具有多重性与流动性，甚至是"无国界""跨国度"的"世界人"身份，带给这些东南亚华人诗人的是更加开放和多元的文化视野与身份认同。他们往往不再纠缠于自己是中国人还是马来西亚人或新加坡人，也不是 80 年代温瑞安等"神州"诗人们那般狂热的"中国情怀"，而是用一种更加理性与客观的眼光去看待中国、马来西亚、新加坡、越南和他们当下生活的地区，折射出全球化与多元化的后现代色彩。

---

① 林春美：《葬》，载钟怡雯主编《马华当代散文选（1990—1995）》，文史哲出版社 1996年版，第 236 页。

② 林兴谦：《狂欢与破碎——原乡神话、我及其他》，钟怡雯主编《马华当代散文选（1990—1995）》，文史哲出版社 1996 年版，第 26—27 页。

二　身份认同变化的后果

不可否认，东南亚华人身份认同与文化心理的变迁蕴含极其独特的价值。一方面，它能使东南亚华人与当地人一样平等地获得政治和经济利益；另一方面，它也使东南亚华人能更加充分地实现其自我的精神理想和价值。然而，这种身份认同的变化也不可避免地派生出了一些消极性的后果，它们主要表现如下：

其一，是传统道德意识的淡漠。我们知道，一个民族的生存方式总是由一套价值准则为之辩护，由社会机构规范加以调控，并在品格的构建中表现出来。这种价值准则和规范就是道德。它作为民族文化的主要构成部分，与民族的文化认同紧密相关。正因为如此，随着文化认同的变化，东南亚华人社会也正在开始出现诸多疏离传统道德的现象。正像华文作家无肠在《孩子们》一诗中所写的那样："用廉价或昂贵的香水/替代知识的芬芳/用数字的逻辑丢骰子玩乐/用夸张的身体语言/去追猎每一首热门的摇滚/物质享受永远是排行榜的/冠军。"① 由此可见，传统道德意识的淡漠潜藏着危险，它在促使一些东南亚华人把人的一切需要都简化为功利需要时，也使他们成为金钱、物欲的奴隶，他们在变得无情无义、狭隘自私时，他们的生命也会同时变得日趋贫乏和扭曲。

其二，是民族自尊心理的淡漠。在一段很长的时期，东南亚华人曾为自己的民族身份感到无尚自荣。然而，当他们在居留国强化这种民族身份以延伸他们的文化历史记忆时，他们也不可避免地与居留国民族发生着碰撞、冲突。随着碰撞和冲突的日趋激烈，居留国依待着本土的政治文化优势以一种无所不在的气势向孤悬东南亚的华人压过来，在这种逼压中，一些东南亚华人开始丧失民族身份的自豪感，甚至公然放弃对这种民族身份的忠诚。他们"走在坎坷的小道上，/徘徊在十字路口，/象似//从小就失去了方向；/又如/自幼便模糊了祖先"②。这显示，在这些东南亚华人这里，身份的归属已不再是一个命中注定的事情，而是一个可以被选择的

---

① 无肠：《孩子们》，载《东南亚华文文学选集·文莱卷》，南洋理工大学中华语言文化中心 2001 年版。

② 江一涯：《不要把他遗忘》，载《菲华新诗选》，福建人民出版社 1983 年版，第 63 页。

命运或是一个生活计划。既然中国总是与过去、落后联系在一起，那么，他们就不妨以"洋"为美，唯"洋"是举。这暗示着，在这些东南亚华人这里，传统中那些把华人与非华人分开的边界，已经不再非常明确，华人与华人之间都具有的相同的民族身份，比起那些使得他们和另外的人彼此分开的任何东西，也不再有更为重要的意义。

三　保持天赋身份的重要性

我们知道，族群是指在一个较大的文化和社会体系中具有自身文化特质的群体。因而，为了维持族群的独立性，每个族群总是强调本族群共同的继嗣和血缘。尽管由于政治、经济等方面的原因，东南亚华人的身份认同已经发生了较大的改变，但毫无疑问，只要存在与种族、血缘、祖先生息地等方面的联系，东南亚华人就天然地与中华母土文化有着解不开的血缘纽带。"天赋身份"也必然成为东南亚华人不可更改和继续保持的社会身份。

从人的生存需要上看，保持个人的"天赋身份"从本质上说，是东南亚华人面对"他者"环境强大的信息包围和排斥压力时，消除不安全感、寻找心灵归宿的必然选择。在物质文明日益发达的今天，一切固有、稳定而安全的地域性家园日渐被信息高度密集的后现代文明所取代，现代人越来越感到缺乏归属感。查尔斯·泰勒指出："为了保持自我感，我们必须拥有我们来自何处，又去往哪里的观念。"[1] 换句话说，东南亚华人要想消除在居留国生存的焦虑感，就不能不掀开民族历史的深层积淀，将历史记忆转化为心灵想象，从传统文化浩瀚无垠的冰海中获得强大的心理支持。正因为如此，泰华作家村野在《抢救》中吟唱道："祖先曾告诉我们，/在数百年来，在任何恶劣的环境下，/在任何残酷的岁月中，/我们都千方百计，甚至用血、用生命去保护，/我们民族生存的火种！"而在很大程度上，村野这些海外华人作家在异域坚持用汉语写作，本身就是一种对民族火种的保护。正如新加坡诗人陈松沾所言："华文，就像世界其他优越的语言文字一样，是人类精神文化的结晶，作为华族的民族特定文

---

① 转引自安东尼·吉登斯《现代性与自我认同》，赵旭东译，生活·读书·新知三联书店1998年版，第60页。

化形式,它代表着华族的魂灵所在,其存亡与否关系华族文化的生存和延续。"① 只有在对民族语言和文化精神的坚守中,东南亚华人诗人才能从民族文化浩瀚无垠的冰海中获得源源不绝的精神动力。

从人的发展需要上看,人不仅仅是经济的动物,还是社会的动物,物质的需求仅仅只是其最低层次的需求,而人还渴望友谊、爱情,渴望尊重,保持天赋身份对于东南亚社会少数族裔的东南亚华人来说尤为重要。天赋身份中的血缘宗亲,是人的情感满足取之不尽的源泉。在迄今为止的人类社会中,血缘、家庭是以情感为其元价值的人的生活组织形式,家庭的物质生产功能以及其他一些功能可以被取代,但情感的功能不可替代。家庭是人的出发地和归宿,是人的价值的重要的实现场所。正因为如此,新加坡诗人韩弓才说:"仍称青龙/就忘不了龙的世家/纵然失了族谱/风骨还经得起考查。"② 菲华诗人刚敏的诗歌《献给母亲》也正是在对家和故乡的回顾中获取一种"竞生的潜力":"我和八达岭的风云拥抱/捧一把长城的沙土啊/……还依稀弥漫着战火硝烟,/我和漓江的涟漪轻吻/喝口澄澈的江水啊!/心肺立刻浸满了蜜甜。"这说明,对于这样一些对中国依然保留着家国情怀的东南亚华人而言,无论他们的身体漂泊得多远,只要有故乡,有家的牵系,他们就不仅不会在波涛汹涌、充满着不测和凶险的异域中失去灵魂栖息的精神原乡,还会让这个精神的原乡成为他们在东南亚当下生存境遇中不断发展、生成的原发点。同时,东南亚华族要发展,也不能只停留在对过去的守望,还需要站在历史和理性的高度对家国及中华传统文化进行反思。只有当东南亚华人逐渐深入了解外族文化并与之对话,将自我文化与他者文化作出理性比较时,他们才能超越对民族文化的狭隘简单的否定意识,真正认识到"我们的祖宗有无价的遗产/我们的祖宗也曾经有过汉唐/21 世纪来得正好/东方在此/压到西方"③。现实已经让东南亚华人明白,欧美式的科学技术并不是万能的,它不可能解决人类的一切难题和困惑。例如人与人、人与环境的冲突等,并不能依靠科学技术就能解决。在此,中国传统文化中所蕴含的明人伦、讲求天人合一的

---

① 陈松沾:《简论东南亚华文文学的前途》,载《文学世界》1989 年第 4 期,第 29 页。

② 韩弓:《青龙木传奇》,载《新加坡当代华文诗选》,文化艺术出版社 1988 年版,第 96—97 页。

③ 东南:《明天》,载《东南亚华文文学选集·文莱卷》,南洋理工大学中华语言文化中心 2001 年版。

思想具有不可替代性。它们既可以成为现代人自我超越、自我转化的目的，也可以成为现代人自我超越、自我转化的动力。在此意义上，我们说，东南亚华人对民族和民族文化身份的认同，不仅是他们摆脱生存困境以保持生命活力的必要条件，还是他们化解、协调、平衡现实发展中出现的各种冲突和危机，从而能够保持以健康的心态和运动的状态向前发展的根本动力机制。

在全球化的今天，每一个民族都面临着文化认同的危机，这似乎已经成为我们这个时代的主题。传统与现代、东方与西方、文明与自然，一组组二元对立的价值观让现代人在抉择中迷惘，在追寻中失落。西绪弗斯的悲剧没有一刻不在上演，"无根"的焦虑感没有一刻不在折磨多愁善感的灵魂。东南亚华人同这世上许许多多有着离散经验的人们一样，从他们选择漂泊的那一天起，就注定要承受更多的痛苦与折磨，抑或是享受更多缪斯的青睐。于是，我们在东南亚华文诗歌的中国想象中听到了一曲又一曲原乡的绝唱，看到了一幅又一幅历史的魅影。原乡的欲望意味着家园的不在，历史的重构则意味着失落的追寻。东南亚诗人用最富文学性的诗歌语言倾诉了华人在东南亚百年漂泊岁月中对于自我与他者，故乡与异乡的反思与追问。

最后，让我引用一位马来西亚诗人的诗句向在"忧郁的热带"上生活与思考的东南亚华人们表示深深的敬意：

> 许多的想象像你的想象可以满载忧患
> 许多的可能像想象的可能可以春风吹又生
> 啊，许多想象许多可能
> 在风声鹤唳中为你打开一道门

南下漂泊的经历谱写了东南亚华人对神州永远的想象，而他们的想象却为我开启了一道通向海外华人世界内心深处的大门。

第 五 章

其他地区华文诗歌的中国想象

　　欧华诗歌作家群的主体构成主要是 20 世纪八九十年代从大陆移居欧洲的华人作家，像英国的杨炼、虹影，法国的惜流以及"欧洲龙吟诗社"的叶星球、萧良、橘子、阎纯德等，以及德国的张枣，荷兰的多多、池莲子，比利时的章平，等等。此外，还有一个比较特殊的诗人北岛，他曾在欧洲游历过近三年时间，没有固定的居所。其间创作了两本诗集，一本是在瑞典斯德哥尔摩创作的《旧雪》，另一本是在荷兰莱顿大学创作的《走廊》。老一辈诗人中杨允达比较突出，他从台湾来到法国，是当时台湾现代诗社的创始人之一，集诗人、作家、记者、史学家的身份于一身，出版有《异乡人吟》《三重奏》等诗集六本，有许多诗以法文写成。杨炼的"欧洲手稿"是指其 1994 年至今的作品，其中包括长诗《同心圆》、短诗集《十六行诗》、组诗《幸福鬼魂手记》、诗集《李河谷的诗》以及 2004 年完成的艳情诗集《艳诗》。虹影的欧洲诗歌作品是指她 1990 年赴英国定居以后的创作，主要收录在她此后陆续出版的《伦敦，危险的幽会》(1993)、《白色海岸》(1998)、《快跑，月食》(1999)、《鱼教会鱼唱歌》(2001) 等诗集中。叶星球赴法后出版有诗集《一叶诗集》《巴黎萍踪》，萧良有诗集《塞纳河畔心曲》《巴黎的玫瑰》（与橘子等合集），橘子有诗集《漂泊的红手镯》《天涯夜的灯火》等，阎纯德有诗集《伊甸园之梦》，张枣 1986 年赴德留学以后创作的诗收录在《张枣的诗》中，多多 1989 年后在荷兰创作的诗有很多收录在《多多诗选》中，池莲子著有诗集《心船》《爬行的玫瑰》《花草集》，短诗集《池莲子短诗选》等，章平著有诗集《章平诗选》《飘雪的世界》《心的墙/树和孩子》等。

　　澳大利亚联邦（以下简称"澳大利亚"）是大洋洲地域最为辽阔的国家，占据全洲 80% 多的陆地面积。西方化（尤其是英国化）的澳大利亚直到 18 世纪 80 年代末才建国，"这个联邦国家成立之初，其中重要的直接动因，就是为了限制亚洲移民，特别是华人入境，需要协调律令，统一关防"①。显然，中国人移居澳大利亚的历史已有二百余年，而移居澳大利亚的华人不仅为澳大利亚的物质文明建设流淌了无数的辛勤血汗，还为澳大利亚的精神文明建设倾注了卓越的中国智慧。

"20 世纪 60 年代以来，随着澳大利亚华人移民文化水准的日渐提高及其文化认同顺向的日益凸显，作为华文文学载体的华文报刊开始出现，并在自 70 年代末以来的短短十数年间里得到极为迅速的发展，至今已蔚为大观，成为澳华文学茁壮成长的坚实基础。"② 同样的，当代澳大利亚华文诗歌（以下简称"澳华诗歌"）的发展也得益于澳大利亚华文文学（以下简称"澳华文学"）报刊杂志的承载和传播，其中较为重要的澳华文学刊物有《满江红》《原乡》和《酒井园诗刊》等。庄伟杰创办并主编的《满江红》月刊是较早的澳华文学刊物之一，它诞生于 1991 年元月，辟有"文心诗弦"栏目以传载澳华诗歌。墨尔本的欧阳昱创办的澳华文学杂志《原乡》虽不是诗刊，却以刊载澳华诗歌为主。《酒井园诗刊》顾名思义就是诗刊性质的澳华文学刊物，它由成立于 21 世纪之初的"酒井园诗社"同人所创办和编辑。如果说澳华文学刊物是澳华诗歌得以存在和发展的重要支柱的话，那么澳华诗人团体则是其另一大支柱。庄伟杰在创办《满江红》月刊之后，曾经发起并组织了"澳洲华人诗人笔会"，参与者有子轩（蔡子轩）、西贝（贾西贝）、塞禹（齐永林）等诗人。其他一些澳华作家团体或文化团体的几位主要负责人，如黄雍廉、心水（黄玉液）、张典姊、江静枝等，也大多以写诗为主或兼及诗歌创作。至于西彤、冰夫（王沄）、许耀林、雪阳（杨善林）、陈积民、李普、璇子（寇璇）等"酒井园诗社"成员，显然也是因为爱好华文诗歌创作而结社共勉。以澳华文学刊物为阵地，在澳华诗人团体的共同努力下，澳华诗歌成绩颇丰。先后出版的《世界华人诗萃》（2001）、《大洋洲鸥缘》（2002）、《酿造季节——酒井园五周年诗选》（2006）等诗歌集具有阶段总结的性质，见证了当代澳华诗歌的发展历程。

---

① 饶芃子、杨匡汉：《海外华文文学教程》，暨南大学出版社 2009 年 7 月版，第 181 页。
② 陈贤茂：《海外华文文学史（第三卷）》，鹭江出版社 1999 年 8 月版，第 444 页。

第一节　欧华诗歌的中国想象

　　阅读当代欧洲华文诗歌，能够明显感受到诗人们对于诗歌的汉语诗性普遍都有一种较为自觉的追求。比如杨炼，他一直在诗歌中自觉地进行汉语诗性的创作实践和理论建构。在《中文之内》这篇文章中他曾言："中文，被诗人忽略太久了。太多作品仅仅'使用'中文这一工具，却对读者失去了艺术的信用：那些除了分行外一无所有的'话'，可以用任何语言来表达。"而这"正是大多数平庸之作的共同点。"因此，他强调所谓的"中文性"，也即"中文相对于其他语言的独特性"，是"每个诗人对中文表现方式的再发现"①。张枣同样执迷于对汉语诗性的发掘。柏桦在《张枣："镜中的诗意"》一文中就这样评价张枣："他着迷于他那已经开始的现代汉诗的新传统实验，着迷于成为一个古老的馨香时代在当下活的体现者。"② 张枣的诗充满传统诗歌的韵味，他常常沉醉于汉字语词的优美之中。柏桦回忆说："在我与他交往中，我常常见他为这个或那个汉字词语沉醉入迷，他甚至说要亲手称一下这个或那个（写入某首诗的）字的重量，以确定一首诗中字与字之间搭配后产生的轻重缓急之精确度。"③ 这一方面与 20 世纪 80 年代末 90 年代初期以来中国民族主义思潮影响下欧华诗人对于汉语诗歌本质及创作出路的整体思考有关；另一方面也与欧华诗人特殊的漂泊经历有关。当代欧华诗人多为从大陆迁徙到欧洲的华人，置身于陌生的语言文化环境中，用汉语进行诗歌创作，重新发现汉语诗性之美，从而实现对自身生存现实的一种突围。这是许多诗人当时从事诗歌创作的原初动力，也是欧洲华文诗歌汉语诗性建构的内因。上述几位诗人虽然风格各异，但都在或显或隐的层面上有意识或者无意识地在诗歌创作过程中挖掘汉语特性，以写作"中文诗"为目标。这一点使我想起

---

① 杨炼：《中文之内》，载《一座向下修建的塔》，凤凰出版社 2009 年版，第 88—90 页。
② 柏桦：《张枣："镜中的诗意"》，《东吴学术》2010 年第 3 期。
③ 同上。

了国内诗歌理论界对于汉语诗性的重新发掘与讨论①。因此，借用汉语诗性的理论来观照当代欧华诗歌不仅是较为可行的，还对于中国当代新诗的发展也具有一定的现实意义。

一 挖掘汉字的审美表现力

"中文的魅力在于字，而非词"②。汉字的象形根性使汉字往往是具象、可观的，具有绘画特征，是音形义的完美结合，带有天然的审美特性。当代欧华诗人在诗歌创作中重视挖掘和表现汉字的这种特性，强调"占有汉字的美学表现力"，使之与具体的诗歌内容相辅相成，这常常取得意想不到的审美效果。

在多多的诗歌创作中，汉字的美被他表现得淋漓尽致，且他诗歌中由汉字带来的形象往往不是一种理性思维的加工品，而是一种带有神秘色彩的直觉的直接呈现。

多多早期有一首诗，标题就一个字——是。"是"在古汉语中是一个会意字，从日从正，意谓"天下之物莫正于日也"③。在这首诗中，多多巧妙地从"是"的字形以及其中所涉及的"日"的含义出发，敷衍出一个个生动的意象，组成一幅幅形象的画面。

是　黎明在天边糟蹋的
一块多好的料子
……
是曙光　从残缺的金属大墙背后
露出的残废的　脸

---

① 比如郑敏在《在传统中写新诗》一文中提出："要使新诗能在世界诗歌家族中再现唐宋诗词为世界公认的光彩，我们首先要重新找回对汉字的审美敏感"，"在用字时应当学习古典诗词对每个字的声、色、形、义的审美和整首诗的音乐性与造型美"。（载《河北学刊》2005 年第 1 期）。姜耕玉在《新诗的汉语诗性灿亮于形音义一体的文本》中提出"以新诗的汉语诗性与现代性相沟通为基点"，"发掘汉诗的音形义一体的特点及独特表现力"，从而"重建汉语诗性传统"。（载《西南大学学报》2006 年第 2 期）
② 杨炼、叶辉：《冥思板块的移动——杨炼、叶辉对谈录》，载《幸福鬼魂手记》，上海文艺出版社 2003 年版，第 251 页。
③ 段玉裁：《说文解字注》，上海古籍出版社 1988 年版，第 68 页。

是　炉子倾斜　太阳崩溃在山脊
孤独奔向地裂
……

是昔日的歌声　一串瞪着眼睛的铃铛
……
是你的蓝眼睛两个太阳
从天而降
……

是两把锤子　轮流击打
来自同一个梦中的火光
是月亮　重如一颗子弹
把我们坐过的船　压沉
……
是火焰的形状
碎裂　碎在星形的
伸出去　而继续燃烧的手指上　是
我爱你
我永不收回去

　　这些画面从黎明延伸至月夜、星光，又成为一条演示时间的流，诉说超越时间之外永不止息的"爱情"。《是》这首诗较完美地体现了汉字的音、形、义一体的特点。除了在形和义上"是"字可以带给我们那么多想象之外，在音上，"是"字的反复出现使这首诗形成一种有规律的节奏。"是"字的仄音也强化了诗歌本身所要凸显的"我爱你，永不放弃"的坚定、执着的感受，而这种感受本身也存在于"是"字所蕴含的肯定语义之内。

　　杨炼有一首诗《仍》，从"仍"字篆书的字形（仍）出发，赋予其美妙的想象："仍在世界薄薄的荷叶边上/云啃着拇指的小橡皮/不一样的仍
　仍有/一只茧　抱着情人的汗味像抱着钢琴曲/起舞　舞步里子宫要命地

痉挛。"其中"薄薄的荷叶边""啃着拇指的小橡皮"都是"仍"字右半边字形的形象展现，而"抱着情人的汗味起舞"则把"仍"字左边部首的意义纳入对整体字形的想象，带给人新鲜感。北岛在《画——写给田田五岁生日》一诗中对女儿名字"田田"也根据字形进行了诗意的解读："你的名字是两扇窗户/一扇开向没有指针的太阳/一扇开向你的流亡的父亲。""田"本来是象形字，作者在这里却作了会意式地展示，把它比喻成窗户，显示了作者的创造性。而"画画"二字中又含有"田田"。这首诗英译文下的注释也是这样解释的。此外，这首诗中反复出现"苹果"意象，其中的"果"字的上半部分也与"田"相像，"田""画""果"这三个字在某种程度上形成一种形象的复现，强化了对于"田田"的感知。这是汉字字形具有绘画特征的比较直观的例子。此外还有章平《走裸体海滩》中"我想到用牙齿嚼噬的'吃'字/哦。嘴巴紧闭。鼻子上，眼睛张大"一句，也是把"吃"字的字形形象化，使其成为嘴巴紧闭、有鼻子有眼的人的形状，给人耳目一新之感。

汉字结构特殊，一个汉字往往由不同的构件组成，这些构件往往又可单独成字，蕴含自己的意义。相同的构件出现在不同的字里可以形成以这个构件为中心的字的家族，比如"言"，以"言"为部首构成的字就都含有"言说"的意义。"中文文字……一个字已构成一个小小的隐喻，而意象、句子、一首诗乃至一部组诗的结构，都是'字'的空间意识的逐级放大①。从一个汉字的某个构件出发，通过它与其他成分的不断重组、搭配，敷衍出一个以这个构件为核心的独特的字的序列，构成一个诗群，这是杨炼在《同心圆》组诗第五部分的尝试。这部分诗作由三组诗组成：言、土、寸。我们先把这三组诗的诗题罗列出来，大致就能形成一个印象：

> 言：《言》、《谁》、《诘》、《谎》、《讣》、《识》《诗》
> 土：《土》、《坛》、《坤》、《冢》、《境》、《墟》、《诗》
> 寸：《寸》、《时》、《夺》、《对》、《射》、《寻》、《诗》
> ｜
> 诗

---

① 杨炼：《幻象空间写作》，《一座向下修建的塔》，凤凰出版社 2009 年版，第 98 页。

　　这部分诗作实际上是由"诗"为圆心组成的一个同心圆，起于"诗"，收于"诗"，形成一个自足的空间。这其中，"言""土""寸"，又各形成一个次级空间系统，而这个空间系统中的每个字又各自拥有自己的小宇宙。这是这几组诗作的奇妙之处。这些诗作我们姑且可以称为"汉字诗"。以汉字为表现对象，挖掘其中形而上的深意，创造独特的诗性空间，这是杨炼诗歌汉语诗性建构的一个重要尝试。这些诗作每一首都拥有其独特的形式，充满实验色彩。比如《识》这首诗：

　　"日""一""易""知""人""言""诗""识"八个汉字，每一个都有其深邃的内涵，围绕杨炼自创的"🐦"（杨炼读 Yi——作者注）字组成一个圆。"一"在中国传统文化中是万物之始，所谓"惟初大极。道立于一。造分天地。化成万物"①。而"易"是指《易经》，蕴含阴阳五行、诠释天地变化的知识。"一""易"蕴含中国传统文化对于天地自然的看法，虽然简单，但包含深邃的哲理。另外，在杨炼看来，《易经》的伟大处，就在于它的原始和朴素，它对人类周围环境保持直观感觉，不作限定、说明，这使它可以以最简洁的文字反映世间万物最复杂的变化，这是一种智慧的象征。之所以能如此，得力于《易经》独特的象征体系，这使它拥有不可言说的诗意，体现出中国人传统的思维方式和审美表达方式。因此，"易"与"诗"也是相通的。而"诗"乃"志也"，最早是表达人们心中之意的表现形式，表达的过程即为"言"。古时，"志"与"识"也通用，而"知""识"古意相同②。所以"一""易""知""识"

---

　　①　段玉裁：《说文解字注》，上海古籍出版社 1988 年版，第 1 页。
　　②　对知、识、诗的解释也参见《说文解字注》的相关内容。

与"诗"不仅押韵还意义互相贯通。这几个汉字最后都可归拢到"？"，据杨炼在《一座向下修建的斜塔——答木朵问》中说："'？'的读音与'易''诗'押韵；在视觉上，由篆字体的'日'和'人'组成，'人'贯穿'日'，既呼应中国古老的哲学命题'天人合一'，也暗示内在世界与外在世界的合一。"这首诗通过这样九个相互关联的汉字，表达出诗人基于中国传统文化的对于生命与诗歌最本质也最深邃的思考。与此同时，这首诗作的圆形结构不仅与同心圆的诗题相契合，还暗合了中国传统文化中万事万物周而复始的素朴的哲学理念。不用多言，一眼望去便知是地地道道的汉语诗。组诗中三首以"诗"为标题的诗可以看作杨炼以诗论诗的一种尝试。当然，杨炼的汉字诗并不是每首都是成功的，这三组 21 首诗中，大部分都晦涩难懂、难以解读，而且过于关注形式和主题，忽略了对于诗句本应有的诗意的营造，显得非常生硬。更有甚者，如《谁》那首诗，虽然模仿了宋词的格式，读起来也朗朗上口，却被称为"天书"，全诗如下：

烟口夜鱼前　　　　　（平仄仄平平）

风早他山　　　　　　（平仄平平）

劳文秋手越冬圆　　　（平平平仄仄平平）

莫海噫之刀又梦　　　（仄仄仄平平仄）

衣鬼高甘　　　　　　（仄仄平平）

宰宇暗丘年　　　　　（仄仄仄平平）

随苦青弯　　　　　　（仄仄平平）

多眉不石小空兰　　　（平平平仄仄平平）

却色苦来黑见里　　　（仄仄仄平平见仄）

字水虫千　　　　　　（仄仄平平）

这首诗除了把它理解成作者对汉字诗形式和音韵的实验之外（诗句后括号中是笔者对于诗句音节的标注，从音韵上说是整齐和谐的），就剩下一堆毫无关联、不知所云的文字，而这种形式与音韵的实验相对于早已成为经典的宋词来说实在是毫无存在的必要。此种对于汉语诗性的追寻显然已经走向极端，应该避免。但是不管怎样，杨炼对于汉语诗性的自觉追求与实践精神却是应当被肯定的。当代汉语诗歌如何重建汉语诗性传统本就没有一个已经完全成功的范式，因此，对于如何使现代汉语日益成熟，如何重建汉语诗性传统，每一位中国诗人应该不断思考、不断实验、不断积累经验，只有这样，重建汉语诗性传统的目标才有可能实现。

二　对中国传统诗歌意象的化用

汉字的构成体现了中国人独特的直觉性感悟式思维方式，同时也反过来参与建构和巩固了中国人传统的思维方式，形成中国人以"表象"为主、强调"立象以尽意"的语言表达习惯。汉语的表达不像西方语言那样受到严格的语法限制，汉语诗歌的字与字、词与词之间的顺序安排往往较为自由，诗人们常常只抓住最为直觉、感性的意象（表象）而省略意象与意象之间的逻辑过渡，从而造成"言已尽而意无穷"的审美境界。这种语言表达在客观上会造成一种隐喻的效果，形成诗歌的多义性，增加朦胧的艺术美感。因此，对于中国古典诗歌来说，意象就成为最基本的艺术范畴。郑敏在《中国新诗能向古典诗歌学些什么？》一文中提出中国新诗应该格外注意中国古典诗歌的境界——豪情、潇洒、婉约含蓄、悲怆、悟性[①]，这里她只是简单地说明这些境界应该成为中国新诗自觉的追求，却没有具体论述应该怎样来学习。在我看来，中国古典诗歌能够达到以上几种境界，与其对意象的准确运用是密不可分的。像苏轼的《念奴娇·赤壁怀古》，其豪情的抒发离不开"大江东去"的宏阔，离不开"乱石""惊涛"的奇险。同样，柳永的《雨霖铃》之婉约含蓄也离不开"寒蝉""杨柳""晓风""残月"等柔美的意象。所以，中国新诗在向古典诗歌学习时，中国传统诗歌意象是其不能回避的现实。意象，以最简单的语言表述可以是"传意之象"，也即附带思想、情感、意蕴的物象，是主客观融合的艺术创造。意象是中国古典诗歌最基本的范畴[②]。正因为意象是主客观交融的，所以即使是相同的意象在不同民族、文化传统中所传达的情感和意义也可能会因为各民族文化心理的差异而呈现出较大区别。

---

①　郑敏：《中国新诗能向古典诗歌学些什么》，《诗探索》2002 年第 1—2 辑。
②　参见袁行霈《中国古典诗歌的意象》，载《中国诗歌艺术研究》，北京大学出版社 2009年版，第 50—55 页。

中国传统诗歌意象蕴含了中华民族独特的文化心理内涵，体现出中国人特殊的审美方式，是中国传统的天人合一哲学思想的体现。美国耶鲁大学教授诺斯罗普（F. S. C. Northrop）在《东西方的汇合》一书中曾用"审美连续统一体"专门指称中国人的这种审美特点："同一个审美连续统一体，其中自我是他的本质部分也是审美客体的本质部分，因此，对于他的直接领悟的审美自然的实景部分来说，他是和审美自然的客体相同一的。"① 在这里，人与自然是统一的，自然的物象进入人的视线也成为传情达意的主体。这是中国古典诗歌乃至中国艺术的独特性所在。中国古典诗歌中许多意象经过几千年的发展、沿袭，其所代表的独特文化内涵已经成为中华民族集体无意识的一部分，深深融进了中华民族的血液里，不仅参与塑造了中华民族独特的文化心理结构，还形成了中国文学独特的语言表达方式，简明且意蕴丰富。比如"月"，因月有圆缺，所以常被中国人用于寓意人生、家庭之圆满或遗憾。"人有悲欢离合，月有阴晴圆缺"，所以中国传统节日中秋节要全家团圆一起赏月，月圆与家人的团圆合二为一，"月"因此又延伸出思乡、思亲的意蕴，"举头望明月，低头思故乡"即是。

欧华诗歌在汉语诗性建构过程中，对中国传统诗歌意象有所发掘。有些诗歌沿用了古典诗歌意象的传统内涵，比如月、秋、落花飞絮、潇湘翠竹、红豆等，借以表达出欧洲华人基于民族共通性的心理和情感。但多数情况下，欧华诗歌对于传统意象的运用往往出其不意，注重在现代社会文化语境下传达新的内涵。换言之，发掘传统诗歌意象并不意味着一味的"复古"、僵硬地直接搬套，而是要求诗人根据自己的独特体验对传统诗歌意象进行化用。因此，欧华诗人在化用传统诗歌意象时更注意挖掘其新的文化内涵。相比较这些意象的传统意蕴，这些新的内涵要么在原有基础上进一步拓展和深化，使之更能表达现代人的思想情感，要么对传统意蕴进行颠覆，表达对现代社会某种社会现实的情绪。总之，一切都是站在现在的基点上重新挖掘传统意象的现代意蕴，赋予其新的审美感受。如张枣的诗《桃花园》，此桃花园显然借鉴了陶渊明的"桃花源"。在桃花源里，环境宁静优美，人们过着男耕女织、安定幸福的生活，而桃花源俨然是与

---

① 何兆武、柳卸林主编：《世界名人论中国文化》（下册），广西师范大学出版社 2001 年版，第 231 页。

现实世界相对照的人间天堂。"桃花源"诞生之后就成为无数中国文人心向往之的美好境界，同时也成为一个寄托美好理想的常用意象被后代诗人使用，如李白、王维、刘禹锡、王安石等都有歌咏桃花源的诗。但是张枣诗中的"桃花园"虽出于"桃花源"却又完全不同，因为那里虽然也有"良田，美池，通向欢庆的阡陌"，但是"日出而作，却从来未曾有过收获。/从那些黄金丰澄的谷粒，我看出了/另一种空的东西：那更大的饥饿"。这是一种没有疼痛的空虚，"比喻般的闲坐，象征性的耕耘"给人们带来的是"无敌的饥饿"以及由饥饿而生出的像"石头长出灾难的星象"一般的疼痛。这样一个"桃花园"绝非陶渊明笔下那个"桃花源"，而是一种无奈的、辛劳的、看不到希望的现实生活的象征。

《西湖梦》是张枣的另外一首诗。西湖以其天然美景向来都是历代文人墨客吟咏的对象，提到西湖，人们首先想到会是"接天莲叶无穷碧，映日荷花别样红"的灿烂，会是"欲把西湖比西子，浓妆淡抹总相宜"的优雅，"西湖"已然成为一个具有无限美感引发诗人诸多幽情的美好意象。然而，在张枣诗中，"西湖"的这种美荡然无存，"从高处看，西湖不过是一颗白尘"，失却了澄净优雅的美感，而且因为无限度的商业开发，西湖"三三两两的逻辑从景点走了出来，像找回的零钱"，毫无诗意。更可悲的是，"在你的城市定居的人，围拢你/像围拢一餐火锅。一条鲤鱼跃起，/给自己添加一些醋。官员在风中，/响亮地抽着谁的耳光"。这就是西湖的现实，也是张枣诗中"西湖"所具有的不同以往的现实内涵，表达了诗人对于西湖惨遭人为破坏、失落自然美感的痛心。

鱼也是中国传统诗词中常见的意象，可以用来代指书信，如"客从远方来，遗我双鲤鱼。呼儿烹鲤鱼，中有尺素书"（汉乐府《饮马长城窟行》），"鱼书"即从此来。鱼也可以象征男女相互爱恋，如"江南可采莲，莲叶何田田，鱼戏莲叶间。鱼戏莲叶东，鱼戏莲叶西，鱼戏莲叶南，鱼戏莲叶北"（汉乐府《江南》）。在虹影的诗歌中鱼的意象出现比较多，甚至成为她诗题的主角，如《你如何变成鱼的》《唯一的鱼》《鱼》《鱼教会鱼唱歌》等。在这些诗里，虹影常常以鱼象征女性在情爱的边缘垂死挣扎。比如"渔人/经过他弄碎了一种小心翼翼的保护/……/你赔笑跟在渔人后面/腥味点燃你的身体你摆动/鳞光闪闪/鱼肿胀得厉害晒在岩石上"（《你如何变成鱼的》），把被情欲刺激的女性比喻成一条被渔人俘获的鱼。"用我的身体象征水伸展/透亮，与网若即若离/风声像高叫的弦/

积蓄光，倾洒在你有皱褶的脸上/我沉落/以一生的平静日子为代价/燃烧，吸尽能飞的音色/和节奏，稳稳挽留目标的河流"（《鱼》），描写了一个为爱倾尽力气的女性。《鱼教会鱼唱歌》中"鱼"的意象更趋向死亡的阴冷："你跑/你是一条鱼/被抽断了脊骨。"其实，以鱼来象征女性在中国古代文化中也早已有之，最早应该源于中国氏族文化早期的生殖崇拜。生殖崇拜最早是对女性的崇拜，鱼因为外形像女阴且鱼腹多子，繁殖能力强，而被赋予阴性的意义。后来男性取代女性成为社会的主宰，女性崇拜渐趋没落，但鱼作为吉祥如意、多子多福的象征则被保存在中国文化中，中国年画中的"年年有鱼""胖儿抱鲤鱼"即是此种文化的反映①。虹影诗中的"鱼"意象虽然继承了鱼之阴性特征，但完全抛弃了鱼之吉祥寓意，极力彰显鱼之阴冷、易被俘获、离水即死的特征，用于比喻现代女性在男女两性关系中的无力与脆弱，体现出诗人对现代社会男女关系的反思，具有强烈的女性意识。

再如章平的诗《残荷听雨》。"残荷听雨"本出自李商隐诗《宿骆氏亭寄怀崔雍崔衮》："竹坞无尘水槛清，相思迢递隔重城。秋阴不散霜飞晚，留得枯荷听雨声。"《红楼梦》中林黛玉就偏爱这一种凄清的境界，她说她不喜欢李商隐的诗，但独钟爱这句"留得枯荷听雨声"。青春易逝，韶华难留，"残荷"给我们带来的是一种孤寂、残败、哀伤的意境，再加上点点滴滴、凄凄清清的雨声，一种宁静致远、孤寂哀伤、神摇心荡之意立现。林黛玉爱这句诗，肯定也与她孤单、悲凉的经历和心绪密切相关。章平的这首诗却以拟人的手法，把残荷比作一个青春逝去的老人——"如老去的脸孔，长上皱纹/枝茎上花冠慢慢垂下头颅/如老去的人支撑拐杖站在风里"。这位老人"翻读姣美芳龄的时刻"，慨叹消失的青春一去不回。诗人接着又对残荷的心理作出细致想象："支撑过芳香的色彩/枯萎就更显得难受和失意/没有了惊羡的目光/再从游人眼里照射/而一想重新振作都不可能/不能不对还开放的花朵/有小小嫉妒。"应该说李商隐诗中的"枯荷听雨"更倾向于营造一种灰暗、萧索的意境，以突出在这样一种凄清的氛围中诗人冷清而又伤感的心境。但是章平的诗虽同样以残荷为主角，却用拟人手法把一个失去青春的老年人内心细微的情感表现出来，传达诗人对青春逝去的感受，这一点与李诗已大有不同。而在这首诗

---

① 易中天：《中国的男人和女人》，中国文联出版公司 1998 年版，第 89—93 页。

的后半部分，诗歌主调从哀叹趋向乐观，实现了诗意的翻转，创造了新的诗歌意境。后面诗文如下：

> 然而，一生有过一次美丽
> 都不该能说有悔
> 倒是慢慢承受上空雨水
> 把尚有污垢的品质
> 再做一次清洗
>
> 雨珠的一次跳跃
> 是活力的一次深呼吸
> 失落如灼的内心
> 在清爽里有了反省
> 呵，不必让惆怅容颜
> 老在渴望枝茎上诡异
> 应该听那飘洒雨声
> 嘀嗒不绝
> 应该从沉睡里惊起
> 感触那枯萎包容的莲蓬
> 正有莲子
> 一粒苦涩的心
> 开始从未来向此刻呈报蓬勃生意

至此，"残荷"所含之"残"已不是了无生趣的象征，而是一个孕育着崭新生命的个体，即使老的躯体即将死去，也要尽量使自己的灵魂更为洁净，在豁达、乐观的状态中使生命得以升华。这是章平赋予"残荷"的崭新内涵，也是对"残荷听雨"所诠释的新的境界，这种境界更符合现代人对生命的看法与体验，更具有现代意义。

实际上，因为受到中国传统诗歌意象独特内涵的限制，欧华诗歌在创作过程中对传统意象的使用都是比较谨慎的。相比较而言，诗人们更注重创造具有自己独特风格的意象系统，这些意象系统往往与诗人自身的生活经历、生命体验更为接近，具有强烈的私人色彩，这一点在创作技巧更为成熟的从大陆走出的第三代诗人身上表现更为明显。比如多多的"北方"意象群，其中所包含的土地、麦田、犁、马、牛、红瓦屋顶等都是他早期在中国北方农村插队生活的典型反映；杨炼诗歌中的天空、大地、大海、鬼魂、石头、火焰、黑暗、墓碑等既是他漂泊生活的反映，也蕴含他对于人类命运更深切的思考等；北岛旅欧诗歌中反复出现的钟表、影子、镜子、风暴、旅行者、乡音等意象是其初离故国、浪迹欧洲的心灵缩影；虹影诗歌中的雾、水以及阴郁的死亡意象等都与她早先的重庆生活以及后来的情感经历密不可分。这些私人化的意象系统虽不是从古典诗歌中沿袭的，却都是与诗人生活密切相关、被诗人高度提炼了的，彰显着诗人对于自己民族身份的认同和对故国乡土及文化的热爱，因此在某种程度上也与上述传统意象一起参与建构了当代欧华诗歌的汉语诗性。

三 重新审视和表现中国历史文化

语言学家洪堡特在《论人类语言结构的差异及其对人类精神发展的影响》一书中论述，一个民族的精神特性和语言的关系极为密切，语言是民族精神的外在表现，对一个民族世界观的形成是必不可少的，只有语言才适合于表述民族精神和民族特性最隐秘的秘密。[①] 汉语作为一种体现中华民族精神活动特点、反映中华民族精神文化现象的形式，蕴含中国悠久的历史和深厚的文化，是中华民族"诗意地栖居"的一个精神家园。这是"汉语诗性"所具有的更为深刻的意义。中国古典诗歌过去一直是，现在在某种程度上也仍然是承载中国民族精神和民族性格的最美的语言形式。这一方面意味着，欧洲华文诗歌对汉语诗性的建构和强化必须要建立在中华民族悠久的历史文化基础之上，否则就会成为无源之水、无本之木，其生命力自然也无法长久；另一方面也意味着欧洲华文诗歌所接受的中国历史文化，应该是一种被现代欧洲华人的思想、情感、精神状态过滤了的中国历史文化。对此，杨炼有较多表述，他认为一个人必须重视传统，忽略传统就等于忽略我们自己，"强调传统就是强调'历史感'"，但这种"强调"要求"对于艺术进程中应当扬弃的或保持的不同部分的清

---

① 威廉·冯·洪堡特：《论人类语言结构的差异及其对人类精神发展的影响》，商务印书馆1998年版，第50、24、52页。

醒认识，实际上也就是强调‘现在’。‘现在’只有在与‘过去’相比较的时候才有确切的意义”，为此，“诗人要不断以自己所处时代中人类文明的最新成就‘反观’自己的传统”，“重新找到、发掘并确立那些在历史上与我们相呼应的东西，从纷繁复杂的来源中提取至今仍有强大生命力的‘内核’”，“并使之融合于我们的诗，以我们的创造来丰富传统，从而让诗本身体现出诗的情感和威力”①。

　　就这一点而言，张枣有些诗歌是极其典型的。他站在现代文明的基点上重新审视中国传统历史和文化，在诗意的营造上，常常出人意料，传达出传统与现代交错并存的多层意蕴。下面以他的组诗《历史与欲望》中的《梁山伯与祝英台》和《吴刚的怨诉》为例进行说明。

　　《梁山伯与祝英台》这首诗共四节，描写了梁山伯与祝英台的爱情演变。“梁祝化蝶”的故事在中国可谓家喻户晓，梁祝爱情的悲剧结局曾经打动无数人的心。这首诗借用了“化蝶”的故事框架，却演绎出另一种情感，成为一个现代爱情的隐喻。

　　第一节第一句即以《诗经》中那句“青青子衿，悠悠我心”把读者带入中国古典爱情缠绵、含蓄的意境之中。“他没料到她的里面美如花烛”，“花烛”这一中国传统意象既充满古典意蕴，也因其所蕴含的性的隐喻而让人产生大胆的联想，充满诗性色彩。“他没料到”“也没想过”两句也把第一节诗带入一种传统文化的情境之内，诗人所营造的是一个以男性“他”为主体的传统诗意空间。

　　第二节诗中的视角悄然转换，空间也转移到郊外，写山伯与英台的郊游。他们“过一座小桥”，“小桥”这一符合中国传统审美情趣的意象，诗人用最简单的两个字却表现出丰富优美的意境：郊外有小桥，小桥下面潺潺的流水轻响，水两岸青草伴着野花，引来蝴蝶飞舞。两个相爱的年轻人徜徉在这样的美景中，是怎样一幅让人心驰神摇的画面。后面一句“她喏在后面逗他，挥了挥衣袖”，充满情趣。“喏”字的使用尤妙，它把英台娇小、可爱、含羞的美感充分表现出来，也强烈渲染出中国传统文化的审美特性：以含蓄、柔美为上，对女子的审美尤为如此。这是这节诗带给读者的最直接的感受。但是再仔细分析，我们又能在这之外读出许多不同的内容，其中第一句发挥着关键作用。“那对蝴蝶早已存在了”一句具

---

① 杨炼：《传统与我们》，载《一座向下修建的塔》，凤凰出版社 2009 年版，第67—71 页。

有强大的冲击力，它用蝴蝶的视角观察梁祝的爱情，充满挑战性又现代感十足，给读者带来全新的审美体验，感觉新奇、刺激却不突兀。

第三节诗从英台的角度切入，深入英台内心，展现她心中百转千回的情绪。"她想告诉他一个寂寞的比喻／却感到自己被某种轻盈替换／陌生的呢喃应和着千思万绪"。"寂寞的比喻"从字面看是典型的现代汉语，却因为梁祝的故事而潜藏着丰富的传统文化内涵，形成双重隐喻，诗意盎然。这就是黄灿然所说的诗的不可译的部分。但是这三句诗放在一起，又会传达给读者一种鲜明的现代感受。中国传统文化以含蓄为美，但这三句诗类似于女性的内心独白，与传统的含蓄似又背道而驰，显得直接、大胆，形成另外一种符合现代人精神气质的审美意蕴。诗歌也在这种传统与现代的背反中产生巨大的张力。

最后一节："这是蝴蝶腾空了自己的存在，／以便容纳他俩最芬芳的夜晚：／他们深入彼此，震悚花的血脉。"这三句诗是凸显整首诗主题的最重要部分。诗人以一种极其节制与富有美感的语言表现出情感的绚烂与激情，赋予梁祝以现代人的热烈与奔放，使"化蝶"的悲伤消失在"震悚花的血脉"的激情之中，颠覆了梁祝故事的传统内涵。

这首诗在表现传统文化时有三点值得学习：一是这首诗的意象都很简明，没有什么刻意为之的怪诞意象出现，却因为其背后蕴含的深厚传统文化内涵造成一种蒙眬的效果，进而使这首诗作含蓄隽永、意蕴丰富，颇有李商隐诗的风格。二是剪裁，原本梁祝的故事很长，情节也更复杂，但是诗人在处理这个题材时，却删繁就简，选取情感发展过程中四个最重要的阶段从不同的角度切入：山伯—蝴蝶—英台—梁祝合一，简洁而又紧凑，以现代诗的形式完成对唐诗起承转合的模仿，达到了出人意料又在情理之中的艺术效果。由剪裁而省略的语言留给读者大片想象空间，增添了诗歌的审美意蕴。三是意义翻转，这首诗要表达的情趣和意蕴都是现代的，与原来的梁祝故事的内涵已有本质区别，但是诗人的这种改写却丝毫不让人感觉生硬和突兀。我想这还是源于诗人并没有完全脱离传统文化语境对梁祝故事进行强行肢解和改变，因此也就没有完全违背中国人传统的文化心理。诗中梁祝的情感从萌动渐至强烈而至激情，始终弥漫着一种柔美含蓄的情绪。激情的呈现因为有了前面的铺垫而顺理成章、毫不做作，既能够反映现代中国人对情感的表现已趋于开放的现实，也不违背中国人传统的对爱情的审美期待。这首诗歌内蕴丰富，却又和谐地统一在一个整体之中，形成整体的隐喻，表达出更为深刻的内涵。

《吴刚的怨诉》表达了诗人对生命本质的思考。诗人把中国传统文化中不知疲倦、无休无止砍伐桂树的吴刚塑造成一个有血有肉热爱生命热爱自由的现代个体。"无尽的盈缺，无尽的恶心，/上天何时赐我死的荣幸？/咫尺之遥却离得那么远，我的心永远喊不出'如今'。"西方文化对待生命的态度是更为注重当下的生命体验，生命是一个被无数细节填充的过程，没有了细节，这个过程就是没有价值的。对于一个只能无休无止地砍伐桂树的人来说，生命只是一种重复，过去、现在和未来都无改变，甚至连死亡都成为一种奢求。于是，生命本身就成了静止的无意义的存在，而这样的生存对于个体来说无异于没有生存。这让我想起西方文化中的"吸血鬼"，吸血鬼源于上帝对杀死兄弟的该隐的惩罚，把他变成一个永生不死的吸血怪物。可见"不死"在西方人的观念中并不值得向往，这完全不同于中国传统文化中对于长生不老的追求。吴刚可以永远不死，却永远也无法体验生命最基本的快乐或者痛苦，因此，他追问"活着，意味着什么？"并且诅咒"时间崩成碎末"。诗人以现代人的生命价值观重新审视吴刚及其背后所蕴含的中国传统文化，以第一人称独白的形式赋予吴刚现代人的思想内涵，这不仅改变了吴刚千年不变的空洞形象，还使这首诗体现出深厚的哲学意味。

无独有偶，章平的《问月》也是以"吴刚伐桂"为题材。诗人以旁观者的身份追问吴刚"桂花飘落是否为你孤寂的渴求"？"是否愿意丢开手中的斧子"？"你的梦想是什么"？"桂花树为什么弯了又直"？等等，与张枣那首《吴刚的怨诉》有异曲同工之妙。

除此之外，张枣的《刺客之歌》《看不见的鸦片战争》两首诗对两段中国历史重新进行了诗意再现。《刺客之歌》取自荆轲刺秦王的故事，诗人以荆轲为第一人称叙事，描写荆轲的所看所想，重新诠释荆轲刺秦王之历史缘由——朋友之义——"那太子是我少年的朋友"。当然，诗人的目的并不在此，他只是通过重构历史细节的方式表达这首诗的主题——"历史的墙上挂着矛和盾/另一张脸在下面走动"。实际上，通过戏剧化的细节再现方式反思中国历史与文化是张枣此类诗作常用的方法，《刺客之歌》如此，前面所述《梁山伯与祝英台》如此，《看不见的鸦片战争》也是如此。《看不见的鸦片战争》将笔墨聚焦在"宫廷后院"中的太监和皇帝身上，在"宫廷后院"中"一棵铁树开着花，但谁都只对皇上/谈月牙儿",一群什么真相都隐瞒只想着讨好皇帝的太监,一个慵懒无能的皇帝,19世纪那场屈辱的战争,一个古老的帝国居然被"小胖婴儿"打败。诗人没有呈现战争的场景,却从太监与皇帝身上窥视到那段历史深处的秘密:"南风袭面,而云朵不断陈列着异像","望天的皇上""在看一个小胖婴孩",这个婴孩突然说:"来,叫我一声亲爹,我就把闹钟给你!""有一瞬,皇上真伸开五指想抓住什么,但他/转眼又在龙椅睡了,睁着一只眼……/……大地满是难言的图案"。战争是残酷的,但是"看不见的战争"——科技、制度、文化——才是决定谁能够在真正的战争中胜利的最终因素,这是张枣这首诗所要表达的内涵。

章平有些诗歌常常采用戏谑的态度来书写中国历史与文化,借古讽今,揭示当下社会现实以及现代人生活的混乱与荒诞,比如《流亡?到自己心里流哪个喜欢》以玩世不恭的口吻对低俗、失范的现实生活进行了无情的嘲讽:"孔子孟子,老牛破车,贡生秀才,倒骑驴子……化自己个三十六化,变自己个七十二变/……神魔难分?鬼怪难辨?不如齐齐扮黑脸/难保大家不看走眼,认定俺是开封包青天。"《断臂武松坐化杭州城》以武松在当代的遭遇讽刺社会现实:"方腊灭灭了,宋江降降了/当年打虎双手,只剩落可笑独臂/……/说什么壮志未酬,无力问天地沉浮/谁不盼这个:今晨菜价未涨/老板再加工钱几多/又怕酒旗挑处,是工业酒精掺水/喝出个病来没有医疗保险可救。"《酸雨天想起的李白》借李白来批判现代社会工业污染、环境恶化的现状。此外,章平还有一些诗借助独特的传统文化符号书写对现实人生的思考,如《关于狐的故事》《狐的月色》两首诗都借用了蒲松龄《聊斋》中关于狐的想象,讲述了两个现代版的聊斋故事;《星空下的夜》《侠客行》是两首关于"侠"的诗,前者书写一个在黑暗中独自抗争的侠、后者颠覆侠在传统文化中的固定形象,探索现实生活中侠之平凡而又伟大的本质——"或者你是侠,我是侠,他也是侠/是我们所做最琐碎的事/也是最值得尊敬的事"。

杨炼的《艳诗》集在延续中国艳诗传统的基础上对其进行了进一步开拓,其中有些诗从特定的性爱视角承接历史与文化。如《承德行宫》来自关于咸丰帝的野史,在诗人笔下,一个王朝的覆灭被聚焦于性这一点:"天子倒悬于天空下/……/行云布雨 沿着最美的毁灭的捷径。"《蚕马》(六首)的题材源自中国古代关于蚕马的传说,但是杨炼以其特有的凌厉赋予其现代内涵,把一段不可能发生的性爱关系写到极致。

其实，正如杨炼在一首题为《明代》的诗中所说："没有谁死于现在　桥那边就是过去"，而"桥那边在我们这边"，我们每一个中国人都是在中国历史与文化的浸淫中长大的，抛开中国历史文化也就等于抽空了生命的本质。这也是这一批欧华诗人漂泊到异国他乡之后最深切的感悟。当他们"牙缝间/进退不得的是母语"（杨炼《湖》）之时，当他们"对着镜子说中文时"（北岛《乡音》），当他们"行走在母语的防线上"，被"奇异的乡愁"（北岛《无题》）所折磨时，当他们在国外坚持用中文创作并在诗歌节上坚持用中文朗诵时，中国历史和文化正在他们身上不屈不挠地坚守着自己的阵地。但是，他们又是一代善于反思历史、反思社会、反思自身的诗人，固守传统不是他们的立场，在传统中创新才是他们根本的指向。"考察历史和环顾世界，是通过昨天透视今天，而不是把今天拉回过去时。历史是一种积淀的现实。文化是精神领域折射的现实。它们永远与我们的存在交织在一起。正是站在此时此地，通过对历史、文化的探寻将获得对现实多层次的认识……是历史和文化成为活生生的、加入现代生活的东西。"① 杨炼这段话可谓道出了欧华诗人面对中国历史文化时的普遍心态。所以，当他们把中国历史文化渗透进自己的诗歌创作，也就把中国历史文化渗透进自己所面对和体验的现代社会、现代文化、现代生活，而他们所要表述的则是现代中国人的思想和感受。这大概也就是本文所探讨的"汉语诗性"为我们建构的能够让我们"诗意地栖居"的精神家园，也是欧洲华文诗歌汉语诗性建构最大的意义所在。把握住这一点，也就把握了欧华诗歌汉语诗性建构的主要指向。

从以上角度来理解欧洲华文诗歌，我们就可以对欧洲华文诗歌现代诗性的内涵、意义和价值做一个更深入的说明：欧洲华文诗歌承载着从中国本土文化迁徙到欧洲文化中的华人诗人对于自己生命过程最深刻的思考。这种思考既包括对于自身在生活与文化的变迁中所遭遇的特殊经验的提炼，也包括对于这样一类身在异乡的海外华人整体命运与情感的诗性表述，还包括处于不同文化对比之下，对汉语言文字本身及其所蕴藏的中华民族传统文化与内在精神以及这种传统在当代的承续与变化这几个方面的深刻体认与诗性表达，并且这种表达所指向的不是狭隘的民族主义，而是指向扎根于本民族历史文化之上、以汉语诗歌本身的独特性参与建构的世

---

① 杨炼：《智力的空间》，载《一座向下修建的斜塔》，凤凰出版社2009年版，第74页。

界文学的丰富性。

　　除此之外，本节所讨论的欧华诗歌的汉语诗性建构对于中国当代诗歌创作也具有积极的现实意义，可以展现出当代汉语诗歌创作的三个努力方向。第一，在诗歌创作中注意挖掘和表现汉字音、形、义的特点，由此出发创作最能够展现汉语言文字特质的诗歌作品，从而重建汉语诗性传统。第二，中国人传统的直觉性感悟式思维方式和审美方式，造成中国人以"表象"为主、强调"立象以尽意"的语言表达习惯，这种语言表达本身即具有强烈的诗性特征，能够丰富诗歌的层次和意境。当代汉语诗歌可以学习和借鉴古典诗歌独特的意象系统及表达方式和技巧，通过精心营构符合当代中国现实生活的、与个人生命体验相契合的、具有个人独特风格的意象与意境来重建汉语诗性传统。第三，汉语是中华民族"诗意地栖居"的一个精神家园，包含着深厚的中国历史与文化意蕴。换句话说，当代汉语诗歌的创作者和接受主体基本上都是华人，那么当代汉语诗歌在追寻汉语诗性的过程中，必然不能忽视对于中国历史文化的表达。但是，这里的历史文化不是僵化的，而是经过发展了的符合现代人思想、情感和审美习惯的历史文化，是被现代文明过滤了的历史文化，是以历史性映照现实性以凸显对现实的人文关怀和思想深度的历史文化，是能够映衬现代中国人精、气、神的历史文化。实际上，从更深的层面来理解，历史文化也是不断被创造和积累的，当今的现实就是未来的历史。当代汉语诗歌要重现唐诗宋词昔日的辉煌，就必须重视对于当代中国社会和当代中国人的深度诠释，以切切实实的创作成果，创作属于我们这个时代的历史和文化。这应该是中国当代汉语诗歌重建汉语诗性传统最重要也最本质的精神向度。

　　最后，引我最喜欢的漫画家几米作品中的一段话结束本节：

　　亲爱的我爱的诗人：我必须承认，我读不懂你的诗。但我想象、误读而感到美好，甚至感动落泪。睡前，我读诗，在月夜里轻声朗读，觉得自己气质出众。因为你们的诗，我心中时时浮现绮丽神妙的画面。谢谢你们一直在黑暗中，不断地划出点星的光亮，让我寻着微光前进。

第二节　澳华诗歌的中国想象

　　澳华诗人来自祖国各地（包括台、港、澳），从小便耳濡目染中华文化，即使迁居异域他乡，也仍然背负着这种文化传统。而每一个地区又都有其当地的独特的区域性文化，寓居澳大利亚的他们显然就会遭遇到"另一种西方文化的冲击，不仅语言、风俗习惯迥然不同，还面临着生活的重压"①。与此同时，澳华诗人创作的澳华诗歌则"处于双重或多重的夹缝之中，一是远离中原主流文化或文学传统中，无论在地理空间还是在文化空间，都处于母体文化的边沿或边缘地带；二是在居住国主流文化中，是一种外来文化或少数民族文化，只能是无可奈何般如花自开自落于边缘"。② 文化背景的变更不可避免地会对澳华诗人的心灵产生强烈的撞击，而澳华诗人在当下彷徨的同时也越发思恋故土。于是，凝聚着澳华诗人的故土情结的中国成为他们所不懈吟咏的共同母题。然而，"尽管想象，肯定要以一种假定的真实面目，或凌驾现实世界的方式反映现实，但想象永远不可能等同于现实"③，就此看来，澳华诗人笔下的中国并不完全等同于现实中的中国。诚然，澳华诗歌可能"弥散着大量的具有确定意义的词语，它们来源于社会，来源于一些非文本所能承载的现实"，可是"这种现实本身，对文本并没有多大的意义，因为，文本并不为了追求现实性而表现现实的"。④ 也就是说，澳华诗歌并不是为了言说现实的中国而吟咏中国。"实际上，在文本产生的过程中，作者的意图、态度和经验等，它们未必就一定是现实的反映。这些意图、态度和经验等，在文本中更有可能只是虚构化行为的产物。因此，在这种情况下，虚构化行为转化成了一种符号化的真实，同时，想象也成了一种顺着符号指向驰骋神思的形式。"⑤ 不难看出，吟咏中国的澳华诗歌也难免夹杂着澳华诗人对中国的想象。诸如西彤的《故乡十行》、庄伟杰的《风中之歌》、黄雍廉的《东方水手的世纪》等诗歌，都是澳华诗人想象中国之作。而这些诗歌中的想象及其功用既有共同点又有迥异处，辨析其中的异同则不妨借助

①　张绰：《澳洲华文文学透视》，载钱超英主编《澳大利亚新华人文学及文化研究资料选》第7页，原载于庄伟杰主编《满江红》月刊（悉尼）1996年1月号（总第66期）第11—15页。

②　庄伟杰：《解读海外华文诗歌的三个关键词》，《东方丛刊》2009年第3期。

③　［德］沃尔夫冈·伊瑟尔：《虚构与想象——文学人类学疆界》，陈定家、汪正龙等译，吉林人民出版社2011年版，第3页。

④　同上书，第2页。

⑤　同上书，第2—3页。

于现象学中的想象理论。

在现象学中，广义上的"想象"（德语 Phantasie）等同于"当下化"（德语 Vergegenwärtigung）一词，意味着想象主体的一种当下化行为，即主体将想象对象纳入当前的视域之中加以把握，而无论这些想象对象的本真形象对于想象主体而言是存在于消逝了的过去、可然性的未来，甚或根本就不存在。事实上，想象对象的本真形象具有存在与不存在这两种存在样式（不存在也是存在样式的一种）。据此，从是否受限于想象对象的本真形象之存在样式的角度出发，可以将想象划分为"具有存在设定的当下化"（简称"设定的当下化"）和"不具有存在设定的当下化"（简称"不设定的当下化"）两种。在"设定的当下化"中，想象对象的本真形象必须存在，也即带有对想象对象的本真形象的存在设定。想象对象的本真形象的存在样式还与其时间样式密切相关，即想象对象的本真形象既可能存在于已经消逝的过去，也可能存在于即将莅临的未来。所以，"设定的当下化"又可细分为指向过去的"再当下化"和指向的未来的"前当下化"两种。而在"不设定的当下化"中，想象对象的本真形象并不存在，也即不带有对想象对象的本真形象的存在设定，当然也就没有时间样式的羁绊了，因而只有"单纯想象"一种。

需要强调的是，这里一切所谓的"存在"都是就主体的感知而言的，因而带有英国大主教、哲学家贝克莱（George Berkeley，1695—1753）提出的"存在即被感知"的意味。具体而言：在"再当下化"中，想象对象的本真形象曾经被主体感知过，故而存在于过去；在"前当下化"中，想象对象的本真形象将要被主体感知到，故而存在于未来；在"单纯想象"中，想象对象的本真形象永远也不可能被主体感知到，故而根本不存在。于是，这些想象对象的本真形象要么已经消逝，要么尚未出现，要么根本不存在，以至主体无法在当下对其感知或再度感知，因而唯有发挥想象去弥补。可见，主体的想象是对其感知失效的一种补充。当下的事物可以被主体所感知或意向，从而排斥了想象，所以不可能有对存在于当下的事物的想象。

"再当下化"带有回忆的性质，"前当下化"带有期待的性质，而"单纯想象"较之于"再当下化"和"前当下化"则具有最大的想象自由度，因此可分别称为"回忆型想象""期待型想象"和"自由型想象"。从想象故国家乡的角度阐释澳华诗歌将是一种崭新的视角，这也许能够发掘出更多为研究者所忽视的内容。因此，本节试图借鉴现象学中的想象理论，并结合与之相关的感知理论和时间理论，从回忆型想象、期待型想象、自由型想象三个方面阐释澳华诗歌中的中国想象。

一　回忆型想象

从春秋时的《论语》里的"父母在，不远游"，到南北朝时的江淹《别赋》里的"黯然销魂者，唯别而已矣"，再到唐代孟郊《游子吟》里的"慈母手中线，游子身上衣"，其中透露出的是中国人安土重迁的传统思想观念。在几千年来的封建宗法制度和祖先本位观念的约束之下，中国人安土重迁的传统思想观念已经深入骨髓。所以，背井离乡的生活无论在什么情况下都夹杂着漂泊的沧桑感，澳华诗人自然也不例外。诚如西彤在《故乡十行》一诗中所吟唱的那样：那"一份世世代代延续填写的履历"和那"一杯培植血缘与基因的物质沃土"将是"一个悲欢离合永远的沧桑话题"①。然而，澳华诗人的背井离乡还跨越了太平洋，来到了大洋洲的陌生国度澳大利亚，所以他们的漂泊沧桑感还与他们将自己视为异邦人的身份认同密切相关。"异邦人/在流落的航线里/迷离方向/愈行愈远愈飘愈长"②，但他们又毕竟是"吃故乡奶水长大的"，所以"异邦人积蕴的乡愁超过体重数万倍/那不死的眷恋/绝不会因季节的胁迫/枯竭"。于是他们常常在"在时空的转盘上/轻泊梦境"，时不时地"唱一曲老歌/让乡音不断撩拨/和谐自己"。浓郁的乡愁是澳华诗人思恋缺席的故国家乡的集中表现，而"轻泊梦境""唱一曲老歌"则是诗人通过重温往昔生活的形式将故国家乡召唤至在场。这种重温，是回忆，但又是想象，准确地说则是回忆型想象。

① 西彤：《故乡十行》，载冰夫、雪阳主编《酿造季节——酒井园五周年诗选》，华龄出版社2006年版，见熊国华选编《海外华文文学读本·诗歌卷》，暨南大学出版社2009年版，第258页。
② 庄伟杰：《异邦人》，载庄伟杰主编《大洋洲鸥缘》，海峡文艺出版社2002年版，第2—3页。

主体在感知在场事物之时会将与之密切相关的信息投入记忆，这是一个信息编码的过程，即"记忆痕迹的形成或获得"①，而原来的感知主体在此时则转变成记忆主体。与此同时，主体又会储存一些较为次要的信息，即对"当时未被利用的编码信息的保留或保持"。事后，主体对缺席的该事物的把握就是一个追溯、恢复记忆信息的过程，即"重现和最后的保持间距的信息利用"。显然，这个追溯、恢复记忆信息的过程，也就是主体对之进行回忆的过程，而原来的记忆主体在此时又转变为回忆主体。回忆的内容虽然与主体当时通过感知事物并获得其"原初印象"（德语 Urimpression）密不可分，但实际上又由指向过去的真实性记忆内容和指向过去的再造性想象内容两部分所组成。"原初印象必须被置于一个时间性的视域里；且必须被滞留（retention）所伴随，这一意向给我们提供对象刚发生过的阶段的意识；它也必须被前摄（protention）伴随，即一个对象将要发生阶段的多少不确定的意象。"② "原初印象"和"滞留""前摄"构成了一个被称为"活的当下"的整体，而"滞留是一种与刚从现前领域过渡到过去之中的被意识之物的本原的、祛除当下的和滞留性的意向关系。它是对现前之物在其最初滑脱中的边缘期的非课题性一同意识到"。③ 也就是说，滞留就是指向过去的真实性记忆，即"第一性回忆"。事实上，滞留自始至终都指向过去并锲而不舍地不断回溯以"保持"某事物：最近的滞留"保持"前一个"活的当下"，而前一个"活的当下"中的滞留又"保持"更前一个的"活的当下"，于是滞留可以不断地延绵下去，"保持"着此前消逝了的时间性经验。"只有这样，这些过去的客体才能作为同一的和个体的客体而在一个特定的时间位置上（或时间序列上）重新在回忆中被找到。"④ 然而，指向过去的真实记忆的内容会随着时间的流逝而逐渐变得模糊不清。这主要是因为，虽然滞留可以实现主体对事物确切而真实的把握，但一个"活的当下"中的滞留并不能无限回溯，并延伸到意识生活的真正开端之处，而会在某个点上消退，与之相

---

① ［美］道格拉斯·L. 欣茨曼：《学习与记忆心理学》，韩进之等译，辽宁科学技术出版社1986 年版，第 294 页。

② ［丹］丹·扎哈维：《胡塞尔现象学》，李忠伟译，上海世纪出版集团 2007 年版，第85 页。

③ 倪梁康：《胡塞尔现象学概念通释》，生活·读书·新知三联书店 2007 年版，第 419 页。

④ 同上书，第 420 页。

对应的"活的当下"就会渐渐湮没,此时就必须通过再造性想象来恢复,恢复之后,新一轮的回溯又开始了。滞留先于指向过去的再造性想象,"保持"的东西尚未落入遗忘之中而缺席,而再造性想象"是一种离散的新开端,是再度回到已经失落在意识之外的事物"①。所以,指向过去的再造性想象是一种"第二性回忆"。显然,主体回忆出来的内容都不可能完全地等同于他在当时当地所感知的内容。实际上,当主体竭力回忆并试图重现过去的感知之时,他将不可避免地对记忆中模糊不清的片断进行再造化处理,即主体在此时此地会以指向过去的再造性想象内容代替这些模糊不清的记忆片断,从而使其回忆清晰化、连贯化、完整化。此时,回忆主体已转变成想象主体,而回忆也就夹杂着想象的色彩,最终在事实上成为回忆型想象。

澳华诗人是"吃故乡奶水长大的",故国家乡是他们的生长之地,即使他们漂洋过海徙居异国澳大利亚,也仍然带着中国的印迹。所以,"他们的诗歌没有远离特定文化背景的原有生活场景或时代记忆"②。在澳华诗人创作的诗歌中,有一部分诗歌就侧重于描绘他们以前在故国家乡的生活经历,带有明显的回忆色彩。因为回忆的再造特性或想象特性,他们回忆的过去在家乡的生活经历又不完全等同于消逝了的过去事实。换言之,澳华诗歌描绘的过去的故国家乡生活的经历实际上已融入了澳华诗人在创作诗歌时的某些创造性阐发的内容,因而难以规避想象的色彩。所以,与其说他们在此时此地还原了过去的故国家乡生活的经历,倒不如说他们在此时此地想象了过去的故国家乡生活的经历。

西彤的《故乡十行》一诗就具有回忆型想象的特点,但这并不是我们先入为主的判语,而是我们在对这首诗歌进行审慎的分析并获得一个本质直观后的客观结论。这首诗歌表面上是由十个诗歌意象拼接而成,虽然这些意象有的相对具体,有的相对抽象,但都带有浓重的回忆色彩,像"一首童年的歌谣"和"一支母亲的摇篮曲"等就是如此。"'回忆''不仅仅是关于过去的对象的意识,还是关于这样一种过去对象的意识,以至

---

① [美] 罗伯特·索科拉夫斯基:《现象学导论》,高秉江、张建华译,武汉大学出版社2009年版,第137页。

② 庄伟杰:《边缘拓殖与诗意存在——多元文化中澳洲华文诗歌当代性观察》,《世界华文文学论坛》2005年第2期。

于我可以说，关于曾经被感知过的并且是被我感知过的、在我的过去的此地此时曾经被给予过的对象的意识'"①。"童年的歌谣"和"母亲的摇篮曲"显然都是诗人儿时的听觉感知内容，它们对于儿时聆听它们的诗人而言都是在场并被感知的，对于此时此地创作此诗的诗人而言则都是缺席并曾经被感知过的。诗人在创作诗歌的这一此时此地运用这两个意象，也就意味着他唤起了对这两个意象的相关记忆。所以，这两个意象具有明显的回忆性质。而"一张永不褪色的底片""一封年年月月总也读不够的家书"则是两个看似具体、直接却实为抽象、间接的诗歌意象。一方面，"底片"和"家书"可以作为实在之物而被诗人触摸、观阅，因而具有具体、直接的特点；另一方面，即使作为实在之物的"底片"和"家书"也同时具有抽象、间接的特点，因为"底片"和"家书"的真正价值并不在于它们本身，而在于他们所传达或所代表的内容。实际上，"底片"（即图像）唤起诗人的图像意识，而"家书"（即符号）则唤起诗人的符号意识。在这两种意识作用之下，诗人吟诵的不是"底片"和"家书"本身，而恰恰是它们所传达或所代表的内容，而这一内容又与诗歌的主题意义密不可分。至于"一束剪不断理还乱的思绪"，"一串游子心头千回百转的情结"则是更为抽象和间接的诗歌意象。"思绪""情结"完全是抽象的观念性事物，根本不可能被人所感知。这两个诗歌意象的出现反映出以高度凝练的语言进行创作的诗歌的象征特质，而这两个诗歌意象的真正意义也就在它们所象征的内容。同样的，这些内容也与诗歌的主题意义密不可分。从"底片""家书"和"思绪""情结"这两类诗歌意象的修饰语中可以看出，它们都存在于过去，而诗人在创作诗歌的这一此时此地运用这两类意象，同样意味着他唤起了对这两类意象的相关记忆。也就是说，这两类意象都具有回忆色彩。

当这些诗歌意象相互分离并单独存在时，我们难以确证其真正含义，而当它们连接在一起共同出现时，我们就可以发现它们实际上指向了一个共同对象——诗人的故国家乡生活。故国家乡生活本是一个抽象的概念，它只能由具体的故乡生活的点点滴滴、方方面面所构成。所以，诗人通过组接十个关于故乡的诗歌意象来阐释他的故国家乡生活。由此观之，诗人真正回忆的对象其实是他在故国家乡的生活。通过对诗歌意象的把握，我

---

① 倪梁康：《胡塞尔现象学概念通释》，生活·读书·新知三联书店 2007 年版，第 137 页。

们可以发现诗人描述的故国家乡生活确实存在过并被诗人所经历过，这至少还有底片和家书为证。同时，我们还可以发现诗人描述的故国家乡生活已然消逝，而他对故国家乡生活的描述在很大程度上依赖于记忆。诗歌中的语句在彼此间往往就存在逻辑上的跳跃，而《故乡十行》一诗又是由彼此关联并不密切的十个意象拼接而成，这极大地方便了诗人对模糊不清的记忆片断避而不谈。但是，这并不排斥回忆的想象色彩。诗人在离开故国家乡的时候必然留下了他对故国家乡生活的最后印象，而这个最后印象对于此时此地创作此诗的诗人而言，却变成了一个关于故国家乡生活的"原初印象"。当然，这个"原初印象""还包含着一个在时间上向前向后伸展着的'视域'，一个以'原印象'为中心的、在这个感知中'一同被意指的''时间晕'"①。其中，向后伸展的视域即是"滞留"。虽然"滞留"可以实现诗人对故国家乡生活的某些方面确切而真实的把握，但"现在却不像从前/也永远找不回从前"②。实际上，"在所有离家的日子里，阳光日复一日地发霉/无法透彻生命之深刻/记忆和感觉渐渐淡化/变成无法解读的朦胧诗"③，但为了解读这无法解读的朦胧诗，诗人唯有发挥想象之功，重构家乡生活，植入再造性的内容。所以，诗人吟咏的故国家乡生活有些可能确实存在，但有些已经是想象的内容了，而这些想象的内容又立足于记忆。

任何文学作品都是有感而发之作，而绝不会是无谓的涂鸦，西彤创作《故乡十行》就源自他旅居澳大利亚的漂泊沧桑感。可能故国家乡的生活并不像诗人所吟咏的那样美好，但此时此刻已被他所美化，因而显得那样地质朴而温馨，令诗人魂牵梦萦。在异国他乡的生活可能充满了坎坷，所以澳华诗人更加容易也更有选择性地回忆（伴随想象）起过去的故国家乡生活的种种美好之处。在具有回忆型想象特性的澳华诗歌中，萌发于自身的漂泊沧桑感而缅怀美好的故国家乡生活的诗歌，还有方浪舟的《祖

---

① 倪梁康：《胡塞尔现象学概念通释》，生活·读书·新知三联书店 2007 年版，第 529 页。

② 庄伟杰：《精神放逐》，载庄伟杰主编《大洋洲鸥缘》，海峡文艺出版社 2002 年版，第 5 页。

③ 庄伟杰：《异邦人》，载庄伟杰主编《大洋洲鸥缘》，海峡文艺出版社 2002 年版，第 3 页。

传山道》① 《童年》② 等。方浪舟出生于闽中山地，山和山道是他和他的乡民们永远也绕不开的话题。《祖传山道》一诗就从他以前和父亲、爷爷等长辈们一同攀登大山的生活往事写起。山道是诗人祖上开辟的"祖传山道"，也是诗人曾经行走过并深藏于记忆之中的山道。日复一日、年复一年地攀爬山道的生活往往充满艰辛，但诗人联想到的是"我的童年""我的村姑娘"以及"我的家"，而这一切"都很重"，以至于诗人"不敢松开双手"，从而生动地表现出诗人对故国家乡生活的怀念。《童年》一诗仅二十余字，却完整而生动地描述出了诗人的童年经历。"那时候/望见/妈妈手里的甜饼//为了它/短裤子/都跑得飞掉了"。前一节反映的是诗人的童年生活相当艰苦；后一节反映的则是诗人的童年生活苦中有乐。实际上，这首诗是以叙事来抒情，诗人表达的重点并不是童年生活的苦与悲，而是苦中之乐、悲中之喜。"为了它/短裤子/都跑得飞掉了"这一幽默俏皮而又盈溢童趣的话语将一切苦与悲消解，仅留诗人那抑制不住的思乡之情。《祖传山道》和《童年》描述的家乡生活都是诗人曾经的感知经历，虽然已经消逝，却还残留在诗人的记忆之中。在远离故国家乡的澳大利亚的此时此刻，诗人写下如此这般洋溢着浓郁乡情的感人诗篇既是诗人回忆过去的故国家乡生活，也是诗人想象过去的故国家乡生活。与西彤的《故乡十行》一诗一样，方浪舟的这两首诗作营造出的故国家乡生活也具有质朴而温馨的特点。

与寓居异国他乡的漂泊生活相比，即使曾经的那种故国家乡生活充满辛酸、苦楚，也仍然值得澳华诗人缅怀，因为这毕竟是家乡的生活、祖国的生活。正是因为西彤和方浪舟创作的回忆型想象诗歌立足于他们寓居异国他乡的漂泊沧桑感，所以这些诗歌营造出的故国家乡生活才是那样的质朴和温馨。与此不同的是，李普的《秋》③、庄伟杰的《想起》④、张典姊

① 方浪舟：《祖传山道》，载刘湛秋、许耀林主编《世界华人诗萃》，澳洲荣宝堂出版集团2001年版，第611—612页。

② 方浪舟：《童年》，载刘湛秋、许耀林主编《世界华人诗萃》，澳洲荣宝堂出版集团2001年版，第611页。

③ 李普：《秋》，载刘湛秋、许耀林主编《世界华人诗萃》，澳洲荣宝堂出版集团2001年版，第547—548页。

④ 庄伟杰：《想起》，载傅天虹主编《庄伟杰短诗选》，傅天虹主编，银河出版社2011年版，第12页。

的《梦回绿溪》①等作品虽然同属于回忆型想象诗歌一类，却专注于描绘
故国家乡生活的田园色彩，展现出的是一幅幅静谧而和谐的故国家乡生活
图景。李普的《秋》并非"伤秋"之作，而是表现乡间农民喜迎秋季大
丰收的"颂秋"之作。在那"满园的菊镶金嵌银/漫天的霞把世界盛装/
田野一片金黄/分不清是稻浪、蔗林/还是绣着穗的红高粱"之际，"累累
果实压弯枝梢/空气中充满收割的欲望"。在这收获的时节，黄发垂髫都
洋溢着丰收的喜悦之情："胖小子骑着南瓜/俏小丫坐在锦鲤背上/金花狗
拖不动山药蛋/玉米棒比老汉的烟袋长/为了看那谷堆尖/驼背大妈伸直了
脊梁/收获的喜悦/涨红棒小伙的脸庞/筹措庆宴的姑娘/身着七彩的霓裳/
行酒令中横行的螃蟹粉身碎骨/打谷场成了重阳登高的山梁。"这道秋季
大丰收的亮丽风景线，诗人曾经目睹过、感知过，如今寓居异国他乡的诗
人又回想起这一喜获丰收的场景，并写下如此动人的篇章，无疑也表现出
了他对故国家乡生活的深切留恋和由衷赞美之情。"搭一道天梯/请思乡
的嫦娥来把丰收品尝/再略备薄礼/捎给隔着天河的织女牛郎"。诗中的
"嫦娥"未尝不是思乡的诗人的自画像，"隔着天河的织女牛郎"更是诗
人与远隔重洋的亲人或乡民一同"望洋兴叹"的生动写照。整首诗没有
任何可能勾起诗人痛苦或辛酸回忆的语句，这意味着诗人笔下的故国家乡
生活只有美好的一面而绝无阴暗之处——至少诗人在创作这首诗的时候是
如此。庄伟杰的《想起》一诗也是如此，关于故国家乡生活，诗人想起
的是"家以及那个海边村庄"，"想起的是老祖母曾编织的童话"，还"想
起地瓜藤和青石板铺成的路/黄昏中飘动的花头巾"。对于诗人而言，故
国家乡生活给他"留下太深太深的思念"，所以他在总体上"想起的是马
致远的天净沙秋思"中的"小桥流水人家"。无独有偶，张典姊在《梦回
绿溪》一诗中也营造出了"小桥流水人家"式的田园景象："白色的芦苇
在绿溪畔荡漾，/故园中又添了许多新竹，/黄色的雏菊灿烂如昔，/依山
傍谷。/近寺的晚钟声/迎着暮霭散播开了，/暮霭合处是你的碑文。"以
"梦回绿溪"为题，又在诗歌第一句明言"在梦中，我又一次重游故园"，
似乎这一切田园景象都是诗人梦回故园、梦回绿溪时的观感。实际上诗人
不过是凭借记忆和想象编织了一个故园"梦"，因为诗人在陶醉地描摹这

---

① 张典姊：《梦回绿溪》，载庄伟杰主编《大洋洲鸥缘》，海峡文艺出版社2002年版，第
76—77页。

幅亮丽的田园风景画之时，已不自觉地不打自招：这一切"如此清晰地在我的记忆中，又如此清晰地在眼前"。"绿溪"是诗人家乡的绿溪，诗人也熟悉绿溪旁的一草一木。无论是"芦苇""新竹""雏菊"还是"近寺的晚钟声"，都支撑着诗人对故园的记忆，凝结着诗人对家乡的思恋。远离故国家乡寓居异国他乡的诗人难觅故人、难闻乡音，所以倍感孤独。无怪乎诗人由衷地发出"我乃芦苇"的慨叹，以芦苇自喻，自嘲其随风飘荡、不能自主的漂泊生涯，而这又与冰夫的"失去故乡的人一如萍聚洲头"① 一语以随波逐流同样不能自主的浮萍作喻如出一辙，大有异曲同工之妙。但是，诗人最终"顿觉释然"，因为诗人"知道在寂寂的梦途中"她"已非踽踽独行了"——梦里有绿溪、有故园的花花草草。不难看出，《秋》《想起》《梦回绿溪》这三首诗都竭力地美化了诗人的家乡生活，建构出极具田园色彩的静谧而和谐的故国家乡生活。

通过回忆型想象，澳华诗人可以成功地将曾经在场而当下缺席的故国家乡生活置换为当下在场并带有他们的记忆和想象色彩的故国家乡生活。从理论上说，曾经的故国家乡生活可能有喜有悲、有好有坏，表现在澳华诗人的诗歌之中也应该具有正反两方面的含义。然而，事实上澳华诗人通过回忆型想象建构出来的故国家乡生活偏重于喜或好的一面，其悲或坏的另一面大都被遮蔽甚至抹杀掉了。由此可见，澳华诗人之所以吟诵故国家乡生活并不是为了忠实地重现过去，而是为了编织一个个绝佳的故国家乡美梦以抚慰他们心中难以平复的思乡之情或对抗他们在异国他乡的坎坷遭遇。总的看来，澳华诗人在异国他乡有感而发，借助记忆和想象为故国家乡编织美梦，这是回忆型想象带给澳华诗人进行诗歌创作的张力之所在。然而，过度依赖记忆，以曾经的感知、过去的经历为根本而想象故国家乡，则是回忆型想象带给澳华诗人进行诗歌创作的局限之所在。

二 期待型想象

一般所谓的"记忆"往往都是指追溯记忆（retrospective memory），

---

① 冰夫：《我踏着落叶走进深秋》，载庄伟杰主编《大洋洲鸥缘》，海峡文艺出版社 2002 年版，第 24 页。

即"对过去获取信息的记忆"①。追溯记忆具体地表现在主体的回忆行为之中，因为回忆就是主体试图复活并再次经历从前经验的行为，澳华诗人在回忆型想象诗歌中所依靠的记忆就是追溯记忆。然而，人类兼具回溯过去和前瞻未来的双重能力，"从记忆研究涉及的内容性质与时间维度进行分析"又可以发现人类的记忆不仅限于指向过去的追溯记忆，还存在指向未来的"预期记忆"（prospective memory）。"预期记忆是与追溯记忆相对的一类独特记忆，即当缺乏任何直接的外部提示时，在未来特定条件下从事特定计划活动（planned activeity）的记忆"②。显然，预期记忆的内容是主体未来将要从事的内容而不是过去已经完成的内容，而且这一内容已被主体预先地计划在何种条件下以何种方式去实行。但是，"既然未来还没有被确定，我们可以栩栩如生地预期在几种可能的未来而不是唯一一种未来之中的我们自己：我们想象假如作出选择之后我们将会怎么样，并且我们在这个时刻仍然能够想象处在几种不同的境况之中的我们自己。我们以不同的方式把自己投射到将来完成式"③。也就是说，预期记忆的内容都发生在尚未发生的未来世界里，而主体则通过前瞻形式的意识行为来把握这些未来的虚拟经验。显然，预期记忆天然地具有相当浓厚的想象色彩。

就像追溯记忆关涉着回忆型想象一样，预期记忆则关涉着期待型想象。回忆型想象内容由指向过去的真实性记忆内容和指向过去的再造性想象内容两部分组成，而期待型想象内容也由真实性记忆内容和再造性想象内容两部分组成，只不过这两部分内容都指向未来而不是过去。指向未来的真实性记忆对应着"活的当下"中的前摄，而前摄指的是"意识与一个被意识之物的本原意向关系，这个被意识之物就要进入到意识的当下之中，并且在它刚要过渡到'原印象'的被给予时而被非课题性地一同意识到"④。"'前摄'和'滞留'一样，是一种在处在与一个体现的连续的、过渡性综合的统一之中的'脱离当下'（Entgegenwärtigung），而它与

---

①　李宏翰：《预期记忆的老化研究》，广西师范大学出版社 2003 年版，第 2 页。

②　同上书，第 5 页。

③　［美］罗伯特·索科拉夫斯基：《现象学导论》，高秉江、张建华译，武汉大学出版社2009 年版，第 72 页。

④　倪梁康：《胡塞尔现象学概念通释》，生活·读书·新知三联书店 2007 年版，第379 页。

'滞留'之间的特殊区别在于，与滞留性的'让滑脱'（Entgleitenlassen）相反，它作为对将来之物的非课题性'前握'（Vorgreifen）展示着主动性的第一形态。"也就是说，前摄和滞留最大的区别是前摄在时间的方向性上指向未来而非过去。前摄自始至终都指向未来并锲而不舍地不断前瞻以"预示"某事物：最近的前摄"预示"着后一个"活的当下"，而后一个"活的当下"中的前摄又"预示"着更后一个"活的当下"。所以，前摄是"可以指明的任何一种形式使对未来之物的'期待'得以可能的基础"，也就是说前摄使人的预期记忆的存在成为可能。前摄就像人们通过逻辑推演所获得的认识一样，具有一定的真实准确性，因而也被称为"第一性期待"。但前摄并不能无限地前瞻（否则的话，人就可以无限地预见未来了），最终会在某个点上断裂，此时可以通过指向未来的再造性想象来恢复。但恢复之后的内容已不再具有前摄的真实准确性，反而具有想象的自由随意性。显然，前摄先于指向未来的再造性想象，所以后者是"第二性期待"。

就像前摄与滞留是相对应的时间性原形式一样，"'期待'是与'回忆'相对应的行为：前者是指对未来之物的当下化；后者是指对过去之物的当下化。因此，'期待'从属于'当下化行为'或广义上的'想象'行为，并与'想象'行为一同从属于'直观性'的客体化行为。确切地说，'期待'行为是一种'前当下化'（Vorvergegenwärtigung）并因此在本质上有别于另一种当下化行为，即作为'再当下化'（Wiedervergegenwärtigung）的'回忆'"。① 期待型想象和回忆型想象是一对矛盾的统一体，既相互联系也相互区别。尽管所有想象都仅仅在"好像"的信念样式中运作，并具有一定的自由性，但期待型想象和回忆型想象一样，都只能围绕可以被主体感知的本真形象展开相对自由的想象，因而都是一种相对贴近客观现实的想象形式。这其实也说明，与回忆型想象一样，期待型想象也带有对想象对象的本真形象的存在设定。但是，期待型想象又与回忆型想象有着明显的不同，因为它是主体"在计划某件事情的时候所展开的那种想象，在这种时候，我们想象自己处在我们能够通过选择而造成的某

① 倪梁康：《胡塞尔现象学概念通释》，生活·读书·新知三联书店 2007 年版，第 148 页。

种未来状况之中"。① 也就是说，期待型想象仅仅是主体关于未来的感知对象的预期式意识行为，即关于将要被主体所感知的、在主体的未来的某地某时将要被给予的对象的意识行为。所以，与回忆型想象不同，期待型想象中的想象对象的本真形象在时间上只可能存在于与过去截然相反的未来。反过来，也正因为本真形象只可能存在于尚未发生的未来，所以从主体对想象对象的本真形象的感知样式的角度而言，主体只能通过预期的意识形态去把握。

　　寓居异国他乡的澳华诗人因为远离故国家乡而暴发浓郁的思乡之情，进而通过回忆型想象建构出质朴而温馨、静谧而和谐的中国生活图景，这可说是难以规避的人之常情。然而，澳华诗人的思国恋乡之愁却并非仅仅是因为远离故国家乡的漂泊感，很多时候是由于漂泊生涯的坎坷遭遇所致。澳华诗人的漂泊既是生存空间的迁徙，也是文化环境的转换。两地之间的文化差异固然令澳华诗人难以在短时间内融入当地社会，但也使得当地人难以在短时间内接受这群陌生的外来者。此时，漂泊者故国家乡的国际形象就显得至关重要了。故国富强、家乡繁荣的国际形象一方面有助于漂泊地人群接受澳华诗人这一漂泊群体；另一方面又能够为澳华诗人在异国他乡的漂泊生活提供一定的物质和精神的双重保障。从这个角度而言，澳华诗人的诗歌又表现出了澳华诗人消极和积极的两种心理倾向。就消极的心理倾向而言，澳华诗人不由自主地认为故国家乡生活都像那些回忆型想象诗歌所描绘的那样美好，而异国他乡的生活是如此坎坷，于是萌生"出世"之念，希图逃离澳大利亚，重回故国家乡。就积极的心理倾向而言，澳华诗人自觉或不自觉地将自己在澳大利亚的坎坷遭遇或多或少地归因于故国家乡的国际形象的影响，但他们又以"入世"的姿态执意在异国他乡顽强地生活下去，于是他们殷切祈盼故国的富强和家乡的繁荣。无论是表现澳华诗人消极心理倾向的诗歌，还是表现其积极心理倾向的诗歌，总体上都是澳华诗人的心理期待的综合呈现，而这种心理期待夹杂着他们的想象色彩，实际上就是一种期待型想象。借助于运用期待型想象而创作的诗歌，澳华诗人将自己或诗歌中的抒情主体投射到未来的故国家乡的情境之中，并使之亦真亦幻地"经历"着未来事物，而据此想象出来

---

　　① ［美］罗伯特·索科拉夫斯基：《现象学导论》，高秉江、张建华译，武汉大学出版社2009年版，第71—72页。

的故国家乡将是一种未来完成式，因其存在于被设定的未来。在这些期待型想象诗歌之中，"出世"类以庄伟杰的《风中之歌》① 为典型，而"入世"类则以雪阳的《为中国加油》② 为代表。

《风中之歌》以"我"为抒情主人公，并以"我"的视角凝视风中的"我"自己。"我经常看见自己在风中奔跑"，因此又"吸吮到某种熟稔的气息"，而这种熟稔的气息"有谷物的馨香露珠的湿润"，"有泥土的醇爽"，"有故乡的味道"。借助于"我"这一抒情主人公，诗人直抒胸臆，其殷切的思乡之情已跃然纸上。紧接着，诗人又逐渐地使"我"与"风"合二为一："我最喜欢看一看属于我的那缕风/能否牵引我找到自己的家自己的根。""有多少人能拥有自己的风啦/又有多少人能让灵魂里的风插上翅膀"？这连续的反问无疑就昭示着"我"恰恰拥有自己的"风"，并能够在"风"的牵引下"找到自己的家自己的根"。风的牵引隐含"我"与"风"已经合二为一的潜台词，此时的"我"即"风"，而"风"即"我"。自然的"风"或"灵魂里的风"能够极大地跨越时空的限制，吹拂故国家乡的一草一木，这同时也意味着"我"也能够跨越时空的限制，一如亲临故国家乡般，经历故国家乡生活的点点滴滴。于是，"我的风""常常叩动老家祖屋上古老的门扉"，"轻轻拍响村头榕树葱茏的叶片"，"往往寄居在乡亲们衣襟上或头发里"，"微微撩起庭院或石埕上的浮尘"，"缓缓地挨家挨户发布天气讯息"，"默默地摇醒山冈上绽开的花丛"，"淡淡地吹拂田垄上的麦苗"，"徐徐地掠过刚收割的田野"，"静静梳理着母亲坟墓边的青草"，"深深沉醉于时光与生命演绎的风情"。

诗中的抒情主人公"我"其实就是诗人的化身，"我"与"风"的合二为一也就是诗人与"风"的合合二为一。因为"风"的牵引，诗人似乎已然"感知"到"老家祖屋上古老的门扉""村头榕树葱茏的叶片""庭院或石埕上的浮尘""山冈上绽开的花丛""田垄上的麦苗"等事物意象。实际上，对于此时此刻创作此诗的诗人而言，这些事物意象都存在于未来而并不能被此时此地的诗人所真正地感知到，也就是说诗人并不能

---

① 庄伟杰：《风中之歌》，载傅天虹主编《庄伟杰短诗选》，香港银河出版社2011年版，第36、38页。

② 雪阳：《为中国加油》，载冰夫、雪阳主编《酿造季节——酒井园五周年诗选》，华龄出版社2006年版，见熊国华选编《海外华文文学读本·诗歌卷》，暨南大学出版社2009年版，第269—270页。

对之获得触觉、视觉乃至于听觉、嗅觉、味觉的具体感觉。然而，诗人的描摹都显得他好像已经确确实实地感知到了这些事物意象的某些特征。其实，这一方面是前摄的结果；另一方面则是想象在起作用。

曾经的故国家乡生活毫无疑问地意味着诗人曾经感知过这些被移植到诗歌之中作为诗歌意象的事物过去的存在状态，并获得一个与之相关的原初印象。不过，从这一原初印象出发，在创作此诗的此时此刻，诗人并不像创作回忆型想象诗歌那样陶醉于记忆之中，而是在前瞻这些事物将来的存在状态，并想象着自己在未来将会如何与这些事物产生联系。这些事物意象固然是诗人前摄的结果，但"叩动老家祖屋上古老的门扉""拍响村头榕树葱茏的叶片""撩起庭院或石埕上的浮尘""摇醒山冈上绽开的花丛""吹拂田垄上的麦苗""掠过刚收割的田野""梳理着母亲坟墓边的青草"等行为却是期待型想象的结果。在诗人进行期待型想象的此时此刻，诗人实际上并不能实在地感知到这些事物的本真形象，因为它们的本真形象对于诗人而言，虽确实存在却存在于尚未到来或尚未发生的未来。所以，诗中描绘的一切都是诗人对未来的故国家乡生活的一种提前经验。"这种提前的经验——即提前经验处于某个新的境遇里的我们自己——是对自我的一种移置，不过它的方向恰好与记忆相反。我们不是在复活以前的经验，而是在预期未来的经验。"[1] 正是期待型想象之功，诗人才能跨越时空限制，"梦回"故国家乡。只不过在诗中，这一切表现为诗人与"风"合二为一并在"风"的牵引下才能回到故国家乡，并经历其中的事物。总而言之，在这个期待型想象的过程中，诗人在创作此诗的此时此刻将缺席的并且可以在将来被诗人所感知的故国家乡生活置换为在场，也即诗人将自己移置到了未来的情境之中，一如身临其境般地"感知"着诗中描摹的故国家乡生活。

也许，诗人厌倦了漂泊异国他乡作浪子游的生涯；也许，漂泊异国他乡的生活充满了坎坷，令诗人萌生退意；也许是异国他乡就如澳华诗人张又公所言说的那样混乱不堪——"一切都在追求不正常／因为正常不是这

---

① ［美］罗伯特·索科拉夫斯基：《现象学导论》，高秉江、张建华译，武汉大学出版社2009年版，第72页。

个时代的标志"①，因而根本不值得诗人驻足流连。写下如此动人的诗篇，建构如此迷人的故国家乡生活，无疑意味着诗人试图逃离漂泊地澳大利亚，重回故国家乡的怀抱。

与庄伟杰的《风中之歌》不同，雪阳的《为中国加油》虽也不乏澳华诗人一贯的乡愁色调，但表现出诗人执意留居澳大利亚的坚定信念和祈盼故国强大、家乡繁荣的殷切之情。"中国。从一开始就在我的心上/多少悠悠岁月，我为你呐喊/有时高亢，有时喃喃/有时是默默而无声地/像孤独的恋人，怀揣着中国/在寂寞中漂泊四方……"一开始，诗人就开门见山地道出了深藏心中的故国家乡情结，同时也掩藏不住他心中"寂寞"的漂泊感。然而，"今夜，我不再寂寞/我，一个中国永恒的孩子/和所有中国的孩子在一起成长/声音，震动着灵魂的节拍/为中国加油！为中国/为黄色的土地与红色的血浆"。是什么令诗人不再寂寞，又是什么令诗人高呼为中国加油？是悉尼奥运会！这首诗写于2000年9月，正是悉尼奥运会召开之际。参加奥运会的中国运动员来到了悉尼，并且是带着中国的国旗来到悉尼的，所以此时的诗人不再感觉寂寞，并满怀深情地呼喊道："中国的孩子们啊，请站起来/让巨大的回声撞击迟钝的心吧"，"为中国加油！"实际上，为中国加油的意义并不在于表面上的对中国运动员的鼓励，而在于祈盼祖国的富强。诗人一再地呼喊着"中国啊，祖先的河流我的岸""中国啊，我的爹和娘"，从中不难看出，故国家乡对于诗人的重大意义。一声声"加油"并不仅仅是因为诗人思恋故国家乡，更主要的是因为诗人渴望"温柔的南方伟岸的北方"能够富强，从而为寓居异国的诗人树立自尊心和自信心提供强大的精神支持和力量保障，所以他在期待中建构的是强大的中国的形象。

此时此刻的中国对于此时此刻的诗人而言显然还不够强大，换言之，诗人并未真正地"感知"到他心目中那个强大的中国。然而，诗篇在呼唤强大的中国，诗人也在建构强大的中国，并且坚信这一强大中国的形象在未来必能出现，也必能在未来被诗人感知到。虽然说诗人心中的强大中国尚未出现并处于未卜之中，但这并不意味着诗人的吟唱和想象等同于幻想，因为在这种期待型想象之中，诗人并不会期待他"所自由臆想出来

①　张又公：《我们的时代》，载王耀东主编《世界华人诗存》，中国文联出版社2003年版，第550页。

的东西出现",但会"期待将从自身而来的东西"①。事实上,这首诗因有感于悉尼奥运会而作,悉尼奥运会上中国运动员的表现是诗人想象中国的桥梁。在此前的几届奥运上,新中国的运动员不断地创造佳绩、刷新纪录,新中国也逐渐步入世界体育强国之列,所以诗人可以预期到悉尼奥运会上的中国运动员将会再创佳绩、更上一层楼,而中国也将在体育方面向诗人展示出更为强大的姿态。事实上,在悉尼奥运会上,中国运动员取得了优异的赛绩,共创造34项世界纪录、77项奥运会纪录、3项奥运会最好成绩,中国也首次进入了奥运会金牌榜前三名。借助于中国奥运健儿不断攀升的赛绩,也借助于中国不断增强的体育实力,诗人固然可以想象到未来的中国将在各个方面都是一个强大的国家。这是想象,也是诗人的心理期待,更是支撑诗人在异国他乡继续漂泊生活的信念之所在,就像诗人所说的那样,强大的中国是"我的梦想我的道理我的青春"。

就想象中国的角度而言,期待型想象较之于回忆型想象在诗歌的主题意义上有所拓宽,至少它不再只能言说乡愁,建构美好的故国家乡生活,还可以建构强大的中国形象。即使在言说乡愁方面,期待型想象诗歌也不像回忆型想象诗歌那样沉醉于回忆,言说着既"死"又"静"的陈年往事,而是预期着将来,言说着既"活"又"动"的将来之事。从理论上说,期待型想象打开了一个指向未来的新维度,据此创作的诗歌应该具有无限宽阔的创作主题,然而实际情况是,澳华诗人创作的期待型想象诗歌往往集中于畅游未来美好的故国家乡生活和祈盼未来强大的中国这两个方面。这是澳华诗人创作的期待型想象诗歌的局限所在,又是澳华诗人的一种必然选择,因为只有吟诵这两种主题才能抚慰他们作为漂泊者的心伤。

三　自由型想象

通过回忆型想象和期待型想象,澳华诗人或言说思国恋乡的乡愁情结,或祈盼故国家乡的繁荣昌盛。然而,澳华诗人想象故国家乡的方式并不限于这两种,事实上他们还通过自由型想象重构故国家乡。

回忆型想象是主体对过去感知过的事物的当下化,而期待型想象则是

---

① 倪梁康:《胡塞尔现象学概念通释》,生活·读书·新知三联书店2007年版,第148—149页。

主体对未来将要感知到的事物的当下化，二者都从属于"设定的当下化"。在现象学中，与之相对应的"不设定的当下化"则是"单纯想象"（或称"自由想象"）。单纯想象同样也是主体的"感知的'想象变异'，只不过它是'对一个现在、一个持续的变化的对象性的想象表象'"，"意味着一种特殊的想象行为，即不带有存在设定的想象：仅仅是想象而已"。① 显然，同受限于想象对象的本真形象的存在样式和时间样式的回忆型想象、期待型想象相比，单纯想象具有很大的想象自由，因此可称为"自由型想象"。

虽然说"想象的对象不具有知觉对象的那种厚重的坚实性，因为我们可以幻想它们处在各种不大可能的境况之中，然而我们即使在进行各种想象的时候也不是完全自由的；我们想象的事物对我们能够就其作出的幻想是有所限制的。如果事物要保持其自身同一性，那么就不可能想象有些事情会发生在它头上，如果主张这些事情，那么该事物就会成为别的事物"。② 显然，想象的自由性、任意性都是相对而言的。作为一种意识行为的想象，它始终都受限于主体所生存着的客观世界，因为想象对象的本真形象最终都只能来源于这一客观的物质世界，也即存在于客观世界之中的客观事物是一切想象的奠基物和出发点，所以自由型想象也并不是不受任何条件约束的完全自由自在的想象。在自由型想象中，所谓的"不带有存在设定"并不是指想象对象的本真形象在事实上必然不存在，而是指想象对象的本真形象在事实上既可以不存在，也可以存在。只不过，这些想象对象的本真形象永远都不可能在完全意义上被主体所感知，所以对于主体而言它们就好似不存在一般。然而，这种"不存在"实际上暗含两个方面的特殊意义。

一方面，想象对象的各个组成部分都有各自存在于客观世界之中的本真形象，但想象对象并不具有作为一个整体而存在于客观世界之中的本真形象，从而在总体上给人造成"想象对象的本真形象不存在"的错觉。物质只能决定意识本质上的范围与广度而不能决定意识形式上的立场与角度，这使得想象的相对自由性和任意性成为可能。这种想象的相对自由性

---

① 倪梁康：《胡塞尔现象学概念通释》，生活·读书·新知三联书店 2007 年版，第 360 页。

② ［美］罗伯特·索科拉夫斯基：《现象学导论》，高秉江、张建华译，武汉大学出版社 2009 年版，第 71 页。

和任意性又主要地表现在一个想象对象可能拥有多个本真形象，也即一个想象对象可能是多个客观对象的拼凑物，如中国传统文化中传说的龙就是蛇身、鱼鳞、蜥腿、鹰爪、虎须等一系列客观对象的组装和集合。虽然说龙是一种想象的动物，并且由多种存在于现实之中的动物的不同肢体所拼装而成，但龙毕竟是龙，它不同于包括蛇、鱼、蜥、鹰、虎在内的任何一种存在于现实的动物，因为"对象只要是被想象的，其存在的类型在本质上也就不同于那种被认为是现实的对象的存在类型"①。人们对龙的想象就是一种自由型想象，其中的想象对象的本真形象也存在于客观世界之中，只不过这一本真形象并不是存在于客观世界之中的某个独立对象，而是由客观世界中的各个相对独立的对象拼凑而成。不难看出，像龙这样虽由多种存在于现实之中的动物的不同肢体所构成，但又以一个完全迥异于现实中任何一种已知动物的整体形象出现的想象对象，容易使人断定它及它的本真形象都不存在。这同时也说明，这种想象具有最大的自由性和任意性，而通过这种方式想象出来的对象就相应地极具非现实性。而澳华诗人想象的最终对象是拥有数千年历史并依然存在的实实在在的故国家乡，这在很大程度上将他们创作的诗歌限定在了现实意义的层面上，从而与幻想划清界限，所以他们并没有采取这种形式的自由型想象。

另一方面，想象对象的本真形象虽然确实作为一个整体而存在于客观世界之中，但它永远都不可能被想象主体所感知，所以这种存在也相当于"不存在"。在澳华诗人的自由型想象诗歌中，既有对中国国际形象的直接想象，如黄雍廉的《东方水手的世纪》②、潘起生的《关帝庙》③ 等，也有对中国人的想象，如马世聚的《腿·扫荡》④、庄伟杰的《三代人》⑤ 等。其实，这些自由型想象诗歌中的想象对象的本真形象都存在于客观世

---

① ［法］让－保罗·萨特：《想象心理学》，褚朔维译，光明日报出版社 1988 年版，第272 页。

② 黄雍廉：《东方水手的世纪》，载庄伟杰主编《大洋洲鸥缘》，海峡文艺出版社 2002 年版，第 49—51 页。

③ 潘起生：《关帝庙》，载刘湛秋、许耀林主编《世界华人诗萃》，澳洲荣宝堂出版集团2001 年版，第 587—589。

④ 马世聚：《腿·扫荡》，载王耀东主编《世界华人诗存》，中国文联出版社 2003 年版，第548—549 页。

⑤ 庄伟杰：《三代人》，载傅天虹主编《庄伟杰短诗选》，香港银河出版社 2011 年版，第42—44 页。

界之中，并且都作为一个整体而存在于客观世界之中。如果给想象对象的本真形象加以时间样式的限定，那么这种自由型想象似乎等同于回忆型想象或期待型想象。实际上，现象学对想象的划分还附加了一个感知设定的条件。回忆想象对象的本真形象必须曾经被想象主体感知过，期待型想象对象的本真形象也必须将要被想象主体所感知到，并且都要求作为一个整体被想象主体曾经感知过或将要感知到。而在自由型想象中，想象对象的本真形象即使作为一个整体存在于现实之中，也永远不能被想象主体所感知。这就是在自由型想象中想象对象的本真形象之所以"不存在"的第二种含义，同时也说明了主体为什么能够想象他人的行为和意识（包括其感知、记忆、预期等，下同）以及这种想象也从属于自由型想象而非期待型想象或回忆型想象的原因之所在。实际上，在主体想象他人的行为和意识的过程中，这些行为和意识成为主体展开自由型想象时所想象出来的想象对象的奠基物，但这些行为和意识又都不能或不曾被主体感知到或感知过，因而对于主体而言都是一种"不存在"。然而，这种"不存在"对于他人——产生那种行为和意识的人而言又是一种确确实实的客观存在，所以这种自由型想象还是具有较为直观的现实基础，而澳华诗人创作的自由型想象诗歌大多都属于此类。

黄雍廉的《东方水手的世纪》一诗吟咏的是郑和下西洋的盛事，而"东方水手的世纪"就是指郑和这一东方水手七下西洋的15世纪。在15世纪初叶，"定制西班牙无敌舰队龙骨的灌木/在森林里还没有冒芽/大西洋把瞳孔放大一百倍/也看不到迪亚士航行好望角的踪迹/奥斯哥大加玛的祖父/还在里斯本的教堂里举行婚礼"，而"历史便以郑和预订在先的理由/把哥伦布和麦哲伦的节目排在一百年之后"。在诗人的吟咏之下，郑和的船队由一艘艘"闪烁着'永乐'宫灯的如云巨舰"所组成，他们航行过的太平洋和印度洋还泛着"羞红的处女的微笑"，因为在此之前还从没有如此壮观的舰队在这两个海洋上航行过。马六甲海峡充满暗礁，"它以枭雄之姿霸占着海的航道/满以为郑和会以水手的吊唁/来诅咒它的无情的陷阱/没想到'浮海图'/却有着'甘乃迪角'一样的精确"，这无疑昭示着中国的航海技术是何等的发达！不唯如此，"郑和曾站在南回归线上/向暗礁和飓风宣读过晓谕的圣旨/而海的回声却是如此温和、恭顺"。且不说诗人将太平洋、印度洋、马六甲海峡等自然意象拟人化，并使之反衬出郑和船队乘风破浪如履平地的壮观景象，单是这些自然意象结合与之相关的事件出现在诗中就颇可玩味。诚然，郑和七下西洋一事在很大程度上既有史可查也有迹可循，因而都可被视之为确然存在的客观事实，但对于此时此刻创作此诗的诗人而言，都是未曾感知甚或不能感知的他人经历，如同不存在一般。而且，客观地说，诗中郑和经历的这些事情都只是一种理论上的可能，而并非绝对必然的事实。这并不是否认郑和曾经确实穿洋越海出使外邦，而是说郑和的七下西洋之行未必就包含诗人在诗中所描绘的那些情景。所以，诗人吟咏的情景其实在很大程度上都是其想象的结果，而这种想象与其记忆无关，更与其预期无涉。

　　实际上，这就是一种自由型想象。在诗人的这一自由型想象中，无论是对郑和船队上的"'永乐'宫灯"的想象，还是对"浮海图"的想象，乃至于对郑和"向暗礁和飓风宣读过晓谕的圣旨"的想象，其中都可以存在着与之相对应的"'永乐'宫灯""浮海图""圣旨"等想象对象的本真形象。而这些想象对象的本真形象就如同郑和确实曾经七下西洋那般真实地存在过，并且存在于消逝了的过去。不过，"'永乐'宫灯"装点着"如云巨舰"并"把旷古的豪华展示在海上"的壮美之景、"浮海图"如"'甘乃迪角'一样的精确"地引导郑和船队成功绕过"马六甲海峡的暗礁"而乘风破浪的畅航之姿，以及郑和"向暗礁和飓风宣读过晓谕的圣旨"并使"海的回声"变得"如此温和、恭顺"的气吞山海的威武之态，充其量都只是郑和的观感或经历，而绝非诗人自己的观感或经历。从诗人的感知的角度而言，都是一种"不存在"。可是，诗人又在诗中栩栩如生地描绘了这一切，显得他曾经对之有过身临其境般的切实观感和亲身经历。事实上，这只是一种"感同身受"的心理体验。也就是说，诗人想象的并不是"'永乐'宫灯""浮海图""圣旨"等一个个相对独立的具体事物，而是在总体上想象了郑和下西洋时的行为和意识，并将之加诸于自身，最后又倾泻于笔端，吟诵成篇。这是自由型想象的自由魅力之所在，而借助于自由型想象的这种"自由性"和"随意性"，诗人的想象并不限于郑和的行为和意识，也不限于诗中拟人化了的自然意象，还扩展到郑和下西洋时沿途各国民众的反应。"虽然锡兰的袈裟/有点看不惯孟加拉湾的姑娘向东方水手谄媚/但连麦加的朝圣者都佩服了"。锡兰（即斯里兰卡）是佛教、印度教、基督教三教并行之国，而麦加的朝圣者无疑就指向了阿拉伯人所广泛信奉的伊斯兰教，这四大宗教涵盖了世界上绝大多数的人口，它们的折服也就意味着全世界的人都对郑和下西洋发出由衷的赞叹。"东方水手舶出的/是曲阜的钟声和长安的袍盖/而他们舶入的/只是那传播是非的鹦鹉和那不惯贫穷的丁香"。在诗人笔下，郑和下西洋是物埠民丰的中国惠泽世人之举，他们输出的是先进的科技文化，输入的则只是一些象征性的异域土特产。

就像萨特（Jean-Paul Sartre，1905—1980）所认为的那样："想象在本质上是自由的，但它不是纯粹的空想或幻想，而是以现实为基础的占有对象的想象，把被侵蚀的现实的片断给予被想象的东西，从而实现其完整性。"① 正是借助于最大程度上发挥了想象的自由性的自由型想象，诗人才能几乎面面俱到地描绘了郑和的七下西洋之行，并使之得到完整的呈现。同时，以郑和七下西洋的壮举为依托，诗人又建构出了 15 世纪那个繁荣昌盛并令世界各国所仰慕的天朝上国。

不可否认，曾经的大明帝国已经一去不复返，而郑和七下西洋的盛举也已消逝于历史长河之中而光华不再，但诗人对往昔的回味并不是为了在过去的辉煌之中陶醉，而是深深地期望再现过去的辉煌。以中国曾经的辉煌激励中国的再度辉煌是黄雍廉的《东方水手的世纪》的主题意义所在，而潘起生的《关帝庙》则以中国曾经的沧桑呼唤中国的强盛。诗中的关帝庙位于墨尔本迪戈金矿旧址附近，是当年来澳的华工所造② 。诗人显然不可能见过那些在 19 世纪五六十年代奔涌到墨尔本的华工，也体验不到他们曾经的经历，但这无碍于诗人驻足于这座从形式到内涵都极具中国特色的寺庙之前想象当年的华工："亲亲的，/姐、妹、兄、弟？/当年是以一种中国的，/古昔的情调，/展现的，一种东方的，古典神秘，/在异国的土地。" 如今，这些华工"都已一个个离去"，唯独他们建造的关帝庙依旧驻立于此，"不事喧嚷，静观天宇，/推开繁华；/推开世俗。/恪守着这一方净土；孤度此间空寂"。可以说，墨尔本的关帝庙是华工苦难生活的历史见证，而这一切又反映出当时的中国是那样地衰弱不堪。正是因为当时中国的衰弱不堪，当年的华工才会选择"走异路，逃异地"③ ，主动或被动地奔涌到墨尔本，试图寻求别样的新生活。显然，在诗人的这

① 伏爱华：《想象·自由——萨特存在主义美学思想研究》，安徽大学出版社 2009 年版，第 74—75 页。

② 潘起生：《关帝庙·后记》，载刘湛秋、许耀林主编《世界华人诗萃》，澳洲荣宝堂出版集团 2001 年版，第 589 页。

③ 鲁迅：《呐喊·自序》，人民文学出版社 1976 年版，第 2 页。

种自由型想象之中，诗人笔下的那个曾经的中国是颓败得甚至令人无法居住的地狱。然而，诗人并不是为谴责或叹惜那个曾经颓败、羸弱的中国，而是与黄雍廉在《东方水手的世纪》一诗中所表现的一样，期望中国的再度崛起和强盛。由此，诗人"劝诫"关帝庙中的关帝"回去吧，/人间的事，不要管"，因为诗人并不希望关帝"在等又一代新的'金山'"（墨尔本曾被华工称为"新金山"），那将意味着又有一批新的华工重历前人的沧桑，同时也意味着新华工的故国——中国依旧萎靡不振。

　　黄雍廉的《东方水手的世纪》和潘起生的《关帝庙》等作品很大程度上是为想象中国而想象中国，以相对直接的方式建构中国的国际形象，而马世聚的《腿·扫荡》、庄伟杰的《三代人》等作品的直接想象对象则是中国人，它们以相对间接的想象中国人的方式想象中国。马世聚的《腿·扫荡》一诗以一问一答的形式表现出诗人对中国人的思维和行为的复杂观感。汉字的"人"作为一个象形字，以简洁的笔画勾勒出了人的外观形象。无论是从字形还是字义的角度而言，"人"字与人本身存在莫大的契合之处。所以，诗中的爸爸在拆解"人"字的同时，也就是在拆解人本身。"笨蛋儿子比爸爸聪明/他说爸爸/把人拆开，人还怎能走路/一瘸一拐，多不舒服"，而爸爸则说："我们中国人，从小到大/都是一条腿走路/我们中国人，从不在乎那一点/我们在乎相同的口号/在乎一条腿的步伐/腿腿一致"，而且，"想用两条腿走路的中国人/上不了路/或者偷渡海外、邯郸学步/又走不回来"。可见，在诗人的想象之中，中国人惯于同声应和而不敢自主创新。诗中的爸爸拆解的"人"是中国人，他在拆解着中国人之时也在嘲讽着中国人，而他嘲讽中国人也就是嘲讽由中国人所构成的中国。这首诗的嘲讽色彩不言而喻，但这种嘲讽并非事不关己者那幸灾乐祸般的肆意揶揄，而是一种无可奈何又自怨自艾的自嘲。从某种程度上说，这首诗又可以视为诗人对中国人"怒其不争、哀其不幸"之作，反衬出的是诗人如同鲁迅在创作"怒其不争、哀其不幸"一语时的复杂心境，最终则指向了诗人的爱国主义思想。庄伟杰的《三代人》则从宏观而笼统的角度想象了处于"地图中三个相距甚远的方位""时间里三个完全不同的段点"的三代中国人。"前辈们轮回劳作在乡土刀耕火种/坚守三分田园七分山水"，"吾辈们像三级跳远运动员/腾空的姿态书写一种叛逆的冲刺/定点在都市某座公寓里"，而"后辈们尚未成人已成为空中飞人/从一个半球飞向另一个半球"。这三代不同的中国人在"坐标系上画着取向迥异的圆周",而在诗人的想象中,前辈们用"血汗耕耘出丰登的五谷"并满足这种古老的习惯,吾辈们用"知识铸就自动开启幸福的钥匙"且不安于现状地策划人生革命,而后辈们"自称为新新人类","飞来飞去","从新的语境返回到原来的语境"。尽管"三代人未能在同一方桌上吃饭",也尽管"三代人的想法隔着一道或长或短的幽谷",但他们都是中国三代人的缩影。虽然这三代人分别"就像黄昏、中午和早晨"一样,"代表各自不同的意味",但无疑意味着中国人的生活条件和思想意识都将一代比一代更为乐观和先进——吾辈超越前辈,而后辈又将超越吾辈。显然,诗人据此建构的中国必是一个前途无限而充满希望的中国。

　　同样是通过想象中国人而想象中国,庄伟杰的《三代人》一诗洋溢着积极乐观的热情,而马世聚的《腿·扫荡》一诗却充斥着消极悲观的哀号。又同样是直接想象中国之作,黄雍廉的《东方水手的世纪》一诗中的自豪之情溢于言表,而潘起生的《关帝庙》一诗中的沧桑之感却弥漫其间。可见,澳华诗人在运用自由型想象建构中国的时候,并不仅仅会因为游子浪迹天涯分外思乡而一味地颂扬故国家乡,还会因为远走异国他乡而获得一种别样的超脱和自由,从而能够更为客观地正视故国家乡的阴暗面。澳华诗人之所以在运用自由型想象想象中国的过程中建构出两种截然相反的中国形象,一方面是他们不同的心理趋向使然;另一方面则有赖于自由型想象的想象自由性。在发挥自由型想象之际,澳华诗人很大程度上"摆脱"了感知的天然局限——既不用像运用回忆型想象那样受限于曾经感知过的作为想象对象本真形象的记忆事物,也不用像运用期待型想象那样受限于将要感知到的作为想象对象本真形象的预期事物。正是因为想象对象的本真形象在最大程度上"摆脱"了存在样式和时间样式的限制,所以作为想象主体的澳华诗人在想象中国的过程中不仅能在时间上开启了指向过去和未来的双重维度以重温过去、畅游未来,还能在感知上开启了走向他人意识和行为的隐秘之境。

　　在回忆型想象中,澳华诗人吟咏的故国家乡生活质朴而温馨、静谧而和谐,据此建构的中国则带有世外桃源般的理想化色彩。这种想象的出现,主要归因于澳华诗人的思恋故国家乡的情绪。故国家乡生活的缺席益发促使澳华诗人通过想象营造一个梦幻般的故国家乡生活以置换这种缺席,从而使自己获得一种心理安慰或心理补偿。显然,这个世外桃源因其绝世独立地存在于“世外”而缺乏一个可与之比较的对象。也就是说，澳华诗人运用回忆型想象建构的中国是一个自在自为的存在，丝毫与他国无涉。而澳华诗人运用期待型想象建构的中国则与此相反，时时刻刻处于与他国——尤其是澳华诗人所寓居的澳大利亚的比较之中。在期待型想象中，澳华诗人也描绘了如诗如画般美好的故国家乡，但这并不是单纯的思恋故国之情使然，而是他们在比较了故国家乡和异国他乡之间的不同生活之后所萌生的久居思返心理在作祟。对于依然坚持留居澳大利亚的澳华诗人而言，他们虽不思返却祈盼故国的强大，而这种祈盼也是在比较了故国和异国之后所作出的心理期待。不过，澳华诗人运用这两种想象建构出来的中国都是值得他们思恋和祈盼的故国。在自由型想象诗歌之中，澳华诗人不仅比较故国和异国，还比较故国人和异国人；不仅赞美、祝福故国，也谴责、嘲讽故国。因为自由型想象的自由性，澳华诗人通过这种想象而建构出来的中国则包含更多、更广泛也更全面的形象意义。总而言之，澳华诗人充分发挥了他们的主观想象，以诗歌的文学形式向世人展示了他们心中的中国的形象，同时也表达出他们一直以来的强烈的爱国之情。这种强烈的爱国之情既浓缩在他们赞美中国昔日的辉煌之中，也凝聚在他们祝愿中国的未来更加强盛之中。

参考文献

［英］A. D. 史密斯：《胡塞尔与〈笛卡尔式的沉思〉》，赵玉兰译，广西师范大学出版社 2007 年版。

［英］阿绮波德·立德著：《穿蓝色长袍的国度》，王成东等译，时事出版社 1998 年版。

［德］埃德蒙德·胡塞尔：《内时间意识现象学》，倪梁康译，商务印书馆 2009 年版。

［美］爱德华·赛义德：《东方学》，王宇根译，生活·读书·新知三联书店 2000 年版。

［英］艾勒克·博埃默：《殖民与后殖民文学》，盛宁、韩敏中译，辽宁教育出版社 1998 年版。

［英］埃里克·霍布斯鲍姆：《民族与民族主义》，李金梅译，上海人民出版社 2000 年版。

［英］安东尼·吉登斯：《现代性与自我认同》，赵旭东、方文译，三联书店 1998 年版。

［美］本尼迪克特·安德森：《想象的共同体——民族主义的起源与散布》，上海人民出版社 2005 年版。

［法］布迪厄著：《艺术的法则：文学场的生成和结构》，刘晖译，中央编译出版社 2001 年版。

曹惠民：《多元共生的现代中华文学》，中国华侨出版社 1997 年版。

曹顺庆：《中西比较诗学》，北京出版社 1988 年版。

陈汉生：《中国古代的语言和逻辑》，社会科学文献出版社 1998 年版。

陈辽、曹惠民：《百年中华文学史论》，华东师范大学出版社 1999 年版。

陈清侨：《文化想象与意识形态》，牛津大学出版社 1997 年版。

陈贤茂：《海外华文文学史》，鹭江出版社 1999 年版。

陈志远:《胡塞尔直观概念的起源——以意向性为线索的早期文本研究》,
    江苏人民出版社 2009 年版。

［丹］丹·扎哈维:《胡塞尔现象学》,李忠伟译,上海译文出版社 2007
    年版。

［美］道格拉斯·L. 欣茨曼:《学习与记忆心理学》,韩进之等译,辽宁
    科学技术出版社 1986 年版。

［美］E. A. 罗斯:《变化中的中国人》,公茂虹等译,时事出版社 1998
    年版。

方向红:《幽灵之舞——德里达与现象学》,江苏人民出版社 2010 年版。

封德屏:《台湾现代诗史论》,文讯杂志社 1996 年版。

伏爱华:《想象·自由——萨特存在主义美学思想研究》,安徽大学出版
    社 2009 年版。

［荷兰］佛克马、蚁布思:《文学研究与文化参与》,俞国强译,北京大学
    出版社 1996 年版。

［法］格雷马斯:《论意义:符号学论文集》,吴泓缈、冯学俊译,百花文
    艺出版社 2005 年版。

［德国］顾彬:《关于异的研究》,北京大学出版社 1997 年版。

古继堂:《台湾新诗发展史》,人民文学出版社 1989 年版。

古远清:《香港当代新诗史》,香港人民出版社 2008 年版。

辜正坤:《中西诗比较鉴赏与翻译理论》,清华大学出版社 2003 年版。

葛桂录:《雾外的远音:英国作家与中国文化》,宁夏人民出版社 2002
    年版。

［美］哈罗德·布鲁姆:《影响的焦虑——一种诗歌理论》,江苏教育出版
    社 2006 年版。

［美］哈罗德·伊萨克斯著:《美国的中国形象》,丁殿华等译,时事出版
    社 1999 年版。

何乃健、沈钧庭:《东南亚文学大系·诗歌卷（一）1965—1980》,彩虹
    文化出版有限公司 2004 年版。

黄锦树:《东南亚文学:内在中国、语言与文学史》,华社资料研究中心
    1996 年版。

黄锦树:《东南亚文学与中国性》,元尊文化出版社 1998 年版。

黄万华:《文化转换中的世界华文文学》,中国社会科学出版社 1999

年版。

黄万华：《中国和海外：20 世纪汉语文学史论》，百花文艺出版社 2004
　年版。

黄万华：《战后二十年中国文学研究》，人民文学出版社 2008 年版。

黄晓峰：《澳门现代艺术和现代诗论评》，辽宁教育出版社 1999 年版。

[美] 哈罗德·伊罗生：《美国的中国形象》，中华书局 2006 年版。

简政珍：《台湾现代诗美学》，扬智文化事业股份有限公司 2004 年版。

姜智芹：《文学想象与文化利用——英国文学中的中国形象》，中国社会
　科学出版社 2005 年版。

[英] 克朗·迈克：《文化地理学》，杨淑华、宋慧敏译，南京大学出版社
　2005 年版。

[美] 勒内·韦勒克、奥斯汀·沃伦：《文学理论》，江苏教育出版社
　2005 年版。

雷德鹏：《走出知识的困境之途——休谟、康德和胡塞尔的想象论探析》，
　人民出版社 2007 年版。

[英] 雷蒙·道森：《中国变色龙》，常绍明等译，时事出版社 1999 年版。

陆士清：《血脉情缘》，花城出版社 2012 年版。

李凤亮：《移动的诗学：中国古典文论现代观照的海外视野》，暨南大学
　出版社 2012 年版。

李凤亮：《彼岸的现代性：美国华人批评家访谈录》，广西师范大学出版
　社 2011 年版。

李宠翰：《预期记忆的老化研究》，广西师范大学出版社 2003 年版。

黎湘萍：《文学台湾——台湾知识者的文学叙事与理论想象》，人民出版
　社 2003 年版。

梁展：《全球化话语》，上海三联书店 2002 年版。

[法] 列维—布留尔：《原始思维》，商务印书馆 1985 年版。

刘登翰主编：《澳门文学概观》鹭江出版社 1998 年版。

刘登翰主编：《双重经验的跨越书写——20 世纪美华文学史论》，上海三
　联书店 2007 年版。

刘禾：《跨语际实践——文学，民族文化与被译介的现代性（中国，
　1900—1937）》，宋伟杰译，生活·读书·新知三联书店 2002 年版。

刘俊：《世界华文文学整体观》，人民文学出版社 2007 年版。

刘康：《全球化/民族化》，天津人民出版社 2002 年版。

刘若愚：《中国诗学》，河南人民出版社 1990 年版。

刘小枫：《沉重的肉身—现代性伦理的叙事纬语》，华夏出版社 2004 年版。

龙泉明：《中国新诗流变论》，人民文学出版社 1999 年版。

［瑞士］鲁多夫·贝尔夺特、依索·肯恩：《胡塞尔思想概论》，李幼蒸 译，人民大学出版社 2011 年版。

［美］罗伯特·索科拉夫斯基：《现象学导论》，高秉江、张建华译，武汉 大学出版社 2009 年版。

［德］马丁·海德格尔：《现象学之基本问题》，上海译文出版社 2008 年版。

［美］马克·爱德蒙森：《文学对抗哲学——从柏拉图到德里达》，王伯 华，马晓冬译，中央编译出版社 2000 年版。

［美］明恩溥：《中国乡村生活》，午晴等译，时事出版社 1998 年版。

孟樊：《当代台湾新诗理论》，扬智文化事业股份有限公司 1998 年版。

孟华：《比较文学形象学》，北京大学出版社 2001 年版。

孟昭毅：《丝路驿花：阿拉伯波斯作家与中国文化》，宁夏人民出版社 2002 年版。

［法］莫里斯·梅洛 – 庞蒂：《知觉现象学》，姜志辉译，商务印书馆 2001 年版。

莫少聪：《漂泊于植根：东南亚华人族群关系研究》，中国社会科学出版 社 2004 年版。

［英］奈杰尔·拉波特、乔安娜·奥弗林：《社会文化人类学的关键概 念》，华夏出版社 2009 年版。

倪梁康：《胡塞尔现象学概念通释》，生活·读书·新知三联书店 2007 年版。

倪梁康：《心的秩序——一种现象学心学研究的可能性》，江苏人民出版 社 2010 年版。

［法］皮埃尔 – 安德烈·塔基耶夫：《种族主义源流》，高临瀚译，生活· 读书·新知三联书店 2005 年版。

［美］乔纳森·弗里德曼：《文化认同与全球性过程》，周宪、徐钧译，商 务印书馆 2003 年版。

［英］乔治·拉伦：《意识形态与文化身份：现代性和第三世界的在场》，戴从容译，上海教育出版社 2005 年版。

钱林森：《光自东方来：法国作家与中国文化》，宁夏人民出版社 2004 年版。

钱超英：《"诗人"之"死"：一个时代的隐喻——1988—1998 年间澳大利亚新华人文学中的身份焦虑》，中国社科出版社 2000 年版。

［法］让－保罗·萨特：《想象心理学》，李泽厚译，光明日报出版社 1988 年版。

［法］让－保罗·萨特：《想象》，杜小真译，上海译文出版社 2008 年版。

［法］让－吕克·马里翁：《还原与给予——胡塞尔、海德格尔与现象学研究》，方向红译，上海译文出版社 2009 年版。

饶芃子：《世界华文文学的新视野》，中国社会科学出版社 2005 年版。

［美］R.L.布鲁特：《论幻想和想象》，李今译，昆仑出版社 1992 年版。

［美］塞缪尔·亨廷顿：《文明的冲突与世界秩序的重建》，周琪等译，新华出版社 2002 年版。

单德兴、何文敬：《文化属性与华裔美国文学》，台北中央研究院欧美研究所 1994 年版。

尚杰：《从胡塞尔到德里达》，江苏人民出版社 2008 年版。

［美］史景迁：《文化类同与文化利用》，北京大学出版社 1997 年版。

王德威：《想像中国的方法：历史·小说·叙事》，生活·读书·新知三联书店 1998 年版。

王德威、季进：《文学行旅与世界想象》，江苏教育出版社 2007 年版。

王光林：《错位与超越—美、澳华裔作家的文化认同》（英文版），南开大学出版社 2004 年版。

王金城：《台湾新世代诗歌研究》，厦门大学出版社 2008 年版。

王列耀：《隔海之望——东南亚华人文学中的"望"与"乡"》，中国社会科学出版社 2005 年版。

汪民安：《身体的文化政治学》，河南大学出版社 2004 年版。

王晓路：《中西诗学对话》，巴蜀书社 2000 年版。

王一川：《中国形象诗学》，上海三联出版社 1998 年版。

王岳川：《后现代主义文化研究》，北京大学出版社 1992 年版。

王岳川：《后殖民主义与新历史主义文论》，山东教育出版社 1999 年版。

韦森：《文化与制序》，上海人民出版社 2003 年版。

卫茂平、马佳欣、郑霞：《异域的召唤：德国作家与中国文化》，宁夏人民出版社 2002 年版。

［意大利］维科：《新科学》，商务印书馆 1989 年版。

［德］威廉·冯·洪堡特：《论人类语言结构的差异及其对人类精神发展的影响》，商务印书馆 1998 年版。

［德］沃尔夫冈·伊瑟尔：《虚构与想象——文学人类学疆界》，陈定家、汪正龙等译，吉林人民出版社 2011 年版。

吴奕锜：《寻找身份—全球视野中的新移民文学研究》，中国社会科学出版社 2012 年版。

吴前进：《美国华侨华人文化变迁论》，上海社会科学院出版社 1998 年版。

谢天振：《译介学》，上海外语教育出版社 1999 年版。

徐贲：《走向后现代与后殖民》，中国社会科学出版社 1996 年版。

许纪霖：《现代性的多元反思》，江苏人民出版社 2008 年版。

乐黛云、张辉：《文学传递与文学形象》，北京大学出版社 1999 年版。

杨匡汉、庄伟杰：《海外华文文学知识谱系的诗学考辩》，中国社会科学出版社 2012 年版。

杨炼：《一座向下修建的塔》，凤凰出版社 2009 年版。

杨守森：《艺术想象论》，百花文艺出版社 1991 年版。

［德］尤尔根·哈贝马斯：《后民族结构》，曹卫东译，上海人民出版社 2002 年版。

袁行霈：《中国诗歌艺术研究》，北京大学出版社 2009 年版。

曾思艺：《文化土壤里的情感之花——中西诗歌研究》，东方出版社 2002 年版。

张炯：《世界华文文学与中国》，花城出版社 2012 年版。

张京媛：《当代女性主义文学批评》，北京大学出版社 1992 年版。

张京媛：《后殖民理论与文化认同》，台北麦田出版公司 1995 年版。

张弘：《跨越太平洋的雨虹：美国作家与中国文化》，宁夏人民出版社 2002 年版。

赵顺宏、吴奕琦：《菲律宾华文文学史稿》，中国文联出版社 2000 年版。

赵毅衡：《诗神远游——中国如何改变了美国现代诗》，上海译文出版社
　2003 年版。

赵毅衡：《符号学文学论文集》，百花文艺出版社 2004 年版。

赵稀方：《后殖民理论》，北京大学出版社 2009 年版。

赵小琪：《台湾现代诗与西方现代主义》，长江文艺出版社 2004 年版。

赵小琪：《比较文学教程》，北京大学出版社 2010 年版。

赵小琪、王宁宁：《台港名家名作选读》，中国民主法制出版社 2012
　年版。

赵小琪、张晶、余坪：《当代中国台港澳小说在内地的传播与接受》，中
　国社会科学出版社 2010 年版。

钟玲：《美国诗与中国梦：美国现代诗里的中国文化模式》，广西师范大
　学出版社 2003 年版。

周发祥、李岫：《中外文学交流史》，湖南教育出版社 1999 年版。

周南京：《华侨华人问题概论》，香港社会科学出版社 2003 年版。

周宁：《中国形象：西方的学说与传说》（七卷），学苑出版社 2004 年版。

周宪：《现代性的张力》，首都师范大学出版社 2001 年版。

朱双一：《近二十年台湾文学流脉》，厦门大学出版社 1999 年版。

朱双一：《台湾文学与中华地域文化》，鹭江出版社 2008 年版。

朱双一、张羽：《海峡两岸新文学思潮的渊源和比较》，厦门大学出版社
　2006 年版。

朱崇科：《考古文学“南洋”——新马华文学与本土性》，上海三联书店
　2008 年版。

朱光潜：《诗论》，北京出版社 2005 年版。

H. Seton-Waston. Nations and States：An Enquiry into the Origins of Nations
　and the Politics of Nationalism. London：Methuen & Co. Ltd, 1997.

John Hutchinson and Anthony D. Smith（eds）. Nationalism：Critica Concepts
　in Political Science. London and New York：Routledge, 2000.

Henri Lefebvre, The Production of Spacetrans. Donald Nicholson-smith（Oxford
　Blackwell, 1991）.

Michael Payne（ed.）A Dictionary of Cultural Critical Theory. Oxford：Black-
　well Publishers, 1997.

Phillip E. Wegner, Spatial Criticism：Critical Geography, Space, Place and

Textuality. In: JulianWolfreys (ed.) Introducing Criticism at the 21st Century. Edinburgh: Edinburgh UP, 2002.

Anthony D. Smith, Theories of Nationalism. London: Duckworth, 1971.

Homi. K. Bhabba, The Location of Culture. London & New York: Routledge, 1994.

后　记

　　近年来，随着中国经济、军事等国家硬实力的提升，有关国家形象等国家软实力提升的问题也受到了中国政府和学者的高度重视。2011 年 1 月 17 日，由国务院新闻办筹拍的《中国国家形象片——人物篇》在美国纽约时报广场大型电子显示屏上隆重地推出，这是一次具有划时代意义的壮举，它向世界展示了一个具有悠久历史与现代精神的和平崛起的新中国的形象。在这一历史关节点上，文学研究者理应自觉地承担起时代使命，充分发挥文学独具的功能效应，推动中国形象的现代性建构与传播的工作。

　　文学中的中国形象一般包含他塑与自塑两部分，它涉及外国人如何描述、想象、评判中国和华人自我如何描述、展现、评价中国的问题。

　　迄今为止，关于中国形象的研究成果呈现出了三个方面的趋向和特点。一是对西方文学、文化中的中国形象的研究。代表性的著作主要有：美国人哈罗德·伊罗生的《美国的中国形象》，德国汉学家顾彬的《关于"异"的研究》，周宁编著的《中国形象：西方的学说与传说》，钱林森主编的《外国作家与中国文化》丛书，乐黛云、张辉主编的《文化传递与文学形象》，姜智芹的《文学想象与文化利用：英国文学中的中国形象》等。这些著作从文化批评、后殖民理论的角度对不同时代西方社会的中国的集体想象进行了史的分析。二是对台港澳暨海外华文文学中的中国形象的研究。代表性的成果主要有：温任平的《近十年来马华文学的中国情结》、王振科的《血浓于水——试论新马华文诗歌的"泛中国文化倾向"》、朱双一、张羽的《海峡两岸新文学思潮的渊源和比较》、高鸿的《跨文化的中国叙事——以赛珍珠、林语堂、汤婷婷为中心的讨论》、胡勇的《文化的乡愁—美国华裔文学的文化认同》、欧阳昱的《表现他者：澳大利亚小说中的中国人》、卫景宜的《西方语境的中国故事》、朱文斌的《论东南亚华文诗歌与中国性的关系》、翁奕波的《传承与转化——泰华新诗的中国诗歌人文精神》等论著。这些成果对海外华人文学中的身份认同的复杂性和中国形象的混融性进行了独特而又深入的分析。三是对20世纪中国大陆文学自塑的中国形象的研究。王一川的《中国形象诗学》、王岳川的《中国镜像》等论著，从审美与文化的角度对20世纪中国大陆文学中的中国形象的构建进行了跨学科的研究。

不过，迄今为止，海内外的中国形象研究也存在三个较为突出的问题，一是研究者重视的是对小说、影视中的中国形象的研究，而对诗歌中的中国形象的研究非常缺乏。二是对不同区域华文诗歌中的中国形象的整合性研究非常缺乏。现有的成果或局限于某一洲域文学的研究，或局限于以论文集的形式散点点击不同区域华文诗歌，缺乏系统、全面研究跨区域华文诗歌中的中国形象的学术论著。三是现有的成果将重心放在了对中国形象的形态、类型的归纳与描述之上，而对不同区域华文文学中国想象的方法的研究极为缺乏。有鉴于此，笔者一直想对学术界尚未涉及的跨区域华文诗歌的中国想象的问题作一探讨，以期抛砖引玉，促发对这一问题的进一步研究。为此，笔者于2008年12月以《跨区域华文诗歌的中国想象》为题申报了教育部"211"项目，经专家与上级有关部门审查，被批准为"211工程"三期重点学科建设项目子项目。

跨区域华文诗歌中国想象不仅与作家的个体心理结构有关，还与社会历史、政治经济、伦理道德等有关。有鉴于此，本书整合伦理学、心理学、人类学、社会学的研究范式和学术资源，在不同学科视野的碰撞与融合中，形成一种既开放也深入的研究视域，既注重对跨文化对话关系的梳理，以西方的中国形象建构话语为参照，透视跨区域华文诗歌中国想象生成的历史原因、思维模式和话语策略；也重视对跨区域华文诗歌中国想象的比较性研究，以比较性思维对跨区域华文诗歌中国想象的类型、方法、功能进行辨析，更为客观地揭示跨区域华文诗歌中国想象的独特性价值。

在中外文化、文学交流日趋频繁的今天，将跨区域华文诗歌的中国想象置于现代化的世界进程和中外文化冲突与交融的宏阔背景中，对跨区域华文诗歌中的中国想象类型、中国想象的方法、中国想象的功能与作用等进行追本溯源的回顾和梳理，敞显跨区域华文诗歌内含的以融合中外文化的方式建立新文化系统的思想的现代性价值，建构跨区域华文诗歌的中国想象的完整思想谱系，具有重要的理论和实际应用价值。理论价值主要表现为：一是从比较文学形象学的角度揭示大量的跨区域华文诗歌的中国想象的文献与史实，厘清了中国形象在跨区域华文诗歌中形成和发展的来龙去脉，纠正了过去外国学界对中国以及中国文化的带有意识形态化色彩的偏见，在海内外首次对作为整体的跨区域华文诗歌的中国想象进行系统的研究，促进中国形象和乃至跨区域华文诗歌的民族性、现代性的研究进展。二是从整体的角度呈现了以往未受人重视的跨区域华文诗歌中的中国想象。目前对跨区域华文文学的民族性、现代性的研究主要集中在小说和影视上。发掘跨区域华文诗歌中的中国想象，将使我们更全面地把握跨区域华文文学的民族性、现代性问题，在一定程度上弥补学术界长期以来忽视跨区域华文诗歌的缺陷，对于调整跨区域华文文学研究的格局，拓展跨区域华文文学中国形象研究的领域，构建完整、客观、公允的世界华文文学史，都具有较为重要的意义。三是从文化学、社会学、哲学、历史学等方位出发，将跨区域华文诗歌的中国形象建构与社会史、思想史、文化史等联系起来，力求在跨学科的视野下全面系统地认识跨区域华文诗歌中的中国形象形成和发展的特点及其规律，具有较强的方法论意义。实际应用价值主要表现为：一是在经济全球化、文化国际化的今天，我们究竟应该怎样借鉴和创新？如何在选择西方文化的同时对此进行批判、吸收以指导实践？跨区域华文诗人既反对全盘西化，也不赞成固守传统，而主张对中西文化进行双重反省的观念对我们解除实践活动的困惑具有一定的借鉴意义，对消除实践中不加选择地引进西方文化的做法具有醒脑作用。二是跨区域华文诗歌的中国形象建构问题是我们理解跨区域华文诗歌的一个非常重要的视角，它不仅涉及台港澳、东南亚、欧洲、北美、大洋洲等不同区域华文诗人以何种方式、何种态度认识、建构中国形象，还涉及他们为何如此认识、建构以及建构的实际效果等问题，对这些问题的具体而又深入的探讨，既可以帮助了解和认识中国台港澳、东南亚、欧洲、北美、大洋洲等不同区域华人对中国和中国文化的集体性与个体性想象，也有助于更为客观和理性地审视中国大陆与这些华人居住的国家、地区的文化关系，增强世界对大中华文化圈的深入了解和理解。三是通过对跨区域华文诗歌的中国想象谱系的展现，生动地再现了跨区域华文诗歌想象中国的历史，对这种历史谱系的研究和归纳，可以为文学、史学、政治学、哲学等领域的学者提供第一手的历史资料，让学者们公平公正地认识和评价跨区域华文诗歌中国想象的历史，让今人公平公正地看待跨区域华文诗歌在中华民族走向现代化进程中的历史贡献。

在本书出版之际，我要感谢《广东社会科学》《贵州社会科学》《社会科学战线》《安徽大学学报》《深圳大学学报》人大报刊复印资料《中国现当代文学研究》等刊物的编辑，在他们的支持与帮助下，本书中的部分内容被这些具有广泛影响力的核心刊物刊载或全文转载。我也要感谢这部书稿的三位匿名的外审专家。他们在审读完这部被匿去作者姓名的书稿后，都给予了它以"优秀"的评价。这既使我感受到鼓舞也使我倍感惶恐。为了不辜负三位匿名的外审专家的厚爱，我又根据外审专家的意见对书稿进行了修改。

本书的撰写分工如下：赵小琪：第一章，第二章第一节之部分，第二章第二节，本书策划、纲目拟写、统稿、修改和定稿工作。常莉：第二章第一节之部分。蒋金运：第三章。张晶：第四章。刘云：第五章第一节。徐旭：第五章第二节。

赵小琪

2013 年 9 月 26 日于武汉大学